DIE FAMILIE

Teymur der Abtrünnige ⚭ mit Fräulein Claude

Sussan

Bahram (Bryan)

oxanna der Engel ⚭ mit Sohrab dem Sünder

Lili

GINA B. NAHAI

DIE BRAUT, DIE IM MONDLICHT DAVONFLOG

GINA B. NAHAI

Die Braut, die im Mondlicht davonflog

ROMAN

Aus dem Amerikanischen
von Xenia Osthelder

GUSTAV LÜBBE VERLAG

Der Gustav Lübbe Verlag ist ein
Imprint der Verlagsgruppe Lübbe.

Übersetzung aus dem Amerikanischen
von Xenia Osthelder
Titel der amerikanischen Originalausgabe:
Moonlight on the Avenue of Faith

Schutzumschlag: Guido Klütsch, Köln
unter Verwendung einer Illustration
von Nadja Schwendemann, Morsbach
Satz: Druck & Grafik Siebel, Lindlar
Gesetzt aus der Joanna von Liberary
Druck und Einband:
Friedrich Pustet, Regensburg

Printed in Germany
ISBN 3-7857-2015-7

Sie finden die Verlagsgruppe Lübbe
im Internet unter: http://www.luebbe.de

5 4 3 2 1

Alexander Shahin
Ashley Leila Nanai
Kevin Cyrus Nahai
glauben an die Magie

Lili

Wenn ich sie heute vor mir sehe, mit ihrem dreihundertdreiundneunzig Pfund schweren Riesenleib, der tagtäglich weiterwuchert und den sie seit Monaten nicht mehr aufrichten kann, der durch keine Türfüllung mehr paßt, es sei denn, man hebt die Tür vorher aus; wenn ich das Brausen ihres Atems höre, der die Hunde aus der Straße zum Kläffen bringt und dem Klavier des Nachbarn bei ihrer Schwester in Los Angeles, wo sie nun wohnt, zu nächtlicher Stunde seltsam ungestüme Melodien entlockt, erscheint es mir unglaublich, daß meine Mutter, Roxanna der Engel, einst eine junge Frau mit wasserhellen Augen und durchscheinender Haut war, deren Lachen die Welt zum Stillstand brachte.

So unwiderstehlich war der Zauber gewesen, den sie auf die Männer und auch auf meinen Vater ausübte, daß sie ihr durch die ganze Stadt folgten, ohne zu wissen, warum, ohne zu wissen, was sie tun würden, wenn sie anhielte und auf ihre Rufe antwortete. Zart und zierlich hatte sie über den Gesetzen der Schwerkraft gestanden, unberührt von der Mühsal des menschlichen Daseins, bis sie eines Nachts, als die Dunkelheit die Farbe ihrer Träume angenommen hatte, dem Ruf der sternenübersäten iranischen Nacht gefolgt und hinweggeflogen war.

Ganz Teheran war in jenen Tagen erschüttert über Roxannas Tat. Mein Vater, der sie auf Kosten aller anderen geliebt hatte, verfiel für den Rest seines Lebens in eine tiefe Trauer, aus der er nie wieder erwachte. Ich, die ich dabei war, hinter ihr gestanden hatte, als sie am Himmel verschwand, verbrachte den Rest meiner Kindheit damit, auf ihre Rückkehr zu warten. Über ihren Aufenthaltsort und ihr Schicksal kursierten zahllose Geschichten. Meine Freunde hegten den Verdacht, sie liege tot und begraben im Garten unseres Hauses an der Allee des Glaubens. Sie machten meinen Vater und seine Eltern für ihr Ende verantwortlich. Miriam der Mond, Roxannas älteste Schwester, in deren Obhut sie aufgewachsen war, setzte es sich zum Ziel, meine Mutter zu finden, auch gegen deren Wunsch.

Roxanna der Engel war entflogen, unbeirrt von der Anziehungskraft der Erde oder den Rufen ihrer Lieben. Sie hielt nicht inne. Sie warf keinen Blick zurück auf die Zerstörung, die ihre dreizehnjährige Abwesenheit verursachen würde, sondern zog von einer Stadt zur nächsten, bis sie den Iran und die Türkei durchquert hatte. Unterschlupf fand sie in unauffälligen Häusern und namenlosen Straßen, wo sie nichts weiter als eine arme Frau von müder, langsam schwindender Schönheit war, die reizvolle Augen hatte. Nie würde sie angehalten und uns gestattet haben, sie zu finden, wäre da nicht jene geheimnisvolle Flüssigkeit gewesen. Seit mehreren Monaten erfüllte sie ihren Körper wie ein Gift, tropfte ihr aus den Augenwinkeln, hatte ihre Arme und Beine bis zur Unbrauchbarkeit anschwellen lassen und ihre einstige Zauberstimme in ein gurgelndes Flüstern verwandelt. Das Wasser zwang sie schließlich zum Stillstand.

Ich war fünf Jahre alt, als meine Mutter mich verließ; achtzehn, als sie wiederkehrte. Meine Tante Miriam der Mond meint, ich müsse Roxannas Verschwinden als die Erfüllung eines Schicksals verstehen, über das Roxanna keine Macht hatte. Roxanna habe mich nicht verlassen wollen, ihre Flucht sei von Kräften ausgelöst worden, die Jahrhunderte vor meiner Geburt in Gang gesetzt wurden.

Roxanna sei das Fortlaufen bestimmt gewesen, lange bevor sie Mann oder Kind hatte, lange bevor sie geboren oder gezeugt worden war. Das sei der wahre Lauf der Dinge, im Abendland wie im Morgenland: Die Menschen seien nichts weiter als die Instrumente eines gefühllosen Schicksals. Freier Wille und bewußte Entscheidungen seien nichts weiter als die Erfindung von schwachen Gemütern, die sich mit der Realität unserer absurden Existenz nicht abfinden könnten. Deshalb müsse ich Roxanna verzeihen, daß sie mich ohne ein Wort des Abschieds verlassen habe, mein Rufen gehört, mir aber nie eine Antwort gegeben habe. Ich müsse ihr vergeben, weil sie weit mehr darunter gelitten habe, mich und meinen Vater zu verlassen, als wir je darunter hätten leiden können.

Und sie verlangt, daß ich das einzig und allein auf Treu und Glauben tue. Denn obwohl Roxanna der Engel nun wieder bei uns ist und im Gästezimmer von Miriam dem Mond in der Veteran Avenue in Los Angeles liegt und mich mit tränenerfüllten, vom Wissen um ihren nahen Tod verdunkelten Augen ansieht, weigert sie sich, ein einziges Wort der Erklärung von sich zu geben.

Miriam der Mond erzählt mir die Geschichte meiner Mutter.

Das Ghetto

1938

Geboren wurde Roxanna 1938. Ihre Eltern waren die schöne Schuscha und der Schneider Rahman der Herrscher. Die Familie wohnte in zwei Räumen, die sie von Schuschas Mutter, der schrecklichen BeeBee, gemietet hatten. Diese war Besitzerin dreier Häuser im jüdischen Ghetto von Teheran. BeeBee vermietete die einzelnen Zimmer an Leute, denen es so schlecht ging, daß sie BeeBees übertriebene Forderungen und drakonische Vorschriften widerspruchslos hinnahmen. Selbst bei ihrer eigenen Tochter machte BeeBee keine Ausnahme. Im Ghetto flüsterte man, sie habe Schuscha noch keine einzige Woche Miete erlassen.

Die Zimmer hatten keinen richtigen Fußboden und waren fensterlos, aus Lehm und Ton erbaut und vom Innenhof durch eine schmale Holztür aus lockeren, schief zusammengenagelten Planken getrennt. Im ersten Raum schlief Schuscha mit ihrem Mann. Tagsüber ging Rahman in diesem Zimmer seiner Tätigkeit als Schneider nach. Der zweite Raum diente bei Tag als Eß- und Wohnzimmer und nachts als Schlafraum für die Kinder.

Sie schliefen nebeneinander auf dem Lehmfußboden, fünf kleine Körper unter einer einzigen Decke. Ihre Glieder waren so ineinander verschlungen, die Haut so an die Wärme der anderen gewöhnt, daß keins in einem Bett für sich allein hätte einschlafen können. Eines Nachts, sie war drei Jahre alt, erwachte Roxanna von einem seltsamen Geruch.

Sie setzte sich auf das Laken, das auf der dünnen Zeltleinwand ausgebreitet war, die den Lehmboden bedeckte und den einzigen Schutz gegen die im Staub kriechenden Insekten bildete. Winzig, dünn und schwerelos, wie sie war, weckten ihre Bewegungen die anderen nicht. Sie lehnte sich zu Miriam hinüber und rüttelte sie wach.

»Ich habe geträumt, ein Vogel zu sein«, sagte sie.

Miriam seufzte und drehte sich auf die andere Seite. Sie war neun und hatte sich von klein auf um die jüngeren Geschwister kümmern müssen.

»Tut dir etwas weh?« fragte sie, ohne die Augen zu öffnen.

»Nein. Aber ich kann meine Beine nicht mehr spüren.«

Miriam befühlte Roxannas Stirn.

»Heiß bist du nicht, also schlaf weiter.«

Eine Stunde später wachte Miriam erschreckt auf. Roxanna lag auf ihrem Platz. Auch die übrigen Geschwister schliefen. Im Zimmer roch es seltsam. Statt der üblichen Ausdünstungen von Haut und Haaren, Speiseresten, alten Kleidern und der trockenen, unversöhnlichen Erde konnte Miriam das Meer riechen.

Sie zündete eine Kerze an und sah sich um. Alles schien an seinem Platz zu sein. Dann fiel ihr Blick auf Roxanna: Deren Haar war naß, die Arme waren zur Seite gestreckt, und sie trieb auf einer Wolke weißer Federn.

Roxanna sah so ruhig und wunderschön aus, so versunken in ihre Träume von fernen Bergen und smaragdfarbenen Meeren, daß Miriam befürchtete, Roxanna könnte sterben, wenn sie sie weckte. So legte sie sich neben sie auf das Federlager, das so weiß glänzte, daß es im Mondlicht bläulich erschien, und hoffte, Roxannas Träume zu träumen.

Noch viele Male sah Miriam die Federn, und immer wieder roch sie das Kaspische Meer im Ghetto der Stadt, die abertausend Meilen vom Meer entfernt lag. In manchen Nächten dachte sie, Roxanna könnte ertrinken. Aus Angst vor dem, was geschehen würde, wenn jemand die Federn entdeckte, versteckte Miriam sie in der Decke. Mit den Fingern riß sie die Naht auf und verteilte die Federn auf die vom Alter vergilbte und von der häufigen Benutzung dünn gewordene Baumwollfüllung. Doch nach einer Weile wurde die Last des Geheimnisses zu schwer für Miriam. Eines Nachts, die Luft im Zimmer war so feucht geworden, daß Wasserperlen von der Decke auf Gesicht und Haar der Kinder tropften, weckte Miriam ihre Mutter.

Schuscha kam barfuß und verschlafen, den Schador lose um die Taille gewickelt. Einen Augenblick stand sie über Roxanna gebeugt, ohne die Federn wahrzunehmen.

»Schau her!« Miriam packte eine Handvoll Federn und hielt sie Schuscha vors Gesicht. »Die finde ich immer in ihrem Bett.«

Schuscha rang nach Luft, als habe sie der Blitz getroffen. Ihr Körper erbebte, zwar nur einmal, doch so heftig, daß Miriam zurückwich, um sich in Sicherheit zu bringen. Sie sah Schuscha die Farbe verlieren, bis ihre Haut durchsichtig war.

»Wer weiß noch davon?« wollte die Mutter wissen.

»Niemand.« Nun wünschte Miriam, sie hätte Schuscha nicht gerufen. »Ich verstecke die Federn immer. Ich bin sicher, niemand ahnt auch nur das Geringste.«

In diesem Augenblick bewegte sich Tala'at, Schuschas zweite Tochter, im Schlaf. Sie fuhr sich mit der Hand über Nacken und Brust, rieb sich den Schweiß von der Haut und flüsterte heiser mit einem eingebildeten Geliebten. Sie war erst acht Jahre alt und hatte außer Bruder und Vater noch nie einen Mann gesehen. Doch sie wurde von der Lust getrieben, einer elementaren, unerbittlichen Leidenschaftlichkeit, die ihr ganzes Leben als Erwachsene beherrschen sollte.

Schuscha wandte den Blick von Tala'at ab und trat ins Freie. Sie setzte sich auf die Stufen, die vom Schlafzimmer in den Innenhof führten, dann gab sie Miriam ein Zeichen, neben ihr Platz zu nehmen. Schuscha war eine atemberaubende Frau, mit dunkler Haut und dunklen Augen, so faszinierend schön, daß sie bei jedem, der sie unverschleiert sah, Verwirrung und Traurigkeit auslöste. Doch sie selbst schien sich ihrer Schönheit nie bewußt gewesen zu sein oder vielleicht schämte sie sich ihrer sogar.

»Du verstehst, daß du niemandem etwas über die Federn sagen darfst?« fragte sie Miriam.

Miriam nickte.

»Weißt du, wo sie herkommen?«

Miriam wollte gerade zu einer Antwort anheben, da hielt sie inne. In jenen Tagen lebte man im Ghetto unter einem Schleier des Schweigens, unter einem Gewebe aus Geheimnissen. Ausgebreitet über einem Jahrtausend, wurde es von der Ehrfurcht vor dem gesprochenen Wort und der Furcht vor seinen Folgen getragen. Miriam sagte nichts, und auch Schuscha verlor kein Wort, wenngleich sie sehr wohl wußte, daß die Federn in Roxannas

Bett aus ihren Träumen erwuchsen, daß Roxanna im Schlaf wie ein Vogel oder Engel über das unermeßliche, grenzenlose Meer flog, daß sie aus dem engen Ghetto hinweggeführt wurde, daß die Flügel und die Seeluft manchmal über den Rand der Nacht schwappten, die Grenzlinie zwischen Sehnsucht und Wahrheit überwanden und sich als Ausdruck ihrer Sehnsucht in Roxannas Bett ergossen.

Begonnen hatte alles, wie es häufig bei Tragödien der Fall ist, mit einer Frau, der russischen Frau eines Rabbiners aus Lubowitsch. Der Rabbi war gegen Ende des achtzehnten Jahrhunderts mit dem festen Vorsatz nach Teheran gekommen, die dortigen Juden zur Tugend und Rechtschaffenheit anzuleiten. Zu diesem Zweck hatte der Rabbi seine Frau, vier Töchter und einen Maulesel, beladen mit Büchern und Schriftrollen, mitgebracht, die, wie er versicherte, als Zeugnis für seine Reden und Predigten dienen würden. Er gründete eine Synagoge und verfolgte eifernd sein Ziel. Es sollte nicht lange dauern, und er hatte die Juden davon überzeugt, daß er die höchste Autorität auf der Welt in allen Fragen des Bösen und seiner Verhinderung war. Da er glaubte, daß fast immer die Frauen die Ursache alles Bösen sind, auch dessen, was er »Taten der Verderbtheit« nannte, hatte der Rabbi ein Buch über das korrekte weibliche Verhalten verfaßt. Darin war den Frauen das Lachen untersagt, weil es ein Luxus sei, der sie übermütig stimme. Zudem verlangte er von ihnen, beim Sprechen die Hand vor den Mund zu legen, damit sie die Männer nicht durch die Zurschaustellung des rosigen Fleisches in ihrem Mund in Versuchung führten.

Um den anderen mit gutem Beispiel voranzugehen, bewachte der Rabbi seine eigene Frau nebst Töchtern auf das strengste. Er hieß sie, sich in mehrere Lagen schwarzes Tuch zu wickeln, unter denen sie fast erstickten, erlaubte ihnen nie, auch nur ein Wort zu sagen, selbst nicht in der Gegenwart anderer Frauen, und er verriet niemandem ihre Namen. Der Bademeister des

Ghettos mußte sogar alle vierzehn Tage das Badehaus zwei Stunden früher öffnen, damit des Rabbis Frau und Töchter unter sich waren, wenn sie sich zum Waschen entschleierten. Die übrige Zeit verbrachten sie zu Hause, lautlos und fern der Welt, den anderen Frauen in ihrer Zurückgezogenheit unheimlich. Untereinander verständigten sie sich mit Gesten, aus Furcht, ein anderer als der Rabbi könnte ihre Stimme hören. Auf die Leute, die an die Tür kamen oder die sie vom Dach aus beobachteten, wirkten sie wie Taubstumme, die sich in einem langsamen, endlosen Nebel bewegten. Die Spekulationen über ihr Aussehen, das der Rabbi so sorgfältig vor den Blicken seiner Gemeinde verbarg, überboten einander an Phantasie. Die Frau mußte ein Ausbund an Häßlichkeit sein, eine Hasenscharte haben und von den Pocken gezeichnet sein. Wahrscheinlich war sie auch völlig zahnlos. Die Töchter hatten mit Sicherheit ihr schlechtes Aussehen geerbt. Deshalb hatte der Rabbi ihnen gar nicht erst einen Namen gegeben. Er wußte, daß eine häßliche Frau nie einen Mann finden würde und deshalb gar kein Recht hatte zu leben. Hinter dem Rücken des Rabbi nannten die Juden dessen Familie »Die Krähe und ihre Töchter«.

So lebte die Krähe viele Jahre, und das wäre auch das Ende ihrer Geschichte gewesen, hätte sie nicht plötzlich an Jom Kippur im Jahre 1800 den Verstand verloren. Wie immer an diesem Tag hatte Gott das Wetter für die Jahreszeit viel zu heiß gemacht. Er wollte den Juden, die an die dreißig Stunden nichts trinken durften, das Leben zusätzlich erschweren. Selbst die Rattenheere und die Skorpione, die normalerweise ihr Unwesen trieben, hatten sich, auf der Suche nach Kühle, tief in Erdspalten versteckt. Es war fast Mittag. In der Lubowitscher Synagoge drängten sich die Betenden und bereuten ihre Sünden. Die Männer saßen im Heiligtum, die Gebetbücher lösten sich in ihren schweißigen Händen auf. Die Frauen standen im Hof, schwitzten unter ihren Schleiern und flüsterten sich die neuesten Skandalgeschichten aus dem Ghetto zu. Da hörten sie ein Geräusch und blickten hoch.

Eine Frau sang ein Lied. Ihre Stimme war von fließender

Weichheit. Der Gesang tropfte von ihren Lippen und hinterließ eine kühle Spur, ergoß sich in den Körper der Männer und brachte ihre Lenden zum Erglühen. Eine Hurenstimme. Hemmungslos und frei sang sie ein altes Liebeslied, das nur die Männer der niedrigsten Kaste, die Spaßmacher, singen durften. Zuerst vernahmen es die Frauen im Hof, dann drang es zu den Betenden in der Synagoge vor, als letztes zum Rabbi. Als die Männer den Blick erhoben, sahen sie durch die gelben Hitzewellen hindurch, die dem vertrockneten Erdreich entstiegen, die Krähe. Sie war völlig nackt.

Sie war weiß wie das schäumende Wasser des Flusses, blond vom Scheitel bis zur Sohle. Wie das Traumbild junger Männer war sie schlank, wohlgerundet und duftend. Die Augen geschlossen, schritt sie in die Synagoge, die Hände rechts und links an den Mund gelegt, damit ihr Gesang lauter erschalle. Betört von ihrem Gesang, folgten ihr die vier verschleierten Töchter. Bei ihrem Anblick wurde der Rabbi schwarz vor Wut.

»*Haltet die Sünderin!*« wollte er schreien, doch seine Kehle war wie zugeschnürt. Verzweifelt wurde er Zeuge, wie seine Frau die Synagoge durchschritt, das Pult umkreiste und dann wieder ins Freie trat. Die Frauen warfen ihr neiderfüllte Blicke zu. Die Männer prägten sich jeden Zentimeter ihres Körpers ein und gaben die Erinnerung an ihre Söhne weiter. Es war kein Wunder, daß ihr alle folgten, als sie die Synagoge verließ.

Sie schritt auf die Straße, ihre Töchter im Gefolge und die Gemeinde hinter ihnen. Sie überquerte den größten Platz, auf dem sich einen Augenblick zuvor nur eine Bande gelber Köter getummelt hatte, zog durch die schweigenden Gassen und die engen Bogengänge des Ghettos, vorbei an den elenden Häusern und den erbärmlichen Läden, in denen ihr Mann das Lachen verboten hatte, bis sie das Tor nach Teheran erreichte. Zu guter Letzt unterbrach sie ihren Gesang und drehte sich zu ihren Töchtern um. Ihre Augen waren blicklos wie die einer Besessenen, und als sie lächelte, duftete ihr Atem wie Wasser.

Und dann verschwand die Krähe in der unbarmherzigen Sonne des Versöhnungstages.

Für den Ruf der Familie wäre ihr Verschwinden schon schlimm genug gewesen. Doch es sollte nicht bei diesem einen Vorfall bleiben, sondern der Anfang einer langen Reihe ähnlicher Vorkommnisse sein: In jeder Generation der Nachfahren des Rabbis lief ein weibliches Mitglied der Familie fort. Die jüngste Tochter der Krähe verließ beispielsweise eines frühen Morgens ihr Zuhause. Sie war vierzehn Jahre alt und wurde nie wieder gesehen. Die Enkelin der Krähe rannte neunjährig mit Zigeunern davon, die in den Bergen um Teheran ihr Lager aufgeschlagen hatten. Andere Mädchen schlossen sich Banditen an, wurden von Nomaden entführt, verkauften sich an Hurenhändler. Die Großmutter Schuschas warf sich in den Karaj. Sie hatte gehofft, zum Meer getragen zu werden. Statt dessen landete sie violett und aufgeschwemmt am Südufer des Flusses, wo sie langsam verfaulte. Schuschas Tante wurde von ihrem Vater auf der Flucht ertappt. Er brachte sie zurück nach Hause, legte ihr eine Fessel um die Knöchel und band sie für den Rest des Lebens an einen Ziegelpfeiler.

Immer wieder hatte man der schönen Schuscha die Geschichten ihrer unbotmäßigen Ahninnen erzählt. Man hatte behauptet, daß sie, nackt und ihr Schicksal verfluchend, durch die Wüsten im Herzen des Iran geirrt seien, wo selbst die Skorpione nicht überleben konnten; daß sie um Verzeihung gefleht hätten, nach Hause hätten zurückkehren wollen, es aber nicht durften. Als Kind empfand Schuscha ihre Sonderstellung und die Verachtung, mit der man ihr begegnete, als große Schmach. Sie war ganz durchdrungen von der Angst, eine alte Jungfer zu werden oder eines Tages wegzulaufen, weil es ihr »im Blut« lag. Ihr Vater starb, als sie zwei Jahre alt war. Ihre Mutter BeeBee zog sie im Hinterzimmer ihres Ladens groß, inmitten von fauligem Obst und Gemüse. Laut Gesetz durften die Juden kein frisches Gemüse essen. Ihren Kunden gegenüber war BeeBee streng, Schuscha gegenüber von grausamer Härte. BeeBee fand nichts dabei, einer Bettlerin, an deren Brust ein ausgemergeltes Kind hing, einen wurmstichigen Apfel vorzuenthalten. Ihre Tochter Schuscha lehrte sie Gehorsam, indem sie sie mit einem Zweig des Granatapfelbaumes peitschte, bis das Blut auf der geplatzten Haut perlte. Um zu verhindern, daß sich Schuschas Schicksal erfüllte und sie von zu Hause wegrannte, befolgte BeeBee das Beispiel ihres eigenen Vaters und band Schuschas Knöchel zusammen, wenn sie schlief.

Schuscha wurde still und traurig. Sie war so verschüchtert, daß sie kaum das Essen zu schlucken wagte, das die Mutter ihr gab. Schließlich war sie so fest davon überzeugt, allein und unverheiratet zu sterben, daß sie Stoffreste für ihr Leichentuch zu sammeln begann. Es würden sowieso nicht viele Bewerber um ihre Hand anhalten, da ihr Name durch das Vermächtnis der Krähe beschmutzt war. Zudem hatte BeeBee Schuscha immer gesagt, daß sie ihr nicht gestatten würde zu heiraten, selbst wenn ein Bewerber auftauche.

»Ich werde der Schande ein Ende setzen«, hatte BeeBee verkündet. »Wenn du heiratest, bekommst du eine Tochter wie ich, und sie wird weglaufen oder ihre Tochter wird weglaufen. Ich sorge dafür, daß du keine Kinder bekommst. Auf diese Weise gebe ich dem Schicksal der Familie eine neue Wendung.«

Mit vierzehn war Schuscha so wunderschön, daß Beebee ihr vor lauter Angst, sie würde eitel und ungehorsam, verbot, in einen Spiegel zu schauen. Mit sechzehn erhielt Schuscha Heiratsangebote von den Vermittlern reicher Moslems, die im ganzen Land nach schönen Mädchen für den Harem ihrer Auftraggeber suchten. Mit achtzehn hatte Schuscha ihr Leichentuch fertig und war fest davon überzeugt, niemals Mutter zu werden. Sie weinte bitterlich in ein Tränenkrüglein, das sie von ihrer geflohenen Tante geerbt hatte, und trank es zum Zeichen ihres Schmerzes mit einem einzigen Schluck leer. Das war am Vorabend von Schawuot. BeeBee war in Teheran unterwegs, auf der Suche nach Obst und Gemüse. Am folgenden Morgen um fünf, noch vor der Runde des Trinkwasserverkäufers, öffnete Schuscha zur gewohnten Stunde den Laden. Der Morgen verging mit Feilschen. Gegen Mittag, Schuscha war gerade damit beschäftigt, die welken Blätter von einem Salat zu entfernen, betrat Rahman der Herrscher den Laden und verliebte sich in sie.

Rahman war Diener im Hause der großen Schneiderin Alexandra der Katze, einer Ghettobewohnerin, die alle anderen an Einzigartigkeit und Rätselhaftigkeit in den Schatten stellte. Sie war eine Liebhaberin der Künste und Beschützerin von nicht weniger als hundertzwanzig Katzen, die so klug gewesen waren, den Weg in ihr Haus zu finden, wo ihnen unheilige Fürsorge und ketzerische Verehrung zuteil wurde. Alexandra wohnte seit acht Jahren im Ghetto, und noch immer kannte niemand die Wahrheit über ihre Vergangenheit oder die genauen Umstände ihrer Ankunft. Sie war eines Tages zu Fuß und ohne Habe aufgetaucht, mit einem Ballkleid aus Satin, einer Pelzstola und einer zwölfreihigen Perlenkette um den Hals. Ihr staubiges, zerzaustes Haar zeigte die Reste einer prächtigen Frisur. Sie trug schmale, völlig ausgetretene Schuhe mit hohen Absätzen, die mit den Sohlen ihrer Füße verschmolzen waren.

Den Juden erzählte sie, sie käme aus Moskau, vom Hofe des Zaren Nikolaus II., wo sie mit seinem größten General verheiratet gewesen sei. Eines Abends, als sie und ihr Mann sich auf den Weg in die Oper machen wollten, seien die Bolschewiken in ihr Haus eingedrungen und hätten ihren Mann umgebracht. Sie habe ihre Stola ergriffen, in die sie bereits alle ihre Juwelen genäht hatte, und sich in Sicherheit gebracht. Auf der Straße habe sie mit dem Mut der Verrückten und Kinder beschlossen, Rußland den Rücken zu kehren. In ihrer Ballrobe aus Satin und der zwölfreihigen Perlenkette sei sie durch ihr eigenes wohlhabendes Viertel bis zu den Elendsquartieren Moskaus gewandert, an Soldaten, Panzern und blutverschmierten, von der Kälte erstarrten Leichen vorbei, und jedesmal, wenn ihre Absätze auf dem Pflaster klapperten, habe sie gedacht, daß sich gleich eine Hand nach ihr ausstrecken und sie von hinten festhalten würde.

Doch niemand stellte sich ihr in den Weg, und eines Tages kam sie in Teheran an.

Die Bewohner des Ghettos waren vor Ausländern grundsätzlich auf der Hut, besonders wenn es sich um Nichtjuden und Frauen handelte. Ihrer Ansicht nach konnte Alexandra Rußland gar nicht unentdeckt verlassen haben. Sie konnte auch nicht Tausende von Kilometern in hohen Absätzen und Ballrobe zurückgelegt haben. Und wenngleich ihre Augen blau waren und sie einen russischen Akzent hatte, sprach sie doch viel zu fließend Farsi für jemanden, der gerade erst im Land eingetroffen war.

Doch dank ihrer Unverfrorenheit und der Tatsache, daß sie über große Summen zu verfügen schien, gestatteten die Juden ihr, in ihrer Mitte zu leben. Das Haus, das sie kaufte, bezahlte sie mit Goldmünzen und tat allen kund, sie würde die sieben Räume und den Innenhof ganz allein bewohnen. Sie möblierte ihr Heim mit seltsamen Gegenständen, Tischen, Stühlen und einem monströsen Ding, das sie Diwan nannte, was auf Farsi aber »Geister« bedeutete. Es ruhte auf einem goldenen Rahmen und hatte einen weinfarbenen Samtbezug. In die Wände ließ sie Fenster brechen, die sie verglasen ließ, so daß alle Welt in ihre Zimmer blicken konnte. Sie drapierte die Fenster mit Vorhängen von der Farbe reifer Granatäpfel, deren Kanten mit dunkelblauen Fransen und goldenen Kordeln verziert waren. Dann mietete sie ein Dutzend Männer, die ein riesiges Tier mit glänzender Holzhaut und bleckenden Zähnen in ihr Haus schleppten. Die Leute bauten sich an drei Häuserblocks auf, um dem Schauspiel beizuwohnen.

Sie ließ das Tier in ihren »Salon« stellen, der zur Straße hinausging, nahm ihm die Riemen ab und reinigte es. Dann setzte sie sich auf einen Stuhl und legte ihre Finger auf seine Zähne. Die Geräusche, die das Tier von sich gab, waren keineswegs unangenehm.

»Das ist ein Flügel!« Sie gab ihrem Haustier für die Juden einen Namen. »Meine Mutter hat mich als Konzertpianistin ausgebildet.«

Damals entstanden die ersten Gerüchte, Alexandra die Katze werde von einem »Wohltäter« protegiert. Die Arbeiter, die den Flügel ins Haus geschleppt hatten, erzählten den Juden, es handele sich um ein altes Stück aus Europa, das von einem assyrischen Kaufmann erworben worden sei, der anonym bleiben wollte. Alexandra ignorierte diese Gerüchte einfach und wiederholte mit immer blumigeren Ausschmückungen die Geschichte ihrer Flucht aus Rußland. Dann machte sie es sich im Ghetto gemütlich und stellte Rahman ein.

Rahman der Herrscher arbeitete schon seit sieben Jahren für Alexandra. Er erledigte Besorgungen für sie, hielt das Haus sauber, kochte und half seiner Herrin beim Zuschneiden und Nähen der vielen Ballroben, die sie nach wie vor trug, trotz des Staubes und der Armut des Ghettos. Jeden Morgen ging Rahman zu BeeBees Laden, um Gemüse für die tägliche Mahlzeit zu kaufen. Er hatte Schuscha zwar heranwachsen sehen, sie aber nie richtig wahrgenommen, denn er war nur zwei Jahre älter als sie und selbst Waise. Außerdem hatten Frauen in seinem Bewußtsein lange Zeit keine Rolle gespielt. Dann erblickte er sie eines Tages, und seine Zunge wurde schwer und trocken und seine Hände eiskalt. Völlig verwirrt verließ er den Laden, ohne etwas gekauft zu haben. Auf dem Heimweg dachte er an nichts anderes als an Schuscha, wie sie ihn angesehen, wie ihre Augen jede Nuance des Lichtes gespiegelt hatten. Er war so von dem neuen Gefühl überwältigt, daß er vergaß, für Alexandra zu kochen.

Zwei Wochen lang ging er jeden Tag in den Laden, starrte Schuscha an und ging wieder, ohne etwas gekauft zu haben. Eines Abends, Alexandra wollte gerade mit dem Essen beginnen, räusperte er sich und fragte sie, ob sie die Gemüsehändlerin BeeBee kenne.

Alexandra, sichtlich verärgert ob seiner Unverschämtheit, wandte ihm ihr mit Puder und Rouge zurechtgemachtes Gesicht zu. Sie wollte ihn gerade daran erinnern, daß Diener keine persönlichen Fragen an ihre Herrschaft richten, da bemerkte sie seine Blässe und seine schreckliche Nervosität. Sie sah gleich, daß es um etwas Wichtiges gehen mußte. Eine angemalte Augenbraue hochziehend, so daß sie über ihrem schwarzumrandeten Auge einen vollendeten Bogen bildete, warf sie Rahman einen prüfenden Blick zu.

»Das also ist es«, lächelte sie. »Du hast die Tochter der Gemüsefrau gesehen.«

Alexandra wartete, bis Rahman ihr Wein eingeschenkt, die Suppe serviert hatte, deren Zubereitung sie ihn gelehrt hatte, und seinen Platz im hinteren Teil des Raumes eingenommen hatte. Von dort konnte er ihre Wünsche erahnen, ohne ihr durch seinen Anblick lästig zu fallen. So beiläufig, als ließe sie eine Bemerkung über die Suppe fallen, sagte sie zu ihm: »Geh zum Gemüsegeschäft und lade die beiden zum Tee ein. Dann will ich versuchen, die unkultivierte und erniedrigende Brautwerbung in Gang zu setzen, die bei deinem Volk Tradition ist.«

Gleich am folgenden Tag schrieb Alexandra eine Einladung für BeeBee und schickte ihren Diener zu ihr, sie persönlich zu überreichen. Vor Nervosität zitternd, stand Rahman im Laden vor der alten Frau. Da er des Lesens unkundig war, umschrieb er Alexandras Einladung: »Kommt heute nachmittag zum Tee zu mir, damit wir uns kennenlernen.«

Bei einer Größe von ein Meter neunzig überragte BeeBee Rahman sogar im Sitzen. Sie füllte den Laden mit ihrer Gegenwart, bis er das Gefühl hatte, es sei nicht mehr genug Luft zum Atmen für sie beide. Wie immer trug sie ein schwarzes Taftkleid, ihr Gesicht war mit einem groben Schleier bedeckt, die Augen strahlten mit all der Heftigkeit und Willensstärke einer Frau durch den Stoff, die sich an der Welt rächen will. Sie ließ sich eine Ewigkeit Zeit, bis sie antwortete.

»Tee schmeckt mir nicht, und Bekanntschaften brauche ich nicht.«

Alexandra empfand die Ablehnung ihrer Einladung als Beleidigung. Normalerweise hätte sie sich gerächt, indem sie BeeBee bis ans Ende ihrer Tage wie Luft behandelt hätte. Doch ein einziger Blick auf Rahmans niedergeschlagenen Blick bewegte sie dazu, ihren Stolz für seine Gefühle zu opfern. Erneut schickte sie ihn mit einer Einladung zu BeeBee.

»Kommt also auf ein Glas Wein«, trug er die Einladung wieder mündlich vor. »Wir müssen in einer wichtigen Angelegenheit miteinander reden.«

»Nur Männer und Huren trinken Wein«, erwiderte BeeBee.

Alexandra die Katze stöhnte vor Wut laut auf. BeeBee mußte eine Lektion erteilt werden. Sie wählte ein Kleid aus lavendelfarbenem Samt, das drei Röcke und eine kurze Weste hatte. Sie schlüpfte in die dazu passenden Seidenschuhe und legte ein Collier mit purpurroten Steinen um. Sie rundete ihre Erscheinung mit einem purpurfarbenen Sonnenschirmchen aus Spitze ab und betupfte sich mit einer Essenz, die aus purpurfarbenen Hyazinthen gewonnen war.

»Gehen wir!« sagte sie zu Rahman und schob eine Schneise in den Katzenschwarm, der sich an ihre Schuhe drückte und an ihren Füßen rieb. »Ich muß wohl mal ein Hühnchen mit dieser Gemüsehändlerin rupfen.«

BeeBee rauchte gerade eine Wasserpfeife im hinteren Teil ihres Ladens.

»Dieser junge Mann arbeitet für mich«, sagte Alexandra mit ihrem schweren russischen Akzent, wobei sie über ihre im Korsett deutlich modellierten Brüste auf BeeBee herabsah. In der Ecke des Ladens stand lauschend Schuscha. »Wir sind gekommen, weil er Absichten hinsichtlich deiner Tochter hat. Er hat mich gebeten, für ihn zu sprechen.«

BeeBee warf ihr einen Blick zu, der das Gemüse in den Kisten hätte verdorren lassen.

»Verschwinde.«

Alexandra holte so tief Luft, daß die Steine um ihren Hals klirrten.

»Das reicht.« Sie atmete aus. »Du weißt nun, weshalb wir gekommen sind. Vielleicht bist du beim nächsten Mal schlauer, wenn das Glück bei dir anklopft.«

Sie marschierte zur Tür hinaus, fest entschlossen, nie wieder einen Fuß in diesen Laden zu setzen.

Kaum war die Katze verschwunden, holte BeeBee aus und versetzte Schuscha einen Schlag ins Gesicht. Dann schickte sie ihre Tochter nach Hause, Essen zu kochen, und verbot ihr, jemals wieder Rahman zu bedienen. Sie schwor, Schuscha würde weder ihn noch einen anderen Mann heiraten und brauche sich deshalb gar nicht die Mühe zu geben, ihn mit ihren Augen in Versuchung zu führen.

Bis um Mitternacht blieb BeeBee im Laden. Zum Nachtisch nahm sie eine Wassermelone mit nach Hause. Als sie die Frucht aufschnitt, breitete sich im Zimmer der Duft von Purpurhyazinthen aus. Sie dachte an die russische Pianistin in ihrem Samtkleid.

In jener Nacht mußte BeeBee im Innenhof schlafen, um dem Geruch von Alexandras Parfüm zu entgehen. Beim Aufwachen hatte sie Kopfschmerzen. Den ganzen Tag beklagten sich ihre Kunden, das Gemüse rieche wie die verrückte Klavierspielerin mit den Katzen. BeeBee schloß ihren Laden früher als gewöhnlich, um ins Badehaus zu gehen und Alexandras Parfum von ihrer Haut zu waschen. Doch kaum war sie zu Hause, kreischten die Nachbarinnen, sie habe ihnen das Essen verdorben, und die Kinder müßten sich von der Hyazinthe in ihrem Zimmer erbrechen.

BeeBee war siebenundvierzig Jahre alt und seit sechzehn Jahren Witwe. Sie fürchtete weder Gott noch Teufel. Sie fürchtete noch nicht einmal die Geister aus der alten persischen Mythologie. Doch an die Macht des Schicksals glaubte sie, und ihr wurde klar, daß der alles durchdringende Hyazinthenduft und die ständige Erinnerung an Alexandra die Katze ein Zeichen von oben waren. Es war Schuschas Bestimmung, Rahman zu ehelichen. Sie verließ das Haus, ohne Schuscha gegenüber ein Wort zu verlieren, und begab sich geradewegs zur Katze.

»Keine Hochzeitsfeier«, sagte sie, als Rahman die Tür öffnete. Er war so verblüfft, daß sie befürchtete, er könne ihr jeden Moment um den Hals fallen.

»Ich zahle keine Mitgift und erwarte kein Milchgeld. Du kannst sie am Donnerstag abend holen. Ich werde nicht zu Hause sein.«

So kam es, daß die schöne Schuscha Rahman heiratete und bei ihm im Haus der Katze wohnte. Alexandra entließ Rahman aus ihren Diensten und half ihm, sich als Schneider niederzulassen. Von dem, was er bei ihr als Diener verdiente, hätte er keine Familie ernähren können. Rahman und Schuscha bezogen zwei Zimmer, die sie von BeeBee mieteten. Alle zwei Jahre wurde Schuscha schwanger. Ihre Mutter besuchte weder sie noch die Kinder. Nur wenn ein Mädchen geboren wurde, ließ sie ihr sagen, sie müsse aufpassen, denn früher oder später werde eine dieser Töchter ihrer Mutter Schande bereiten. Und dann, wie um BeeBees Schicksalsgöttern zu Gefallen zu sein, erblickte Roxanna das Licht der Welt.

Der Sommer des Jahres 1938 war ungewöhnlich heiß und trocken. Der Wüstenstaub wehte ins Ghetto und überzog alles, selbst die Wimpern der Kinder und die geschwärzten Gaumen der alten Frauen mit einem dünnen Sandfilm. Die Menschen erwachten des Morgens ungeduldig und durstig. Die Tiere wurden rastlos und streiften durch die Straßen. Männer in goldenen Rüstungen mit glänzenden Silberschwertern ritten auf ihren Pferden aus den Versenkungen uralter Märchen hervor in die Hintergassen des immer und ewig nach Erlösung dürstenden Ghettos.

Schuscha war zum vierten Mal in acht Jahren schwanger. Sie war völlig geistesabwesend und interessierte sich weder für ihre Kinder noch das tägliche Leben. Den ganzen Morgen hockte sie im Innenhof, bis die Nachbarinnen sie aus Angst, sie könnte einen Sonnenstich bekommen, zwangen, ins Haus zu gehen. Dort lag sie herum, war sich der Kinder, die um sie spielten, nicht bewußt, rührte keinen Finger, sie zu füttern oder zu waschen. Rahman der Herrscher bekam einen Schreck und besprach sich mit Zivar, der besten Hebamme des Ghettos. Sie erklärte ihm, Schuscha leide an vorübergehender Senilität, ausgelöst durch die Schwangerschaft.

»Das passiert, wenn sich das Blut des Kindes nicht mit dem der Mutter verträgt«, erläuterte Zivar. »Du wirst sehen, was ich meine, wenn das Baby zur Welt gekommen ist. Deine Frau und dieses Kind werden sich nicht verstehen.«

Täglich wurde Schuscha stiller und zerstreuter. Im siebten Monat sprach sie sieben Tage lang kein Wort. In Panik rief Rahman einen Bader, der Schuscha entkleidete und ihr vier schwarze Blutegel auf den Rücken setzte. Schuscha lag da und spürte offenbar noch nicht einmal den Schmerz ihres durchstochenen Fleisches. Als die Blutegel wieder entfernt wurden, setzte sie sich auf und zog sich ohne Hilfe an.

»Ich habe an das Meer gedacht«, sagte sie zu Rahman.

Rahman war noch nie am Meer gewesen. Von seiner Existenz wußte er nur aus den Erzählungen von Alexandra der Katze. Sie hatte behauptet, das Meer mit ihrem Mann auf einem Schiff überquert zu haben, das dem Zaren von Rußland gehörte. Für Rahman war das Meer eine Welt, von der er fürchtete, daß sie seine Frau zu sich rufen könne.

»Ich habe Alexandra die Katze gefragt«, log er sie an. »Sie hat mir gesagt, daß es das Meer nicht gibt. Die Zigeuner reden vom Meer, weil sie mit dieser Lüge die Kinder weglocken wollen.«

Schuscha sah in verächtlich an.

»Sag Alexandra, daß sie sich irrt. Es gibt im Norden und im Süden ein Meer. Dazwischen ist die Erde rot und golden und prächtig.«

Zwei Monate lang redete sie so daher. Selbst die größten Optimisten gaben die Hoffnung auf, daß sie jemals wieder normal werden würde. Eines Morgens, sie war im achten Monat, rief sie beim Aufwachen Miriam zu sich.

»Geh zum Schächter und kaufe mir Schafsfüße«, befahl sie. »Sag deinem Vater, er soll die Hebamme holen. Die Wehen haben eingesetzt.«

Als Rahman um sieben Uhr morgens aus dem Haus trat, um die Hebamme zu holen, war die Sonne so heiß, daß seine Haut Blasen warf. Die Hitze hatte das normalerweise betriebsame Ghetto in einen Friedhof verwandelt. Einen Augenblick fürchtete Rahman, die Mullahs hätten ein Massaker angeordnet, und alle Juden hätten sich in ihren Kellern verkrochen.

Zivar, die Hebamme, hockte in ihrem Zimmer am siebten Tor des Ghettos rückwärts auf ihrem Maultier und bestrich ihre geschwollenen Beine mit einem Brei aus Senfkörnern und Eigelb, während sie um Regen betete. Sie war mit Beinen geboren worden, die so kurz waren, daß sie nur wenige Schritte nacheinander machen konnte. Durch ihre Unbeweglichkeit war sie breit und schwer geworden, hatte die Form eines perfekten Quadrats angenommen. Als sie jung war, hatte ihr Vater sie auf ein Maultier gebunden, damit sie sich fortbewegen konnte. Er hatte dem Tier beigebracht, im Haus umherzulaufen, ohne etwas zu zertrampeln oder zu zerbrechen. Das Maultier war zu Zivars ständiger Begleitung geworden. Es war so sehr Teil ihres Selbst, daß sie nur noch dann von seinem Rücken rutschte, wenn sie zur Toilette gehen mußte. Sie nahm sogar ihre Mahlzeiten auf dem Rücken des Tieres ein, schlief dort mit halboffenen Augen und erhobenen Hauptes. Im Laufe der Zeit hatte ihre Haut die Farbe seines Felles angenommen, und ihre Stimme war so heiser wie seine. Sie sah aus, als sei sie halb als Frau, halb als Maultier zur Welt gekommen.

Das Tier hatte seine Liebe zu Zivar dadurch bewiesen, daß es nicht größer geworden war, als ihr winziges Zuhause erlaubte. Außerdem war es schon erheblich älter, als es natürlicherweise hätte werden dürfen. Die Hebamme Zivar war achtundsechzig Jahre alt, als Rahman an ihre Tür klopfte, und sie schwor, daß das Maultier mindestens so alt wie sie sei.

Rahman sagte Zivar, daß bei Schuscha die Wehen eingesetzt hätten.

»Wir müssen die Geburt um jeden Preis aufhalten«, erwiderte diese. Sie entfernte ihren Senfumschlag und gab ihrem Maultier einen leichten Tritt, damit es auf die Beine kam. Sie hatte in ihrem Leben mehr Babys zur Welt gebracht als je eine Amme des Ghettos, und sie wußte so sicher, als sei es in der Thora geschrieben, daß jedes im achten Monat geborene Kind verkrüppelt und geistig behindert war.

»Der siebte Monat macht nichts«, erklärte sie Rahman. Ihr Gesicht glänzte, und von ihrem Maultier tropfte der Schweiß in eine Pfütze auf dem Boden. »Im siebten Monat ist ein Baby voll ausgebildet. Im achten Monat nimmt es sich selbst auseinander, bewegt Gliedmaßen und Organe umher, so daß nichts dort sitzt, wo es sitzen soll. Dann, zu Beginn des neunten Monats, bewegen sich die Dinge zurück, bis sie zum Zeitpunkt der Geburt die richtige Stelle gefunden haben.«

Als sie an Rahmans Haus eintrafen, rannte Miriam ihnen entgegen.

»Mutter schläft«, berichtete sie eifrig. »Ich habe ihr Suppe aus Schafsfüßen gekocht, um ihre Gebärmutter zu fetten, falls das Baby kommt, aber ich habe ihre Beine hochgelegt und ihr gesagt, sie müsse warten, bis die Hebamme da sei.«

Zivars Maultier brauchte keine Hilfe, um den Weg in Schuschas Zimmer zu finden. Es ging geradewegs hinein und kniete sich neben das Bett. Zivar schob den Ärmel hoch, wusch ihre verknorrte, fleckige Hand in einer Schüssel, die Miriam ihr hinhielt, und tastete in Schuschas Schoß nach dem Kopf des Babys.

»Fehlalarm.« Sie zog die Hand zurück und wusch sie wieder in der Schüssel. Das Maultier stand auf und schritt langsam in den Innenhof. »Diese Hitze gaukelt den Menschen etwas vor.«

Den ganzen Tag war die Hitze unerträglich.

Doch spät in der Nacht erhob sich über dem Ghetto eine Brise, die den Duft feuchter Luft und kühler Gewässer brachte. Ein weißer undurchsichtiger Dampf stieg über der ausgedörrten Erde auf und zog in die Häuser, in denen die Sorge wohnte. Auf den Wogen des Begehrens getragen, wandten sich die Frauen im Schlaf ihren Männern zu. In der Morgendämmerung, als der Dampf sich auflöste, erhob sich die Sonne über Teheran. Sie beleuchtete aber nicht das Ghetto. Dieses lag still und leise unter einem blaugrauen Himmel, wie der Strand nach einer biblischen Flut. Es strömte einen starken Fischgeruch aus, der sich über die gesamte Stadt ausbreitete und die Aufmerksamkeit der Moslems erregte. Sie wandten sich in der blendenden Mittagshitze zum Ghetto und entdeckten die Haube der Dämmerung, die noch über den Juden lag.

Wie immer waren die Moslems davon überzeugt, daß die Ungläubigen einen Zauber angewandt hatten, um Himmel und Erde zu beeinflussen. Sie strömten in großen Scharen zum

Ghetto, blieben aber vor den sieben Toren stehen, aus Furcht, sie könnten beim Betreten des unheiligen Bodens den jüdischen Hexenkünsten zum Opfer fallen. Sie blieben den ganzen Tag vor den Toren stehen, während die Juden vom Wasser des Kaspischen Meeres und den Farben des ewigen Begehrens träumten. Nur Schuscha lag wach und hielt ihr neugeborenes Mädchen im Arm.

Um sieben Uhr abends ging die Sonne auf. Von diesem Tag an war das Aufeinanderfolgen von Tag und Nacht im Teheraner Ghetto für immer vertauscht.

Noch bevor sich BeeBee in ihrem schwarzen Taftkleid, das um ihre Fesseln zischelte, und den schwarzen kristallenen Kummerperlen, die in ihrer Hand klickten, mit ihrem Stock, der auf den Boden schlug wie das Herz eines schwarzen Ghouls, auf den Weg zum Haus ihrer Tochter Schuscha machte; noch bevor sie die Schwelle zu Schuschas Zimmer in jener Nacht überschritt, in der das Ghetto von einem Meer verwirrter Muslime umgeben war und die Sonne mit vierzehnstündiger Verspätung aufging, wußte jeder Ghettobewohner, der jemals mit der Alten zu tun gehabt hatte, daß sie Roxanna mit dem Bann, ein »Pechkind« zu sein, belegen würde.

Man wußte es mit solcher Sicherheit, daß man sich keine Gedanken über ihre Gründe machte oder darauf wartete, welche Beweise sie vorlegen würde. Es war wie die Existenz Gottes; die Minderwertigkeit der Frau; wie die Tatsache, daß Alexandra die Katze seit ihrer Ankunft im Ghetto mit einem assyrischen Phantom schlief, das für alle ihre Ausgaben aufkam. Es war eine Wahrheit, die nicht des Beweises bedurfte, um zu existieren. Roxanna hatte ihre Mutter während der Schwangerschaft in den Wahnsinn getrieben. Sie war unter merkwürdigen Umständen geboren worden und hatte bereits fast ein Pogrom im Ghetto ausgelöst. Natürlich brachte sie Unheil. Natürlich würde BeeBee sie verfluchen.

Sie erreichte das Hause ihrer Tochter, als Rahman sich gerade die Hose anzog und mit leiser Stimme zu seiner Frau sagte, er müsse gestorben und wieder auferstanden sein, wie sonst hätte er während ihrer Niederkunft schlafen können? Die falsche Tala'at versuchte mit Gewalt, wieder einzuschlafen, denn sie hatte vierundzwanzig Stunden bei ihrem goldhäutigen Geliebten mit den Purpuraugen verbracht. Da öffnete sich die Tür mit apokalyptischer Urgewalt. BeeBee stand auf der Schwelle.

Sie näherte sich Schuscha und nahm ihr das Kind aus den Armen. Roxanna, in alte Lumpen gehüllt, war klein und blaß, ihre Lippen waren rund und rosig, die Augen offen. Sie begegneten BeeBees Blick. Die alte Frau erschauderte. Als sie Schuscha das Kind zurückgab, sagte sie:

»Das ist diejenige, die dir Unheil bringen wird. Gib sie weg, wenn es geht. Wenn nicht, bring sie um.«

Alexandra die Katze schickte in einer dringenden Angelegenheit nach Rahman. Seit seiner Verheiratung hatte sie ihre Diener schneller entlassen, als sie sie einstellen konnte. Keinem vertraute sie wie Rahman, und sie klagte über eine Krankheit, die sie »ennui« nannte. »Das ist die Furcht«, erklärte sie ihren ungebildeten Nachbarn ungeduldig, »unter Menschen zu leben, die mich weder verstehen noch schätzen.« Sie hatte die meiste Zeit allein verbracht, sich mit ihren Ballroben geschmückt und jeden Nachmittag Klavier gespielt, ihre Katzenkolonie erweitert und ausgefallene, geschmacklose Dekorationen für ihr Haus entworfen. Im Sommer und Herbst des Jahres 1938 hatte sie ihre Türen abgeschlossen und sich nicht mehr gezeigt. In den ersten Wintermonaten war sie wieder aufgetaucht. Ihre schlanke Taille war verschwunden und auch ihr makelloses Aussehen. Sie kaufte riesige Mengen Lebensmittel ein, Zucker, Öl, geräucherten Fisch, Trockenobst und Reis sowie einen großen Kohlenvorrat. Nachdem jeder Raum und auch der Keller voll waren, ließ sie Rahman zu sich rufen.

»Ein Krieg steht uns bevor«, warnte sie ihn an jenem Tag, auf ihrem Diwan sitzend. Statt eines ihrer Satin- oder Samtkleider trug sie ein schlichtes Baumwollkleid, das ihr nur bis zur Wade reichte. Das Haar hing ihr gelb und ausgetrocknet vom jahrelangen Aufdrehen auf die Schultern. Rahman hatte das Gefühl, sie bisse sich auf die Lippe, damit sie ihm ihr Geheimnis nicht verriet.

»Ich träume jede Nacht von den Bränden in Moskau«, sagte sie mit dem Blick eines leidenden Tieres, das sich seines Schmerzes schämt. »Ich sehe das Blut meines Mannes gegen die Wände spritzen. Wir sollten uns alle auf ein großes Unglück gefaßt machen.«

Er stand gesenkten Hauptes vor ihr, hielt die linke Hand mit der rechten umklammert und wartete. Eine Weile schien es, als habe sie alles gesagt. Sie sah ihn sogar mit derselben Ungeduld an, die sie in der Vergangenheit gezeigt hatte, wenn er sich zu lange in ihrer Gegenwart aufhielt. Plötzlich fiel ihr wieder ein, warum sie ihn hatte kommen lassen.

»Es geht um dein Kind«, sagte sie, freudig erregt, daß sie sich erinnerte, »das Mädchen, das im letzten Jahr geboren wurde und das für die ganzen verfaulten Fische auf den Straßen verantwortlich war. Man sagt, sie habe seltsame Augen.«

Sie sah Rahman direkt ins Gesicht, doch dieser hielt wie ein wohlerzogener Diener seinen Blick gesenkt.

»Schau mich an!« befahl sie verächtlich.

Er hob seinen Blick zu ihr auf.

»Ich habe Gerüchte über dieses Mädchen gehört. Schreckliche Gerüchte. Ich wollte dir sagen, daß du aufpassen mußt.«

Er schien sie nicht zu verstehen. Sie ließ heftig den Arm auf den Diwan fallen und beugte sich zu ihm, als wollte sie ihm die Worte in den Schädel meißeln:

»Ich habe gehört, deine Frau will das Kind umbringen!«

1939 brach tatsächlich der Krieg aus. Sein Erreichen der Sowjetunion erfüllte die Bevölkerung des Iran mit großer Panik. Rahmans bescheidene Einkünfte versiegten ganz. Die Nahrungsmittel wurden noch knapper als zuvor. Zwei Jahre lang lauschten die Juden gebannt auf den Klang der marschierenden Nazis, die sich von Rußland in Richtung Süden bewegten. Resa Schah, der damalige Kaiser, gab Hitler den Vorzug vor den Alliierten und gestattete deutschen Spionen die Einreise in den Iran. Er setzte sich über die wiederholten Warnungen der Briten hinweg und verweigerte den Alliierten, die Sowjetunion über den Iran mit dem bitter benötigten Nachschub zu versorgen. 1941 marschierten die Alliierten im Iran ein.

Sie kamen des Nachts, versenkten die wenigen Kanonenboote, überquerten ungehindert den Luftraum des Landes und hatten innerhalb weniger Stunden den ganzen Staat besetzt. Sie übernahmen die Felder und die Fabriken, schickten die ganze Nahrung an ihre Truppen, verboten den Handel, die Wirtschaft und das Reisen. Einen Monat später, an Jom Kippur, bereuten die Juden in der Synagoge ihre Sünden. Sie dankten Gott für die Alliierten, die sie vor Hitler bewahrt hatten, und baten ihn, sie nun vor der Hungersnot zu bewahren.

Es war Roxannas vierter Geburtstag. Sie war niedergeschlagen. Ihre Eltern waren in die Synagoge gegangen und hatten sie in Miriams Obhut gelassen. Alle mußten fasten, selbst Schuscha, die ein neues Baby stillte. Roxanna verstand nicht, warum sie nicht essen und trinken durfte. Je wärmer der Tag wurde und je mehr ihre Zunge im Mund brannte, desto häufiger bat sie Miriam um Wasser. Vergeblich erklärte Miriam ihr die Gebote, denen ein Jude unterworfen war, und sagte ihr, sie müsse bis zum Mittag warten, bis sie wieder trinken dürfe. Roxanna stand an der Tür und wartete auf den Trinkwasserverkäufer mit dem Faß auf dem Rücken. Als er nicht auftauchte, ging sie hinaus auf die Straße und setzte sich in die trockene Gosse. Da fiel ihr ein, daß die Nachbarn eine Zisterne hatten. Sie machte sich auf den Weg.

Niemand hörte, wie sie hineinfiel. Einige Minuten später suchte Miriam sie im Haus und merkte, daß sie nicht da war. Bis sie Roxanna schließlich in der Zisterne fand, waren gut zwanzig Minuten vergangen, und es war sicher, daß das Kind ertrunken war.

Man zog sie ganz aufgequollen aus dem Wasser. Alle versammelten sich um sie und starrten sie an. Ihre Haut war durchscheinend blau, die Fingernägel purpurn. Eine ganze Kolonie weißer Wasserwürmer ringelte sich aus ihrem Haar auf dem Boden um sie herum. Da seufzte sie auf wie ein erwachender Engel und erbrach einen Strom klaren, kühlen Wassers. Er ergoß sich aus ihrem Mund über die Schuhe der Anwesenden. Als sie ihre Augen öffnete, leuchteten diese.

»Mutter hat gesagt, ich soll trinken«, sagte sie zu Miriam.

1943 brachen in Teheran die Blattern aus. Der Mann von Sonne der Hühnerfrau war das erste Opfer. Doch er starb so schnell, daß niemand genau wußte, was seinen Tod verursacht hatte. Innerhalb von drei Tagen waren das Fieber, die Beulen und die Todesschauder aufgetreten. Am vierten Tag war er bereits steif. Als Sonne hinaus in den Hof ging, wo sie die Hühner und Hähne hielten, die sie dem Schächter verkauften, sah sie, daß auch ihr ganzes Geflügel tot war oder im Sterben lag. Sie versuchte, die Leute zu warnen, aber niemand hörte auf sie. Sonne die Hühnerfrau war die erste gewesen, die sich das neue Gesetz zunutze gemacht hatte, das den Juden erlaubte, auch außerhalb des Ghettos zu wohnen. Sie war in eine Scheune in den nördlichen Hügeln Teherans gezogen. Die Gegend war so abgelegen, daß alle dachten, ihr Mann könne die Krankheit nicht weitergegeben haben.

Doch nur wenige Tage nach der Beerdigung von Sonnes Mann erkrankte der Arzt im Militärhospital an den gleichen Symptomen, die Sonne beschrieben hatte. Danach bekam die sechzehnjährige Braut des einzigen Rahman noch verbliebenen Kunden die Krankheit. Plötzlich brach die Epidemie im Ghetto aus.

Roxanna war fünf Jahre alt. Sie hörte ihre Eltern über die neuesten Opfer der Krankheit reden; über die überfüllten Krankenhäuser, die keine Patienten mehr aufnahmen; von Ärzten und Schwestern, die Kranke pflegten, bis sie selbst der Krankheit erlagen. Sie wurde sich der Bedrohung durch die Krankheit bewußt, ihres warmen, ekligen Geruchs, der sie an den Atem eines häßlichen Tieres erinnerte. Sie sah die nackten, blassen Körper. Man wickelte sie in Leichentücher aus billiger Leinwand und band sie den trauernden Verwandten auf den Rücken, die sie zum jüdischen Friedhof schleppten. Nach einer Weile kam es Roxanna so vor, als könne sie die Krankheit in ihrem eigenen Zuhause riechen.

»Es riecht hier, als wäre die Krankheit gekommen«, vertraute sie ihrer Schwester an. Miriam ermahnte sie, nicht solch dummes Zeug zu reden.

»Blattern haben keinen Geruch«, sagte Miriam. »Ich habe gehört, sie werden durch das Wasser übertragen.«

Doch Roxanna bestand darauf, daß sie das Fieber an verschiedenen Stellen im Haus ausmachen könne. Sie wies auf die Stellen, wo es angeblich am heftigsten roch. Im Frühjahr 1944 erkrankte Rahman.

Schuscha brachte ihn in das Erlöser-Krankenhaus. Wieder zu Hause, verbrannte sie nach den Anweisungen der Ärzte Rahmans Kleidung. Die Kinder versammelten sich im Innenhof und sahen zu, wie die Habe ihres Vaters in Flammen aufging. Die Nachbarn flüsterten, Schuscha habe den Verstand verloren und übe einen Hexenzauber aus. Dabei könne man sich gegen die Blattern nicht schützen. Sie aufzuhalten sei unmöglich, auch wenn Schuscha ihr ganzes Hab und Gut verbrennen würde.

Sie hatten recht, denn in derselben Nacht erkrankte Schuschas einziger Sohn. Am nächsten Morgen fieberte das jüngste Kind. Überzeugt, daß sie alle ihre Kinder verlieren würde, wenn sie nicht schnell handelte, nahm Schuscha ihren ganzen Mut zusammen und schickte nach dem einzigen Menschen auf dieser Welt, der ihrer Meinung nach sogar den Tod abschrecken konnte.

Beebee in ihrem steifen Taftrock marschierte durch die Eingangstür und streifte Roxanna mit einem Blick.

»Es liegt alles an ihr«, erklärte sie ohne Umschweife. »Sie hat diese Krankheit eingeschleppt.«

Verzweifelt gestand Schuscha sich ein, daß Roxanna tatsächlich die Krankheit herbeigerufen hatte, denn sie hatte davon gesprochen. Vielleicht hatte sie ihrer Familie die Blattern sogar an den Hals gewünscht. Vielleicht hatte sie sie aber auch irgendwo im Schlaf aufgegriffen, in jenen Nächten, wenn sie frei wie ein Vogel in seltsame Länder flog, von denen Schuscha noch nie gehört hatte.

»Solange sie hier herumläuft, wird dich das Unglück verfolgen«, prophezeite BeeBee und machte sich an die Arbeit.

Sie vernagelte alle Türen und befahl den gesunden Kindern, die erkrankten zu meiden. Die Kranken steckte sie in einen Raum und schloß sich mit ihnen ein. Da es weder genügend Impfstoff noch Medikamente gegen die Blattern gab, pflegte sie die Kinder nur mit Arzneikräutern und Blutegeln. Um das Unheil abzuwehren, das Roxanna in Schuschas Haus gebracht hatte, machte BeeBee Feuer in einem Kohlenbecken, schrieb Roxannas Namen auf ein rohes Ei und legte es auf die Kohle, in der Hoffnung, es würde platzen. Sie verbrannte Rautensamen und zwang Roxanna, ihr Gesicht in die duftenden Rauchschwaden zu halten, bis ihr die Augen tränten und sie würgen mußte. Sie nahm eine Handvoll Salz, beschrieb einen Kreis um den Kopf des jüngsten Kindes und Schuschas Sohn, und bewarf danach Roxanna mit dem Salz.

Schuscha betete und weinte und machte sogar Mandeltränen. Es hieß, sie bewirkten Wunder, wenn gar nichts anderes mehr half. Eine Woche verging. Am achten Tag tauchte BeeBee aus dem Krankenzimmer auf. Müde, aber siegesgewiß, verkündete sie, daß die Kinder überleben würden.

»Geh zu Sonne, zum Haus der Hühnerfrau, und kaufe einen Opferhahn«, befahl sie Schuscha. »Nimm das unheilvolle Geschöpf mit. Achte darauf, daß sie zusieht, wie das Blut vergossen wird. Fülle das Blut in eine Flasche und bringe sie her, zusammen mit einem Gebet, das dir die Hühnerfrau aufschreiben soll. Die Flasche hängen wir vor das Zimmer der Kinder.«

Bleich und niedergeschlagen stand Schuscha vor ihrer Mutter. Sie sah BeeBee fest in die Augen und ihre Lippen bewegten sich, als wollten sie ein Verbrechen gestehen, das sie noch gar nicht begangen hatte. Sie hatte ohne Zweifel vor, ihr eigenes Kind zu töten.

Sie gingen an den Rand des Ghettos und mieteten sich dort einen Pferdewagen, der sie zu Sonnes Schuppen bringen sollte. Schuscha hatte nur Roxanna mitnehmen wollen, doch Miriam ahnte eine Tragödie und bestand darauf, daß sie und Tala'at die beiden begleiten durften. Nun sahen sie Sonnes Haus in der Ferne liegen, ein Schuppen mitten auf der Staubstraße, von einem seitlich auf dem Dach angefügten Aufbau verunstaltet. Von dort oben winkte ihnen eine einsame Gestalt zu. Als sie sich näherten, verschwand sie vom Fenster und kam wenige Minuten später aus der Eingangstür gerannt, klein und dürr, in ein weißes Männerhemd mit hochgerollten Ärmeln gekleidet. Um ihre Taille hatte sie ein einfaches Seil geknotet, das ihre Hosen im Westernstil festhielt. Auf dem Kopf trug sie einen Militärhelm, den sie von einem alliierten Soldaten gekauft und mit Papierblumen verziert hatte.

»Tretet ein, herein«, Sonne winkte ihre Besucher stolz ins Haus. Im Hof pickten einige Hühner herum. Der Boden war mit einer dicken Lage Federn bedeckt, vermischt mit getrocknetem Hühnerkot. Sonne führte Schuscha zur Scheune. Sie kletterte die Leiter an der Außenseite hinauf, zum Schuppendach und zu dem Zimmer, das sie darauf errichtet hatte. Schließlich stand sie wie eine Strohpuppe in Jungenkleidung auf dem Dach des neuen Zimmers.

»Kommt doch herauf«, spornte sie Schuscha und die Kinder an. »Der Fernblick wird euch die Sprache verschlagen!«

Sie sah, daß die Kinder Angst vor der Leiter hatten.

»Nun kommt schon!« lachte sie. »Man darf nur nicht nach unten blicken.«

Das flache Dach erhob sich drei Stockwerke über dem Boden und war mit einer Strohmatte und breiten Kissen, einem Kohlenbecken, einer Wasserpfeife und einem kohlebeheizten Samowar ausgestattet. Sonne saß mit untergeschlagenen Beinen neben dem Samowar, den zahnlosen Mund zu einem Lächeln verzogen. Sie begrüßte die Kinder und goß schwarzen Tee in fingerhohe Gläser. Sie erkundigte sich nach Rahman und BeeBee und gab Ratschläge, wie man kranke Kinder am besten pflegte. Der Abend brach an, und die Sonne versank. Die Hühnerfrau trank ein Glas nach dem anderen von dem dampfenden schwarzen Tee und erzählte in aller Ruhe ihre Lebensgeschichte.

Ihre Eltern waren Hühnerzüchter gewesen. Sie war dreizehn, als ihr Mann sie gesehen und trotz der Einwände seiner Eltern geheiratet hatte. Sein Vater hatte ihn daraufhin verstoßen. Seine Mutter kam in einen schwarzen Schleier gehüllt zur Hochzeit. In der Hand trug sie ein Bündel mit Asche, von der sie sich immer wieder eine Handvoll aufs Haupt streute, um ihrem Kummer Ausdruck zu verleihen.

Sonne die Hühnerfrau hatte fünf Söhnen das Leben geschenkt, einer gesünder und klüger als der andere. Sie hatte sie alle in die Ghettoschule geschickt, dann zur höheren Schule in Teheran, wo sie Stipendien erhielten, die ihnen ein Studium in Frankreich ermöglichten. Heute waren sie Ärzte, die viel zu beschäftigt und viel zu bedeutende Männer waren, um ins Ghetto zurückzukehren.

Sie redete den ganzen Abend, und die Nacht fiel herein. Ihre Stimme war lieb und mädchenhaft, und sie war fröhlicher Stimmung, als würde sie Schuschas Besuch feiern. Roxanna, die neben Miriam auf dem Bauch lag, beobachtete sie beim Reden. Der Himmel verdunkelt sich langsam, und Roxanna schlief ein.

Eine Hand zog sie auf die Füße. Die Augen öffnend, sah sie, daß die anderen bereits die Leiter hinunterstiegen. Sonne redete noch immer, rollte mit flinken Bewegungen ihren Teppich auf, löschte die Glut im Kohlenbecken und versuchte Schuscha zu bewegen, über Nacht zu bleiben. Es sei zu gefährlich für eine Jüdin mit drei Töchtern, im Dunkeln zu reisen, selbst wenn Resa Schah nun ein Militärregime im Lande errichtet hatte.

»Da hinüber«, sagte Schuscha und zog Roxanna an der Hand. »Steigen wir hinunter.« Es kam Roxanna gar nicht in den Sinn, die Flucht zu ergreifen.

Noch Jahre später, als Miriam der Mond von den Ereignissen jenes Abends berichtete, überkam sie ein tiefes Gefühl des Schreckens. Sie erbebte unter der Gewalt der aufs neue durchlebten Angst. Der Himmel war mit Sternen übersät, der Mond schien wie ein Spiegel über der Erde zu schweben. Vor ihm wirkte Roxanna blaß und klein mit ihren halbgeschlossenen Augen und dem Haar, das in großen Locken ihr Gesichtchen umspielte. In dem verwaschenen Baumwollkleid und den viel zu großen, von ihren älteren Geschwistern geerbten Schuhen, sah sie wie ein verirrter Engel aus. Ein Engel, dachte Miriam, der vom Himmel gefallen und auf Sonnes Dach gelandet war.

In diesem Augenblick bewegte sich etwas. Ein Lufthauch wie der Atem eines Dschinns, der sich im Schlafe dreht und das Gleichgewicht zwischen Traum und Wirklichkeit stört. Die Hühner im Hof brachen in wildes Gackern aus und schlugen mit den Flügeln. Am Himmel tauchte eine Taubenschar wie eine graue Wolke auf, ließ Federn fallen und verdunkelte den Mond. Da stieß Schuscha Roxanna vom Dach.

»Halt!« schrie Miriam, aber es war schon zu spät.

Roxanna fiel rückwärts in die Nacht. Ganz langsam näherte sie sich der Erde, die Arme ausgestreckt, die Beine locker, wie eine Schwimmerin, die sich im Wasser treiben läßt. Lautlos sinkend verlor sie ihre Schuhe. Ihre Augen waren weit geöffnet, aber ohne Angst. Kurz bevor sie auf dem Boden aufschlug, bewegte sie ihre Arme auf und ab, wie ein Vogel, der zum ersten Mal fliegt, die Balance sucht, einen ersten Geschmack von der Luft bekommt, beglückt über seine Freiheit. Dann bewegte sie sich sicherer, flog höher, zurück, über die Mauer von Sonnes Hof, hinweg von Schuschas Schatten und der Berührung ihrer Mörderhände, hinweg von Teheran und seiner Angst, auf die schneebedeckten Gipfel des Elburs und die ewigen Wasser des Kaspischen Meeres zu.

Später hatte jede der Anwesenden andere Erinnerungen an die Geschehnisse jener Nacht. Miriam der Mond behauptete, Roxanna seien Flügel gewachsen, Schwanenflügel mit silbernem und weißem Gefieder, und sie sei gen Norden geflogen, bis sie nur mehr ein weißer Fleck am Horizont gewesen sei, der schließlich verschwand. Tala'at bestätigte Miriams Aussage, desgleichen einige Nachbarn vom Ende der Straße, die durch das Geräusch der aufgescheuchten Tauben wach geworden waren und ein Mädchen mit weißen Federn über ihr Dach hatten fliegen sehen. Sonne die Hühnerfrau konnte sich nicht entsinnen, Flügel gesehen zu haben. Sie sagte, Roxanna sei wie ein Geist geflogen, habe die Arme nur benutzt, um von der Luft getragen zu werden, und sie sei die gesamte Zeit wach, aufmerksam und sich dessen bewußt gewesen, was sie tat. Sonnes Version der Geschichte machte Schuscha besonders angst. Sie war sich nicht sicher, ob Sonne sich täuschte. Sie bestand darauf, daß Roxanna von einem starken Luftzug weggeweht worden sei, der durch den plötzlich auftauchenden dichten Taubenschwarm entstanden war.

Doch selbst Schuscha konnte nicht leugnen, daß Roxanna in jener Nacht fünf Stunden lang verschwunden blieb und daß sie an einem Ort ihrer Wahl auftauchte. Sie landete nämlich auf den Stufen des Erlöser-Hospitals und wollte ihren Vater suchen. Roxanna war barfuß und verschreckt. Ihr Kleid war zerfetzt, es hing voll Laub. Ihr Gesicht war verschmiert, die Pupillen so vergrößert, daß sie wie eine Schlafwandlerin aussah, die plötzlich vom Licht überrascht wurde.

Die Schwestern sagten, wegen der Ansteckungsgefahr sei es nicht erlaubt, die Kranken zu besuchen. Und ein Kind in ihrem Alter habe in diesen frühen Morgenstunden sowieso nichts allein in der Stadt zu suchen.

Roxanna stand auf dem Platz vor dem Haupteingang des Hospitals, stritt sich mit den Schwestern, schrie aus Leibeskräften, bis sie sich schließlich den Weg ins Foyer erkämpft hatte. Als sie zu den Krankensälen wollte, packte die Stationsschwester sie von hinten und hielt sie fest. Roxanna riß sich los und rannte die Stufen hinauf, Wachleute und Schwestern auf den Fersen. Bis man sie endlich im zweiten Stock einholte, hatte sie Rahmans Namen bereits mehrere Male geschrien und die Kranken in Angst und Schrecken versetzt.

Die Militärpolizei, die in der Stadt für Ordnung sorgte, wurde zu Hilfe gerufen. Sie kam zu Fuß, da seit Tagen kein Benzin mehr aufzutreiben war. Die Polizisten trugen verwaschene Uniformen, die ihnen lose auf den ausgemergelten Körpern hingen. In der Hand hielten sie altmodische Waffen, von denen sie nicht wußten, wie sie zu bedienen waren. Sie hatten viel Mühe, Roxanna einzufangen und nach Hause zu tragen. Inzwischen waren auch Schuscha und die anderen Kinder wieder daheim angelangt, von der vergeblichen Suche nach Roxanna auf den Staubstraßen und kahlen Hügeln um Sonnes Scheune erschöpft.

Beim Anblick Schuschas rannte Roxanna instinktiv zu ihr, um Trost zu suchen. Doch dann hielt sie inne und trat einen Schritt zurück. Einen Augenblick blieb sie sprachlos stehen. Ihre Lippen wurden weiß.

»Ich weiß, was du getan hast«, flüsterte sie.

Von diesem Tag an war Roxanna, die ein völlig ruhiges Kind gewesen war, wie von tausend Dämonen besessen. Vielleicht hatte sie dem Todesengel Gabriel ins Antlitz gesehen und konnte ihn nicht vergessen, oder ihr Gehirn war beim Fallen erschüttert worden. Es konnte aber auch sein, daß sie den Gedanken nicht ertrug, daß ihre eigene Mutter, die sie zu lieben schien, sie hatte ermorden wollen. Welche Gründe es auch gewesen sein mögen, nach ihrem Flug war Roxanna so rastlos, daß sie nicht mehr stillsitzen und kaum noch schlafen konnte, weil sie glaubte, sich gegen wirkliche und eingebildete Gefahren schützen zu müssen.

Sie gehorchte weder Schuscha noch Miriam; schlug zurück, wenn eine der beiden sie züchtigen wollte; lief weg, wenn sie sie einschließen wollten. Stunden später kam sie wieder nach Hause, blutig und mit zerzaustem Haar, völlig durchnäßten Schuhen und zerfetzten Kleidern. Sie war so aggressiv, daß niemand ihr Vorwürfe zu machen wagte. Erst als Rahman aus dem Krankenhaus entlassen wurde, beruhigte sie sich für eine Weile. Ihre Angst verebbte, seit ihr klar war, daß Schuscha sie nicht nur vom Dach, sondern auch in die Zisterne gestoßen hatte, als sie an Jom Kippur ihren Durst löschen wollte. Roxanna wußte, daß Schuscha sie fürchtete, heimlich weinte und Rahman anflehte, sie wegzugeben. Roxanna sah, was mit ihrer Mutter los war. Die Ungewißheit, ob sie vielleicht tatsächlich böse sei, trieb sie fast in den Wahnsinn.

Zwei Jahre vergingen. Der Krieg war zu Ende, doch die Alliierten hielten den Iran noch immer besetzt. Rahman war bettelarm, seine Kinder hungerten, und seine Frau lebte in ständiger Angst vor der Schande, die Roxanna über die Familie bringen würde. Rahman fürchtete, daß seine Frau wieder versuchen könnte, Roxanna zu töten.

Es kam also nicht völlig unerwartet, daß Rahman in dem Jahr, als Roxanna acht wurde, den Entschluß faßte, Tochter und Familie vor dem Unheil zu retten. Wenn er jemanden fand, der Roxanna aufnahm, würde er sie wie ein übles Geschenk einpacken und weggeben.

Alexandra die Katze ließ Rahman rufen. Er sollte ihr helfen. Sie brauchte wieder einmal einen neuen Diener. In den vergangenen zwölf Jahren hatte sie drei Dutzend Dienstboten verschlissen. Dieses Mal wollte sie es mit einer Frau versuchen.

»Männer sind dumpf und langsam und haben von Natur aus keine Lust. Geh in das Dorf Sabzewar und kaufe mir ein nettes junges Mädchen, das ich für meine Bedürfnisse einarbeiten kann.«

Das war keine ungewöhnliche Bitte. Bei den Bauern war es schon immer üblich gewesen, einige Kinder als Dienstboten an reiche Städter zu verkaufen. Für ein intelligentes Mädchen war Alexandra bereit, eine großzügige Summe zu zahlen. Rahman erkannte sogleich die Gelegenheit und wollte sie nicht ungenutzt verstreichen lassen. Zögernd fragte er die Katze, ob sie statt eines Bauernmädchens auch eine seiner Töchter anstellen würde.

»Ihr könnt sie so lange behalten, wie ihr wollt«, sagte er, ohne zu verraten, an welche Tochter er dabei dachte. »Und Ihr braucht mir auch keinen Pfennig für sie zu bezahlen. Ich würde Euch nur bitten, sie einige Stunden am Tag in die Schule zu schicken.«

Es war zwölf Uhr Mittag. Alexandra frühstückte im Innenhof ihres Hauses unter einem Sonnenschirm, den sie hatte aufstellen lassen, um ihre empfindliche Haut vor der schädlichen Sonne zu schützen. Sie trug wieder eines ihrer Ballkleider. Die zusätzlichen Pfunde um Taille und Hüften hatte sie verloren, und ihr in Locken gelegtes Haar trug sie zu einem zapfenförmigen Gebilde aufgetürmt. Einen halben Meter in die Höhe ragend, hielt es mit Hilfe von hundert Haarnadeln und mehreren Litern englischem Schwarzmarktbier, mit dem sie es zu spülen pflegte. Wie immer hatte sie den Tisch mit einem gestärkten Leinentuch und kostbarem Porzellan gedeckt. Ihr Opernglas lag unmittelbar neben ihrem Teller. Sie führte es an die Augen, um Rahman zu mustern.

»Ich suche ein Mädchen, das ich mein ganzes Leben lang

behalten kann«, erwiderte sie steif. Ihr Augenlicht war seit der Besatzung unaufhörlich schlechter geworden. Ohne Opernglas sah sie nur noch verschwommene Umrisse. Doch sie war zu stolz, um sich einzugestehen, daß sie eine Brille brauchte. Sie bewegte sich mit ihrem alten Selbstvertrauen, und selbst Rahman, der sie aus besseren Zeiten kannte, merkte nicht, daß sie fast blind war.

»Ihr könnt sie Euer ganzes Leben lang behalten.« Vor Scham errötend, starrte er auf seine Schuhspitzen.

Alexandra legte das Opernglas auf den Tisch, und Rahman wurde wieder Teil der weißen Wolke, in der sie seit einiger Zeit lebte. Wie tröstlich es war, nichts sehen zu müssen, was sie nicht sehen wollte. Sie nippte an ihrem Kaffee, dann rückte sie ihren Stuhl ein wenig weiter unter den Schirm.

»Du willst mir diejenige geben, von der es heißt, sie sei von Übel«, sagte sie.

Er hielt sein Haupt gesenkt.

»Ich habe gehört, deine Frau hat versucht, sie vom Dach zu stoßen und zu töten.«

Er schaute noch immer nicht hoch.

»Du hättest es wissen müssen. Ich hatte dich gewarnt.«

Es widerte sie an, daß Rahman sich nicht wehrte, daß er einfach zusah, wie so schauerliche Dinge geschahen.

»Du solltest dich schämen!« sagte sie mit Nachdruck. Rahman zeigte erste Zeichen von Zorn.

Da reichte es Alexandra.

»Gut.« Sie stand auf. »Bring mir das Mädchen, und wir werden sehen.«

Donnerstag nachmittag ging Rahman mit Roxanna zum Basar und kaufte ihr einen neuen Schador, einen Laib süßes Brot und ihr erstes Paar neue Schuhe. Die Schuhe sollte sie nicht auf der Straße tragen, denn dann würden sie zerkratzen und staubig werden. Sie sollte sie in der Hand tragen und erst anziehen, wenn sie ihr Ziel erreicht hätten.

Roxanna war außer sich vor Freude. Sie konnte sich nicht vorstellen, womit sie es verdient hatte, daß ihr Vater sie so freundlich behandelte. Als sie an jenem Tag an der Seite ihres Vaters den Basar verließ, faßte sie den Entschluß, alles, was sie falsch gemacht hatte, wiedergutzumachen und sich des Geschenks, das ihr zuteil geworden war, würdig zu erweisen.

Statt nach Hause ging Rahman mit ihr zur Katze.

Alexandra saß am Flügel, als Vater und Tochter das Zimmer betraten. Sie sah auf und erblickte zwei Silhouetten, von denen die eine größer als die andere war. Sie tastete nach dem Opernglas. Ihr fiel ein, daß sie es in ihrem Schlafzimmer hatte liegen lassen. Es blieb ihr nichts anderes übrig, als Roxanna mit ihren kranken Augen so gut wie möglich zu mustern. Damit fingen ihre Sorgen an, denn statt des Kindes mit den braunen Löckchen und der durchscheinenden Haut, das ihr durch den Nebel zulächelte, sah Alexandra sich selbst.

Alexandra wurde in der Stadt Orumijeh an der russisch-iranischen Grenze geboren. Ihre von Geburt an blinde Mutter war Klavierlehrerin gewesen. Um die Augen trug sie einen Streifen weißer Spitze, und die winzigen Glöckchen um ihre Fesseln verkündeten bei jedem Schritt, daß sie nicht sehen konnte. Mit Alexandras Vater war sie nicht verheiratet gewesen und hatte auch keine Freunde oder Verwandten. Ihr ganzes Leben lang von der Sorge geplagt, kein ordentliches Begräbnis zu erhalten, hatte sie von Jugend an Geld für ihren Tod zurückgelegt. Sie versagte sich und Alexandra die lebensnotwendigsten Dinge, sparte jeden Pfennig und versteckte das Geld für ihre Bestattung im Klavier.

Beim Tode ihrer Mutter war Alexandra die Katze zweiundzwanzig Jahre alt. Ihr einziger Wunsch im Leben war, Orumijeh zu verlassen und einen reichen Mann zu heiraten. Nun stand sie vor der Wahl, ihre Mutter beerdigen zu lassen, wie diese sich das gewünscht hatte, oder mit Hilfe des Geldes aus Orumijeh zu verschwinden. Sie ließ den Leichnam unbeerdigt im Haus liegen.

Sie flüchtete in die Nacht. Sie würde die alte Frau schnell genug vergessen. Sie durfte kein Geld für die Toten verschwenden, wenn es so dringend für die Lebenden gebraucht wurde.

Eines Tages, nachdem sie einen reichen Mann geheiratet hatte, würde sie zurückkehren. Dann würde sie den Leichnam ihrer Mutter finden und ihn so begraben, wie ihre Mutter es gewollt hatte.

In Moskau heiratete Alexandra einen General aus der Armee des Zaren. Er wurde nicht von den Bolschewiken umgebracht, wie sie später behauptete, sondern starb in einem Streit über Spielschulden. Wieder war Alexandra auf sich gestellt und mußte sich allein in Sicherheit bringen.

Sie lernte einen anderen Mann kennen, einen assyrischen Kaufmann mit wenig Phantasie und einer reichen Frau. Die Frau wußte natürlich, daß alle Männer einem biologischen Drang ausgesetzt sind, der es ihnen unmöglich macht, monogam zu leben. Reichen Frauen ist die Biologie aber nicht so wichtig wie den armen, deshalb mußte der Assyrer, der nicht den Zorn seiner Frau erregen und dadurch den Zugang zu ihrem Geld verlieren wollte, seine Affäre mit Alexandra geheimhalten.

Er brachte sie in das jüdische Ghetto. Es lag weit genug vom assyrischen Viertel entfernt, so daß seine Frau nie von der Beziehung erfahren würde. Er rechnete damit, daß seine Affäre mit Alexandra kurzlebig wäre, hätte darauf gewettet, daß er sich davonmachen könne, sobald er Gefahr witterte oder Alexandra zu alt würde. Doch Alexandra bezauberte ihn mit ihrer europäischen Kultiviertheit und der Art, sich wie eine Operndiva zu schminken. Sie fesselte ihn an sich mit ihren phantastischen Geschichten und unwirklichen Gewohnheiten, bis er sich nicht mehr von ihr lösen konnte. Jede Nacht, wenn das Ghetto schlief, schlich er durch die Gassen zu ihrem Haus und blieb bis zum Morgengrauen bei ihr. Niemand sah ihn, noch nicht einmal Rahman, der sieben Jahre für Alexandra arbeitete. Auch Schuscha hatte ihn nicht bemerkt in der kurzen Zeit bei der Katze, bis sie mit Rahman in ein eigenes Heim zog. Alles wäre gutgegangen, wäre es nicht zu der Geburt eines herzlosen grünäugigen Monsters mit gelbem Haar gekommen.

In dem Jahr bevor der Krieg ausbrach, war Alexandra von

dem assyrischen Phantom schwanger geworden. Als sie es ihm sagte, schlug er vor, sie solle sich eine steile Treppe hinunterstürzen und den Fötus umbringen, doch Alexandra weigerte sich. Also befahl er ihr, sich in ihrem Haus einzuschließen und ihre Schwangerschaft zu verheimlichen. Nachdem das Kind zur Welt gekommen war, nahm er es mit nach Hause. Seiner Frau gegenüber behauptete er, es gehöre einer entfernten Verwandten, die gestorben sei. Seine Frau glaubte ihm. Sie stellten eine Kinderfrau ein, und das Kind wuchs in ihrem Hause auf, ohne daß es jemanden störte.

Alexandra die Katze hatte ihren Liebhaber nie gefragt, wie ihre Tochter hieß oder wie sie aussah. Sie hatte sich nie geschämt, das Mädchen aufgegeben zu haben. Sie war intelligent genug, um zu wissen, daß sie keine Wahl gehabt hatte, keine echte Wahl, nicht, wenn der Einsatz so hoch war. Entweder das Kind oder der Liebhaber, ohne den Alexandra arm, allein und verlassen sein würde. Am Tage, als Rahman ihr Roxanna brachte, sah die Katze das Kind an, das vor ihr stand, und erkannte sich selbst. Ein Mädchen ohne Wahl.

»Laß sie hier«, sagte sie und bedeutete Rahman, einen Schritt zurück zu tun und im Nebel zu verschwinden.

Zuerst fiel es Roxanna nicht schwer, bei Alexandra zu bleiben. Sie war fasziniert von Alexandras Erscheinung, ihrem Duft und der Art, wie sie, von ihrer Katzenschar umgeben, in Erinnerungen an tote Zaren schwelgte. Alexandra erinnerte sie an die Porzellanpuppen, die der blauäugige Lofti im Keller seines Hauses verkauft hatte, bevor er einen Laden in der Tulpenallee aufmachte. Sie trug die gleichen gestärkten Spitzen, bemalten Satinstoffe, parfümierte ihr Haar und schwärzte ihre Wimpern.

Mit Überraschung erlebte sie, über welche Stille Alexandra herrschte, staunte über den Nachhall ihrer Schritte im Flur, die leeren Räume, die unbenutzten Möbel. Aus jeder Ecke starrte sie eine Katze an; sie lagen auf Alexandras Bett oder leckten die Blattgoldspitzen von den Klavierbeinen ab.

Alexandra schlief den ganzen Morgen hindurch und erwachte erst, wenn Roxanna aus der Schule kam und ihr Kaffee servierte. Die nächsten drei Stunden verbrachte sie vor ihrer Schminkkommode. Das Haar drehte sie auf winzige Lockenwickler und zupfte so lange an ihren Augenbrauen herum, bis nichts mehr von ihnen zu sehen war und sie ein neues Paar aufmalen konnte. Sie quetschte ihren Körper in enge Korsetts und zerbrach sich den Kopf darüber, welches Gewand sie mit welchen Perlen tragen sollte. Wenn Roxanna am frühen Nachmittag wieder aus der Schule kam, war die Katze fertig.

Sie nahm um drei Uhr das Mittagessen ein, trank um fünf Uhr Kaffee und betrat kurz vor Sonnenuntergang das Musikzimmer. Zu jener Stunde war der Raum lichterfüllt. Der schwarzlackierte Flügel in seiner Mitte glänzte wie ein Juwel in einem Schaufenster. Roxanna zog die Vorhänge zur Seite, damit das aus zerlumpten Kindern und arbeitslosen alten Männern bestehende Publikum, das sich regelmäßig vor den Fenstern versammelte, ihre Herrin sehen konnte. Alexandra trat ihnen in königlicher Haltung gegenüber, machte einen Knicks und ließ sich am Flügel nieder. Dort verwandelte sie sich plötzlich in den Pianisten am Hofe von Zar Nikolaus II., seinen schönsten Höfling, und gab die beste Vorstellung ihres Lebens vor ausverkauftem Haus in der Moskauer Oper.

Wellen der Musik brandeten gegen das Licht, erfüllten das Zimmer, schlugen an die Wände wie die Flut. Alexandra gab ein Zeichen, ein kaum wahrnehmbares Nicken mit dem Kopf, und Roxanna öffnete die Fenster, so daß die Musik ins Ghetto hinausströmte. Sie durchflutete die Gassen, lief an den halbzerfallenen Mauern der Häuser entlang und weckte die Juden aus ihrem zweitausend Jahre währenden Schlaf der Ergebenheit; weckte in ihnen, für einen kurzen Augenblick, die Sehnsucht, zurückzuschlagen.

Alexandra spielte Chopin, Beethoven und Schumann. Niemand wußte, was sie spielte und ob ihr Spiel gut war, denn niemand hatte diese Art Musik jemals im Leben gehört. Doch jeden Tag kamen die Zuhörer wieder, bei glühender Sonne und strömendem Regen. Sie ließen ihren Mittagsschlaf ausfallen oder verzichteten auf das Vergnügen, heißen Tee in einem kühlen Kaffeehaus zu sich zu nehmen, nur um das seltsame Schauspiel der Fremden mit den vielen Katzen zu erleben und Zeuge der Verrücktheit einer fernen Welt zu werden.

Nach Anbruch der Dunkelheit zog sich Alexandra in ihr Schlafzimmer zurück, um sich auf einen Diwan zu legen, den sie Josephine getauft hatte, und bis Mitternacht zu lesen. Den Juden erzählte sie, Josephine sei von einem großen Krieger geliebt worden, der Napoleon Bonaparte geheißen und sie zur Kaiserin Frankreichs gemacht habe. Viele Jahre später benannte Roxannas Schwester Rochelle ihre Tochter nach dem Sofa in Alexandras Schlafzimmer, in der Hoffnung, sie würde einen Kaiser heiraten, wenn sie erwachsen war.

Bevor sie sich zu Bett begab, wanderte Roxanna durch das Haus, zündete die Kerzen in den Kronleuchtern an, summte die Melodien, die Alexandra gespielt hatte, und spürte ihren Widerhall in der Dunkelheit.

Ihre Schwestern sah Roxanna in der Schule, wagte aber nicht, sie nach ihren Eltern zu fragen und warum sie für immer bei Alexandra bleiben mußte. Sie glaubte, dafür bestraft zu werden, daß sie sich aufgelehnt hatte, daß ihr Bett voll Federn gewesen und sie von Unheil verfolgt war. Sie wußte, daß sie nicht das einzige Mädchen war, das in jungen Jahren sein Zuhause verlassen mußte. Viele Mädchen wurden zur Arbeit in entfernte Städte geschickt und sahen ihre Eltern nie wieder. Andere wurden noch vor der Pubertät verheiratet oder an Verwandte gegeben, die kinderlos geblieben waren.

Dennoch wurde Roxanna das Gefühl nicht los, daß ihre Mutter sie verachtete.

»Da kannst du gar nichts dafür«, hatte Miriam einst zu ihr gesagt. »Mutter hat Angst vor ihrem eigenen Leben. Sie bildet sich ein, sie könnte unser Schicksal ändern, wenn sie dich weggibt.«

Der Anker war gelichtet worden, und Roxanna trieb allein und führerlos auf hoher See.

Sie wurde sich dessen bewußt, daß sie kein anderes Heim als Alexandras Zuhause hatte. Ihre Arbeit nahm sie ernst, versuchte, sich nicht durch die Gedanken an ihre Eltern oder durch die Menschen und Orte, die sie in ihren Träumen sah, ablenken zu lassen. Doch jeden Morgen, wenn sie aufwachte, waren ihre Augen voll mit dem goldenen Licht der Sonne, die über dem grünen Wasser des Kaspischen Meeres aufging, und wenn sie ihr Zimmer verließ, rannte sie direkt in Alexandras Erinnerungen, denn sie schritten in Fleisch und Blut durch das Haus, waren wirklicher als das Leben selbst.

Roxanna sah Alexandra, als sie noch eine junge Frau war, armselig gekleidet, doch mit überlegener Miene. Sie hatte einen Sarg zurückgelassen, einen Leichnam, der allein und unbegraben in jener Stadt wartete, in die sie nicht zurückkehren konnte, da ihr Name geändert und ihre Straßen zerstört waren und nur noch in der Erinnerung der Alten lebten.

Roxanna sah auch Alexandras Mutter, wie sie neben ihrer Tochter saß und mit den Fingern den Rhythmus auf den Schenkel schlug, wenn diese am Flügel übte. Um ihre Fesseln trug sie Lepraglöckchen und an den Fingern billige Ringe.

Nur der Phantomliebhaber zeigte sich Roxanna nicht.

Groß mußte er sein, malte sie sich aus, denn der Fußboden knarrte, wenn er kam. Er erschien immer erst, wenn sie im Bett lag. Sie ahnte, daß die Katze Angst hatte, er könne sie eines Tages verlassen, morgens gehen und abends nicht zurückkehren. Nachts hörte Roxanna in jedem Zimmer das laute Pochen von Alexandras Herzen. Wenn er kam, seufzte Alexandra vor Erleichterung auf, und ihre Katzen murrten beleidigt, wenn sie aus ihrem Bett verjagt wurden. Einen Augenblick später erklang ein leichtes, metallenes Klingen, als wäre etwas auf die Porzellanplatte des Nachttisches gefallen.

Sechs Monate nach der Ankunft Roxannas stellte der Phantomliebhaber seine Besuche ein.

Alexandra wartete bis zum Morgen auf ihn. Mit großen

Schritten durcheilte sie Haus und Innenhof, öffnete Türen und schloß sie wieder, nur um sie erneut zu öffnen. Zur Mittagessenszeit wartete sie noch immer, und auch am Abend. Er ließ sich nicht blicken.

In der dritten Nacht stand Alexandra am Fenster, von Mitternacht an, und weigerte sich, auch nur eine Minute wegzugehen, aus Angst, sie könnte seinen Schatten beim Durchqueren des Innenhofes verpassen. Als der Morgen dämmerte und Roxanna zum Goldfischbecken ging, um sich das Gesicht zu waschen, blinzelte Alexandra noch immer durch die Falten ihres Schlafzimmervorhangs, zu stolz, sich zu zeigen.

Roxanna tauchte die Hände ins Wasser und zerstörte dadurch das Spiegelbild eines vertrauten Geistes, nämlich den des grünäugigen Mädchens mit den Lackschuhen. Mit der hohlen Hand schöpfte Roxanna das Wasser und goß sich Teile des Geisterbildes ins Gesicht.

»Verschwinde«, sagte sie geistesabwesend zu dem Geist. Sie war so sehr an Erscheinungen gewöhnt, daß sie sich nie die Mühe machte, nachzusehen, ob sie echt waren. »Heute ist die Katze für deinen Besuch nicht in Stimmung.«

Das Bild des Mädchens blieb jedoch im Teich. Neben ihr sah Roxanna das Spiegelbild eines ihr unbekannten Mannes.

Er war groß und kahlköpfig, und seine Lippen waren zu rot. Bekleidet war er mit einem europäischen Anzug nebst Weste und Uhrkette. Seine Beine waren für den Rest des Körpers zu dick.

Roxanna wandte sich um. Der Mann und das Mädchen standen vor ihr.

»Alexandra hat mir erzählt, daß du fliegen kannst«, begrüßte der Mann Roxanna.

Seine Stimme war weich wie die einer Frau. Er beugte sich leicht vor, wenn er sprach. Einen Fuß auf den Rand des Wasserbeckens setzend, stützte er lächelnd einen Ellbogen auf den Oberschenkel.

»Das ist meine Tochter«, sagte er, wobei er auf das Mädchen mit den weißen Schuhen deutete.

»Ihr beide müßt ungefähr gleich alt sein. Sie wird bei dir wohnen.«

Das Mädchen trug eine gestärkte weiße Bluse mit einem marineblauen Rock, weiße Socken mit einer steifen Spitzenverzierung und Schuhe, die so aussahen, als seien sie noch nie getragen worden. Neben ihr auf dem Boden bemerkte Roxanna einen braunen Pappkoffer, der aufrecht im Staub stand.

»Ihr Name ist Mercedes.« Der Mann befeuchtete seine roten Lippen mit der Zungenspitze. »Farsi kann sie noch nicht sprechen, nur assyrisch, aber sie wird es schnell lernen.«

Er blickte sein eigenes Spiegelbild im Fischbecken an.

»In der Zwischenzeit wirst du Alexandra eine Nachricht von mir überbringen müssen.«

Plötzlich schwammen die Fische hektisch im Kreis, als hätten sie den Verstand verloren. Roxanna schaute hinauf zum Schlafzimmerfenster der Katze. Sie wußte, daß Alexandra sie durch ihr Opernglas beobachtete.

Der Mann zögerte.

»Sag ihr, ich kann das Kind nicht länger bei mir behalten.« Ein Schweißflecken breitete sich, vom Hals ausgehend, auf seinem weißen Hemdkragen aus. Er blickte auf Mercedes, dann auf das Schlafzimmerfenster und wieder auf Roxanna.

»Sag ihr«, er mußte schlucken, »daß ich nicht mehr kommen kann.«

Die Fische tauchten tief ins Wasser und kamen nicht wieder an die Oberfläche. Der Mann atmete aus, streckte sich und zwang sich, hinüber zu dem Mädchen zu gehen. Er flüsterte etwas in einer fremden Sprache und berührte ihr Gesicht mit der Rückseite seiner Finger. Mercedes wich zurück, sah ihn aber nicht an. Beim Reden nickte er Roxanna zu und deutete auf das Haus. Das Mädchen sagte kein einziges Wort.

Roxanna dachte, daß das Mädchen stark, sehr stark sein mußte, dem Willen eines Erwachsenen auf diese Weise zu widerstehen. Als er ein Taschentuch hervorholte, um sich den Schweiß von den Händen zu wischen, sah sie den Ehering an seinem linken Ringfinger.

»Auf Wiedersehen«, sagte der Assyrer zu Roxanna und versuchte vergeblich zu lächeln.

Roxanna und Mercedes belauerten einander den ganzen Morgen.

Mercedes blieb in der Nähe des Beckens. In ihren Kleidern, die sie als reiches Mädchen auswiesen, in ihren makellosen Socken und ihrem weißen Strohhut mit dem breiten marineblauen Band sah sie unberührbar aus. Im Vergleich zu ihr war Roxanna klein und hilflos. Sie wußte sofort, daß sie Mercedes bei jedem Streit unterliegen würde. Sie hatte nur den einen Wunsch, ihr zu Gefallen zu sein, und sei es nur, damit Mercedes aufhörte, sie so gehässig anzusehen.

Gegen Mittag fiel Roxanna plötzlich ein, daß sie vergessen hatte, in die Schule zu gehen. Und Alexandra hatte sie auch den ganzen Tag noch nicht gesehen. Sie ging zu Alexandras Tür und klopfte an, es kam aber keine Antwort. Sie wartete, zu ängstlich, um noch einmal zu klopfen.

»Nicht jetzt«, ertönte einen Augenblick später Alexandras Stimme. »Ich rufe dich, wenn ich dich brauche.«

Roxanna ging in die Küche und überflog die Reste des Mittagessens vom Vortag. Sie legte die Speise auf einen Teller, schluckte ihren eigenen Hunger herunter und ging damit ins Freie zu Mercedes.

»Hier«, sagte sie und stellte den Teller an den Rand des Fischbeckens, strahlend vor Stolz über ihre Großzügigkeit. »Das ist für dich.«

In dem Augenblick, wo Mercedes das Essen musterte, wand sich Roxanna vor Scham. Was eine Minute zuvor frisch und appetitlich ausgesehen hatte, wurde unter dem grünen Aufblitzen der Augen des reichen Mädchens schal und ungenießbar. Roxanna stand wie angewurzelt da, unfähig zu entscheiden, ob sie den Teller entfernen sollte. Nach einer Weile, als sich Mercedes abgewandt hatte, beugte sie sich vor und nahm ihn leise an sich.

Später fand sie Mercedes am Rande des Goldfischbeckens sitzend. Mit den Knien berührte sie fast ihren Koffer. Ihre Haltung war aufrecht und entschlossen. Am Abend hatte sie sich noch immer nicht gerührt.

»Komm doch zum Schlafen ins Haus!« hatte Roxanna zu ihr gesagt. Vergeblich.

Der Hof war dunkel, von den Lauten des abendlichen Ghettos erfüllt. Von der Gasse her drang Gemurmel herein. Schatten schwammen auf dem Fischteich. Die farbigen Fische erglühten im Mondlicht. Roxanna vermißte ihr geräuschvolles Zuhause; ihre Schwestern, die sich zum Essen setzten oder ihren häuslichen Arbeiten nachgingen; Schuscha, die einen Säugling stillte oder an einem Auftrag Rahmans arbeitete. Beim Anblick Mercedes' mit ihrem gelben Haar und weißen Kleidern fühlte sich Roxanna noch einsamer als sonst und wünschte sich, sie wäre so stark wie Mercedes, wünschte sich, ihre Mutter hätte sie gewollt.

Sie schlief auf dem Boden vor Alexandras Schlafzimmer ein und träumte die ganze Nacht von Schuscha. Am nächsten Morgen hatte sie die Ereignisse des Vortages vergessen. Doch dann merkte sie, daß sie ohne Decke und in ihrer Schuluniform auf dem blanken Boden lag, daß Alexandras Tür noch verschlossen war und ihre Vorhänge noch immer zugezogen. Roxanna stand auf, um einen Blick in den Innenhof zu werfen. Da saß die grünäugige Tochter von Alexandra und ihrem verheirateten Phantom in ihrem marineblauen Rock mit den rasiermesserscharfen Falten am Rande des Goldfischbeckens, blaß und erschöpft, aber noch immer – noch immer ungeschlagen.

Miriam der Mond haßte Mercedes vom ersten Augenblick an, als sie sie mitten in Alexandras Hof erblickte, so trotzig, daß Roxanna weinte, obwohl Mercedes kein einziges Wort gesagt hatte. Da es ihr nicht gelungen war, Mercedes zu bewegen, das Haus zu betreten, oder Alexandra dazu zu bringen, ihr Schlafzimmer zu verlassen, war Roxanna in die Schule gegangen, um Miriam um Hilfe zu bitten. Sie hatten gewartet, bis die Schule aus war und die Direktorin Frau Weisheit alle Schüler entlassen hatte. Dann gingen sie zusammen zum Haus der Katze, und auf dem ganzen Weg dorthin hatte Miriam Roxannas Hand gehalten.

Miriam war ein wunderschönes Mädchen, groß und schlank und hübscher als alle anderen Mädchen ihres Jahrgangs. Sie war schön genug, um trotz des schlechten Rufes der Familie Bewerber anzulocken. Bisher hatten sie alle irgendeinen Makel gehabt. Es waren Männer gewesen, die wußten, daß sie Abstriche machen mußten, wenn sie eine Frau finden wollten. Die sanftmütige, gutaussehende Miriam schien so verschwendet an sie, daß ihre Eltern sich nicht überwinden konnten, sie wegzugeben.

Miriam stellte das Urteil ihrer Eltern natürlich nicht in Frage, auch wenn sie bereits fünfzehn war und sich dem Alter näherte, in dem Mädchen »schlecht« und unverheiratbar wurden. Die ihr angeborene Gehorsamkeit zwang sie, jedes Schicksal anzunehmen, das ihrer harrte. Sie war so bescheiden, wie es einer Frau geziemte, und war klug genug, nicht zu glauben, daß ihr gutes Aussehen ihr zu einem glücklicheren Leben verhelfen könnte. Sie lernte fleißig in der Schule und gehorchte ihren Lehrern, gab nie mit ihrem Wissen an und vertraute ihren geheimen Wunsch, nach der höheren Schule zu studieren, keiner Menschenseele an. Schon als Mädchen war Miriam davon überzeugt, daß die Ausdauer – die Fähigkeit, die Enttäuschungen des Lebens hinzunehmen, ohne daran zu zerbrechen – die höchste Tugend des Menschen sei. Sie kleidete sich in strengem Schwarz und tristen Brauntönen, frisierte ihr Haar in einem straffen Zopf, den sie kaum je öffnete, und lief mit der Miene einer jungen Frau herum, die bereitwillig das Schicksal einer alten Jungfer auf sich nimmt. Sie übernahm stets mehr Verantwortung, als man ihr übertrug, versagte sich die kleinsten Freuden, aus Angst, sie könnte ihren Körper und Geist verwöhnen, und war stets auf das Schlimmste gefaßt. Das war der Grund dafür, daß sie Mercedes so spontan und so viele Jahre lang haßte.

Sie standen im Hof der Katze und funkelten sich an, Mercedes erschöpft von ihrem anderthalb Tage währenden Sitzstreik, Miriam erstaunt vom Anblick dieses goldenen Mädchens, mit dessen Pracht sie nicht gerechnet hatte. Nach wenigen Minuten wußte Miriam, daß sie entweder sofort angreifen oder eine Niederlage einstecken mußte.

»Das ist der Teufel in weißen Lackschuhen«, erklärte sie eisig.

Sie ging um Mercedes herum und suchte nach einer schwachen Stelle, auf die sie ihren Angriff richten konnte. Da sah sie den Koffer.

»Sieht so aus, als habe ihr Vater sie unter allen Umständen loswerden wollen«, sinnierte sie laut.

Ohne Mercedes' Erlaubnis einzuholen, öffnete sie den Koffer und musterte den Haufen gestärkter und sorgfältig gefalteter Kleider. Sie bestanden ganz aus weißen Spitzen und weicher Baumwolle. Daneben gab es drei weitere Paar Lackschuhe mit kaum zerkratzten Sohlen, von denen ein Paar weiß, die beiden anderen schwarz waren. Miriams Hände wurden kalt vor Neid. Sie schnaufte verächtlich.

»Na«, sagte sie zu Roxanna, »wenn sie dieses Zeug auf unseren Straßen trägt, ist es gleich beim ersten Mal hin.«

Mercedes war so wütend, daß sie sich aus der Reserve locken ließ und mit einer Salve Beschimpfungen antwortete. Die Worte ergossen sich aus ihrem Mund und hingen da wie die Geflügelleichen im Laden des Schächters. Da Mercedes assyrisch sprach, verstand Miriam nicht, was sie sagte, und die Beschimpfungen machten ihr nichts aus. Sie bewiesen nur, daß Mercedes verwundbar und den Menschen schutzlos ausgeliefert war, deren Sprache sie weder sprach noch verstand.

Miriam hatte die erste Runde gewonnen.

»Laß uns zur Katze gehen«, sagte sie zu Roxanna.

Sie klopften zweimal an Alexandras Tür.

»Eure Exzellenz«, rief Miriam, darauf bedacht, die alte Frau mit Ehrerbietung zu behandeln. »Eine Angelegenheit von höchster Wichtigkeit erfordert Eure Aufmerksamkeit.«

Keine Antwort.

»Eure Exzellenz«, rief sie wieder. »In Eurem Hof wartet ein

merkwürdiges junges Mädchen. Sie hat einen Koffer, der wahrscheinlich voll gestohlener Kleider ist. Eure Dienerin Roxanna und ich wissen nicht, was wir davon halten sollen.«

Endlich öffneten sie die Tür und betraten den Raum.

Alexandra saß aufrecht auf ihrer Josephine. Ihr zu einem Chignon geschlungenes Haar hatte sich halb gelöst, ihre Arme waren fast auf dem Diwan festgetrocknet, und sie trug noch immer die Perlen, die sie drei Abende zuvor für ihren Liebhaber, der nicht gekommen war, angelegt hatte. Beim Öffnen der Tür zog Alexandra die Luft ein, als sei sie plötzlich aus einem langen Schlaf erwacht, und stieß ihr Kinn in die Luft. Sie wollte Haltung bewahren, auch wenn ihr die Schminke in Streifen über das Gesicht lief und ihre halbgeschlossenen Augen blutunterlaufen waren. Sie wußte, daß der Schaden irreparabel war, und so streckte sie den beiden Mädchen die Hand entgegen und gestattete ihnen, ihr aufzuhelfen. Sie führten sie zu ihrem Schminktisch, lösten ihr Kleid, befreiten sie von ihrem Korsett und den Schuhen. Dann brachten sie sie ins Bett.

Elf Tage blieb sie dort. Sie verwechselte die Dunkelheit, die ihre Augen erfüllte, mit der Schwärze des Schlafes. Sie genoß ihren Frieden so sehr, schätzte die Freiheit, die kleinlichen Erinnerungen an die Realität nicht mehr sehen zu müssen, so hoch, daß sie in jenem Zustand schweigenden Entzückens für immer verblieben wäre, hätten nicht Roxanna und Miriam Reis gekocht und sie mit der milchigen Brühe ernährt, damit sie nicht verhungerte. Am Ende stand sie wieder auf, doch nie wieder fühlte sie sich verpflichtet, sich mit irgend etwas anderem als ihrer Phantasiewelt zu beschäftigen. Nie verlor sie ein Wort der Klage darüber, daß sie vollständig erblindet war.

Gleich ihrer Mutter gab die Katze ihrer Dienerin Roxanna Anweisungen, wie sie zu begraben sei.

»Dein Vater soll meinen Flügel verkaufen und das Geld für ein großes Begräbnis verwenden. Ladet meinen Liebhaber ein.

Zieht mir mein grünes Taftkleid an, meine lange Perlenkette und schminkt mir die Lippen rot. Begrabt mich in der Nähe eines Baches mit klarem Wasser, und besucht mein Grab bei jedem Regen.«

Manchmal sprach sie mit tränenreichem Selbstmitleid, manchmal mit der kaltherzigen Gleichgültigkeit eines Menschen, der erkannt hatte, daß sich die Geschichte nur deshalb wiederholte, weil Gott ein Wesen von beschränkter Phantasie war. Sie war so in ihre eigenen Gedanken verloren, daß sie die Verzweiflung nicht verstand, die Roxanna bei dem Gedanken an ihren Tod empfand.

Mehr als alles andere, mehr als der Geschmack des Hungers, der alles, was sie aß, verdarb, mehr noch als ihre Angst, Schuscha könnte eines Nachts bei ihr eindringen und sie töten, fürchtete Roxanna Alexandras Tod.

Deshalb pflegte sie die Katze nach besten Kräften und badete sie wie ein Kind; deshalb war sie Mercedes gegenüber so geduldig. Sie fand sich mit ihrem anfänglichen Zorn ab, mit ihrer späteren Empörung, näherte sich ihr stets mit einem Lächeln und einer Friedensgabe, bis Mercedes ganz langsam ihren Haß vergaß und Roxanna ihre Freundschaft schenkte. Sie waren beide allein, hatten nur einander, waren von ihren Eltern verlassen, ihrer beider Überleben hing von Alexandra ab. Dennoch lachte Mercedes über Roxannas Anhänglichkeit.

»Nun hör schon auf, sie zu umhegen wie eine Henne, die goldene Eier legt«, sagte sie in dem fehlerhaften Farsi, das sie nach ein paar Monaten im Ghetto gelernt hatte. Ihre Stimme war volltönend wie Samt, aber zersetzt von Wut. »Ich bete, daß sie so rasch wie möglich ins Gras beißt. Dann hau ich aus dem Ghetto ab und komme nie wieder her.«

Mercedes hatte keine Schuldgefühle, daß sie der Frau, die sie nur in die Welt gesetzt hatte, um sie wegzugeben, den Tod wünschte. Die Katze hatte Mercedes nie gewollt und tat nun so, als würde sie ihre Anwesenheit nicht wahrnehmen. Mercedes sah keinen Grund, warum sie sich Alexandra verbunden fühlen oder sich wünschen sollte, wie Roxanna häufig phantasierte, daß ihr Vater sie nach Hause holte. Während ihrer ganzen Zeit im Ghetto verfolgte sie ein einziges Ziel, das sie schließlich auch erreichte: So schnell wie möglich aus dem Ghetto zu entkommen, und zwar auf dem Rücken eines reichen Mannes, der so dumm war, ihr nicht nur Geld, sondern auch die Freiheit zu lassen, so daß sie in die Welt hinausgehen konnte, ohne je wieder auf einen anderen Menschen angewiesen zu sein und befürchten zu müssen, im Stich gelassen zu werden.

Sie hatte ihren Plan ausgeheckt, bevor sie überhaupt alt genug war, ihn durchzuführen. Sie wußte, daß sie ungewöhnlich hübsch war und daß ihr Körper noch vor der Pubertät die Sünde ahnen ließ. Sie wußte auch, daß sie eine Aura hatte, die die Jungen in Panik versetzte, wenn sie in ihrer braunen Schuluniform zu ihnen schlenderte. Sie haßte den groben Stoff der Uniform und weigerte sich – Frau Weisheit konnte zur Hölle fahren –, die schwarzen Strumpfhosen zu tragen, die dick wie eine Ölhaut an ihren Beinen klebten. Sie trug weiße Söckchen und ließ ihr Haar offen über die Schultern fallen, bis Frau Weisheit sie eines Morgens während des Appells mit ihren dunklen Händen packte, den Goldschopf in einen Eimer mit schmutzigem Wasser tauchte und ihn dann so straff flocht, daß Mercedes das Gefühl hatte, ihre Haut risse über der Nase. Frau Weisheit drohte, wenn Mercedes noch ein einziges Mal »ungekämmt« in der Schule erschiene, würde sie ihr das Haar abschneiden. Mercedes hatte sie diesmal wohl verstanden, denn sie trug ihre Haarpracht von jetzt an zu einem Pferdeschwanz zusammengebunden. Doch beim Gehen schleuderte sie ihn schwungvoll von der einen Seite zur anderen, so daß ihr Haar kein bißchen weniger aufreizend war als zuvor.

Die Jahre vergingen, und sie wurden älter. Im Ghetto waren Alexandras Mädchen zum Hauptgegenstand des Klatsches geworden. Roxanna war blaßhäutig, zartgliedrig, und ihre Augen hatten die Farbe von Karamelbonbons. Sie schaute so unschuldig verwundert drein, als sei sie nicht von dieser Welt. Ihre Kleider waren ausgebleicht und verwaschen, denn sie schneiderte sie sich aus der abgelegten Garderobe Alexandras. Sie waren immer zu lang und hingen an ihr herunter, weil sie sie zuschnitt wie einen Sack. Sie trug die alten Schuhe auf, die Miriam ihr brachte. Wenn sie, die Bücher in den Händen, zur Schule ging, folgte ihr der bösartige Klatsch wie eine Welle. Neben ihr schritt Mercedes wie ein preisgekröntes Pferd, die Brust stolz erhoben, die Augen voll Verachtung. Wagte eine Alte, eine Bemerkung über sie zu machen, übergoß sie sie mit Schimpfworten.

»Sie können nichts dafür«, sagte Roxanna. »Sie sind so gemein, weil sie alt sind, ihr Leben bedauern und Angst haben, bald sterben zu müssen.«

»Höchste Zeit, daß sie abtreten«, erwiderte Mercedes, noch immer streitlustig. »Arme Leute haben kein Recht, lange zu leben. Die Reichen sollten unsterblich sein.«

Weil sie Reichtum und Unsterblichkeit suchte, befaßte sie sich ausschließlich mit den Jungen. Sie wartete nicht, daß diese sich ihr näherten. Sie ging einfach zu ihnen, probierte ihre Macht aus und steckte ihr Terrain ab, das kein anderes Mädchen des Ghettos zu verletzen wagte. Mit zwölf trieb sie die Jungen mit dem Strahl ihrer Pantheraugen, ihren wippenden Brüsten und der Art, wie sie ihre bernsteinfarbenen Lippen öffnete, zur Verzweiflung. Sie ging direkt auf sie zu, trat dicht an sie heran, bis sie spürte, wie sie in ihren zusammengeflickten Uniformen zitterten. Sie seufzte so leise, daß ihr weißer Atem ihre sonnenverbrannten Gesichter bepuderte und sie für einen kurzen Augenblick von einem Glücksgefühl erfüllt wurden, das heftiger war, als alles, was sie je in ihrem ganzen Leben erfahren würden. Dann drehte sie sich um und schritt davon, als entferne sie sich von einem Dreckhaufen.

Als sie vierzehn war, weinten sich die Jungen im Schoß ihrer Mütter über sie aus. Verheiratete Männer trieb sie dazu, nach Hause zu gehen und ihre Frauen zu verprügeln, weil sie sich vom Flirten mit ihr erniedrigt fühlten.

Mit sechzehn ging sie nicht mehr in die Schule. Die meiste Zeit verbrachte sie in Teheran auf der Jagd nach einem reichen

Moslem, der es ihr ermöglichen würde, das Haus der Katze zu verlassen. Die Juden konnten ihr gestohlen bleiben, denn sie bezeichneten sie bereits als Hure, bevor sie überhaupt mit einem Mann geschlafen hatte. Für Roxannas Warnungen, daß die Männer, mit denen sie sich abgab, sie ausnutzen und dann wegwerfen würden, hatte sie nur ein Lachen übrig. Sie nutze die Männer bei weitem mehr aus als diese sie, erwiderte sie und zeigte ihr zum Beweis das Geld und die Geschenke, die man ihr machte.

Sieben Jahre waren vergangen. Roxanna, auf deren Schultern der Haushalt lag, hatte jeden Wertgegenstand außer dem Flügel verkauft. Das Geld reichte nur noch knapp für die Mahlzeiten. Miriam, die mit der höheren Schule fertig war und nun die Erstkläßler unterrichtete, unterstützte sie. Den größten Teil ihres Gehalts verwendete Miriam für ihre Eltern und Geschwister, doch manchmal gelang es ihr, ein wenig für Roxanna abzuzweigen. In der Hauptsache war es jedoch Mercedes' Geld, das die Katze und Roxanna am Leben erhielt.

In manchen Nächten kam Mercedes gar nicht mehr nach Hause. Die Hausierer, die sich im morgendlichen Dunkel auf den Weg in die benachbarten Dörfer machten, sahen sie aus einem glänzenden Fahrzeug schlüpfen, müde und trotzig durch die engen Gassen des Ghettos schreiten, ausländische Melodien summend und ein Lächeln im Gesicht, als verberge sie ein Geheimnis.

Zu Hause zog sie sich langsam im Dämmerlicht aus, schlüpfte aus den Seidenstrümpfen, die sie im Laden des blauäugigen Lofti an der Tulpenallee gekauft hatte, und den hautengen Kleidern, die Roxanna auf Mercedes' Drängen für sie hatte schneidern müssen. Sie berichtete Roxanna von ihren Freunden in Teheran, den älteren Männern, denn die jungen hätten kein Geld und würden oft »wahre Liebe« für das kleinste Geschenk erwarten.

Roxanna verstand die Abneigung ihrer Freundin gegen die Liebe nicht.

»Ich wünsche mir, daß mich ein Mann liebt«, gestand sie

Mercedes. »Es ist mir egal, wieviel Geld er hat, solange er mich zu sich nach Hause nimmt und mich nie verläßt.«

Dann lehnte sie sich ins Kissen zurück und beschrieb ihren zukünftigen Mann, als habe sie ihn schon gesehen.

»Er ist jung und freundlich. Wir werden eine Tochter haben, die die ganze Welt liebt, weil sie hübscher als alle anderen ist, besser aussieht als Miriam der Mond oder selbst du. Außerdem wird sie gescheit sein. Es wird in ihren Augen stehen, wie gescheit sie ist. Selbst Frau Weisheit wird sie nicht davon abzuhalten wagen, zur Universität zu gehen, weil sie weiß, weil jeder weiß, daß meine Tochter eines Tages der Stolz meiner Familie sein wird und die Schande, die ich ihr gemacht habe, tilgen wird.«

Sie lagen schweigend in ihrem Zimmer, das sich langsam mit dem Zauber von Roxannas Träumen füllte. Die Bilder erwachten zum Leben. Mercedes konnte sie mit den Händen berühren, und eine Weile wurde ihre Freude greifbar. Doch zu guter Letzt pflegte sich Mercedes von dem Wahn loszureißen.

»Du bist genauso dumm wie alle anderen«, lachte sie dann auf. »Der Mann, den du heiratest, bringt sein Geld mit einer anderen Frau durch, während du zu Hause hockst und die Kinder großziehst. Du schälst den Reis und hängst deinen Tagträumen nach, wie deine Tochter die Welt erobert, während ich hoch oben auf dem Rücken eines Mannes reite.«

Und, wie hätte es anders sein können, Mercedes fand den Mann, den sie suchte.

Amin war ein reicher Moslem, der eine Reihe Webereien in verschiedenen Ortschaften um Teheran herum besaß. Die Fabriken waren erst kleine Betriebe gewesen, mit verrosteten Maschinen, die während der Besatzung stillgestanden hatten. Doch nach dem Rückzug der Alliierten hatte Amin seine Webereien wieder in Schwung gebracht und aus ihnen moderne, gewinnbringende Unternehmen gemacht. Seine Fabrik in Teheran ließ er von einem Manager leiten.

Der Manager war weder reich noch kultiviert, aber er hatte Macht, denn er konnte die Leute einstellen und entlassen. Das gab ihm trotz seiner abgetragenen Anzüge und schiefen Absätze die Kühnheit, Mercedes anzusprechen. Er stieß im Laden des blauäugigen Lofti auf sie, als sie einen Koffer mit importierten Lippenstiften musterte. Er fragte sie, ob sie mit ihm auf der anderen Straßenseite ein Glas heißen Tee trinken würde.

Mercedes sah nur die staubigen Schuhe und die zerknitterten Manschetten des Mannes und dachte nicht daran, ihre Zeit zu verschwenden.

»Tee trinke ich nicht«, erwiderte sie und lächelte dem blauäugigen Lofti verschwörerisch zu. »Ich trinke nur Arrak.« Ermutigt fragte der Manager, ob er sie in sein Haus einladen dürfe. Man versammele sich dort zu Ehren seines Chefs, des berühmten Amin, der alle Baumwollfelder und Webereien des Landes besitze, wenn man von denjenigen absehe, die ihm der Schah gestohlen habe.

»Da können Sie soviel Arrak trinken, wie Sie wollen«, sagte er. »Und Sie können auch Opium rauchen.«

Mercedes fuhr nach Hause und zog ihr weißes Satinkleid an. Sie hatte das Kleid in einer Zeitschrift gesehen, die bereits ein Jahr alt war, als sie sie kaufte. Dann hatte sie Roxanna gebeten, es für sie zu nähen. Das Ergebnis war nicht gerade eine Meisterleistung. Der Saum war schief geraten, und der Ärmelausschnitt kniff. Doch wenn Mercedes ihr weißes Satinkleid anhatte, sah sie genau wie der Filmstar aus, der zu sein sie sich erträumte.

Der Manager erwartete sie vor dem Laden des blauäugigen Lofti. Sie sehe umwerfend aus, sagte er.

Warten wir ab, ob sich die Mühe für seinen Chef gelohnt hat, dachte Mercedes, als sie sich im Auto eine Zigarette anzündete.

Der Ehrengast war etwas über fünfzig, hatte zwei Frauen und sieben Enkel, eine ganze Schar von Geliebten und mehrere Konkubinen, deren Namen zu lernen er sich nie die Mühe gemacht hatte. Er hatte mehr Geld, als Mercedes gedacht hatte. Darüber hinaus war er jedoch ein ehrlicher Mann, der sich in jener Nacht, als Mercedes ihm durch einen Raum voll Arrak trinkender Männer in Hemdsärmeln zulächelte, nie hätte träumen lassen, welch verheerende Folgen diese Frau für sein Leben haben würde. Er saß mit untergeschlagenen Beinen vor einer Wasserpfeife, aß Süßigkeiten und rauchte Opium, wie es zum alltäglichen Leben vieler Iraner gehörte. Die ganze Nacht stand sie mit dem Rücken zur Wand gelehnt, rauchte Zigaretten und starrte Amin an. Als Amin aufstand, um sich von seinem Chauffeur heimfahren zu lassen, schlenderte sie zu ihm hinüber und fragte, ob er sie nach Hause bringen wolle.

»Und unser Gastgeber?« fragte Amin, den ihre Kühnheit amüsierte.

Mercedes die Filmschauspielerin sah Amin mit so warmem Blick an, daß er das Gefühl hatte, darin zu versinken und nie wieder aufzutauchen. Dann streckte sie die Hand aus und umkreiste mit der Spitze ihres Zeigefingers das Diamantzifferblatt seiner Uhr. Sie ging drei Schritte vor ihm her, unter dem erbosten Blick des Managers, der zusehen mußte, wie sein Chef seine Trophäe mitnahm. Einspruch zu erheben, wagte er natürlich nicht, weil er um seine Position in der Firma fürchtete. Kaum saß Amin im Auto, legte Mercedes ihre Beine um seine Hüften und ließ ihre Zunge in seinen Mund gleiten.

Vier ganze Monate kehrte Mercedes die Filmschauspielerin nicht ins Ghetto zurück. Das war im Sommer 1955. Roxanna wartete zuerst mehrere Tage, dann eine Woche. Aus Furcht, Mercedes könne in Gefahr sein, fuhr sie nach Teheran, um nach ihr Ausschau zu halten. Sie fand den Laden des blauäugigen Lofti an der Tulpenallee.

»Du brauchst nicht länger auf sie zu warten«, riet ihr Lofti. Er war ein freundlicher Mann, zu klein, um männlich zu wirken, doch seine blauen Augen waren klar, und er hatte eine umgängliche Art, die ihn allgemein beliebt machte. »Sie hat ihre Goldader gefunden. Wenn hinter ihren grünen Augen auch nur ein Funken Verstand sitzt, gibt sie ihn nicht auf.«

Roxanna wollte Lofti nicht glauben.

»Mercedes würde nicht verschwinden, ohne mich zu benachrichtigen.«

Sie hielt an dieser Meinung fest, selbst als Monate ins Land gingen und sie noch immer nichts von Mercedes gehört hatte, ja, selbst als falsche Gerüchte die Runde machten, denen zufolge Mercedes Amin geheiratet habe, schwanger sei und unter demselben Dach wie seine erste Frau wohne. Ohne das Geld, das Mercedes heimgebracht hatte, hatten Roxanna und die Katze gar nichts mehr zu leben. Einige Juden, die Roxannas Lage erfaßten, gingen schließlich zu Rahman, damit er seine Tochter unterstützte.

Alexandra wanderte den ganzen Tag durch ihr Haus und erteilte den eingebildeten Dienern ihres russischen Palastes laute Befehle. »Zum Diner gibt es Schmorlamm mit Estragon, Safranreis mit Dill, Rotwein und Orangensorbet. Und laßt den Estragon nicht wieder anbrennen!«

Sie lebten von Lawasch-Brot, weißem Reis mit Olivenöl, Gurken und Walnüssen. Es war immer dasselbe, zum Mittag- und zum Abendessen. Zum Frühstück gab es gesüßten Tee mit dem trockenen Brot vom Vorabend. Alexandra aber, den faltigen, hochgedrückten Busen im tief dekolletierten Kleid, das sie die ganze Woche nicht gewechselt hatte, drehte Pirouetten um ihren Mann, den General in Uniform, und speiste Hühnchen in Weißwein, mariniert mit Schalotten und Lauch.

In Teheran wohnte Mercedes in einem der vielen Häuser Amins. Sie hatte eine ganze Schar von Dienstboten zu ihrer Verfügung, fuhr in einem Studebaker mit Chauffeur durch die Stadt und warf mit dem Geld um sich, als habe sie soeben die Schatzkammer des Kaisers ausgeraubt. Sie stellte keinerlei Forderungen an Amin, weder an seine Zeit, noch an seine Liebe. Sie nahm ihm noch nicht einmal das Versprechen ab, sie zu versorgen, bis sie den nächsten Mann gefunden hätte. Ihre Zurückhaltung entsprang nicht der Rücksichtnahme auf seine Familie oder seine gesellschaftliche Stellung. Sie erklärte sich einzig und allein dadurch, daß das Erkalten seiner Hände, sowie sie sein Bett verließ, ihr verraten hatte, daß er in einen Abgrund gefallen war und schneller stürzte, als er ahnte.

Sie blieb genau vier Monate bei ihm. Dann packte sie eine Tasche mit Kleidern und Juwelen, die er ihr geschenkt hatte, und erklärte, sie werde ihn nun verlassen. Er lachte natürlich, überzeugt, sie würde nur bluffen. Sie hatte ja keinen anderen Mann, der sie aushalten würde. Ins Ghetto konnte sie auch nicht zurückkehren, da sie ihren Ruf kompromittiert hatte und die Juden sie am liebsten gesteinigt hätten. Doch als sie einfach aus der Haustür marschierte, geriet er so in Panik, daß er ihr einen Kompromiß vorschlug.

»Bleib!« sagte er. »Ich werde dich heiraten und dir einen Ehevertrag von sechs Monaten geben.«

Schiiten durften vier feste Frauen haben und so viele Zeitehefrauen, wie ihre Männlichkeit verkraftete. Diese Art des Zusammenlebens erlaubte den Männern, sich auf ehrenhafte Weise Geliebte zu halten, ohne gegen das göttliche Gesetz zu verstoßen. Doch eine Frau, die eine zeitweilige Ehefrau gewesen war, hatte ihre Tugend verloren und konnte hinterher keinen Anspruch auf den Namen ihres Mannes oder sein Geld erheben.

Mercedes die Filmschauspielerin würdigte Amin noch nicht einmal eines Blickes.

Mit ihrem Koffer voll Kleider kehrte sie ins Ghetto zurück. Sie sah so elegant aus, daß man ihr gleich ansah, daß sie die Hure eines reichen Mannes gewesen war. Selbst ihre staubigen Schuhe konnten die betörende Wirkung ihrer Gegenwart nicht beeinträchtigen.

»Fast geschafft«, flüsterte sie Roxanna mit der leidenschaftslosen Ironie einer Frau zu, die weiß, daß sie ihr Ziel erreicht hat. »Du kannst bei mir wohnen, wenn ich verheiratet bin.«

Amin hätte natürlich über ihre Anmaßung gelacht, wenn er ihre Worte gehört hätte. Er war immerhin ein Mann von Vermögen und sie nur ein lebenshungriges junges Ding ohne Familie und ohne Hoffnung, es im Leben zu etwas zu bringen, außer durch ihr gutes Aussehen. Neun Wochen lang glaubte er, über Mercedes hinweggekommen zu sein. Er suchte sich sogar eine andere Geliebte, eine die wenigstens so tat, als wäre ihr mehr an ihm als an seinem Geld gelegen. Dann sah er sich eines Morgens im Spiegel. Er saß bei seinem Friseur auf dem Frisierstuhl und verlor den Verstand. Statt des stolzen jungen Mannes, der jede Menge Fabriken und noch mehr Frauen sein eigen nannte, sah Amin eine alternde Gestalt mit weißen Stoppeln und einem schlaffen Kinn, der nicht mehr viel Zeit blieb. In seinem Kopf explodierte ein Schrei, so laut, daß er sicher war, jeder im Laden müsse ihn gehört haben. Als er verebbt war, wußte er, daß er Mercedes wiederhaben wollte, denn sie war seine Jugend, sein alleiniges Ziel, der Atem seiner pfeifenden Lungen.

Er schickte seinen Wagen ins Ghetto. Sie schickte ihn zurück.

Er sandte ihr ein Paar handgemalter Satinschuhe mit einer rubinenverzierten Schnalle. Sie nahm die Schuhe, reagierte aber nicht auf seine Nachricht.

Also machte er sich eines Abends auf den Weg, sie im Hause Alexandras der Katze aufzusuchen. Sie sagte ihm, der einzige Weg, sie je wieder zu bekommen, sei, sich von allen seinen Frauen scheiden zu lassen und nur sie zu heiraten.

Mercedes die Filmschauspielerin verließ am 21. März 1956 das Ghetto in einem weißen Hochzeitskleid, das Amin beim berühmtesten Schneider Teherans hatte nähen lassen. Unter den Blicken von Hunderten von Zuschauern zog sie davon. Die Juden säumten die Straßen bis zum Tor und sahen zu, wie sie in Amins Auto davonfuhr. Zum ersten Mal seit zehn Jahren waren alle, von den nachsichtigsten bis zu den strengsten, sprachlos.

Die Stadt

1956

Die Haut des Busfahrers war blau.

Er saß auf dem Erdboden außerhalb des Busbahnhofs, ein riesiges kahles Geschöpf mit so kräftigen Muskeln, daß er nicht mehr wie ein Mensch aussah. Er trug Ringerkleidung, bauchige Hosen, die ihm nur bis unter das Knie reichten, und ein enges, ärmelloses Hemd, das den größten Teil seines Oberkörpers unbedeckt ließ. Er hatte dunkle feuchte Augen wie ein Fisch. Seine Augenbrauen waren so vollendet geformt, daß sie aussahen, als wären sie ihm soeben aufgemalt worden. Seine Haut war vom Scheitel seines geschorenen Kopfes bis zu den Spitzen seiner schiefen Zehen tätowiert. Roxanna fand, daß er blau war wie ein Seehund.

Sie hatte den Weg von Alexandras Haus zu Fuß zurückgelegt, nur mit einigen wenigen Geldscheinen und einer kleinen Tasche ausgestattet, in die sie ihr einziges gutes Kleid gesteckt hatte. Sie trug ihre Uniform und Hefte, als sei sie auf dem Weg zur Schule. In Wirklichkeit wollte sie den Bus nach Teheran nehmen – auch wenn sie kein genaues Ziel hatte. Sie kannte nur den Namen des Mannes, den Mercedes die Filmschauspielerin geheiratet hatte.

Es hat einfach so kommen müssen, sagt Miriam der Mond heute zu mir, denn Miriam glaubt an das Schicksal und die von uns unabhängige Logik der Ereignisse. Merkwürdig war nicht so sehr die Tatsache, daß Roxanna schließlich das Ghetto verließ, sondern daß sie so lange damit gewartet hatte und daß es Miriam war, die – ohne es zu wollen – den Anstoß dafür gab.

1956 war Miriam der Mond vierundzwanzig Jahre alt. Selbst nach dem Verständnis aufgeklärter Juden war sie eine alte Jungfer. Sie hatte so gut wie keine Chancen mehr, sich zu verheiraten. Seit fünf Jahren unterrichtete sie die Schulanfänger. Ihre Mutter behauptete zwar noch immer, Miriam sei erst achtzehn, aber es war klar, daß Miriam nicht mehr damit rechnen konnte, einen Mann zu finden. Dennoch schien sie unter ihrer eigenen unangenehmen Lage weniger zu leiden als unter der ihrer Schwestern Tala'at und Rochelle. Der jüngere Bruder Bahran und eine Schwester namens Sussan gingen noch zur Schule. Sie brauchten sich die Frage noch nicht anzuhören, wie sie sich das eigentlich vorstellten, ihrem Vater ein Leben lang auf der Tasche zu liegen. Rochelle, dünn, nervös und immer vom Schlimmsten überzeugt, war sich sicher, daß die Reihenfolge eingehalten würde und sie erst nach Miriam und Tala'at heiraten durfte, das hieß nie. Tala'at, die nichts weiter als mit einem Mann schlafen wollte, verbrachte den ganzen Tag im Bett, weinte in ihr Kissen und drohte, davonzulaufen wie ihre Schwester und Mercedes die Filmschauspielerin und eine Hure zu werden.

Eines Tages kam Miriam nach Hause, den Arm voll Diktathefte, die sie korrigieren mußte. Im Hof saß eine Gruppe Frauen mit grimmigen Gesichtern. Keinen Augenblick dachte Miriam daran, daß sie ihretwegen gekommen sein könnten. Die Frauen sprachen mit Rahman. Schuscha bewirtete sie mit Tee und Süßigkeiten, selbstgebackenem Brot und Kirschnektar mit Wasser und Eis. Der wichtigste Gast war offensichtlich eine Frau mit zwei goldenen Schneidezähnen. Rahman sprach die meiste Zeit mit ihr, und Schuscha bediente sie am eilfertigsten.

Sie suchte Frauen für zwei Männer. Bei dem einen handelte es sich um ihren fünfundzwanzigjährigen, arbeitslosen Sohn. Nach einer Schulzeit von einem Jahr hatte er als Arbeiter in einer Flaschenfabrik in Isfahan angefangen. Seine Mutter hatte ihn Mr. Charles genannt, nach dem britischen Thronfolger. Sie war fest davon überzeugt, daß Mr. Charles, obwohl er zum gegenwärtigen Zeitpunkt arbeitslos und Analphabet war, das Potential hatte, ein großer Mann mit enormer Macht und atemberaubendem Reichtum zu werden. Über den zweiten zukünftigen Bräutigam ließ sie sich weniger begeistert aus. Bei ihm handelte es sich um ihren Bruder Habib, nicht gut aussehend, aber fleißig. Er war dreißig Jahre alt und besaß einen Silberladen im Basar.

Miriam traf Tala'at und Rochelle im Schlafzimmer an, wie sie gerade versuchten, einen Blick von den Besucherinnen zu erhaschen.

»Jemand hat einen Bewerber«, erklärte sie und setzte sich an ihre Hefte.

Die Frauen blieben den ganzen Nachmittag. Sie riefen Rahmans Töchter eine nach der anderen ins Freie, wobei sie mit Miriam anfingen und mit Sussan aufhörten. Die Mädchen mußten lachen, damit sie ihre Zähne mustern konnten, reden und den Hof überqueren, um zu beweisen, daß sie noch Jungfrauen waren. Mädchen, die keine Jungfrauen mehr waren, schritten breitbeinig einher, erläuterte Mr. Charles' Mutter, weil sie nämlich nichts mehr zu beschützen hätten.

Danach wurden die Mädchen ins Haus geschickt, und die Verhandlungen begannen. Miriam schlief ein, während sie auf das Ergebnis wartete. Tala'at drohte wie immer, sie werde durchbrennen und Hure werden, wenn sie nicht als Braut ausgewählt würde. Rochelle saß an der Tür, spähte hinaus und schluckte ihre Angst herunter.

Als alles vorbei war, hatte Mr. Charles' Mutter Miriam für ihren Sohn ausgewählt. Miriam war hübsch, und sie wollte gutaussehende Enkel. Tala'at wählte sie für ihren Bruder Habib, denn Tala'at war so offensichtlich verrückt nach einem Mann, daß sie jeden befriedigen konnte.

Der Umstand, daß die Mädchen schon alte Jungfern waren, würde ihr als Waffe dienen, wie sie jede Schwiegermutter brauchte. Eine Waffe, die ihr ihr ganzes Leben lang nützlich sein würde.

Sie verlangte von Rahman, daß er die Hochzeit ausrichte, was traditionellerweise eigentlich Aufgabe des Bräutigams war. Sie bestand auch auf einer ordentlichen Mitgift für jedes Mädchen – sollte Rahman sich doch verschulden, wenn es nicht anders ging. Danach hatte sie keine Skrupel zu behaupten, Mr. Charles, der noch nicht einmal seinen eigenen Namen lesen konnte, studiere Medizin. Über ihren Bruder Habib brauchte sie keine Lügenmärchen zu verbreiten. Sie mußte nur die ziemlich merkwürdige Tatsache verschweigen, daß er mit dreißig noch immer eine übertriebene Abneigung gegen jede Form körperlicher Nähe hegte.

Rahman lieh sich natürlich Geld, um die Hochzeit seiner Töchter auszurichten, es lohnte sich schließlich, wenn Miriam und Tala'at dadurch Ehemänner bekamen. Die Hochzeit wurde zu Hause gehalten. Er lud auch Roxanna und die Katze ein. Roxanna schenkte er sogar ein neues Kleid.

Roxanna hielt Alexandras Hand, als sie schüchtern und mit unbehaglichen Gefühlen das Haus betrat, aus dem sie vertrieben worden war. Ihr neues Kleid hatte sie Alexandra gegeben. Sie wollte nicht, daß die alte Frau wegen ihrer zerfetzten, altmodischen Gewänder verspottet wurde. Doch das Ergebnis war für beide vernichtend. Da sie nichts anderes besaß, hatte Roxanna ihre Schuluniform anziehen müssen, während Alexandra, alt und faltig, das Gesicht mit einem Dutzend Farben geschminkt, in einem weißen Baumwollkleid mit französischen Falten herumspazierte, das für eine Zwölfjährige geeignet war.

Die beiden boten einen so grotesken Anblick, daß bei ihrem Erscheinen alles erstarrte. Die Männer runzelten die Stirn und verfluchten ihr Pech, das ihnen diese alte, deprimierende Kreatur über den Weg geschickt hatte. Die Frauen seufzten aus echtem Kummer über Alexandras gar nicht so weit zurückliegende Jugend und ihre eigene nicht allzu unwahrscheinliche Zukunft. Mr. Charles' Mutter beschwerte sich laut über die Gäste, die von Schuscha und Rahman eingeladen worden seien. Mißbilligend sah sie zu, wie Schuscha Alexandra aufs Haupt küßte und sie dann auf einen Ehrenplatz in die Nähe der Familie des Bräutigams setzte. Danach ließ die Spannung wieder nach, und Miriam der Mond rief Roxanna zu sich.

»Ich besuche dich weiter«, versuchte sie ihre Schwester zu trösten. »Mr. Charles' Mutter läßt mich nicht mehr außer Haus arbeiten, aber irgendwie werde ich dir schon Geld bringen können. Auch wenn ich selbst Kinder habe, werde ich mich um dich kümmern.«

Roxanna starrte auf die Spitzen ihrer Schuhe und nickte. Es war klar, daß sie Miriam nicht glaubte.

Die Hochzeitsfeier nahm ohne Zwischenfall ihren Lauf. Nur Habibs Neffe, ein ängstlich wirkender Junge von acht Jahren, dessen Haar wegen der Läuse geschoren war, pflanzte sich vor Tala'at auf und starrte sie mit so offenkundiger Begierde an, daß seine Absichten unmißverständlich waren. Seine kindliche Lust bewirkte enormen Druck in seinen Lenden. Alle paar Minuten mußte er ins Freie rennen, um an der Wand von Rahmans Haus Wasser zu lassen und sein schmerzendes Glied zu erleichtern.

Als sich Mitternacht näherte, wurden die jungvermählten Paare von Mr. Charles' Mutter gerufen, gesegnet und dann in ihr neues Zuhause geschickt. Tala'at und Habib sollten in einem gemieteten Zimmer in der Nähe von Sar Cheshmeh, Miriam und Mr. Charles bei der Mutter wohnen.

Die Gäste folgten den beiden Hochzeitspaaren durch das Ghetto zu ihren neuen Wohnungen. Schuscha und Rahman waren natürlich auch dabei, ebenso Rochelle und Sussan. Nur Roxanna mußte zurückbleiben, denn sie konnte Alexandra nicht mitnehmen oder unbeaufsichtigt im Haus ihrer Eltern lassen.

Sie war also allein, wenn man von ein paar sehr alten Leuten absah, als sie zu Alexandra ging und feststellte, daß diese kalt und steif und tot wie ein Maulwurf war.

Sie war gescheit genug, kein Wort darüber zu verlieren. Ein zerbrochener Spiegel bei einer Hochzeit bedeutete eine unglückliche Ehe; ein Tod, besonders ein plötzlicher, daß die Braut Unglück brachte. Sie ließ also Alexandra, wo sie war, den Rücken gegen ein Kissen gelehnt, die Augen mit dem blinden Blick weit offen, die roten Lippen leicht geöffnet und die mit billigen Ringen geschmückten Hände auf den Falten des jugendlichen Kleides. Roxanna überkam bei ihrem Anblick eine sanfte Traurigkeit. Es war, als erinnerte sie sich an einen weit zurückliegenden Verlust. Die schreckliche Angst, vor der sie sich gefürchtet hatte, blieb jedoch aus. Rahman würde den Flügel verkaufen, überlegte sie, und die Kosten für die Beerdigung tragen müssen. Man würde den Phantomliebhaber benachrichtigen, und Roxanna würde Mercedes finden müssen.

Alexandra wurde in Beheshtieh begraben, auf dem Judenfriedhof, der nie hatte erweitert werden dürfen, so daß die

Körper seit Jahrhunderten übereinander bestattet wurden. Hunderte von Juden kamen zur Beerdigung. Alexandras Katzen spürten den Verlust ihrer Herrin und folgten ihrem Geruch bis auf den Friedhof. Auch der Phantomliebhaber kam, in seinem dreiteiligen Anzug mit den weiten Beinen und der Uhrkette, und bewies damit, daß er noch immer der galante Mann war, den Alexandra einst geliebt hatte. Gleichzeitig bewies er, daß er noch derselbe Feigling war, denn er hatte seine Frau, seine Kinder und sogar seinen Schwiegervater mitgebracht. Als er Alexandras Körper in ein weißes Leichentuch gewickelt sah, fiel er auf die Knie, vor allen Juden und seiner eigenen Familie, und weinte, als liebte er sie noch immer und als sei es ihm völlig egal, wer das erfuhr.

Es war ein Augenblick der Vergeltung, vielleicht aber auch nur eine der sinnlosen Ironien des Schicksals, daß der Phantomliebhaber sich in dem Moment zu seiner Liebe bekannte, als Alexandra nicht mehr da war, um davon etwas zu haben. Während das Grab aufgefüllt wurde, näherte er sich Roxanna und verlangte das Haus zurück. Er sei der rechtmäßige Besitzer und wolle es nun verkaufen, da die Katze es nicht länger bewohne. Roxanna, schlug er freundlich vor, solle zu ihrer eigenen Familie zurückkehren, unter ihres Vaters Dach, wo alle Mädchen bis zu ihrer Eheschließung hingehörten, wenn er so kühn sein dürfe, das zu sagen.

Roxanna hätte das Ghetto nicht verlassen müssen, nachdem sie aus Alexandras Haus verjagt worden war. Miriam hätte ihr ein Dach über dem Kopf nicht verweigert. Auch Tala'at hätte sie vielleicht aufgenommen. Möglicherweise hätte sie sogar einen Mann finden können, der sie geheiratet hätte. Sie verließ das Ghetto, weil man ihr, bevor sie sprechen konnte, zu verstehen gegeben hatte, daß dies ihr Schicksal sei.

»Du brauchst nichts weiter zu tun, als nicht zurückzublicken«, hatte Alexandra gesagt.

Der Busbahnhof bestand aus einem Ziegelbau mit einem einzigen Raum, wo die Fahrer zwischen den Schichten aßen und schliefen und die Fahrgäste bei Regen und Schnee warten konnten. Ein einziger Bus, verbeult und leer, die Reifen weich wie Haut, stand wie ein treuer Hund im Freien.

Der Fahrer sah Roxanna näher kommen. Sie war der einzige Mensch auf der Straße. Er ließ sich nicht anmerken, daß er sie gesehen hatte, denn er war ein Luti. Das sind Männer, die stolz auf ihre Körperstärke und ihre Bereitschaft sind, die Rechte der Schwachen zu schützen. Seine Erziehung erlaubte ihm nicht, eine Frau anzusprechen oder sie auch nur anzusehen, es sei denn, sie richtete das Wort an ihn. Roxanna kam mit zitternden Knien bei ihm an und blieb vor ihm stehen.

In der Hand hielt sie einen Geldschein. Sie erinnerte ihn an die Mädchen, die manchmal in seinen Bus einstiegen. Sie hatten mit Jungen geschlafen, waren schwanger geworden und flüchteten vor dem Zorn ihres Vaters. Er fragte sich, ob sie wußte, daß heute ein moslemischer Feiertag war, an dem der Ermordung eines Jüngers des Propheten gedacht wurde. Schiitische Gläubige zogen in Prozessionen durch ganz Teheran. In schwarze Hemden gehüllt, die sie aus Kummer zerrissen, geißelten sie sich und ihre kleinen Kinder mit Metallketten. Sie wanden sich die Ketten um die Handgelenke und schlugen sich auf den entblößten Rücken, das Gesicht und den Kopf, bis die Haut riß, die Knochen gebrochen waren und sie bis zur Bewußtlosigkeit bluteten. Von dem Mann, der sich am schwersten verletzte, glaubte man, daß er Gott am nächsten sei.

Der Busfahrer hielt nicht viel von Selbstgeißelungen. Er verletzte sich nicht gern, denn wenn die Haut heilte, veränderte sich die Form seiner Tätowierungen. Er ignorierte Roxanna und machte sich über sein Mittagessen her, eine Schale Suppe, Rinderbrühe mit Zwiebeln und Kartoffeln, weißen Bohnen und gelben Kichererbsen. Eine blaue Hand in die Flüssigkeit tauchend, fischte er alle festen Bestandteile heraus und legte sie in einen kleinen Mörser neben die Schale. Dann setzte er das Gefäß an die Lippen, legte den Kopf in den Nacken und schüttete sich die Suppe, ohne einmal abzusetzen, in den Mund. Danach rülpste er, leckte sich schmatzend die Lippen und dankte Allah.

Sie stand noch immer da.

Er wandte sich zum Mörser und zerdrückte Bohnen und Fleisch seiner Suppe. Nachdem er sie zu Brei verrührt hatte, hob er ihn mit den Fingern auf ein Lawasch-Brot und verteilte ihn. In die Mitte des Brotes legte er eine rohe Zwiebel, wickelte das Brot darum, faltete die Rolle zweimal, sagte Allah noch einmal Dank, und mit einer wahren Meisterleistung, für die er bei den Lutis von Teheran bekannt war, steckte er das ganze Brot auf einmal in den Mund.

Roxanna starrte ihn einfach nur an.

Er goß sich einen Schuß Arrak ein und trank ihn mit einem einzigen Schluck. Sein nächster Rülpser machte seine Haut noch blauer und verbrannte Roxannas Füße.

»Es stört uns nicht, daß du Jüdin bist, Schwester«, sagte er schließlich, wobei er von sich selbst im Plural sprach, wie es alle Lutis tun, »aber du solltest einen Mann seinen Arrak in Frieden trinken lassen.«

Von seinem Schädel blies ein Drachen blaue Flammen auf seine Augenlider.

»Ich möchte einen Fahrschein für den Bus kaufen«, sagte Roxanna leise.

Er lachte.

»Weißt du denn nicht, daß Hinrichtungstag ist?« fragte er. »Willst du, daß wir mit dem Bus durch die Prozessionen fahren?«

Sie schaute so verdutzt drein, daß sie ihm leid tat. Sie zog ihre Hand mit dem Geld zurück, und einen Augenblick dachte er, sie würde nach Hause gehen. Plötzlich war er sich aber sicher, daß sie auf der Flucht war.

»Schwester, hast du einen Mann?«

Sie schüttelte den Kopf.

»Und wie steht es mit einem Vater? Einem Bruder? Einem Onkel, der dich sucht?«

»Nein.«

Ihre Stimme war wie Wasser. Auch ihre Augen waren flüssig.

»Meine Freundin ist mit einem Mann namens Amin verheiratet«, erklärte sie ihm. »Ich fahre nach Teheran, um sie zu finden. Ich muß ihr etwas sagen. Ihre Mutter ist nämlich gestorben.«

Er schaute ihr in die Augen. Je mehr er sie ansah, desto weicher fühlte er seine Beine werden. In seine Lenden stieg jene Wärme auf, die er jeden Freitag auf dem Weg zu seiner Hure Fariba spürte, der einzigen Frau in seinem Leben. Sie setzte ihm gegrillte Lammhoden vor und blies ihm Opiumrauch in den Mund, bis er das Gefühl hatte, die Welt erobern zu können, und Fariba zu Füßen lag.

Er besuchte Fariba in ihrem eigenen Haus. Sie war eine diskrete Frau und übte ihr Metier nicht an einem dieser Orte aus, wo an einem einzigen Tag Hunderte von Männern abgefertigt wurden. Jene Häuser hatten einen Innenhof, und dort warteten die Männer in einer langen Schlange. Es gab zwei Kabinen, die mit einem Vorhang verschlossen werden konnten. Sie waren nur mit einem Bett ausgestattet. Früh morgens betrat die Prostituierte den Hof in Schleier und Schador, wie es die islamischen Vorschriften verlangen. Sie begrüßte die Männer kurz und schickte die beiden ersten Freier in die Kabinen. Zehn Minuten blieb sie in der ersten Kabine, stand dann auf, ohne sich zu reinigen oder anzuziehen, und begab sich in die zweite. Zehn Minuten später war sie wieder in der ersten, in der inzwischen ein neuer Mann auf sie wartete. So ging es weiter, bis kein Kunde mehr da war.

Fariba hingegen war eine beispielhafte Hausfrau und eine hingebungsvolle Mutter. Ihre Kinder, deren Väter sie nicht kannte, spielten im Hof, während sie ihre »Freunde« unterhielt. Manchmal tauchten sie in der Schlafzimmertür auf, wenn der Busfahrer mitten bei der Arbeit war. Sie klagten dann über Kratzer und Wehwehchen, berichteten von Kämpfen und verlorenem Spielzeug. Doch nie waren sie hungrig, schmutzig oder langweilten sich. Das bewunderte der Busfahrer ganz besonders an Fariba.

Um ihre »Freunde« kümmerte sie sich ebenso gut wie um ihre Kinder. Freitag morgens bereitete sie ihm eine Wasserpfeife und legte ein Stück braune Opiumpaste auf die Kohlen zum Erhitzen. Sie zündete das Kohlenbecken an und spießte vier Dutzend Lammhoden auf, die sie schon am Abend vorher mit Knoblauch und Zwiebeln mariniert hatte. Sie stellte Arrak kalt und goß dem Fahrer zum Auftakt Arrak über den Körper, bis sich seine Haut wie heißes Eis anfühlte. Dann rieb sie ihn ab, während er Opium rauchte und Arrak trank. Sie brachte ihm die Lammhoden direkt von der Kohlenpfanne. Die Spieße waren so heiß, daß er sich die Fingerspitzen verbrannte, wenn er sie mit bloßen Händen anfaßte. Dann glitten ein halbes Dutzend Hoden auf einmal in seinen Mund.

Doch heute war erst Dienstag, und Fariba hielt ganz und gar nichts von Überraschungsbesuchen.

Er nahm noch einen Schluck Arrak, bevor er seine Leinwandschuhe über die tätowierten Füße zog.

»Geh und suche, wen du zu suchen ausgezogen bist, Schwester«, sagte er zu Roxanna. »Ich werde heute hier an diesem Ort schlafen.«

Er schlief fünf Stunden. Als er aufwachte, saß Roxanna im Bus, allein, das Geld noch immer in der Hand, und wartete. Er lachte über ihre Hartnäckigkeit.

»Bildest du dir ein, ich fahre den Bus für nur eine Person, und dann auch noch eine Jüdin?« schrie er von seinem Lager hinüber. Sie stand auf und kam an die Tür.

»Es ist dunkel«, sagte sie vorsichtig, um ihn nicht zu reizen. »Die Prozessionen sind vorbei.«

Er sah, daß sie nicht gehen würde. Er wurde ärgerlich, fluchte bei den heiligen Geistern des Propheten und all seiner Jünger, rief den Segen des Korans und des Unsichtbaren Imams auf sich herab. Schließlich stand er mühsam auf und setzte sich hinter das Steuer.

»Welche Station?« fragte er und sah Roxanna im Rückspiegel an.

Es überraschte ihn nicht, daß sie keine Antwort wußte.

»Stadtmitte«, sagte sie mit erzwungener Selbstsicherheit. Ich werde schon sehen, wo ich aussteigen muß.«

An den Hinrichtungstagen blieben die Iraner zu Hause, es sei denn, sie nahmen an einer Prozession teil. Alles war geschlossen. Selbst im Radio war statt der Staatspropaganda das Wehklagen der Mullahs zu hören, die Gebete von ihrer Moschee sangen. Allein auf weiter Flur, drückte der Fahrer aufs Gaspedal. Er raste mit solcher Geschwindigkeit, daß der Bus bei jeder Abbiegung umzukippen drohte. Im Rückspiegel konnte er sehen, daß Roxanna Angst hatte. Er fuhr viel zu schnell, als daß sie die Straßenschilder hätte sehen oder gar lesen können. Aber er war wie berauscht. Es versetzte ihn in Begeisterung, daß er an den Haltestellen nicht stehenbleiben mußte. Was mit seinem Passagier geschah, war ihm ziemlich gleichgültig.

»Sag mir Bescheid, wenn wir da sind«, schrie er ihr auf halbem Weg in die Stadt zu.

Sie fuhren bis zum Ende der Linie, durch die Stadt hindurch, ins Vanak-Viertel, und hielten endlich an, als die Straße aufhörte. Er zog die Handbremse an und wandte sich an Roxanna:

»Ende der Strecke.«

Sie glitt von ihrem Platz und stand auf, kreidebleich, leicht zitternd, offensichtlich verschreckt. Als sie sich ihm näherte, wurde ihm klar, daß sie die Fahrt bezahlen wollte. Plötzlich schämte er sich.

»Behalt dein Geld, Schwester«, murmelte er.

Er sah zu, wie sie aus dem Bus stieg.

»Geht uns nichts an«, sagte er und mied sorgfältig ihren Blick. »Was du auch angestellt haben magst, so schlimm kann es doch nicht sein, daß du lieber hier draußen übernachtest, als nach Hause zu deinem Mann zu gehen.«

Roxanna sah zu, wie der Bus wegfuhr und die Farbe des Fahrers eins mit der Nacht wurde. Sobald er sich in sicherer Entfernung befand, marschierte sie in Richtung der Gegend, wo sie zuletzt die Asphaltstraße gesehen hatte. Etwas an der

Dunkelheit erregte sie. Sie war in der Fremde, so weit vom Ghetto entfernt, daß noch nicht einmal Gott sie finden konnte.

Sie war kaum zehn Minuten gegangen, als sie ein Geräusch hörte. Ein Blick nach hinten zeigte ihr einen langen, dunkelglänzenden Wagen, der wie ein Aal im Wasser auf der Straße dahinglitt. In seinen getönten Scheiben spiegelten sich zuerst verschiedene Formen der Dunkelheit, dann Roxannas eigenes Bild. Sie trat zur Seite, um das Auto vorbeizulassen. Es verlangsamte die Fahrt, kam beinahe zum Stillstand und nahm dann wieder Tempo auf und fuhr davon.

Sie legte einen Schritt zu. Plötzlich hatte sie Bedenken, sie könnte Verdacht erregen oder von der Militärpolizei verhaftet werden. Sie kam zu einer Straße, die nach dem ersten Pahlewi-Kaiser benannt war, dem Vater des Schahs, der die Angewohnheit gehabt hatte, Denkmäler für sich zu errichten. Er war ein halbgebildeter Soldat gewesen, den die Briten ausgewählt hatten, den Iran für sie zu regieren. Als er ihren Befehlen nicht gehorchte, hatten sie ihn abgesetzt und seinen Sohn an seiner Stelle gekrönt. Doch während der kurzen Zeit, die die beiden Pahlewis an der Macht gewesen waren, hatte man die meisten Straßen Teherans nach ihnen umbenannt.

Die Straße mündete in einen kleinen Platz, der mit einer Reiterstatue Resa Schahs geschmückt war. Roxanna entdeckte in der Nähe des Standbildes eine Bank und setzte sich darauf, um auszuruhen. Da hörte sie erneut das Auto.

Es näherte sich aus entgegengesetzter Richtung und umfuhr den Platz erst einmal, dann ein zweites Mal. Es fuhr so langsam, daß Roxanna spürte, wie die Leute im Wagen sie ansahen. Sie konnte die Räder auf dem Asphalt knirschen hören. Erschreckt rannte sie in Richtung der Straße, die vom Platz wegführte. Das Auto verfolgte sie. Es hielt neben ihr. Ein Fenster öffnete sich.

»Einen Augenblick!«

Roxanna ließ die Tasche mit ihrer Kleidung fallen und rannte.

Sie rannte so schnell, wie ihre Beine sie trugen, und war sich doch darüber im klaren, daß sie gegen das Wesen, mit dem sie um die Wette rannte, nicht ankam. Sie wußte nur, daß sie nicht anhalten durfte, mochte sie noch so lange rennen müssen und mochte das Auto sie noch so weit verfolgen, denn Anhalten bedeutete Gefangennahme und Tod.

Das Auto glitt an ihr vorbei.

Es fuhr noch hundert Schritt weiter, fuhr leicht nach links, hielt an und blockierte die Straße. Roxanna schrie auf, wandte sich in die entgegengesetzte Richtung. Die Türen des Autos öffneten sich. Zwei Männer in schwarzen Anzügen stiegen aus.

»Nur einen Augenblick, mein Fräulein!« rief eine andere Stimme als beim ersten Mal. »Nur ein Wort, bitte!«

Sie keuchte, zitterte vor Angst, war nicht in der Lage, sich umzudrehen und den Mann anzusehen.

»Ein Wort.«

Sie versuchte zu rennen, war aber zu erschöpft.

Dreh dich nicht um, sagte sie zu sich.

Der Mann schritt auf sie zu.

Schau nicht zurück.

Er näherte sich ihr bis auf fünf Schritt und blieb dann stehen. Er wartete, dachte sie, wartete, als ob sein Leben davon abhinge, ihr Gesicht zu sehen.

Dreh dich nicht um.

Und dann tat sie es doch.

Später, als der Kummer sie bereits beide zerstört hatte, dachte Sohrab der Sünder noch immer mit Entzücken an den Augenblick auf dem Freiheitsplatz, als sich Roxanna ihm zum ersten Mal zugewandt hatte.

Sohrab war ein ruhiger Mensch, von Geburt an ein Einzelgänger, auch wenn Fräulein Claude, seine Mutter, eines Tages Roxanna für seine Melancholie verantwortlich machen würde. Er sprach wenig über sich selbst und noch weniger über seine Gefühle. Doch über die Begegnung mit Roxanna sprach er mit der ganzen Zärtlichkeit eines Menschen, der für immer liebt.

Er war einundzwanzig, hatte die Schule abgeschlossen und arbeitete für seinen Vater. Die Familie hatte in dem Dorf am Meer Ferien gemacht, das Teymur der Abtrünnige in der Nähe von Gorgan besaß. Sohrab war vorzeitig nach Teheran zurückgekehrt. Auf dem Heimweg hatte er Roxanna gesehen.

Zuerst hatte er gedacht, sie habe sich verlaufen, und hatte deshalb Maschti gebeten, langsamer zu fahren. Dann wandte sie sich ab, um ihr Gesicht zu verbergen. Das hatte seine Neugier geweckt. Er war aber zu wohlerzogen, um jemanden anzuhalten, der unbemerkt seines Weges gehen wollte. Also hatte er Maschti befohlen, Gas zu geben, und sie erreichten einen Augenblick später den Freiheitsplatz.

An diesem Ort setzte seine Erinnerung ein, dachte Sohrab der Sünder. Mit sieben Jahren war er zum ersten Mal hierher gekommen. Damals ging er in die zweite Klasse. Er lernte gerade die neueste Version der iranischen Geschichte, die den Historikern soeben von Resa Schah diktiert worden war. Im Mittelpunkt standen die Schrecken der alten Dynastie und die Größe der gegenwärtigen, wie es bei jeder vorherigen Version gewesen war und bei allen nachfolgenden der Fall sein sollte. Es war aber auch die Rede von einer neuen Idee gewesen, dem Ideal der persönlichen und politischen Freiheit, der verfassungsgemäßen Herrschaft und der Notwendigkeit, allen Bürgern die gleichen Rechte einzuräumen. Beim Abendessen hatte Sohrab versucht, seine Eltern mit den Worten des Lehrers zu beeindrucken.

Fräulein Claude war natürlich des Lobes voll gewesen, denn ihr Sohn war ihr Augapfel und konnte nichts falsch machen. Aber Sohrab hatte gemerkt, wie verärgert sein Vater auf seine Worte reagierte. Kein einziges Mal hatte er den Blick gehoben, um seinen Sohn anzusehen, er ließ noch nicht einmal erkennen, ob er ihn überhaupt gehört hatte. An den folgenden Abenden sah Teymur die Abendzeitungen durch, als suche er etwas. Eines Abends hatte er es gefunden.

»Morgen stehen wir früh auf«, hatte er zu Sohrab gesagt. »Ich nehme dich mit zu einer Hinrichtung.«

Die Abendzeitungen kündigten regelmäßig die öffentlichen Hinrichtungen an, die an Mördern, Opiumhändlern, Männern, die man der Pädophilie beschuldigte und, hauptsächlich, Feinden der Krone vollzogen wurden. Resa Schah habe so viele Menschen hingerichtet, viele von ihnen Angehörige der schiitischen Geistlichkeit, daß es in Teheran bald mehr Tote als Lebendige geben werde, sagte sein Vater.

Sohrab spürte, wie Teymur die ganze Nacht im Wohnzimmer des ersten Stockes auf und ab lief. Um vier Uhr in der Frühe weckte ihn sein Vater.

»Steh auf, damit du dir selbst einen Eindruck verschaffen kannst, wie die Freiheit aussieht.«

Im Auto hatte Sohrab versucht, seine Hand in die seines Vaters zu schieben, doch Teymur hatte es nicht geduldet. Er hatte stur geradeaus geblickt, wie ein Mensch, der weiß, daß er im Begriff ist, eine schreckliche Tat zu begehen.

Die Luft am Freiheitsplatz war rauh und körnig wie Sand, ihre Kälte schmerzte in der Brust. Hunderte waren gekommen, um der Hinrichtung beizuwohnen. In der Hauptsache waren es bleichgesichtige Männer mit schwarzen Ringen unter den Augen. Es standen aber auch Frauen in der Menschenmenge, von denen die meisten leise in ihren Schador schluchzten. Hier und da kauerte ein Kind auf dem Arm seiner Mutter.

Sohrab sah vier Reihen mit grob zusammengezimmerten Galgen, jeweils fünf nebeneinander. Sie wurden von Soldaten bewacht, die mit angelegtem Gewehr vor der Menschenmenge standen.

Um halb sechs fuhr ein Militärlastwagen auf den Platz. Erst sprangen Soldaten heraus, dann wurden die Verurteilten entladen. Einige traten bereitwillig ins Freie, andere flehten um ihr Leben und mußten von den Soldaten vom Lastwagen gezogen werden. Einige wenige hatten die Hände vors Gesicht geschlagen und beteten.

Sohrab sah zu, wie einer nach dem anderen sein Leben in der Schlinge beendete.

Es war üblich, die Körper einen ganzen Tag am Galgen hängen zu lassen, damit möglichst viele Bürger mit eigenen Augen sehen konnten, wohin es führte, wenn man sich gegen Resa Schah stellte. Wie Bleifiguren baumelten die Toten am Seil, den Kopf zur Seite geneigt, mit hervorquellenden Augen und geschwollener Zunge. In ihrer Mitte ritt der Welterlöser Resa Schah, ohne das Haupt nach seinen Opfern zu wenden.

»Denk daran!« hatte Teymur zu Sohrab gesagt. »So sieht die Freiheit aus, von der euch dein Lehrer vorschwärmt. Das ist der Preis, den du bezahlen mußt, wenn du ihm ein Wort glaubst.«

Danach konnte Sohrab der Sünder den Freiheitsplatz nie wieder ohne Ekel, ohne das schreckliche Panikgefühl betreten, das ihn während der Hinrichtungen und noch viele Monate später verfolgt hatte. Auch in jener Nacht, da er Roxanna fand, hatte er beim Überqueren des Platzes die Augen geschlossen und wollte sie erst wieder öffnen, nachdem er ihn verlassen hatte. Doch in dem dunklen Raum hinter seinen Augenlidern hatte er Roxanna erneut erblickt, hatte sich an den Anblick ihres Gesichtes in dem Sekundenbruchteil erinnert, bevor sie es abgewandt hatte. Er befahl seinem Chauffeur Maschti, umzukehren und sie zu suchen.

An jener Stelle, die ihm den bittersten Augenblick seines Lebens bescherte, wo seine Kindheit ein jähes Ende nahm und sein Glaube zerstört wurde, fand Sohrab ein solch strahlendes Licht, daß er das Gefühl hatte, zum ersten Mal in seinem Leben die Augen geöffnet zu haben.

Roxanna erzählte ihm, sie sei auf der Suche nach ihrer Freundin, einem Mädchen in ihrem Alter, das vor kurzem einen Mann namens Amin geheiratet habe.

Sohrab erwiderte, er kenne Amin, er sei ein Freund seines Vaters und mit seiner jungen Frau in Europa auf Reisen.

Roxanna schüttelte den Kopf.

»Das ist unmöglich.«

Sohrab konnte sehen, daß sie nicht wußte, wohin sie sich nun wenden sollte.

»Ich weiß es zufällig ganz genau«, setzte er hinzu.

Er näherte sich ihr einen Schritt und hoffte, daß sie nicht vor lauter Angst davonrennen würde.

»Sie sind seit drei Monaten unterwegs. Amins Söhne kümmern sich um die Geschäfte. Niemand weiß, wann er und Mercedes zurückkehren.«

Roxannas Verwirrung gab ihm das Gefühl, als hätte er sie soeben im Stich gelassen.

»Mit Eurer Erlaubnis, Herr«, sagte der Chauffeur Maschti. Er kannte Sohrab schon seit der Wiege und fühlte sich verpflichtet, ihn vor Gefahren zu beschützen. An der Art, wie Sohrab kein einziges Mal geblinzelt hatte, seit er Roxanna erblickt hatte, erkannte Maschti, daß das Mädchen für Sohrab eine Gefahr darstellte.

»Ich könnte die junge Dame nach Hause bringen.«

Roxanna trat einen Schritt zurück.

»Nein«, sagte sie zu Maschti gewandt.

Sohrab fühlte, daß sie gleich wieder losrennen würde und er sie noch einmal wie ein erschrecktes Reh würde jagen müssen, denn den Gedanken, sie zu verlieren, konnte er nicht ertragen.

»Dann kommen Sie doch zu uns nach Hause«, sagte er so plötzlich, daß selbst Maschti nicht sofort verstand, was er meinte. »Ich wohne nicht weit von Amins Haus entfernt. Morgen früh können Sie dann nach ihrer Freundin suchen.«

Maschti geriet in Panik.

»Das geht doch nicht!« flehte er.

Roxanna zögerte noch.

»Herr!« schaltete sich Maschti wieder ein.

Sohrab nahm Roxanna bei der Hand und führte sie zum Auto.

Roxanna saß da, die Hände im Schoß gefaltet und den Blick gesenkt. Maschti beobachtete sie im Rückspiegel. Etwas an ihr machte ihm angst. Ihre Haut schien so transparent, daß er sie am liebsten berührt hätte, um sich davon zu überzeugen, daß sie vorhanden war. Sie stach von ihrer Umgebung ab, als gehöre sie nicht zu dieser Welt. Sohrab neben ihr war so außer sich vor Freude, daß er nicht wiederzuerkennen war.

Von der Ferne überragte Teymurs Anwesen die Allee des Glaubens wie ein Monument. Das Auto fuhr durch das hintere Tor in den Garten, die gepflasterte Auffahrt hinauf, vorbei an den blühenden Obstbäumen und den schlafenden Blumenbeeten. Auf dem freien Platz vor dem Hauptgebäude, dessen Wände an dieser Stelle völlig mit Kletterjasmin überwuchert waren, kam es zum Stillstand. Sieben Marmorstufen führten vom Garten zu einer zweiflügeligen Tür mit geschliffenen Scheiben, die über zwei Stockwerke reichte. Eine Dienerin, Maschtis Frau, sah die Scheinwerfer durch das Glas und rannte ins Freie, ihrem Mann entgegen. Da ihre Herrschaft auf Reisen war, hatte sie sich nicht die Mühe gemacht, die verhaßte Uniform anzuziehen, eine langärmelige Bluse mit schwarzem langen Rock und weißer Schürze, die Fräulein Claude ihr und allen Dienerinnen zu tragen befohlen hatte. Sie trug den Schador über den Kopf gezogen und um die Taille geschürzt, so daß ihre Hände für die Arbeit frei waren, und sie ging barfuß. Beim Anblick Roxannas trat sie erschreckt einen Schritt zurück.

»Möge der Herr mich töten!« kreischte sie laut und warf die Hände vors Gesicht. »Ich glaube, das ist ein Engländer.«

Maschtis Frau hatte natürlich auch einmal einen eigenen Namen besessen, aber er war schon so lange nicht mehr benutzt worden, daß sogar sie selbst sich nicht mehr daran erinnerte. Maschti hatte sie als junges Mädchen in ihrem Dorf geheiratet und dann nach Teheran in Teymurs Haus gebracht. Mittlerweile war sie die älteste Dienerin und die rechte Hand von Fräulein Claude. Sie hatte die Aufsicht über das gesamte weibliche Personal mit Ausnahme von Effat. Maschtis Frau hielt Effat für eine Schlampe und weigerte sich aus moralischen Gründen, mit ihr zu tun zu haben. Seit Jahren hatte Effat kein einziges Mal einen Besen oder ein Staubtuch in die

Hand genommen. Sie lockte jeden Gärtner, Butler oder Hausierer ins Bett und war von einer solchen Aura der Verderbnis und Sünde umgeben, daß Maschtis Frau tagtäglich drohte, ihren Dienst zu quittieren.

Doch Maschtis Frau hatte nicht nur gegen Effats Verhalten etwas einzuwenden. Sie empfand außerdem ein heftiges Mißtrauen allem Ausländischen gegenüber, seien es Gegenstände oder Menschen, obwohl sie fast ihr ganzes Leben in Fräulein Claudes Diensten gestanden hatte. Sie fürchtete die Blutsauger von Juden, die Whisky trinkenden Armenier, die schwarzhäutigen Araber und die barfüßigen Zigeuner. Doch am meisten mißtraute sie jener schrecklichsten aller Rassen, jenem blauäugigen Wesen, das für alles Leid der Welt verantwortlich war, jener Bestie, die, wie die Mullahs sagten, Armut und Ungläubigkeit in die Welt gesetzt hatte, der Schlange, die im Bett eines jeden Königs schlief und sich unter dem Kopfkissen eines jeden Juden zusammenrollte – dem Engländer.

Maschtis Frau hatte noch nie einen leibhaftigen Engländer gesehen und konnte sich auch gar nicht vorstellen, wie er eigentlich aussah, wenn er nicht die menschliche Gestalt hatte, die er annahm, um gläubige Moslems an der Nase herumzuführen, wie die Mullahs sagten. Natürlich war dieses Wesen viele Male zu Teymur gekommen, als Gast zu seinen Partys oder aus geschäftlichen Gründen. Bei diesen Anlässen hatte Maschtis Frau jedoch immer den Rat ihres Mullahs befolgt und sich in ihrem Zimmer versteckt. Jeder gläubige Moslem würde sofort erblinden, hatte ihr Mullah gesagt, wenn er einen Engländer erblickte. Wer nicht erblinde, sei einfach kein gläubiger Moslem.

Doch da sie noch nie einen Engländer gesehen hatte und sich weigerte, Fotos von ihnen anzusehen, konnte Maschtis Frau sie nicht von Menschen anderer Rassen und Religionen unterscheiden und verbrachte ihr Leben in ständiger Angst.

Es war schon schlimm genug, daß ihr Arbeitgeber, Teymur der Abtrünnige, Halbjude war und die ersten zwanzig Jahre seines Lebens im Westen verbracht hatte und seine Frau, Fräulein Claude, behauptete, in Deutschland geboren und aufgewachsen zu sein. Jeder anständige Mullah hatte ihr gesagt, es sei für einen Moslem eine Sünde, für einen Juden zu arbeiten, unter seinem Dach zu leben und seine Nahrung zu essen. Seit Jahren ernährte sich Maschtis Frau von hartgekochten Eiern und gesüßtem Rosenwasser, da sie davon überzeugt war, daß die Eierschalen, falls sie von einem Ungläubigen berührt wurden, einen Schutz gegen die von ihm ausgehende Vergiftung darstellten. Sie wusch sich fünfmal am Tag sowie vor jedem Gebet und ging zweimal im Jahr auf Pilgerschaft in die heilige Stadt Meschhed. Dort warf sie sich vor den Toren des Grabmales des Imam Hussein auf den Boden und flehte um Vergebung, daß sie Geld von Juden annahm. Die Kosten für ihre Pilgerfahrten übernahmen Teymur und Fräulein Claude.

Sie gab sich keinerlei Mühe, ihren Haß auf die Juden und Ausländer im allgemeinen und ihre Arbeitgeber im besonderen zu verbergen. Überall auf der Welt wäre das merkwürdig gewesen, aber in einem Land, das ein buntes Kaleidoskop verschiedener Nationen war, die von der Gewalt der Geschichte zusammengewürfelt worden waren, wo Dutzende von Sprachen gesprochen wurden und jede Provinz sich für eine eigene Nation hielt, war das Zusammenleben mit dem Feind eine alte Gewohnheit geworden, über die niemand lange nachdachte. Für Maschtis Frau brachen harte Zeiten an, wenn ein sunnitischer Moslem, ein Verwandter von Teymur oder Fräulein Claude oder ein Freund Sohrabs zum Haushalt hinzukamen. Dann erwachte das alte Feuer. Da sie jedoch keine Macht über die Ungläubigen hatte, richtete sie ihren Zorn gegen Maschti.

Beim Aussteigen senkte Roxanna respektvoll das Haupt vor Maschtis Frau und flüsterte eine Begrüßung. Die Alte trat einen Schritt zurück, die Hand noch immer vor dem Gesicht und ließ Sohrab Roxanna ins Haus geleiten.

Eine große Eingangshalle mit schwarzem Marmorboden führte zu einem riesigen Salon mit drei Kristallüstern und schwerem Mobiliar. Am anderen Ende öffneten sich hohe Glastüren auf eine Veranda mit schmiedeeisernem Geländer, das von violetten Fliederranken durchzogen war.

Roxanna schritt langsam durch den Raum, ohne etwas wahrzunehmen, ohne von der Pracht ihrer Umgebung beeindruckt zu sein. Diese Art Haus war ihr nicht fremd. Sie hatte den Flieder gerochen und auf der Veranda gestanden. Wenn nicht auf dieser, so auf anderen, die so ähnlich waren. Sie waren Teil von Alexandras Erinnerungen gewesen, gehörten zu den Palästen, in denen Alexandra mit ihrem Mann getanzt hatte, blühten in den Gärten, in denen sie als junge Frau dinierte, bevor der Phantomliebhaber sie im Ghetto versteckte.

Maschtis Frau führte sich auf, als ginge die Welt unter. »Der Herr möge mich für meine Sünden erschlagen«, sagte sie ununterbrochen zu ihrem Mann. Die Röte ihrer Wangen zeigte Maschti, daß er die ganze Nacht zu leiden haben würde. »Dies Mädchen ist entweder eine Jüdin oder ein Engländer oder beides. Ich will gar nicht wissen, wie sie in eurem Auto gelandet ist.«

Sie drehte sich auf dem Absatz um und eilte in das Dienstbotenquartier, das in einem Anbau untergebracht war. Sie überraschte die Schlampe Effat dabei, wie sie ihren Büstenhalter mit frischem Teig ausstopfte und sich die Lippen leckte, damit sie glänzten, bevor sie in ihre Uniform schlüpfte und sich Sohrab zeigte.

»Mach, daß du hier rauskommst und zu Sohrab Khan gehst«, befahl Maschtis Frau, abgestoßen von der Frau, die dafür lebte, die Beine zu spreizen.

»Bestimmt will er etwas essen. Und er hat einen Engländer mitgebracht, der die Nacht hier verbringen soll. Sperr die Augen auf, daß er nichts mitgehen läßt.«

Effat schritt mit einem so breiten Grinsen davon, daß Maschtis Frau den Blick abwenden mußte, um nicht jeden Zahn in ihrem Mund zu sehen.

Effat war das einzige Dienstmädchen, das Teymur persönlich eingestellt hatte, und die einzige, der Fräulein Claude nicht kündigen durfte. Er hatte sie sogar zur Schule geschickt. Offensichtlich hatte sie dort aber nur gelernt, am laufenden Band Männer aufzulesen. Sie interessierte sich nur noch für Make-up, Parfüm und falsche Brüste, die Pille und Mittel zur Schwangerschaftsunterbrechung. Schließlich hatte sie es geschafft, daß sie keine Kinder mehr bekommen konnte, selbst wenn sie es gewollt hätte.

Ihre Schamlosigkeit kannte keine Grenzen. Einmal verließ sie das Haus, um einen Laib Brot zu kaufen. Sie hatte Hauskleidung an und trug keine Schuhe. Einen Monat später tauchte sie wieder auf. Sie habe einen amerikanischen Soldaten geheiratet, der in Teheran stationiert gewesen sei, sich aber wieder von ihm scheiden lassen. Er sei vor ihr stehengeblieben und habe ihre nackten Beine angestarrt. Daraufhin sei sie mit ihm gegangen, obwohl sie kein Wort amerikanisch sprach. Sie blieben solange zusammen, wie sie miteinander schlafen konnten, ohne reden zu müssen, danach trennten sie sich wieder. Als Effat auf der Straße saß, noch immer barfuß, trotz ihrer monatelangen Eskapade, war sie wieder bei Fräulein Claude aufgetaucht, einen Strauß roter Rosen in der Hand und ein entschuldigendes Lächeln auf den Lippen.

Jahrelang hatte sie Sohrab verfolgt, war in kurzen Röcken und bloßen Füßen mit rotlackierten Nägeln herumgelaufen. Wenn Fräulein Claude und Maschtis Frau nicht zu Hause waren, hatte sie sogar auf einen Büstenhalter verzichtet. Nach Mitternacht war sie unter einem Vorwand in Sohrabs Zimmer aufgetaucht, hatte sich zu ihm aufs Bett gesetzt und ihm von ihren Liebhabern und was sie für sie zu tun pflegte, erzählt. Wie sie ihre Brustwarzen in Honig tauchte, bevor sie mit ihnen schlief, wie sie nichts unter ihrem Schador trug, wenn sie mit ihnen spazierenging, so daß sie äußerlich angezogen aussah, ihre Geliebten aber wußten, daß sie nackt war. Auf Sohrab hatte das keine Wirkung, allenfalls entlockte es ihm ein nachsichtiges Lächeln. Höflich ließ er sie ausreden und brachte sie dann zur Tür. Schließlich war sie davon überzeugt, obwohl sie sich von Herzen etwas anderes gewünscht hätte, daß die Instinkte dieses Jungen nicht in Ordnung waren.

Trotz ihres Lebenswandels hatte Effats Haar seinen ungewöhnlichen Glanz behalten, ihr Lachen erinnerte nach wie vor an ein Dutzend Glöckchen, und sie schlief weiter mit den Männern, als sei ihr die ewige Jugend gewiß.

In der Eingangshalle flehte Maschti Sohrab an.

»Herr«, fing er an, bemüht, seine Stimme zu dämpfen, »Sie kennen noch nicht einmal den Namen des Mädchens. Womöglich gehen wir heute abend zu Bett und erwachen, weil sie das Haus in Brand gesetzt hat.«

Doch Sohrab gönnte Maschti keinen Blick. Beim Anblick Effats schaute er erleichtert drein, als habe er eine natürliche Verbündete gefunden. Er bat sie, Roxanna ein Zimmer zu geben.

»Herr!« flehte Maschti, in größerer Angst vor dem Zorn seiner Frau als vor allem, was Roxanna aushecken mochte. »Ich protestiere!«

Roxanna hörte ihn und trat in die Eingangshalle.

»Ich werde nur eine Nacht bleiben«, sagte sie so sanft, daß Maschtis Hände vor Scham schwitzten. »Ich kann überall schlafen, wo es Ihnen paßt. Ich verspreche Ihnen, daß ich nichts anrühre.«

Sie folgte Effat ins Gästezimmer im Erdgeschoß. Es war kleiner als die Räume im ersten Stock, lag aber in sicherer Entfernung von Sohrabs Schlafzimmer, dachte Effat, und war nahe genug bei den Quartieren der Dienstboten, um Maschtis Frau zufriedenzustellen. Schnell sagte Roxanna gute Nacht und schloß die Tür. Dann legte sie sich angezogen auf ihr Bett und lauschte.

Die Stunden vergingen. Roxanna lag wach. Sie ging die Ereignisse des Tages durch, machte sich Gedanken über ihre Eltern und Miriam, fragte sich, was sie wohl empfinden würden, wenn sie entdeckten, daß Roxanna das Ghetto verlassen hatte. Etwas an dem Haus, in dem sie sich befand, etwas, das sowohl neu als auch vertraut war, erfüllte sie mit Unbehagen. In der Annahme, alles schliefe, verließ sie ihr Bett und machte eine Erkundungstour.

Sie ging die Eingangshalle hinunter, die Treppe hinauf, in

die üppigen, leeren Schlafzimmer mit Einbauschränken, durch die mit Spiegeln geschmückten Badezimmer, in denen Wasser in der Farbe von Diamanten aus goldenen und chromfarbenen Hähnen floß, schritt durch Glastüren, die auf runde Balkone führten, von denen aus man den Garten sah. Sie erblickte Sohrab, wie er bei halboffener Tür in seinem Zimmer schlief, warf einen Blick in Fräulein Claudes Raum und anschließend in Teymurs. Roxanna hatte das Gefühl, unsichtbar zu sein. Sie war so federleicht, daß niemand ihre Tritte hörte, so frei, daß sie ihre Arme hätte ausbreiten und vom Balkon hinwegfliegen können, wenn sie gewollt hätte.

Die Küche im Erdgeschoß war ein Meer von weißen Wänden und Schränken, mit einem kleinen Zimmer verbunden, in dem ein Tisch für acht Personen stand. Zwischen den beiden Räumen war eine Nische, klein und schlecht beleuchtet, mit einem niedrigen Schemel, Kohlenbecken und Wasserpfeife ausgestattet. Auf dem Schemel hockte ein Mann. Er trug einen dunkelbraunen Anzug, einen braunen Filzhut und braune Lederschuhe. Sein Hemd war weiß und hatte einen gestärkten Kragen, die Krawatte fehlte. In seinen ganz und gar weißen Augen fehlten die Pupillen. Dennoch hatte Roxanna das Gefühl, daß er sie sehen konnte.

Eingetaucht in die seltsam vertraute Stille, den Geruch des Opiums in der Nase und den starren Blick des Blinden fühlend, erkannte Roxanna der Engel, daß dies ein Haus der Wunder war. Sie war versehentlich hineingeraten und würde niemals wieder den Weg hinaus finden.

Fräulein Claude sollte jenen Samstagmorgen, an dem sie mit Teymur aus Gorgan wiederkam, als den schlimmsten ihres Lebens verfluchen. Sie fand ihr Haus in den Händen einer Person vor, die aus dem Ghetto und offensichtlich durchgebrannt war. Sohrab war so vernarrt in die Fremde, daß ihr Bild sich in seinen Augen und in seinem

Lächeln spiegelte. Effat fand sie so faszinierend, daß sie ihr in einer Entfernung von drei Metern folgte. Sie schwor, das Mädchen sei ein Dschinn, einer jener zahlreichen Geister, welche die Nächte Persiens bevölkern und die Macht haben, menschliche Gestalt anzunehmen. Roxanna war erst seit drei Tagen im Haus. Am Donnerstag hatte sie herausgefunden, daß Mercedes tatsächlich mit ihrem neuen Mann unterwegs in Europa war. Und so war sie zu Sohrab zurückgekehrt, weil sie nicht wußte, wohin sie hätte gehen sollen. Ins Ghetto wollte sie unter keinen Umständen zurück.

Ein mißtrauischer Blick seitens Fräulein Claude, und Roxanna wußte, sie würde gehen müssen.

»Irgendwann reicht es«, sagte Fräulein Claude zu Maschti, ohne Roxanna eines Wortes zu würdigen. Es war sieben Uhr morgens, und Roxanna stand vor dem Haupteingang des Hauses. »Gib ihr fünfzig Rial, und setze sie in der Stadt in einen Bus. Wir sind doch keine Pension.«

Sie ließ ihren Mantel auf dem Geländer im Erdgeschoß hängen und stieg die Stufen zu ihrem Zimmer hinauf. Ihre hochhackigen Sandalen mit den Pfennigabsätzen erweckten den Eindruck, als würde sie bei jedem Schritt vornüberfallen. Sie konnte Roxanna hinter sich fühlen, spürte deren Verlegenheit darüber, wie eine verachtenswerte Kreatur entlassen worden zu sein. Fräulein Claude wußte, daß Roxanna ein Niemand war. Sie ging in ihr Zimmer und schloß die Tür hinter sich. Sie hatte nicht damit gerechnet, daß Sohrab ihr folgen würde.

»Erlaube ihr, bei uns zu bleiben.«

Fräulein Claude schüttelte den Kopf.

»Nur die paar Tage, bis Amin mit seiner neuen Frau zurückkommt. Roxanna will Mercedes besuchen. Sie sagt, sie wohnten im Ghetto unter einem Dach.«

Fräulein Claude war empört. Es sprach nicht für Roxanna, daß sie mit der Frau zusammengelebt hatte, die Amins Familie und seinen guten Namen ruiniert hatte. Außerdem ärgerte es Fräulein Claude, daß Sohrab die Fremde mit ihrem Vornamen anredete.

»Um so mehr Grund, daß wir sie so rasch wie möglich loswerden«, erwiderte sie nur.

Sie hatten Gorgan bei Dunkelheit verlassen müssen, um drei Uhr morgens, damit Teymur früh ins Geschäft gehen konnte. Fräulein Claude war um zwei Uhr aufgestanden. Nun war sie müde und schläfrig und äußerst betrübt über die Art, wie Sohrab, der die Entscheidungen seiner Eltern nie in Frage stellte, auf Roxanna reagierte. Am liebsten hätte sie sich in ihren Sessel gesetzt, ihre Sandalen ausgezogen, die tiefrote Ränder hinterlassen hatten, und ihre Füße auf die Ottomane gelegt. Sie hätte gern die Nadeln aus dem Haar genommen, das blondgefärbte Pferdehaar, mit dem sie ihrem Chignon Fülle verlieh, entfernt, die Wimperntusche abgewaschen, die ihr die Lider herunterzog und ihre übermüdeten Augen zum Tränen brachte. Doch sie konnte sich nicht entspannen, bevor Sohrab das Zimmer verlassen hatte. Sie war seit sechsundzwanzig Jahren verheiratet, aber noch nie hatte sie jemand, weder ihr Mann, ihr Sohn noch einer der Dienstboten, mit Ausnahme von Maschtis Frau, die ihr beim Baden half, ohne Make-up und Stöckelschuhe gesehen. Sie glaubte fest daran, daß das Geheimnis einer erfolgreichen Ehe darin bestand, daß sich die Frau nur in ihrer besten Verfassung zeigte, selbst wenn es anstrengend und ihr Sohn einundzwanzig war und ihr in ihrem eigenen Schlafzimmer auf die Nerven ging.

Plötzlich erhob Sohrab seine Stimme.

»Du wirst sie nicht rauswerfen!« schrie er zum ersten Mal in seinem Leben seine Mutter an. »Ich werde es nicht dulden.«

Sie stand auf und hielt den Atem an.

»Es schickt sich nicht. Sie ist jung und unverheiratet und nicht mit uns verwandt. Früher oder später kommen ihre Eltern und suchen sie. Dann werden sie uns für das verantwortlich machen, was sie vielleicht vor ihnen versteckt. Oder sie setzt sich etwas in den Kopf, vor allem was deine Person betrifft. Dann wird es um so schwieriger sein, sie zum Gehen zu bewegen.«

Ihre Logik interessierte ihn nicht.

»Du wirst deine Meinung ändern müssen«, sagte er. »Ich werde sie nicht gehen lassen.«

An dieses Gespräch dachte Fräulein Claude noch tausendmal in den folgenden Jahren. Im Nachhinein sagte sie sich, daß sie Roxanna keine Minute länger im Haus hätte dulden sollen. Sie hätte die Polizei oder die Nationalgarde rufen sollen; hätte Maschti Rattengift besorgen und in ihr Essen mischen lassen sollen; hätte zu Maschtis Frau sagen sollen, daß das Mädchen ein echter Engländer sei, der verbrannt gehörte. Hätte sie geahnt, was auf sie zukam, hätte Fräulein Claude eigenhändig das Feuerholz in ihrem Hof zusammengetragen und unter Roxannas Füßen angezündet. Aber damals, als Sohrab sich zum ersten Mal in seinem Leben über ihre Wünsche hinwegsetzte, gab Fräulein Claude der Schwäche nach, die sie für ihren Sohn hatte, und auch den Schmerzen in ihren müden Fesseln. Sie sagte sich, daß es vielleicht doch keine so schlechte Sache sei. Schließlich war Sohrab ein Mann und brauchte weibliche Gesellschaft. Roxanna konnte noch ein paar Tage bei ihnen bleiben, bis das Bedürfnis, das ihn zu dieser Narretei trieb, befriedigt war oder bis Teymur, der bislang noch kein Interesse an der Situation gezeigt hatte, ein Machtwort sprechen würde.

Doch mit jedem Tag bereute Fräulein Claude ihre Entscheidung mehr.

Dabei war Roxanna nicht etwa von so großer Schönheit, daß Sohrab ihresgleichen noch nie gesehen hätte. Sie benahm sich auch nicht herausfordernd oder stellte irgendwelche Ansprüche. Doch irgend etwas an ihr war seltsam und unheimlich. Sie klang so anders als alle Juden, die Fräulein Claude oder Sohrab kannten. Sie bewegte sich, als gebe es für sie keine Schwerkraft. Sie beobachtete ihre Umgebung mit Augen, die fast hohl erschienen, sprach oftmals stundenlang kein Wort und gab auch sonst keinen Laut von sich. Fräulein Claude pflegte sie völlig zu vergessen, bis plötzlich ihr Lachen ertönte, das wie das einer Dreijährigen klang, Perlen der Freude, die sich wie rosafarbene Kirschblüten öffneten. Jeder im Haus hielt mit seiner Arbeit inne, wie um zu sehen, welche Farbe ihr

Lächeln hatte. Und sie stand klein und jung im Dienerhof, von seltsamer Zuversicht, und half Effat mit entblößten Beinen, die frisch gewaschenen Bettücher auszuwringen. Die lavendelfarbene Bleiche lief in Perlen ihre puderweißen Vorderarme hinunter und glitt ihre dünnen, kindlichen Beine entlang. Oder sie stand in der Küche, darauf bedacht, Fräulein Claude nicht zu stören, und unterhielt sich mit Jakob dem Wackelpudding. Dabei wußten alle, daß er die Wirklichkeit weder hören noch sehen konnte. Sprach er jedoch mit Roxanna, konnte er ganze Unterhaltungen führen und sogar im richtigen Moment lachen.

Fräulein Claude kochte vor Wut darüber, daß Roxanna ihn an dem Ort erreichen konnte, wo er sich verloren hatte. Er verbrachte zwar die meiste Zeit damit, zu halluzinieren. Sein Wahnsinn hatte aber auch den nützlichen Zweck, daß alle ihn vergaßen. Er konnte seine Umgebung, die Dienerschaft, die Gäste des Hauses und sogar Teymur beobachten und berichtete Fräulein Claude in seinen seltenen klaren Augenblicken Dinge, die sie selbst nie entdeckt hätte.

Eine ganze Woche lang fand Fräulein Claude sich mit Roxanna ab, dann ging sie zu Teymur. Sie zog ihr rotes Wollkostüm und ihre straßgeschmückten Sandalen an. Bevor Maschtis Frau Zeit gehabt hatte, das Frühstück zuzubereiten, ging sie in die Küche. Roxanna saß am Tisch und trank mit Effat Tee. Sie hatte ihre Schuluniform abgelegt und trug ein altes, unförmiges Kleid, das Maschtis Frau ihr gegeben hatte. Sobald Fräulein Claude den Raum betrat, stand sie mit Effat auf und fixierte den Fußboden.

»Guten Morgen.« Fräulein Claudes Lächeln galt niemandem im besonderen. In seiner Nische saß Jakob der Wackelpudding, tief in seinen Opiumrausch versunken. Nur gelegentlich schlug er drei Meter große Fliegen von seinem Gesicht und Kopf. Fräulein Claude ging hinüber zum Samowar und füllte ein Glas mit heißem Tee, ein zweites mit heißem Wasser, bedeckte ein Silbertablett mit einer gestärkten Serviette, stellte die Gläser neben einen Teller Datteln und eine einzelne rosa Rose. Sie stöckelte zum Spiegel über dem Spülstein und prüfte ihr Make-up, ihr Haar, die Falten um die Lippen. Dann nahm sie das Tablett und machte sich auf den Weg zu Teymurs Schlafzimmer.

»Einen schönen guten Morgen«, war ihr Singsang bis in die Küche zu hören. Er löste bei Maschtis Frau ein Stirnrunzeln aus. Teymur saß an seinem Schreibtisch und las die Zeitung des vorherigen Abends. Er hob die Augen, als sie ins Zimmer kam und lächelte, sagte aber kein Wort.

Sie stellte das Tablett auf seinen Schreibtisch, schob das Glas Tee vor ihren Mann und setzte sich mit dem heißen Wasser in der Hand ihm gegenüber. Es war das übliche Ritual, wenn es etwas Wichtiges zu besprechen gab. Nur daß Teymur diesmal nicht in der Stimmung für eine Unterredung zu sein schien.

Fräulein Claude räusperte sich. Nach fast dreißig Jahren Ehe hatte sie noch immer Herzklopfen, wenn sie in der Nähe ihres Mannes war.

»Das Mädchen, das Sohrab nach Hause gebracht hat«, begann sie, »ist nun schon elf Tage hier … Wir wissen gar nichts über sie, außer daß ihre Mutter sie angeblich einer Russin geschenkt hat. Ich meine, wir sollten sie ziehen lassen.«

Teymur hatte seinen Tee nicht angerührt. Sie räusperte sich erneut.

»Sohrab will anscheinend, daß sie bleibt.« Sie sprach mehr, um die in ihr aufsteigende Panik zu verhindern, als um etwas zu sagen, das Teymur schon längst selbst erkannt haben mußte. »Ich weiß einfach nicht, welche Stellung sie bei uns haben könnte. Ich mache mir Gedanken, weil es Schwierigkeiten geben könnte.«

Sie hielt inne, nahm einen Schluck heißes Wasser und musterte Teymur. Er hielt die Augen auf die Zeitung gerichtet, aber sie bewegten sich nicht. Er las nicht, er mied ihren Blick.

»Ich wollte sie heute wegschicken, wenn du mit Sohrab ins Büro gegangen bist. Du könntest ihn davon in Kenntnis setzen, wenn ihr aus dem Haus seid, ihn wissen lassen, daß es auch deine Entscheidung ist, damit er sich mir nicht widersetzt.«

Da überfiel sie der Gedanke, daß sie gar nicht hätte kommen, daß sie gar nicht mit Teymur über die Sache hätte reden sollen. Sie stand abrupt auf und rieb die Hände aneinander.

»Das war's«, sagte sie und wollte das Zimmer verlassen, bevor Teymur etwas sagen konnte, aber es war zu spät.

Er sah sie an. Er sah finsterer aus denn je, dachte sie. Trauriger, einsamer.

»Sie bleibt«, sagte er. Fräulein Claude konnte fast hören, wie ihr Leben in tausend Stücke brach.

Teymur der Abtrünnige war der Neffe von Mohammed Ali Schah, Enkel des Prinzen Sil-el-Sultan, Großenkel seiner Majestät Nasser-ed-Din Schah Qajar, des Königs der Könige, des Schatten Gottes, des Lichtes des Universums. Teymurs Vater, Salomon der Mann, war ein jüdischer Sänger von unwiderstehlich gutem Aussehen und einem legendären Charme gewesen, der ihn zum Favoriten der kaiserlichen Kreise machte. Seine Mutter, Tala die Qajarin, war eine moslemische Prinzessin, die sich in den Juden verliebte und ihn gegen den Willen seines Vaters heiratete. Sie nahm Salomon zu sich in den Rosenpalast in Teheran. Dort verbrachten sie, umgeben von den Diamantenmauern, Saphirteichen und ewigen Rosengärten des Schahs, zwanzig glückliche Jahre, liebten sich und zeugten Kinder, die selbstbewußt und im Wohlstand aufwuchsen, ohne eine Ahnung von dem Krieg zu haben, der außerhalb des Palastes tobte, und der Revolution, die langsam immer näher kam.

Teymur der Abtrünnige war der jüngste Sohn Talas und Salomons. 1907, im Jahr seiner Geburt, setzte die Konstitutionelle Revolution die Dynastie der Qajar ab; die kaiserliche Familie wurde ins Exil geschickt. Teymurs Mutter folgte dem abgesetzten Kaiser nach Rußland, die Kinder im Schlepp, und ließ ihren Mann, der sich weigerte, Teheran zu verlassen, allein zurück. In Rußland blieb sie, bis die bolschewistische Revolution ausbrach, zog dann nach Westeuropa und schließlich in die Türkei. Sie wechselte alle paar Monate ihren Wohnsitz und lebte von der immer kleiner werdenden Summe, die ihr abgesetzter Onkel ihr gab. Tala vertraute die Kinder einem Hauslehrer an, Mirsa Mohammed dem Moslem, der sie bis zur Betäubung Fakten und Zahlen auswendig lernen ließ. Ihre älteren Söhne wurden zu bebrillten Herren von hoher Bildung und hervorragenden Manieren. Sie lebten in vornehmer Armut in Frankreich und England und verbrachten die meiste Zeit ihres Lebens damit, nachzurechnen, was sie durch die Konstitutionelle Revolution und den Staatsstreich von Resa Schah an Vermögen verloren hatten. Die jüngeren Kinder, Teymur und sein Bruder Morad, konnten sich nicht an den verlorenen Reichtum ihrer Mutter erinnern und hatten deshalb auch keinen Anteil an ihrer Nostalgie. Ihr einziger Wunsch war, einmal für längere Zeit an einem Ort zu leben.

1927 kündigte Tala die Qajarin ihren Kindern einen weiteren Ortswechsel an. Sie wollte von ihrem Haus in Paris nach St. Cloud zu einem entfernten Onkel ziehen. Es war der elfte Umzug in zehn Jahren.

In jenem Jahr wurde Teymur der Abtrünnige zwanzig. Er dachte schon seit langem daran, seine Mutter zu verlassen. Er wollte nicht länger der ohnmächtigen Wut, von der sie getrieben wurde, ausgesetzt sein. Er wußte, daß sie seine Abreise nicht billigen, seinen Ungehorsam nicht verzeihen würde. Dennoch ging er zu ihr, nachdem er seine Möglichkeiten abgewägt hatte.

»Ich komme nicht mit dir nach Saint-Cloud«, sagte er ihr im Wohnzimmer des Pariser Hauses.

Tala stand unter dem riesigen Porträt ihres Großvaters, Nasser-ed-Din Schah. Sie hatte das Bild in Auftrag gegeben, um den hochnäsigen Europäern zu zeigen daß sie eine echte Prinzessin war und keine Hochstaplerin, die behauptete, von königlichem Geblüt zu sein, wenn es doch feststand, daß sie nur eine verarmte Emigrantin mit einem aufgeblähten Ego war. Einst eine große Schönheit, war sie inzwischen über ihre Jahre hinaus gealtert. Ihre Haut war durch die Bitterkeit des Exils gelb geworden. Die Lippen waren vom unablässigen Rauchen französischer Zigaretten verfärbt, und sie war dürr und fiebrig vom Tabak.

»Du hast keine andere Wahl«, sagte sie zu ihrem Sohn. »Es gibt sonst keinen Platz, wo wir leben könnten.«

Teymur sagte ihr, daß er zurück in den Iran ginge.

»Niemals!« Sie schlug ihn auf den Mund. Blut strömte ihm aus der Nase. Tala verachtete das Volk, das die Herrschaft ihrer Familie abgelehnt und ihren Onkel abgesetzt hatte. Doch noch mehr haßte sie Resa Schah, der die Qajar als unmoralisch bezeichnet hatte und ihnen vorwarf, den Reichtum des Landes gestohlen zu haben. Dabei hatte er selbst, kaum daß er auf dem Thron saß, zu stehlen begonnen.

»Du bist ein Qajar. Resa Schah wird einen Vorwand finden, dich zu töten, bevor du überhaupt die Hauptstadt erreicht hast.« Es traf zu, daß jeder herrschende Monarch in der neueren iranischen Geschichte die Nachfahren seiner Vorgänger ausgerottet hatte. Doch Teymur war schließlich auch der Sohn eines Juden, der unbemerkt in Teheran verstorben war.

Er sagte zu Tala, er würde seines Vaters Namen annehmen, allen sagen, er sei Jude, und ein Leben aufbauen, das nichts mit der Verbitterung und den Sehnsüchten der Familie seiner Mutter zu tun hatte.

»Das ist Ketzerei«, giftete Tala. »Ein Moslem, der seine Religion wechselt, ist automatisch zum Tode verurteilt.«

Doch er ließ sich nicht aufhalten.

Auf der ganzen Reise zurück in den Iran träumte Teymur der Abtrünnige vom Zorn seiner Mutter. Er reiste allein, per Zug und Schiff, und hatte den Klang von Talas Rache in den Ohren. Zwei Monate und dreizehn Tage waren vergangen, seit er die letzte Tür des letzten Hauses in der letzten europäischen Stadt, in der sich seine Mutter vor dem Schicksal versteckt hatte, zugeschlagen hatte. Dem Gastwirt der größten Karawanserei im Basar von Teheran sagte er nur, er sei der Sohn eines Juden, der im Ausland von einer moslemischen Mutter großgezogen worden war. Er fand im Außenministerium eine Stelle als Dolmetscher für französische, deutsche und englische Diplomaten. Von seinem Gehalt kaufte er ein Haus an der Phönix-Allee in Teheran und stellte Maschti und dessen Frau als Chauffeur und Haushälterin ein. Dann lernte er Fräulein Claude kennen. Vielleicht traf es ja zu, was sie immer behauptete, daß sie es nämlich gewesen sei, die ihm das große Glück gebracht hatte.

Fräulein Claude war die Tochter von Ruhallah aus Schiras, der einen Stoffhandel am hintersten Ende des kleinsten Basars von Teheran betrieb. Ruhallah war in den ersten Jahren der Herrschaft Resa Schahs nach Teheran gekommen. Kurze Zeit später hatte er seine Frau und Kinder aus Schiras nachkommen lassen. Es waren sechs Söhne und eine Tochter, ein Mädchen namens Golnaz, Schöne Blume, die es sich zur Aufgabe gemacht hatte, sich um die Männer ihrer Familie zu kümmern. Kurz nach ihrer Ankunft in Teheran aß Ruhallahs Frau eine saure Melone und starb über Nacht an Bauchschmerzen. Der Arzt behauptete, die Todesursache sei ein durchgebrochener Blinddarm.

Wie alle Männer und Frauen seiner Generation dachte Ruhallah aus Schiras gar nicht daran, Jahrhunderte gesunden Menschenverstandes durch die merkwürdige Diagnose eines jungen Mannes zu ersetzen, der gerade mal eben aus dem Schoß seiner Mutter gekrochen war, fünf Jährchen an einer ausländischen Universität verbracht hatte und sich nun einbildete, die Sprache Gottes zu reden. Er bestimmte, daß die Todesursache die saure Melone und nur die saure Melone gewesen sei, und hatte keine Hemmungen, dem Arzt zu sagen, was er von seiner Gefühllosigkeit hielt, einer toten Frau, die sich nicht verteidigen konnte, einen körperlichen Mangel anzudichten, wie das Platzen eines Körperteils aus reiner Lust und Laune. Ruhallah bestand auf einer Entschuldigung. Die Diagnose würde sich negativ auf seine Kinder auswirken, niemand würde sie mehr heiraten wollen. Der Arzt kam seinem Wunsch sofort nach. Ruhallah aus Schiras hatte zwar weder Geld noch gesellschaftlichen Status, besaß aber dessen ungeachtet zahlreiche Freunde in ganz Teheran und wäre durchaus in der Lage gewesen, die Berufsaussichten eines jungen Mannes zunichte zu machen, indem er bei einem Teller gegrillter Kalbsleber mit Zwiebeln und einigen Gläschen Schnaps im Café Schah schlecht über ihn redete.

Nach dem Tode der Mutter verließ Golnaz die Schule und war nur noch für die Männer ihrer Familie da. Einen nach dem anderen brachte sie ihre Brüder durch die Schule und verheiratete sie. Sie fand ihnen Posten als kleine Regierungsangestellte, die gezwungen waren, Schmiergelder anzunehmen, damit sie von ihrem Gehalt überhaupt leben konnten. Sie leitete den Haushalt, verwaltete Ruhallahs Geld und gab ihm täglich einen festen Betrag, den er beim Backgammon mit seinen Freunden verspielte. Sie selbst war noch immer unverheiratet, wurde älter und – darüber hegte sie keinerlei Illusionen – immer weniger attraktiv.

Sie hatte nie besonders gut ausgesehen. Ihr Haar war braun und leicht gelockt, ihr Profil scharf wie ein Rasiermesser, und ihre riesigen Brüste ragten über eine unglaublich schmale Taille hervor. Nur ihre Beine waren lang und wohlgeformt. Sie hätten äußerst edel aussehen können, hätte sie nicht so schwere, eckige Hüften gehabt, die wie eine Kommode auf ihnen lasteten. Dennoch wurde Golnaz im Laufe der Jahre klar, daß nur eine »korrekte« Heirat ihre immer schwierigere Lage verbessern und ihre Brüder aus der Armut erretten konnte. Und als ob dieses Ziel nicht schon schwierig genug gewesen wäre, ging sie noch einen Schritt weiter und verliebte sich unsterblich in Teymur.

In Wahrheit war es nicht so sehr Liebe als völlige Anbetung, höchste Ehrfurcht, die sie für Teymur empfand. Sie hatte ihn vor dem Krieg in der Stadt gesehen, als er noch mit Metall handelte. Damals besaßen nur wenige Leute ein Auto, deshalb erkannte sie Teymurs Ford schon von weitem. Vielleicht war es seine ungewöhnliche Erscheinung, die tiefdunkle Haut mit den grünen Augen, die ihm das Aussehen eines gefährlichen Tieres gaben. Vielleicht war es auch die ihm vorauseilende Legende über seinen Tar spielenden Vater, der in einem Dürrejahr, als die Erde von Ameisen und Heuschrecken wimmelte, mit seinen Liedern dem Himmel Regen abgetrotzt hatte. Vielleicht lag es aber auch daran, daß er so traurig aussah, so einsam, wenn sie ihn im Fonds seines von Maschti gelenkten Autos sah, eine Zigarette zwischen den Lippen und in seinen Akten lesend. Sogar seine Hände, dachte sie, sahen traurig aus. Bettler umdrängten sein Auto, und er gab jedem Geld. Er bezahlte sogar die kleinen Jungen mit den geschorenen Köpfen und verfaulten Zähnen, ohne den Ramsch anzunehmen, den sie ihm anboten. Er sagte nie »nein«. Er lächelte niemanden an, er sprach kaum ein Wort, aber nicht aus Grausamkeit sondern aus Traurigkeit, dachte sie.

Und so faßte Golnaz den Entschluß, Teymur zu heiraten und ihn glücklich zu machen, wie so manche dumme Frau auf dieser Welt, die in dem Glauben, sie sei ein barmherziger Engel, freiwillig ein bereits verpfuschtes Leben zu teilen bereit ist.

1933 war sie achtundzwanzig, zwei Jahre älter als Teymur. Sie war nur sechs Jahre zur Schule gegangen und hatte keine Ahnung von Kultur und Kultiviertheit. Sie wußte, daß Teymur sie nie wahrgenommen hatte, daß er sie nicht einmal dann wahrnehmen würde, wenn sie in einer Regennacht nackt auf seiner Schwelle stünde. Doch Golnaz hatte keine Angst vor drastischen Maßnahmen, wenn sie das Gefühl hatte, daß es sein mußte. Sie ging zu einem Wucherer und verpfändete das Geschäft ihres Vaters. Von dem Erlös kaufte sie zwei Schiffspassagen nach Deutschland, eine für sich, die andere für Ruhallah. Ihren Freunden erzählte sie, sie verließen das Land für immer, und sie würden es nicht bedauern.

Sechs Monate später kehrte Ruhallah nach Teheran zurück. Er trug einen wattierten Wollanzug, einen langen Kaschmirmantel und einen Hut. Er sah genau wie der christliche Millionär aus, den er vorzustellen versuchte. An seinem Arm hing eine platinblonde junge Dame mit rasierten Augenbrauen, die eine unheimliche Ähnlichkeit mit Golnaz hatte, sich jedoch als Fräulein Claude vorstellte. Sie sprach gebrochenes Farsi, das von einem harten deutschen Akzent entstellt war. Angeblich hatte sie ihr ganzes Leben in Frankfurt verbracht, wo sie »Kunst« studiert haben wollte. Sie spielte ihre Rolle so überzeugend und ausdauernd, daß ihre alten Freunde sie als übergeschnappt abschrieben und mitspielten.

Fräulein Claude mietete ein Haus in der Phönix-Allee, eine Straße von Teymur entfernt. Nachmittags machte sie lange Spaziergänge mit ihrem Vater, trug Hüte mit schmalen Gazestreifen, die ihre Augen verdeckten, enge Kaschmirpullover, die sie in der Taille mit einem Gürtel zusammenschnürte, so daß ihre Brüste aussahen wie zwei riesige, horizontale Zuckerhüte. Dazu trug sie unbeschreiblich hohe Absätze, die ihre Beine noch verlängerten und ihre Hüften weniger schwer erscheinen ließen. Allen Männern, denen ihr Vater sie vorstellte, schüttelte sie die Hand. Sie trank Anisschnaps und rauchte Zigaretten, gab immer enorme Trinkgelder und redete davon, sich einen Wagen zu kaufen. Nach zwei Monaten, als das geborgte Geld zur Neige ging und ihre teuren neuen Kleider Spuren des häufigen Tragens zeigten, eröffnete sie den Angriff auf Teymur.

Eines Nachmittags zog sie ein goldenes Spitzenkleid an, hochhackige Goldsandalen und einen beigen Mantel. So ausstaffiert, marschierte sie mit ihrem Vater zu Teymurs Haus.

»Er ist nicht zu Hause«, sagte die Dienerin und wollte ihnen die Tür vor der Nase zuschlagen. Sie hatte schnell die Augen geschlossen, um nicht von der Kreatur verseucht zu werden, die möglicherweise ein Engländer war. Fräulein Claude schob die Tür auf und betrat das Haus.

»Dann warten wir«, sagte sie mit der Stimme einer jungen Frau, die an eine große Dienerschaft gewöhnt ist. »Bring uns Anisschnaps und zwei Tassen türkischen Kaffee.«

Anderthalb Stunden später kam Teymur nach Hause. Ruhallah aus Schiras begrüßte ihn mit einem breiten Lächeln und einem herzlichen Handschlag.

»Ihr neuer Nachbar«, stellte er sich vor.

Er legte eine Hand auf Teymurs Schulter und drehte ihn in Richtung des Stuhles, auf dem Fräulein Claude mit steifem Rücken saß, die Beine an den Fesseln gekreuzt, den Körper leicht zur Seite gedreht, damit ihr Busenberg noch größer wirkte.

»Meine Tochter Claude«, sagte Ruhallah. »Sie ist aus Deutschland gekommen, um zukünftige Bräutigame zu interviewen.«

Teymur lächelte natürlich über ihre Anmaßung, aber er war zu höflich, vielleicht sogar zu einsam, um sie aufzufordern, sein Haus zu verlassen. Sie nippten an ihrem Anisschnaps und sprachen von den Wundern der europäischen Kultur. Fräulein Claude bewunderte Teymurs Farbgeschmack und ließ eine Bemerkung fallen, daß der Dienerin ein wenig Schulung gut tun würde. Dann stand sie auf und streckte Teymur die Hand hin.

»Unser Besuch hat mir Spaß gemacht«, sagte sie. »Ich verspreche Ihnen, wir kommen wieder.«

Zwei Monate lang kam Fräulein Claude drei Nachmittage pro Woche uneingeladen zu Teymur. Für Maschtis Frau war dies der reinste Terror, denn sie verbrachte den anschließenden Abend und folgenden Tag damit, die von Fräulein Claudes und Ruhallahs Anwesenheit verseuchten Böden zu schrubben. Außerdem ärgerte Fräulein Claude Maschtis Frau, indem sie hartnäckig um Dinge bat, die Teymur nicht im Hause hatte. So verlangte sie französischen Cognac, deutsche Schokolade oder sieben Tage alte Taubeneier. Mit ihrem affektierten Gehabe und dem harten Akzent stellte sie Teymurs Geduld auf eine empfindliche Probe, so daß er sich oft weigerte, sie zu empfangen. Sie schickte ihren Vater dessenungeachtet noch zweimal zum Wucherer und verwendete das Geld für Kleider und Geschenke für Teymur. Endlich fragte sie ihn eines Nachmittags, ob er Walzer tanzen könne.

»Warum?« wollte Teymur wissen.

Sie lächelte ihn nachsichtig an.

»Um dem Brauch zu genügen.«

Er wußte nicht, worauf sie hinauswollte.

»Welchem Brauch?«

»Bei unserer Hochzeit«, erwiderte sie. »Ich möchte den Tanz mit einem Walzer eröffnen.«

Das war der Augenblick – ein einziger Moment, der sich über die ganze Einsamkeit Teymurs und das sehnsüchtige Verlangen Fräulein Claudes erstreckte, als ihm nicht nur klar wurde, worum sie ihn gebeten hatte, sondern wie weit sie dafür zu gehen bereit war –, der Augenblick, da er ihr blasses Lächeln sah und merkte, wie ihre Fingerspitzen aus Angst, er könnte sie auslachen, blau wurden. Da wurde ihm klar, daß sie ihn liebte, daß sie einen neuen Menschen aus sich gemacht hatte, damit er sie liebte, und daß sie, wenn er sie jetzt zurückwies, aufseufzen würde und sich hier, vor seinen Augen, zu Staub verwandeln würde.

»Sehr wohl, gnädige Frau. Wir eröffnen den Tanz mit einem Walzer.«

So geschah es, daß Fräulein Claude Teymur heiratete und mit ihm in der Phönix-Allee lebte. Sie zahlte die Schulden auf den Laden ihres Vaters zurück, half ihren Brüdern, Geschäfte zu gründen, und ermöglichte ihrem Vater einen großartigen Lebensstil, bis man ihn eines Morgens tot im Café Schah auffand, ein Glas Maraschino in der Hand. Sie bekamen nur einen Sohn, Sohrab. Er wurde im Jahre 1936 geboren und war so schön, daß Fräulein Claude sich häufig weigerte, ihn Besuchern zu zeigen. Sie hatte Angst, der böse Blick könnte ihn treffen. Danach wurde sie nicht wieder schwanger. Maschtis Frau behauptete, weil sie zu alt sei oder, wie Maschti spekulierte, weil Teymur zuviele Nächte in seinem eigenen Schlafzimmer verbrachte.

In den Jahren vor dem Zweiten Weltkrieg, als Resa Schah die ersten modernen Fabriken im Iran errichten ließ, überredete Fräulein Claude Teymur, seine Stellung beim Ministerium als Schrottmakler aufzugeben und auf eigene Rechnung Schrott zu kaufen und zu verkaufen. Kurz vor dem Krieg erhielt er den Tip, Gummi zu erwerben. »Eine Menge. Und stoßen Sie es lange nicht ab.«

Dieses Gummi brachte Teymur und Fräulein Claude bei der

Invasion der Allierten 1941 ihr unglaubliches Vermögen. Die Amerikaner brauchten Gummi für die Reifen ihrer Militärfahrzeuge. Sie waren bereit, enorme Summen dafür zu zahlen, ohne Verzögerung und lange Fragen. Teymur investierte sein Geld in alles, was er kriegen konnte, von Metall und Zement bis zu Grundnahrungsmitteln. Dann kaufte er das Grundstück an der Allee des Glaubens und baute das Haus, um das ihn die ganze Stadt beneidete.

Am Tag, als sie in ihr neues Haus einzog, dachte Fräulein Claude, daß sie im Leben nie wieder Kummer haben würde. Jahrelang lebte sie vollkommen glücklich, betete ihren Mann und ihren Sohn an, genoß ihren Reichtum und ihre gesellschaftliche Stellung so sehr, daß kein Unglück, ob groß oder klein, ihr einen Seufzer der Enttäuschung entlockte. Als Sohrab älter wurde, verbrachte sie ihre Zeit auf gesellschaftlichen Veranstaltungen, stellte immer mehr Diener ein, reiste nach Europa und Amerika. Eines Tages nahm sie sogar ihren Bruder, Herrn Jakob, zu sich.

Herr Jakob hatte das Pech, Opium so sehr zu lieben, daß er sich in seiner Gesellschaft wohler fühlte als in der von Menschen. Jahrelang hatte er nichts weiter getan, als zu rauchen. Teymur hatte seine Miete bezahlt und die Kosten für die Erziehung seiner Kinder übernommen. Eines Tages wurde Jakobs Frau ihren nichtsnutzigen Mann leid und schickte ihn zu Fräulein Claude. Teymur hatte nichts gegen Jakob einzuwenden, er war ein großzügiger Mensch. Er stand über den alltäglichen Dingen des Haushalts. Nur Fräulein Claude hatte solche Angst, vor ihren Freunden der feinen Gesellschaft das Gesicht zu verlieren, daß sie Jakob in einem Gästezimmer versteckte. Den Dienern gegenüber behauptete sie, er habe ein Nervenleiden. Allen anderen gegenüber leugnete sie seine Anwesenheit. Sie trieb das Spiel so lange, bis Teymur ihr vorwarf, Jakob würde eines Tages mit der Pfeife im Mund sterben, und zwar mutterseelenallein, weil Fräulein Claude ihm menschliche Gesellschaft verweigere.

Danach bewohnte Jakob die Nische zwischen der Küche

und dem Eßzimmer der Dienerschaft. Es war Maschtis Frau, die ihn Wackelpudding taufte, weil er ständig zitterte. Die anderen Diener mieden ihn, weil sie ihn von bösen Geistern besessen wähnten. Als einige Jahre später Teymurs Bruder auf der Schwelle des Hauses stand, konnte Fräulein Claude sich natürlich nicht über Verwandte aufregen, die ihr auf den Pelz rückten.

Morad das Quecksilber tauchte nach fünfzehn Jahren Trennung von seinem Bruder auf.

»Mutter ist mit einem Fluch auf den Lippen gestorben, der dir gegolten hat«, erzählte er Teymur. »Sie habe dir ihr ganzes Leben lang nicht verziehen, daß du sie verlassen hast, also werde sie es auch im Tod nicht tun. Sie werde dir dein ganzes Leben über die Schulter sehen, dir den Frieden rauben und dir alles nehmen, woran dein Herz hängt.«

Fräulein Claude konnte Morad vom ersten Augenblick an nicht leiden. Sie haßte die Nachrichten, die er mitbrachte. Noch mehr haßte sie allerdings die Art, wie Teymur seinen Bruder an sich drückte, ihm auf den Rücken klopfte und ihn anlächelte, wie er noch nie jemanden angelächelt hatte. Morad, hörte sie Teymur sagen, sei ein Gigolo, der immer viele Frauen um sich brauche und noch keinen einzigen Tag seines Lebens gearbeitet habe. Natürlich nahm er Teymurs Einladung an, eine Weile bei ihnen in Teheran zu bleiben.

Fast ein ganzes Jahr mußte sie Morad erdulden, bis Teymur ihm ein Haus kaufte und eine Stelle verschaffte, die er jedoch nie innehatte. Er lebte von Teymurs Großzügigkeit und den Geschenken seiner verschiedenen Freundinnen. Fräulein Claude fand sogar eine Frau für ihn, eine naive Bauerntochter aus einer unterentwickelten Provinz, die ihm nicht weniger als dreimal Zwillingsjungen schenkte, die Teymur dann auch noch unterstützte. Doch Fräulein Claude war froh, Morad los zu sein und sei es nur, um die Eifersucht zu beruhigen, die sie jedesmal überfiel, wenn Teymur mit seinem Bruder sprach, als sei er der einzige Mensch auf Erden, dem er vertrauen könne.

Wenn sie Teymurs Liebe zu Morad sah und erkannte, daß er nie Vergleichbares für sie empfunden hatte, redete sie sich ein, daß ein Mann seine Frau nicht lieben müsse, um glücklich zu sein, daß das Geheimnis einer guten Ehe nicht die Leidenschaft war, sondern daß die Eheleute zueinander paßten, daß es nicht auf Vertrautheit, sondern auf gegenseitigen Respekt ankam. Sie wußte, daß Teymur es nie bereut hatte, sie geheiratet zu haben. Sie wußte auch, daß ihr Sohn Sohrab das Mädchen heiraten würde, das seine Mutter für ihn aussuchte, ein so vollkommenes, kultiviertes Mädchen mit besten Verbindungen und von so großer Schönheit, daß sie die Kaiserin Soraya mit all ihren Juwelen in den Schatten stellen würde. Aber auch ein Mädchen, das ihr die Liebe ihres Sohnes nicht abspenstig machen würde. Ein Mädchen, das er nicht halb so lieben würde wie sich selbst oder seine Mutter.

Und nun war Roxanna gekommen.

Roxanna der Engel war davon überzeugt, daß nichts wirklich war, bevor es nicht ausgesprochen wurde; daß jemand erst dann existierte, wenn man von ihm gesprochen hatte, laut und vor einem Zeugen, der die Geschichte hören konnte. Alles andere, dachte sie, selbst der Schmerz, ist eine Illusion.

Und so begann sie ab jenem Jahr, das Geheimnis für sich zu behalten. Sie schwieg sich über ihren merkwürdigen Einfluß auf das Haus aus und sagte auch kein Wort von dem Licht, das sie auf Schritt und Tritt umgab und das Sohrab hypnotisierte, bis er sie nicht mehr aus den Augen lassen konnte. Auch Teymur brachte es so außer Fassung, daß er jeden Blick auf sie vermied. Sie behielt das Geheimnis für sich, auch als es größer und lebendig wurde, als es gehen konnte und atmete und mit ihr in seiner eigenen vertrauten Stimme redete, sogar als es sie wie ihr eigener Schatten anstarrte. Sie wußte, daß es an diesem Geheimnis lag, daß Sohrab die Warnungen Fräulein Claudes in den Wind schlug. Es lag an diesem Geheimnis, daß Teymur schweigsam, hart und für Fräulein Claude unerreichbar wurde. Und es lag vor allem an diesem Geheimnis, daß Roxanna das Haus Teymurs des Abtrünnigen nicht verließ.

Als erstes stellte sie fest, wie Teymur ihren Anblick scheute, wie er sich bemühte, sie nicht zu sehen. An jenem ersten Morgen, als er mit Fräulein Claude aus Gorgan angekommen war, beobachtete Roxanna, wie er aus dem Auto stieg, auf sie zukam und Sohrabs Hand schüttelte. Teymur ist ein Löwe, hatte sie damals gedacht, alt und verwittert, aber noch immer prächtig. Sie wußte, daß er sie gesehen hatte, doch die ganze Zeit, die sie vor ihm stand, wandte er den Blick ab und weigerte sich, sie anzusehen.

An jenem Tag war er noch einige Male an ihr vorbeigegangen, ihr in der Eingangshalle und im Hof begegnet. Er hörte, wie die Diener über sie sprachen, als sei sie eine Novität, soeben aus Farangh eingetroffen. Er sah, wie Fräulein Claude rot anlief und wütend wurde, wenn ihr Name fiel. Er sah, wie Sohrab sie im rauchigen Heiligenschein Jakobs des Wackelpuddings beobachtete. Doch die ganze Zeit schenkte Teymur ihr keinen Blick.

Roxanna fühlte sich unbehaglich, weil er sie so völlig ignorierte. Niemand, noch nicht einmal ihre Großmutter, die sie so sehr verachtete, hatte sich geweigert, sie anzusehen. Sie wäre am liebsten zu Teymur gegangen, hätte sich vor ihm aufgebaut und zu ihm gebeugt, bis sie sich im Weiß seiner Augäpfel gesehen hätte. Sie wollte ihn beim Namen rufen, fragen, ob Sohrabs Erzählungen stimmten, daß Teymurs Mutter ihren Dienern die Füße mit einem heißen Eisen brandmarken ließ und sein Großvater seine Feinde bei lebendigem Leibe in einem Topf Öl gekocht habe.

»Dann kennt auch er kein Mitleid«, sagte sie zu Sohrab, zwischen Furcht und Faszination schwankend.

In jener Nacht wanderte Roxanna durch das Haus und hielt vor der Tür zu Teymurs Schlafzimmer inne. Sie hörte die Stille, dieselbe, die sie vor vielen Jahren in Alexandras Haus zu hören pflegte, wenn der assyrische Liebhaber zu Besuch kam. Sie wußte, daß Teymur hellwach war, seine Sinne verfeinert, seine

Augen in der Dunkelheit auf sie lauernd wie das Raubtier auf die Beute. Sie bekam Angst und eilte in ihr Zimmer zurück, schloß die Augen und versuchte, sein Bild aus ihrem Geist zu verbannen. Sie wußte aber, daß Teymur sie besser gesehen hatte, als jemals ein Mensch sie sehen würde. Er hatte den Schein ihrer bloßen Füße auf dem glänzendschwarzen Marmorboden gesehen, hatte gefühlt, wie ihre Haut vor Angst erkaltete, wie sie da vor seinem Schlafzimmer stand, ihr Schatten beim Wegrennen auf den weißgetünchten Wänden verschwamm. Sie wußte, er konnte hören, wie ihr Körper auf den Laken flüsterte, konnte das Brennen ihrer Augen fühlen, als ihr das Blut zu Kopfe stieg.

Und so begriff sie in jener Nacht, worauf viele Jahre lang niemand anderes kam. Teymur der Abtrünnige sah sie deshalb nicht an, weil sie bereits in seinen Augen war, noch aus einer Zeit, bevor sie sich kennengelernt hatten, noch bevor sie überhaupt das Ghetto verlassen hatte. Er brauchte sich nicht neben sie zu stellen, weil er wußte, daß sie wie die Meere roch, auf denen er bereits gefahren war. Er brauchte sie auch nicht zu berühren, weil er wußte, daß sie wie der Schlaf oder die Sehnsucht kein Gewicht hatte. Und dann begriff sie, daß er ihre Flügel gesehen hatte, jenes durchsichtige Gefieder, das nur in der Nacht, vor dem blauen Saphirhimmel ihrer Sehnsucht, Farbe annahm. Das waren die Gründe, warum Roxanna im Haus an der Allee des Glaubens blieb, auch wenn Teymur der Abtrünnige sie vom ersten Tag an und noch viele Jahre später keines Blickes würdigte.

Sie stand im Wirtschaftshof vor einem Bottich roter Trauben, die von den Gärtnern frisch gepflückt worden waren und zu Wein verarbeitet werden sollten. Barfuß, leuchtendrote Flecken auf dem weißen Kleid, die Arme bis zu den Ellbogen in den Trauben, half sie Effat beim Pressen. Sohrab näherte sich ihr. Sie lächelte ihn an, dann senkte sie den

Blick. Effat sah, daß Sohrab mit Roxanna allein sein wollte, also blieb sie, wo sie war, und redete wie ein Wasserfall, um ihm klarzumachen, daß sie nicht beabsichtige, das Feld zu räumen. Schließlich forderte Sohrab sie auf, zu gehen.

»Mein Vater hat mir die Erlaubnis erteilt, Ihnen die folgende Frage zu stellen«, sagte er zu Roxanna, sobald sie allein waren. Seine Hände bebten vor Nervosität, ein Gebet zitterte auf der Andeutung seines Lächelns.

»Ich frage mich, ob sie meine Frau sein, das heißt, mich heiraten und mit mir in diesem Haus wohnen wollen.«

Verdutzt zog Roxanna ihre Arme aus dem Bottich mit halbzerdrückten Trauben und wischte sich die Hände an ihrem Kleid ab. Auf dem weißen Gewebe bildeten sich rote Streifen.

»Ich habe meinem Vater gesagt, daß ich kein großer Mann bin«, fuhr er fort, »aber ich empfinde unendlich viel für Sie. Ich möchte Ihnen gleich sagen, daß Sie sich ganz frei entscheiden dürfen, aber ich hoffe, daß Sie zustimmen und mich eines Tages lieben werden.«

Sie sah ihn unverwandt an. Die Hitze des Sommernachmittags stieg in Wellen vom Ziegelboden auf, setzte sich auf Sohrabs Stirn, tropfte von Roxannas nassen Armen.

Teymur ging ihr durch den Kopf, die Art, wie er am Morgen an ihr vorbeigegangen war, schneller als sonst, als wolle er ihre Macht über ihn durchtrennen. An der Tür hatte er kurz innegehalten. Seine Hand hatte auf dem geschliffenen Glaseinsatz geruht, und einen Augenblick hatte sie geglaubt, er werde das Wort an sie richten.

Sah er sie jetzt? Wußte er, was sie Sohrab antworten würde? Wollte er, daß sie seinen Sohn heiratete, in seinem Haus blieb, in seinem Bett schlief?

Sie antwortete Sohrab, die Entscheidung, ob sie heiraten würden oder nicht, liege ganz allein bei ihm. Sie sei nur ein Flüchtling aus dem Ghetto, der weder eine Heimat hatte noch wählen könne. Dann erzählte sie ihm, daß sie eine Frau sei, die Unglück bringe. Sie dachte, er verdiene es zu wissen, daß sie von einem Geschlecht abstammte, dessen Frauen ihrer Familie

Schande gebracht hatten; daß es ihr Schicksal war, wegzulaufen; von ihren Eltern oder ihrem Mann oder vielleicht beiden, und daß dies der Grund gewesen war, warum ihre Mutter sie töten wollte und ihr Vater sie einer Frau geschenkt hatte, die mit Geistern lebte.

Auflachend sagte Sohrab, das Schicksal sei nichts als Lüge.

Zuerst war Roxanna schockiert über seinen Hochmut gegenüber den Regeln des Universums. Dann sah sie in seinen Augen, welche Bewunderung er für sie hegte. Zum ersten Mal in ihrem Leben kam ihr der Gedanke, daß sie einen Weg aus ihrem eigenen Schicksal gefunden haben könnte. Ihr fiel die Unterhaltung ein, die sie mit Mercedes gehabt hatte, über den Mann, der sie lieben, das Kind, das sie gebären würde. Sie sah das Kind vor sich. Ein Mädchen, das in Reichtum, nicht in Armut geboren würde, von Liebe, nicht von Angst umgeben wäre, Optimismus und nicht Schicksalsergebenheit erfahren würde, in diesem Haus, meilenweit vom Ghetto entfernt. Inmitten dieser Menschen, die gegen die Macht Gottes und der Natur gefeit waren, glaubte Roxanna ein Mädchen haben zu dürfen und ihm nicht die Sorgen ihrer Mutter, sondern eine neue Bestimmung geben zu können.

Sohrab und sein Vater setzten den Termin fest. Erst dann informierten sie Fräulein Claude. Selbst die Dienerschaft wußte vor ihr Bescheid.

Einige Tage war Effat mit einem langen Gesicht herumgelaufen und redete davon, wie sie ihre einzige Chance, glücklich zu werden, vertan habe, weil sie sich zu »damenhaft« benommen habe. Das nächste Mal, wenn sie einen Mann sehen würde, der seinem Namen Ehre machte, würde sie ihn in ihr Bett holen, ohne ihn groß um Erlaubnis zu bitten. Sie sprach auch von dem Kleid, das sie für die »Gelegenheit« nähen würde. Sie erwähnte nicht, um welche Gelegenheit es sich handelte. Maschtis Frau verfluchte sie und biß sich auf die Lippen, wenn Fräulein Claude sie bei ihren Unterhaltungen überraschte. So fiel es Fräulein Claude schließlich auf, daß sie irgend etwas Schreckliches vor ihr verheimlichten.

Sie ging in die Küche und weckte Jakob. »Worüber reden die beiden?« fragte sie ihn.

»Über den Aufstand der Nationalisten«, erwiderte er wie aus der Pistole geschossen. »Der CIA hat Leute angeheuert, die den Schah unterstützen. Sie kommen in ihren Panzern die Straße heruntergefahren und erschießen jeden, der ihnen im Weg ist.«

»Worüber noch?« fuhr Fräulein Claude fort und versuchte, geduldig zu sein, obwohl ihr das Herz bis zum Halse schlug.

»Während des letzten Aufstandes schickte der Großonkel deines Mannes einen Scharfrichter, die Bewohner einer ganzen Stadt mit seinem Dolch zu blenden. Bleib im Haus. Man kann nie wissen.«

Fräulein Claude war weiß vor Wut.

»Was meint Effat mit ›die Gelegenheit‹?«

Jakob sah sie stirnrunzelnd an, als wäre sie nicht ganz bei Trost.

»Die Heirat deines Sohnes natürlich. Effat näht sich ein Kleid, das des Teufels Großmutter neidisch machen würde.«

Natürlich tat Fräulein Claude, was sie nur konnte, die Heirat zu verhindern. Sie kämpfte eine blutige Schlacht bis zur letzten Minute, intrigierte, zog alle Register, verfluchte Roxanna, drohte mit Selbstmord, inszenierte an dem Tag, als Sohrab ihre Erlaubnis einholte, eine Herzattacke. Sie warf sich vor Teymurs schwarzen Ford mit den Worten, sie wolle lieber eines schnellen Todes sterben als nach einem langen Leben endlosen Leidens. Der logische Höhepunkt ihrer Verantwortung als Mutter war, daß sie versuchte, Roxanna zu vergiften. Sie zerkleinerte die Perlen ihrer eigenen Ketten in einem winzigen Mörser, der dazu benutzt wurde, Safranpulver herzustellen, und befahl Maschtis Frau, jeden Tag eine kleine Menge des Pulvers in Roxannas Essen zu mischen. Eigentlich hätte es wirken müssen, hätte im Verdauungssystem ihres Opfers eine schädliche

Ablagerung bewirken sollen, die Roxanna das Essen erschwerte, bis sie endlich verhungerte. Fräulein Claude wußte, daß andere Frauen dieses Rezept mit Erfolg angewandt hatten. Doch Roxanna vertilgte eine ganze Perlenkette, ohne auch nur einen Anfall von Verdauungsstörung zu haben. Sie schien sogar aufzublühen. Fräulein Claude konsultierte die besten Hexenmeister und Wahrsager der Stadt, beschwerte sich beim Kriegsrechtsbefehlshaber und dem obersten Rabbi, spendete Geld für den moslemischen Schrein von Schah Abdul-Asim und bat den Heiligen Geist, das Schicksal zu ihren Gunsten zu wenden.

Doch zu guter Letzt besiegte nicht Sohrab Fräulein Claude und schon gar nicht Roxanna. Fräulein Claude hatte größere Hindernisse überwunden als ein achtzehnjähriges Mädchen, das von zu Hause durchgebrannt war und weder Geld noch nennenswerte Verwandte sein eigen nannte. Letztendlich, und das war das schlimmste für Fräulein Claude, war es Teymur, der sie besiegte.

Er bestand auf dieser Heirat.

Fräulein Claude wußte nicht, warum dem so war. Es gelang ihr auch nicht, ihn dazu zu bewegen, es ihr zu erklären. Es stimmte zwar, daß er sich schon immer weniger um das persönliche Wohlergehen Sohrabs gekümmert hatte als Fräulein Claude. Es stimmte auch, daß Teymur, nach der bitteren Lektion, die seine Mutter ihm erteilt hatte, für Herkunft und Status nur Verachtung übrig hatte (wie hätte er auch sonst Fräulein Claude heiraten können). Über die ständigen Bemühungen seiner Frau, die richtigen gesellschaftlichen Verbindungen zu knüpfen, machte er sich nur lustig. Doch in der Vergangenheit hatte er Verständnis dafür gehabt, daß Fräulein Claude Herrin ihres Haushalts sein wollte, hatte sich ihren kleinen Sorgen und großen Plänen gebeugt, hatte Frieden gehalten, indem er ihr bis zu einem Punkt nachgab, wo sie seine Interesselosigkeit für eine distanzierte, passive Art der Liebe gehalten hatte.

Auch in Roxannas Fall schien er sich so verhalten zu haben. Er war ruhig geblieben, ein Außenstehender, der ihre Existenz ignorierte, bis Fräulein Claude ihn darauf gestoßen hatte. Dann hatte er sich aus unerklärlichen Gründen auf die Seite Sohrabs gestellt. Und dann war ein Rückschlag auf den anderen gefolgt, bis Sohrab Teymur seine Liebe zu Roxanna gestanden hatte.

Die einzige Erklärung, die Fräulein Claude fand, die einzige Möglichkeit, die Sinn ergab, war, daß Teymur seinen Sohn nie geliebt hatte und es ihn nicht kümmerte, was mit ihr oder ihrer Familie geschah.

Auch dafür gab Fräulein Claude Roxanna die Schuld.

17. Juli

Das Datum löste bei Fräulein Claude Alpträume aus und setzte ihr Blut in Brand.

Jeden Tag kam ein Arzt und gab ihr eine Spritze. Sie sollte ihre Nerven beruhigen, machte sie aber nur noch gereizter und rief Blasen in ihrem Mund hervor, die bei jedem Bissen oder Schluck brannten. Maschtis Frau badete Fräulein Claudes Füße in Eimern mit kaltem Wasser, in das sie Salz und Alkohol gegossen hatte, machte ihr Senfumschläge auf die Stirn, gab ihr frischen Koriander zu essen und den Saft süßer Zitronen zu trinken. Fräulein Claude blieb in ihrem Zimmer, und niemand durfte sie ungeschminkt und unfrisiert sehen. Maschtis Frau berichtete den anderen von Fräulein Claudes jämmerlichem Gesundheitszustand, ihrem gebrochenen Herzen und ihrer bitteren Enttäuschung. Dessenungeachtet gingen die Hochzeitsvorbereitungen weiter und bestätigten Fräulein Claudes schlimmste Befürchtungen, daß mit der Ankunft Roxannas sie selbst plötzlich überflüssig geworden war. Als Sohrab Verbindung zu Roxannas Familie im Ghetto aufnahm und diese zur Hochzeit einlud, war Fräulein Claudes Toleranzgrenze erreicht.

Sie kamen in wahren Heerscharen, wie die Heuschrecken, die über ein Weizenfeld herfallen, nur daß sie noch viel mehr Schaden anrichteten. Siebenundzwanzig jüdische Ghettobewohner, die nach Mottenkugeln und Kardamon rochen, mit ausgezehrten Gesichtern und geflickten Kleidern, an die sich kleine Kinder klammerten wie Schiffbrüchige an verfaulte Planken. Fräulein Claude brauchte sie nicht erst kennenzulernen. Sie wußte von vornherein, daß es ihr am liebsten gewesen wäre, wenn sie allesamt, einschließlich der Kinder, tot und begraben in der Abfallgrube des Ghettos gelegen und nie einen Fuß in ihr Haus gesetzt hätten.

Maschtis Frau hielt Fräulein Claudes Hand und führte sie zum Fenster ihres Schlafzimmers im zweiten Stock, so daß sie die Prozession sehen konnte: Sie bestand aus fünf Männern, zehn Frauen und zwölf Kindern. Die Männer hatten die Anzüge von Basarhändlern angezogen und trugen an ihnen wie an einer Last. Die Ärmel waren zu lang, die Hosen warfen um die Knöchel Falten, und die Hemden waren bis zum Kragen hoch geknöpft, nur daß die Krawatte fehlte. Ihre Bärte waren zwei oder drei Tage nicht rasiert, sie hatten gelbe Zähne und vom Tabak geschwärzte Lippen. Die Frauen sahen aus, als hätten sie sich verkleidet, um ein schreckliches Verbrechen zu verbergen. Faltig und vertrocknet, wie sie waren, trug keine von ihnen Make-up, mit Ausnahme von Tala'at.

Tala'at hatte ihr Kleid so tief nach unten gezogen, daß ihre Brust halb heraushing. Sie trug einen Hut mit breiter Krempe, ein schauerliches rosagrünes Gebilde mit vergilbten Papierblumen. Eine Pariser Hure auf ihrem letzten Ausgang. Miriam, die neben ihr ging, hatte die Miene eines Bestattungsunternehmers, der den Leichnam abholt, und ihre Mutter, die einst »die Schöne« hieß, machte ein so beschämtes Gesicht, daß selbst ihr Schador es nicht versteckte.

Nachdem sie Fräulein Claude zum Fenster geholfen hatte, eilte Maschtis Frau in ihr eigenes Zimmer, um sich vor den Gefahren der todsicheren Ansteckung durch die Juden zu schützen. Alle anderen Dienstboten hatten von Teymur Befehl, sich zur Begrüßung der Familie auf den Stufen des Hauses aufzustellen.

Die Gäste zögerten erst, dann schob sich Rahman nach

vorn. Da er sich offensichtlich selbst dem Personal unterlegen fühlte, schüttelte er Maschti und den Gärtnern die Hand und verbeugte sich vor den Dienstmädchen.

Teymur und Sohrab kamen an die Tür, um Roxannas Familie willkommen zu heißen. Die Verwandten waren wie betäubt und bewegten sich, als trügen sie Mühlsteine um den Hals. Sie schienen das Seltsame und Unbegreifliche, das hier geschehen war, nicht fassen zu können, hielten es für einen Irrtum, daß Roxanna Sohrab heiraten und in diesem Haus wohnen sollte.

Nur Miriam war in der Lage, eine gewisse Objektivität zu wahren. Mißtrauisch blickte sie Sohrab und seinen Vater an, wie jemand, der die Trümmer eines gekenterten Schiffes nach den Spuren menschlichen Versagens untersucht. Dann ging sie ins Haus.

»Wo ist Roxanna?« fragte sie.

Schüchtern lächelnd trat Roxanna in den neuen Kleidern, die Sohrab ihr gekauft hatte, aus ihrem Zimmer. Alle starrten sie an. Selbst die Kinder, die zu klein waren, um zu verstehen, was sich abspielte, schienen zu ahnen, daß etwas höchst Wichtiges geschah.

Miriam näherte sich Roxanna und umarmte sie. Schuscha folgte ihr, dann kamen Rochelle und Sussan. Tala'at rührte sich nicht. Rahman rieb sich nervös die Hände, wie jemand, der seine Schulden mit Verspätung zurückzahlt. Er nannte Roxanna *khanum*, meine Dame, als habe ihre bevorstehende Heirat sie bereits in einen Rang erhoben, der weit über dem ihres Vaters lag.

Effat führte alle zu ihren Zimmern. Sie merkte, daß Miriam ein unzufriedenes Gesicht machte, mißtrauisch statt beeindruckt wirkte, unverschämt statt dankbar.

»In diesem Haus wohnen Geister«, flüsterte Miriam Mr. Charles zu.

Oben in ihrem Schlafzimmer zog Fräulein Claude ihr Nachthemd aus und befahl Maschtis Frau, ein Bad zu richten. Sie hatte noch immer Fieber und fühlte sich elend, aber sie war nicht mehr so krank, daß sie einen Besuch von Friseuse und Schneiderin nicht ertragen hätte. Da sie der Hochzeit keinen

Einhalt gebieten konnte, war es Zeit, den Winterschlaf zu beenden und den Barbaren aus dem Ghetto zu zeigen, daß sie noch immer die Herrin im Haus war.

In der Hochzeitsnacht war der Himmel kobaltblau und der Mond so groß, daß er über der Erde aufstieg, als wäre es das erste Mal. Sein weiches Licht brachte die Dunkelheit zum Träumen. Alle Hauptstraßen Teherans waren von Fackeln gesäumt. Sie erleuchteten die Stadt über eine Entfernung von mehr als zwölf Kilometern, vom nördlichen Stadtrand bis in den Süden an die Tore des jüdischen Ghettos und darüber hinaus in die Wüste. Von den Lichtern angezogen, machten sich die Menschen von dort in die Stadt auf. In den wohlhabenden Vierteln und um den Hauptbasar herum patrouillierten Nachtwächter in neuen Uniformen und riefen: »Alles ist sicher im Schatten seiner Majestät!« Dabei schauten sie auf ihre Taschenuhr, ein Geschenk von Teymur und Fräulein Claude.

Entlang der Allee des Glaubens verbeugten sich Diener in weißen Uniformen, als die Hochzeitsgäste in offenen Kutschen und funkelnden Automobilen an ihnen vorbeifuhren. An den Toren des Hauses standen Frauen in langen weißen Gewändern mit verschleierten Gesichtern. Sie hielten winzige Kohlenbecken aus türkisgrünem Email, in denen bernsteinfarbene Kohlen glimmten. Beim Vorbeifahren der Autos schütteten die Frauen Rautensamen auf die Kohlen und wedelten die dichten weißen Rauchschwaden – Glücksbringer, die zudem Reinheit schenkten – in Richtung der Gäste.

Im Garten hingen an allen Wegen Laternen. Man hatte die Stämme von zweihundert Bäumen angestrahlt. Sie erglühten wie nächtliche Geister. Auf allen Blumenbeeten und an jedem Wasserbecken hatten die Gärtner für diesen Abend neue Pflanzen gesetzt. Der Duft des Jasmins und das Weiß der blühenden Kamelien sollten für alle Zeiten in der Erinnerung der Bewohner Teherans mit dem Namen von Roxanna dem Engel verknüpft bleiben, die zur meistbeneideten Frau der Stadt geworden war.

Rechts und links des weißen Satinläufers, der von den Toren des Anwesens bis zu den Empfangsräumen ausgelegt war, spielten Geiger die Musik Mozarts. Junge Frauen mit Gesichtern wie aus alten persischen Miniaturen führten die Neuankömmlinge in den Garten. Bei jedem Schritt erklang die Melodie der Goldmünzen um ihre Fesseln, bis sie mit dem gedämpften Gemurmel und dem verblüfften Lachen der tausend Gäste verschmolz, die auf der Hauptterrasse vor dem Haus warteten.

In seinem cremefarbenen Frack sah Sohrab ganz und gar wie der Prinz aus, der er gewesen wäre, hätten die Briten die Dynastie der Qajar nicht gestürzt. Fräulein Claude hatte sich für den festlichen Anlaß mit einem Gewand aus goldenem Taft geschmückt, dessen gelber Straß wie Feuer loderte. Sie trug eine Tiara aus gelben Diamanten, die in Indien gekauft und in Paris gefaßt worden waren. Jakob hatte sie in einen neuen Anzug aus schwarzer Wolle mit Weste und Uhrkette gesteckt, und da thronte er nun, nicht in der Küchennische, sondern in einem Sessel im Salon. Den ganzen Abend rief er die Dienstboten zu sich und zupfte die Gäste am Jackett, sie sollten ihm Wasserpfeife und Kohlenbecken bringen.

Morad das Quecksilber hatte Frau und Kinder zu Hause gelassen. Er machte sich an jede reiche Frau heran, die in seine Reichweite kam. Selbst Effat trug ein langes Kleid aus weißer Seide und weiße Rosenknospen im Haar. Sie stellte sich als Verwandte des Bräutigams vor, trank mit den alten verheirateten Männern Martinis und zuckte bloß mit den Achseln, wenn Maschtis Frau sie warnte:

»Wenn du mit einem Engländer schläfst, wirst du selbst zu einem.«

»Das hoffe ich«, erwiderte Effat. »Engländer sind besser als du oder ich, sonst hätte Gott sie nicht zu Engländern gemacht.«

Um zehn Uhr unterbrachen die Violinen ihr Spiel. Ein Chor von vierundzwanzig Kastraten sang das traditionelle persische

Hochzeitslied. Dann erschien ein Knabe, der kaum einen Meter groß war, aus der Dunkelheit und schritt zum Ende des Weges, der direkt ins Haus führte. Er entnahm seiner Tasche eine Flöte und spielte eine so sanfte, melancholische Melodie, daß sie, Note für Note in der Luft schwebend, den schlafenden Schatten der Sehnsucht im Herzen eines jeden Gastes weckte. Beim Spielen schaute der Junge auf das Haus, auf die Ecke außen links im obersten Stockwerk. Er sah so lange und so gebannt hinauf, daß schließlich alle Gäste seinem Blick folgten. Und dann bemerkten sie hinter dem geschliffenen Glas des Fensters ein weißes Strahlen.

Langsam bewegte sich das Licht an den Wänden entlang, erleuchtete jedes Zimmer, wanderte die Treppe hinunter, erreichte das zweite Stockwerk und langte schließlich im Erdgeschoß an. Als es am Eingangsportal angekommen war, erstrahlte das ganze Haus wie ein goldenes Schiff auf dunklem Wasser und öffnete die Arme, um Roxanna zu präsentieren.

Blaß stand sie da, in einem Kleid aus Spitze, die von italienischen Nonnen gewebt worden war. Der Schleier war ein schier endloser Streifen seidener Gaze und verhüllte ihr Antlitz und das ganze Gewand. Sie schritt den mit Rosenknospen bestreuten Weg hinunter, mit einem Gang so leicht wie Federn. Mit ihrem achtzehnjährigen Lächeln war sie so wunderschön, daß jeder, der sie in diesem Augenblick sah, geschworen hätte, Gott habe sie mit seiner Hand berührt.

Sohrab der Sünder verbeugte sich vor Roxanna. Seine Augen, aus denen tiefbraune Strahlen hervorschossen, waren gelb wie die des Tigers. Sie küßten Roxanna mit jedem Blick, den er auf sie warf.

Unter einer Chupa aus weißer Gaze und Kamelien, von Kerzen eingerahmt, saß Roxanna der Engel neben Sohrab und hörte dem Rabbi zu, der das Eheversprechen aufsagte. Hinterher überreichte Teymur Roxanna sein Geschenk. Es war ein Collier aus dunkelblauen Saphiren, das er ihr eigenhändig umlegte. Sie blickte auf und murmelte ein Danke. Selbst in diesem Augenblick sah er sie nicht an.

Beim Anblick Roxannas war Miriam der Mond ganz und gar vom Glauben an die Unausweichlichkeit des Schicksals überzeugt. Die falsche Tala'at vergoß Tränen der Wut und des Neides. Sie flossen ihre fleischigen, angemalten Wangen hinab und bildeten salzige Pfützen auf ihren Brüsten, in ihrem Ansatz, den sie bei jeder Gelegenheit schamlos entblößte. Den ganzen Tag schon hatte sie die Beleidigte gespielt, ihre Kinder ignoriert und ihren Mann mit Beschimpfungen überhäuft. Beim Anblick von Roxannas Collier stieß sie einen verzweifelten Seufzer aus und schluchzte so laut los, daß ihr Bruder Bahram sie wegführen mußte, um das Gesicht der Familie zu wahren. Tala'at wehrte sich, brach sich einen Absatz ab und mußte daraufhin den ganzen Abend mit ihrer Familie am selben Tisch verbringen. Von diesem Tag an konnte sie ihre Angehörigen nicht mehr ausstehen. Sosehr sie sich auch bemühte, ihre Gefühle zu unterdrücken, zwischen der Suppe und dem gelben Zitronensorbet brach sie erneut in Schluchzen aus.

Stunden später ging die Sonne auf. Die Lichter im Haus an der Allee des Glaubens verblaßten. Der letzte Gast fuhr, von Erschöpfung benebelt, nach Hause. Die Diener schlossen die Türen und zogen die Sonnenblenden herunter. Rahman der Herrscher nahm die Hand seiner Tochter und gab sie Teymur: »Meine Tochter ist deine Sklavin«, wiederholte er das traditionelle Gebet des Brautvaters, »behandele sie mit Güte.«

Da fühlte Fräulein Claude, wie ihr Fieber zurückkehrte. Sie flüchtete mit einer Handvoll Schlaftabletten und einem Krug gekühltem Gurkensaft in ihr Bett, in der Hoffnung, eines Tages aufzuwachen und festzustellen, daß alles nur ein böser Traum gewesen war. Tala'at humpelte auf ihrem abgebrochenen Absatz einem Leben entgegen, das sie nicht mehr mit ihrem Mann teilen wollte. Miriam schwor sich, so reich zu werden, daß sie nie wieder eine andere Frau um ihr Glück beneidete. Und Rochelle faßte den Entschluß, ihren einzigen Bewerber zu heiraten, das Männlein mit den Glubschaugen und dem Melonenschädel, das jeder Frau auf der Straße schöne Augen machte.

In seinem Schlafzimmer, das ins Licht des Morgens getaucht war, sah Sohrab Roxanna vor dem Spiegel zu.

»Wo kommst du her?« fragte er sie.

Roxanna gab ihm keine Antwort. Sie schaute sich im Spiegel an. Noch immer hörte sie die Musik der Geigen und sah sich durch die Menge schreiten. Sie konnte die Hände fühlen, die sich die ganze Nacht nach ihr ausgestreckt, ihr Gesicht, ihre Schultern, ihren Rücken berührt hatten, all die Menschen, die sie hatten kennenlernen und vielleicht ein wenig von ihrem Glück erhaschen wollen.

Da machte sie drei Drehungen vor dem Spiegel und sprach dabei jedesmal ein Gebet:

»Ewiges Sonnenlicht.

Immerwährende Jugend.

Eine Tochter mit gelben Augen und einem großen Schicksal.«

Jahrelang hing der Himmel voller Geigen. Feste im kleinen Kreis und formelle Empfänge, Fahrten an das Kaspische Meer, Besuche bei der Schneiderin und im Stoffladen. Friseusen kamen zu Roxanna nach Hause und tauchten ihr Haar in eiskaltes Bier, bevor sie es zu winzigen Locken aufrollten, die ihr Gesicht umspielten und sie noch jünger aussehend machten, als sie ohnehin schon war. Kosmetikerinnen kochten stundenlang braunen Zucker und Zitronensaft über kleiner Flamme, dann goßen sie die warme, goldene Mischung auf ihre Haut, ließen sie abkühlen und entfernten sie mit Leinenstreifen, so daß Roxannas Beine glatt und haarlos wie die eines Kindes wurden. Maniküre weichten ihre Finger in Seifenwasser ein und malten die Nägel gelb. Effat fragte sie, ob sie wisse, was sie mit Sohrab im Bett machen konnte, und ließ sie an ihrem reichen Schatz an Erfahrung teilhaben. Sohrab liebte Roxanna jeden Augenblick des Tages. Selbst Fräulein Claude versuchte, Frieden mit ihr zu schließen, ihren Haß hinunterzuschlucken und Roxannas Gegenwart zu akzeptieren, denn alles andere hätte ihre Familie, die sie so sorgfältig gehegt und gepflegt hatte, zerstört.

Teymur beobachtete Roxanna.

Damals machte er ihr keine angst. Das kam erst später, als seine Augen zu ihrem Gefängnis wurden, als sie begriff, daß er sie nie aus seinem Blickfeld lassen würde, da das bedeutet hätte, daß er seine letzte Hoffnung aufgab. In jenen Tagen war sein Blick von beschützender Nachsicht, verständnisvoll, eine schweigende Komplizenschaft wegen des Geheimnisses, um das sie beide wußten. Manchmal hätte sie in seiner Gegenwart am liebsten laut aufgeschrien. Manchmal wachte sie auf und dachte, er stehe über sie gebeugt, beobachte sie im Schlaf. Manchmal drehte sie sich um, wenn sie allein und er weit weg war, da sie spürte, daß er ihren Namen gesagt hatte.

Zwei Monate nach der Hochzeit kam Amin von seiner Reise zurück. Er hatte hunderttausend Dollar ausgegeben und seine Frau verloren. Sie waren durch ganz Europa gereist. Von dort hatte Mercedes nach Amerika fahren wollen. In Los Angeles hatte sie ein Haus am Sunset Boulevard gekauft, das zwischen den Häusern zweier Filmschauspielerinnen lag, und erklärt, hier würde sie für immer bleiben. Sie sei zu jung, um ihr Leben mit Amin zu verbringen, zu schön, um Mutter und Ehefrau zu sein. Sie wolle ein Star werden wie jene Frauen, die im Hotel Ambassador mit dunkler Sonnenbrille am Swimmingpool lagen, gebleichtes Haar hatten, nachmittags ihre Liebhaber empfingen und sich in den Schlaf tranken.

Niedergeschlagen und beschämt, versuchte Amin, in Teheran sein Gesicht zu wahren, und leugnete seinen Freunden gegenüber, daß Mercedes in verlassen hatte. Sie halte sich nur vorübergehend in Amerika auf, das Haus am Sunset Boulevard sei nur ein Ferienhaus, wo er sie alle paar Monate besuchen werde. Zum Beweis flog er häufig nach Los Angeles und ließ sich in weißen Anzügen und Leinenhemden, den Arm um Mercedes' Taille gelegt, fotografieren. Ihre Schatten schwammen auf dem blauen Wasser eines Swimmingpools. Er wollte sie überreden, zu ihm zurückzukehren, indem er sie mit

Schmuck überschüttete, wollte sie davon abhalten, mit anderen Männern zu schlafen, indem er ihr mehr Geld gab, als es ein anderer Mann je gekonnt hätte. Sie kehrte nie wieder in den Iran zurück. Auch nicht 1966, als Amin an einem blutenden Magengeschwür starb. Und auch später nicht, als Roxanna sie bat, wenigstens einmal zurückzukommen und sei es nur, um eine Blume auf das Grab von Alexandra der Katze zu legen.

»Blumen sind nicht nötig«, schrieb Mercedes zurück. »Ehrlich zu leben ist das mindeste, was ich tun kann.«

Roxanna legte den Brief in das Kästchen, in dem sie ihren Ehering und die Geschenke Sohrabs aufbewahrte. Mit einem roten Stift malte sie einen Kreis um Mercedes' Anschrift auf der Rückseite des Umschlags.

Das Kind wurde natürlich 1966 geboren, die Tochter mit den gelben Augen, von Roxanna Lili genannt. Sie sollte tausend Leben leben und jedes von Verlust frei machen. Sohrab hatte gedacht, daß noch andere Kinder folgen würden, doch es kamen keine mehr.

Wie meine Mutter wurde ich allein aufgezogen. Wie sie wurde ich von meiner Großmutter, Fräulein Claude, verachtet. Für sie war ich der endgültige Beweis, daß ihr Sohn Sohrab sein Leben vertan hatte.

Teymur der Abtrünnige kam bei meiner Geburt ins Krankenhaus und sprach zum ersten Mal seit vielen Jahren mit Roxanna.

»Dein Kind sieht aus wie du«, sagte er mit vor Bedauern zitternden Lippen.

Miriam besuchte Roxanna mit ihrer eigenen Tochter. Diese war ein Jahr alt, hatte rubinrote Lippen und pechschwarze Augen und brach jedesmal, wenn ihr jemand zulächelte, in perlendes Lachen aus.

Rochelle kam mit ihrem Mann, dessen Auge nicht stillstand. Er rauchte seine Pfeife im Krankenzimmer und lud Sohrab zum allwöchentlichen Backgammon ein.

Schuscha und Rahman warteten, bis es dunkel war. Sie wollten vermeiden, Sohrab und seine Familie zu treffen. Verlegen brachten sie einen Teller selbstgemachtes Halva mit, das der Mutter nach der Entbindung zu neuen Kräften verhelfen sollte.

Die falsche Tala'at ließ ausrichten, sie komme nicht, denn sie habe drei Kinder bekommen und sei kein einziges Mal von Roxanna angerufen oder besucht worden.

Am nachdrücklichsten wurde Effats Leben durch meine Geburt verändert. Effat ging nicht am ersten Tag zum Krankenhaus, weil Fräulein Claude ihr zuviel Kleinkram aufgetragen und Effat keine Zeit gehabt hatte, ihr Haar so zu frisieren, wie sie es für angemessen hielt. Den folgenden Tag hatte sie damit verbracht, ihr Haar in Ordnung zu bringen und ein Kleid zu kaufen. Dienerin oder nicht, hatte sie zu Maschtis Frau gesagt, sie wolle keinen Deut weniger gut aussehen als diese Mütter, die zurückgelehnt in ihren Krankenbetten ruhten wie indische Königinnen auf dem Thron und sich aufführten, als hätten sie eine großartige Leistung vollbracht, wo sie doch nur die Aufgabe der Natur erfüllt hätten. Am dritten Tag machte sie sich auf den Weg ins Krankenhaus und begegnete dem Mann ihrer Träume.

Er war Engländer.

Er war nach Teheran gekommen, um bei dem Bau eines Staudammes mitzuwirken, und hielt Effat auf der Straße an, um sie zu fragen, ob sie den Weg zum Königin-Elizabeth-Boulevard kenne.

»Ja, Euer Exzellenz«, erwiderte Effat ihm mit den drei Worten, die sie im Englischen kannte. Sie hatte sie vor langer Zeit von ihrem amerikanischen Freund gelernt, der darauf bestanden hatte, daß sie ihm so antwortete, wenn er mit ihr schlafen wollte. Für den amerikanischen Soldaten war das nur ein harmloser Scherz gewesen, doch er veränderte Effats Leben von Grund auf. Sie schenkte dem Engländer ihr schönstes Lächeln.

»Sprechen Sie Englisch?« fragte der Mann.

»Ja, Euer Exzellenz.« Sie schob ihre Brust näher an die seine.

»Können Sie mir den Weg zur Britischen Botschaft sagen?«

»Ja, Euer Exzellenz.«

Sie merkte, daß der Engländer ungeduldig wurde. Als Roxanna ihr Sohrab vor der Nase wegschnappte, hatte Effat sich geschworen, nie wieder eine Gelegenheit zum Glück ungenutzt verstreichen zu lassen. Also ergriff sie die Initiative und hakte sich bei dem Fremden ein. Er dachte, sie wolle ihn zur Botschaft führen. Sie rief jedoch ein Taxi und brachte ihn zur Neustadt, wo ihre Schwester ein Bordell für amerikanische und britische Soldaten besaß. Sie ließ sich ein Zimmer geben und entblößte ihre Brüste. Der Engländer mit dem blassen Gesicht und den etwas vorstehenden Zähnen versuchte zu protestieren, dann gab er nach.

Nachdem sie das erste Mal miteinander geschlafen hatten, versuchte er höflich, Konversation zu machen. Er wollte zeigen, daß er kein Barbar war, aber Effat gab ihm durch Gesten zu verstehen, daß das nicht der Sinn ihres Beisammenseins war. Also verbrachten sie die nächsten vier Stunden damit, miteinander zu schlafen und Lamm-Kebab zu essen, Arrak zu trinken und Opium zu rauchen. Als Effat sich wieder an Roxanna und den Krankenhausbesuch erinnerte, waren Mutter und Kind längst zu Hause. Effat brachte den Engländer zu Teymur ins Büro.

»Möge der Herr mich erschlagen«, flehte sie Teymur an. »Ich muß Sie um diesen Gefallen bitten, und wenn ich dabei sterbe. Ich habe diesem Mann erzählt, Sie seien mein Vater und ich das Kind einer anderen Frau, denn ich weiß, daß Fräulein Claude bei dieser Geschichte nicht mitmachen würde. Ich glaube zumindest, daß ich ihm erzählt habe, daß Sie mein Vater sind. Einige der Huren im Bordell meiner Schwester behaupten, sie sprechen Englisch. Sie haben für mich gedolmetscht.«

Teymur lachte gutmütig. Ermutigt machte Effat weiter.

»Worum ich Sie bitten will, ist, ihm zu sagen, daß das stimmt. Er ist Engländer, wissen Sie, und kein Engländer wird mit einem gewöhnlichen Dienstmädchen schlafen wollen, wenn er nicht muß.«

Sie hatte erwartet, daß Teymur wütend würde. Doch er erwiderte, sie könne dem Engländer erzählen, was sie wolle. Sie war so erleichtert, daß sie Teymurs Hand packte und küßte.

»Ihre Frau hat Sie nicht verdient«, sagte sie wehmütig und meinte jedes Wort aufrichtig. »Nur ich verdiene Sie.«

In den nächsten Monaten ging Effat mit dem Engländer aus, obwohl Maschtis Frau sie warnte, sie kopuliere mit dem Teufel. Sie brachte ihn ins Haus, wenn sie wußte, daß Fräulein Claude nicht da war, und spielte die Gastgeberin. Sie borgte sich Roxannas beste Kleider aus und trug sie mit so viel Selbstvertrauen wie ein reiches Mädchen an ihrem besten Tag. Sie nahm Englischunterricht und lernte Maschineschreiben und die Anfänge von Lesen und Schreiben in Farsi. Eines Tages verkündete sie dann, sie verlasse den Iran und fahre in die Grafschaft Kent in England. Dort werde sie den Engländer heiraten und viele Söhne bekommen.

Maschtis Frau spukte vor ihr aus: »Du wirst im Höllenfeuer so heftig verbrennen, daß noch nicht einmal deine Asche übrigbleiben wird. Deine Söhne werden mit Hörnern statt mit Penissen geboren werden, und deine Töchter werden keine Analöffnung haben, um sich von ihren englischen Fäkalien zu entleeren.«

Jahre später, sie hatte den Iran schon lange verlassen und den Engländer geheiratet, schrieb Effat Teymur einen Brief. Er hatte eine englische Briefmarke und war mit dem lateinischen Alphabet in Farsi geschrieben. Effat behauptete, sie sei glücklich, die Mutter zweier Söhne und einer Tochter und obwohl sie ihre Kinder immer wieder untersucht habe, könne sie kein Anzeichen von Hörnern oder Teufelsöhrchen an ihren Körpern entdecken.

Effat war die erste von vielen, die das Land verließen.

Zehn Jahre nach ihrer Heirat lebte Miriam der Mond noch immer im Ghetto. Mr. Charles' Mutter weigerte sich, das Haus zu verlassen, in dem sie ihren Kronprinzen zur Welt gebracht hatte. Mr. Charles konnte sich nicht vorstellen, ohne seine Mutter zu leben. Doch Miriam setzte ihre beträchtlichen Talente und Energien ein, das Beste aus einer schwierigen Situation zu machen. Es gelang ihr, für ihren Mann eine Beschäftigung zu finden, die Geld brachte. Sie kaufte zum Selbstkostenpreis billige Silbergegenstände von Tala'ats Mann und vergrub sie eine Weile. Dann buddelte sie sie wieder aus und bearbeitete sie mit dem Hammer, bis sie antik aussahen. Diese »Antiquitäten« gab sie Charles, der sie auf der Straße an ausländische Touristen und reiche Hausfrauen verhökerte, indem er schwor, es seien kürzlich ausgegrabene Stücke aus der alten Stadt Hamadan.

Die Idee stammte von Miriam. Sie hatte sich aber geweigert, die Sachen selbst zu verkaufen. »Ich kann nicht lügen«, hatte sie Mr. Charles mit drohender Stimme zu verstehen gegeben, wenn er wollte, daß sie ihm half. »Du weißt doch, daß ich den Leuten die Meinung sage, wenn ich sehe, daß sie ihr Geld verschwenden.«

Sie verdiente so viel Geld mit Mr. Charles Verkäufen, daß sie Anfang der sechziger Jahre einen Anteil von Habibs Silbergeschäft erwerben konnte. Dann überredete sie Mr. Charles und Habib, den Laden im Basar aufzugeben und in die Stadt in einen der schicken Antiquitätenläden an der Ferdowsi-Allee zu ziehen. Es war ein kluger Schachzug zur rechten Zeit, der allen Beteiligten großes Glück hätte bringen sollen. Doch wie sich die Dinge entwickelten, war es der Anfang großer Sorgen. In der Hektik der Geschäftserweiterung und des anschließenden Umzuges verlor Tala'ats Mann die Herrschaft über seine Familie. Als er eines Tages nach Hause kam, fand er seine Kinder vernachlässigt vor, und seine Frau schlief mit seinem Neffen.

1969 war Tala'at sechsunddreißig Jahre alt und Mutter von drei Kindern. Mindestens zweimal in der Woche schlief sie mit ihrem Mann. Auf jeden Fall freitags, wenn sie ihm Fleischklößchen mit Kichererbsen voll gemahlenem Pfeffer und Kardamon serviert hatte, die seine Männlichkeit anregen sollten. Doch seine Leidenschaft war erloschen, bevor sie noch entfacht war. Tala'at war wütend und unbefriedigt und hatte das Gefühl, zu kurz gekommen zu sein. Vielleicht erkor sie sich deshalb den Neffen zum Liebhaber. Andererseits war sie ihr ganzes Leben lang wie eine läufige Hündin gewesen.

Der Neffe war immer bei ihr. Er paßte auf Tala'ats Kinder auf, damit sie ihren Haushaltspflichten nachgehen konnte, und half ihr, wo immer er konnte, selbst wenn er eigentlich auf der Arbeit hätte sein sollen. Tala'at war natürlich nicht ganz so dickfellig und kurzsichtig, wie die Leute glaubten, doch selbst sie konnte nicht ahnen, daß sich dieser Neffe von einem kleinen Jungen, der in sie vernarrt war, in einen heißblütigen jungen Mann verwandeln würde. Am Morgen seines einundzwanzigsten Geburtstages zog der Neffe, ohne um Erlaubnis zu bitten, den einzigen guten Anzug seines Vaters an, stahl das Badegeld seiner Mutter und kaufte davon eine Schachtel Konfekt, das so alt war, daß der Zucker auf dem Deckel kristallisiert war. Dann riß er an der Pahlewi-Allee ein paar frisch gepflanzte Geranien heraus, ein Beitrag des Schahs zur Verschönerung der Stadt, wickelte die Blumen samt erdigen Wurzeln in ein Stück Zeitung und klopfte um elf Uhr morgens an Tala'ats Tür, bereit, sein Leben hinzugeben.

Tala'at saß gerade in ihrem Schlafzimmer. Vor Hitze schwitzend, zerbrach sie sich den Kopf, wie sie ihren Mann dazu bringen könnte, öfter mit ihr zu schlafen. Sie hörte das Klopfen und wußte, daß es der Neffe war. Beim Gedanken an ihn wurde ihr so heiß, daß sie sich Luft zufächeln mußte, bevor sie überhaupt an die Tür gehen konnte.

Kaum hatte sie geöffnet, entrang sich dem Neffen ein jammervoller Schrei verzweifelter Erregung, und er fiel mit einem dreizehn Jahre alten Hunger, den er endlich stillen wollte, über Tala'ats Brüste her. Die Geranien entglitten seiner Hand, das Konfekt purzelte auf Tala'ats Füße. Es blieb an ihren nackten Beinen und auf den Lederschuhen seines Vaters kleben, doch der Neffe bemerkte es nicht. Schluchzend küßte er Tala'ats Brüste. Er hätte keine Bedenken gehabt, sie im Hof vor den Augen ihrer drei kleinen Söhne zu lieben. Sie zog ihn ins Schlafzimmer, schloß die Tür und riß ihm mit den Zähnen den Anzug vom Rücken.

Der Mittag kam und verging, ohne daß von Tala'at oder dem Neffen etwas zu sehen war. Durch die Szene erschreckt, deren Zeugen sie gewesen waren, und wegen der Laute, die aus dem Schlafzimmer ihrer Mutter drangen, klopften Tala'ats Kinder an die Tür, um hereingelassen zu werden. Sie erhielten keine Antwort. Am Nachmittag schrien sie, sie hätten Hunger, noch immer hörte Tala'at sie nicht. Bei Einbruch der Dunkelheit gingen sie zu den Nachbarn und warteten dort auf ihren Vater Habib, der um elf Uhr nach Hause kam.

»Ich glaube, Mutter ist tot«, sagte der älteste zu Habib.

Sie fanden Tala'at im Bett. Allein und merkwürdig zufrieden.

Drei Monate lang gestattete die falsche Tala'at dem Neffen, in das Haus ihres Mannes zu kommen. Sie schlief mit ihm, bis er verbraucht war und vor Erschöpfung zitterte wie ein Mensch, der kurz davor ist, seine Seele aufzugeben. Der Neffe erzählte seinem Vater, er habe eine Stelle in Teheran. Er müsse einen weiten Weg zu Fuß zurücklegen. Wenn er sich anstrengen würde, könnte die Stelle ihn weit bringen. Jeden Tag zog er den Anzug seines Vaters an, der in Tala'ats glühenden Umarmungen zerknittert, verschwitzt und formlos geworden war. Auch ein Toilettenwasser benutzte er. Er hatte es bei dem blauäugigen Lofti gekauft, von dem Geld, das Tala'at ihm von ihrem wöchentlichen Haushaltsgeld gab. Es dufte wie frischer Lavendel, sagte Tala'at zu ihm und beschnüffelte jede Ritze seines Körpers. Seine Wirkung auf sie war, daß sie am liebsten Unmengen gegessen hätte, sich ins Feuer geworfen oder nackt über den Platz des Ghettos gelaufen wäre.

Der Duft des Toilettenwassers zog eine Spur durch das ganze Ghetto, von den drei gemieteten Zimmern des Neffen an der Abfallgrube vorbei und die Gasse hinauf bis zum Hause seines Onkels Habib. Dort wartete der Neffe, die Hände in den Taschen, das Herz in der Hose, bis der Unglückselige sein Haus verlassen hatte. Dann stürzte er sich auf Tala'ats Tür und klopfte, als sei in der Hauptstadt Krieg ausgebrochen. Zusammen verschwanden sie im Schlafzimmer, und niemand sah sie vor dem späten Abend wieder.

Woche um Woche sahen die Nachbarn Tala'ats Kinder allein und ohne Aufsicht auf den Straßen herumwandern. Jedem, der sie fragte, erzählten sie, ihre Mutter »schlafe mit Cousin Salomon in ihrem Bett«, aber selbst das mißtrauischste Gemüt hätte sich eine so schockierende und scheußliche Verfehlung wie die Tala'ats nicht ausdenken können. So konnte sie ihre Affäre ungestraft fortsetzen. Gegen Ende Juli wurde der Mutter des Neffen schwindelig von dem Lavendelgeruch, der ihr gesamtes Haus erfüllte. Ohne zu ahnen, wie nahe sie den Tatsachen kam, beklagte sie sich bei ihren Freundinnen, ihr Sohn würde viel zu hart arbeiten. Er nehme immer mehr ab und werde vergeßlich und verdrießlich, »wie die Jungen, die von Hexern und Huren verzaubert werden«. An einem Sabbatabend Anfang August besuchte sie ihren Schwager. Der ganze Hof und sogar Tala'at rochen nach dem Toilettenwasser ihres Sohnes. Am nächsten Morgen verfolgte sie ihn bis zu Habibs Tür. Sie sah Tala'at öffnen und den jungen Mann in ihr Schlafzimmer führen. Glauben konnte sie die Sache jedoch nicht. Tag um Tag folgte sie ihrem Sohn, eine ganze Woche lang. Aus lauter Angst vor seiner Antwort wagte sie es nicht, ihm die Wahrheit ins Gesicht zu sagen. Endlich ging sie schluchzend zu Habibs und Mr. Charles' neuem Laden und schleppte die beiden zum Haus, um ihnen zu zeigen, was sie nicht in Worte zu fassen vermochte.

Tala'at saß nackt auf dem Fußboden ihres Zimmers und fütterte dem Neffen Halva-Bröckchen mit den Fingern. Als sie sah, daß sie ertappt war, wickelte sie sich in ein Bettuch und befahl dem Neffen, sich anzuziehen. Merkwürdig ruhig, beinahe im Plauderton, ließ sie Habib wissen, daß sie lieber im Höllenfeuer schmachten würde, als noch einen Tag mit ihm zusammenzuleben. Sie wollte das Haus sofort verlassen, in dem großen Nichts der Stadt verschwinden und ihn und die Kinder nie wieder aufsuchen, vorausgesetzt, er würde nicht befehlen, daß man sie zu Tode steinige.

Bebend vor Wut sagte Habib kein Wort. Die Kinder schluchzten und klammerten sich an Tala'ats Rock. Ohne ein weiteres Wort zu verlieren, verließ sie das Haus.

Der Rabbi setzte einen Trauertag im Ghetto fest.

Habib schloß seine Söhne im Haus ein, malte Türen und Fenster schwarz an und saß ein ganzes Jahr Schiwe. Als er wieder aus seinem Haus hervorkam, änderte er seinen Namen und wanderte mit seiner Familie nach Palästina aus, in der Hoffnung, daß dort niemand sein Schicksal kannte.

Miriam der Mond folgte Tala'at und dem Neffen zu ihrem Versteck in einem abgelegenen Teil Teherans und versuchte vergeblich, sie wieder zu Sinnen zu bringen. Sie verließen Teheran eine Woche später, um nach Schiraz zu gehen, denn Tala'at hatte gehört, daß man dort moralische Verderbnis duldete.

Die schöne Schuscha, die sich ihr ganzes Leben darum bemüht hatte, die Schmach von ihrer Familie abzuwenden, kochte drei Skorpionschwänze in einem Topf mit Löwenzahntee. Sie trank das Gift in einem Zug. Es führte zum Herzstillstand, bevor sie Zeit hatte, das Glas von den Lippen zu nehmen.

In der Nacht, bevor Schuscha sich umbrachte, träumte Roxanna vom Begräbnis ihrer Mutter.

Sie gingen in einer endlosen Prozession, Roxanna mit Sohrab, Miriam und Rochelle und der ganze Rest der Familie, alle in Schwarz gekleidet. Die Männer trugen einen in ein Leichentuch geschlagenen Körper. Auf dem jüdischen Friedhof legten sie ihn in ein offenes Grab. Jemand sang das Kaddisch. Die Männer, nur die Männer, denn die Frauen waren nicht würdig, ihre eigenen Toten zu begraben, warfen Erde auf den Körper. Endlich näherte sich Roxanna dem Rand der Grube und blickte hinunter: Der Körper, das Leichentuch, alles wimmelte von schwarzen Skorpionen.

Sie setzte sich heftig atmend im Bett auf, vor Angst ganz betäubt, die Arme und Beine eiskalt und mit Schweiß bedeckt. Sie machte das Licht an und sah Sohrab schlafend neben sich liegen. Dann überquerte sie den Korridor und ging in mein Zimmer, um zu sehen, wie ich schlief. Sie war durstig. Die Skorpione in ihrem Traum hatten ihre Kehle vergiftet. Also ging sie hinunter in die Küche, um Wasser zu holen.

Jakob der Wackelpudding saß unbeweglich auf seinem Hocker in der Nische. Wie immer trug er seinen braunen Anzug und Hut. Seine Augen waren weit geöffnet, aber Pupillen waren keine zu sehen. Es war unmöglich zu erkennen, ob er wachte oder schlief. Roxanna schenkte sich ein Glas Wasser ein, das sie aus dem Kühlschrank holte, und setzte sich an den Dienstbotentisch. Sie rieb sich die Augen in der Hoffnung, das Traumbild wegzuwischen. Als sie hochsah, erblickte sie Teymur.

Erschreckt stand sie auf. Der Stuhl hinter ihr fiel um.

»Ich habe ein Geräusch gehört«, sagte er. Sie empfand das schreckliche Hochgefühl, den süßen, verstörenden Schmerz, der sie in seiner Gegenwart jedesmal überkam. Einen kurzen Moment dachte sie, sie müsse die Flucht ergreifen. Dann fing sein Blick sie ein, und sie war wieder achtzehn, barfuß vor seinem Schlafzimmer, nackt, bis auf ihr Verlangen.

Sie schwiegen still in der Dunkelheit, die mit dem weißen Opiumqualm erfüllt war. Ihre Bilder spiegelten sich in den Augen von Jakob dem Wackelpudding. Sie wußten, daß sie zu weit gegangen waren, daß sie eine Schwelle überschritten hatten, wo es kein Zurück mehr gab.

Roxanna wußte, daß sie im Begriff war, das Leben aufzugeben, dessentwegen sie in dieses Haus gekommen war, oder endlich das Leben für sich zu beanspruchen, das sie in Wahrheit wollte.

Sie dachte daran, wie sie Teymur das erste Mal gesehen und begehrt hatte. Daran, daß sie Sohrab geheiratet hatte, wohl wissend, daß sie den Vater liebte.

Sie dachte daran, wie es wäre, sich an Teymur zu drücken; sich nach hinten zu lehnen und seine Hände auf ihrer Brust auf und ab wandern zu fühlen; ihre Augen zu schließen und zu spüren, wie er sie ansah, so wie er sie hatte ansehen wollen, wie sie seit so langem wollte, daß er sie ansah.

Sie ging zu ihm.

Sie legte ihre Fingerspitzen an seinen Mund und teilte seine Lippen. Dann nahm sie seine Hand und legte sie auf ihre Wange, wo sie sich immer vorgestellt hatte, daß er sie berühren würde, um zu prüfen, ob sie wirklich sei, ob ihre Haut sich bei der Berührung nicht auflösen würde. Etwas Eiskaltes, flüssig wie ein Strom Wein, ergoß sich aus seiner Hand in ihren Körper. Sie lehnte sich gegen die Wand.

Jakob der Wackelpudding sah Fräulein Claude am nächsten Morgen in die Küche kommen und rief sie zu sich.

»Da drüben«, sagte er mit zitternder Hand. »Da drüben hat dein Mann gestern nacht das Mädchen aus dem Ghetto genommen.«

Das war unser aller Untergang.

Jakob der Wackelpudding atmete eine Wolke süßen Moschusgeruches aus und blies mit einem verräterischen Atemzug das Glück seiner Schwester in alle Himmelsrichtungen.

Teymur hatte seinem Sohn die Frau weggenommen, obwohl er wußte, daß er sie weder würde behalten noch zurückgeben können.

Roxanna der Engel hatte den Verlockungen ihrer Leidenschaft nachgegeben, und das verzieh sie sich nie.

Es war, als sei ein Wind über die Erde gestrichen und habe die üblen Dämonen der Nacht geweckt.

Fräulein Claude beugte sich zu Jakob und schlug ihn ins Gesicht, so fest, daß sie ihn vom Hocker warf und seine Wasserpfeife in tausend Splitter zerbrach. Sie schrie ihn an, er sei alt und süchtig und besser tot als lebendig. Maschtis Frau kam in die Küche. Sie blieb stehen, als sie Fräulein Claude hörte.

»Was ist passiert?« fragte sie. »Was hat er angestellt?«

Fräulein Claude gab ihr keine Antwort. Sie ließ Jakob auf dem Boden liegen und ging zitternd nach oben in ihr Zimmer. Fast unmittelbar darauf kam sie zurück und fragte Jakob, ob er sich dessen sicher sei, was er gesehen habe.

Maschtis Frau hatte Jakob aufgeholfen und gab ihm Zuckerwasser zu trinken, um seinen Blutdruck zu festigen.

»Der Herr möge mir helfen«, sagte sie zu Fräulein Claude, »schon den ganzen Morgen schwafelt er ekelhaftes Zeug über Ihren Mann.«

Fräulein Claude nahm Maschtis Frau das Glas Zuckerwasser aus der Hand und flößte es Jakob persönlich ein. Kaum erkannte er Fräulein Claude, fing er wieder mit seiner Geschichte an.

»Die halbe Nacht waren sie zugange. Als hätten sie ihr ganzes Leben geübt.«

Es stimmte. Fräulein Claude konnte in Jakobs weißen Augäpfeln fast noch das Bild sehen. Sie schüttete ihm das Zuckerwasser ins Gesicht.

Er dachte, eine Flutwelle habe ihn getroffen, und schlug wild mit den Armen um sich. Er ertrank in den grauen Wassern des Golfes von Oman, und niemand außer Fräulein Claude war in der Nähe, ihm zu helfen. Doch sie stand nur da und sah zu, wie er um sein Leben kämpfte. Er rief sie immer wieder um Hilfe, aber sie rührte sich nicht. Sie, die seine ergebene Freundin und hingebungsvolle Pflegerin gewesen war, die ihm ihre Geheimnisse anvertraut und ihn wie ihr eigenes Kind großgezogen hatte. Sie sah ihn an und dachte, daß er ein Fremder war, wie Teymur und Sohrab und alle anderen, die sie geliebt hatte; daß er von ihr getrennt war; daß er sie verraten hatte.

Ihre Wut verwandelte sich in Haß.

Sie ging zu Teymur, um ihn eigenhändig anzugreifen, ihn zu töten, wenn sie konnte. Sie suchte ihn in seinem Schlafzimmer,

Arbeitszimmer, im Wohnzimmer des ersten Stocks. Maschtis Frau schaute sie mißtrauisch an.

»Ihr Mann hat das Haus verlassen«, sagte sie schließlich herablassend. »Er ist im Dunkeln aufgebrochen. Hat Maschti geweckt und gesagt, er würde für eine Weile wegfahren.« Sie musterte Fräulein Claude. »Ich dachte, Sie wüßten das.«

Sie sah, daß Fräulein Claude fassungslos war, daß sie zum ersten Mal in ihrem langen Leben wirklich verwirrt war. Als Maschtis Frau Jakobs Geschichte zum ersten Mal gehört hatte, war sie davon ausgegangen, daß er sie erfunden hatte wie die Mongolenschimmel, die während der Mittagspause durch die Küche stürmten, oder die nackten Gattinnen des ottomanischen Kaisers, die in höchster Erregung zu seinen Füßen lagen, wie er schwor, und einander liebten, weil Jakob der Wackelpudding sie nicht anrühren wollte.

Doch beim Anblick von Fräulein Claude war Maschtis Frau sich nicht mehr so sicher, daß Jakob Lügenmärchen über Teymur und Roxanna erzählte.

»Jeder Moslem würde sich vor Schande winden«, sagte sie, und verzog angeekelt die Lippen. »Aber Sie kennen ja weder Gott noch seinen Propheten, also ist es durchaus möglich, daß diese Sache zwischen Ihrem Mann und der Frau Ihres Sohnes geschehen ist. Vielleicht sollten Sie das Mädchen suchen und sie fragen, ob es wahr ist.«

Sie packte Fräulein Claude am Ellbogen und schob sie in Richtung Treppe. Im zweiten Stock schlief Sohrab noch immer. Roxanna war nirgendwo zu finden.

»Lassen Sie uns oben nachsehen«, schlug Maschtis Frau vor.

Roxanna stand auf der Terrasse des Ballsaales im dritten Stock, den Körper ans Geländer gelehnt, die Hände um das Metall geklammert. Als sie Fräulein Claude hörte, zuckte sie zusammen, als sei sie aus tiefem Schlaf erwacht. Sie drehte sich um. Blaß, fast durchsichtig, eine Gestalt, die ganz aus Glas gemacht schien, nur daß Tränen aus ihren Augen flossen. Sie bewegte die Lippen, aber kein Laut kam aus ihrer Kehle. Sie versuchte es noch einmal, wieder vergeblich. Sie streckte die Hand zu Fräulein Claude aus und winkte ihr, näher zu treten. Fräulein Claude reagierte nicht.

Maschtis Frau trat zu ihr und legte ihr Ohr an Roxannas Mund. Sie wurde dunkelrot vor Abscheu.

»Was hat sie gesagt?« fragte Fräulein Claude.

»Vergib mir«, wiederholte Maschtis Frau. Aber es war schon zu spät.

Roxanna wartete nicht, bis Fräulein Claude es Sohrab erzählt hatte. Sie weckte ihn selbst, in ihrem Gewand, das noch nach Teymur roch, und berichtete ihm, was sie getan hatte.

Sie sagte ihm, daß es geschehen mußte, daß es in dem Augenblick begonnen hatte, als sie Teymur sah oder er sie gesehen hatte. Sie sagte, sie hätte nie in dieses Haus kommen sollen. Nie hätte sie Sohrab heiraten dürfen, wenn sie seinen Vater begehrte. Sie hätte nicht bleiben dürfen, wenn sie doch wußte, daß sie alle ruinieren würde. Ihre Mutter habe recht gehabt. Wohin sie auch ging, sie brachte Unheil und Schande.

Sohrab hörte ihr zu.

Sie konnten Fräulein Claude in ihrem Zimmer schluchzen hören.

Sie konnten die Rautensamen riechen, die Maschtis Frau auf dem Herd röstete, um die bösen Geister zu vertreiben, die Roxanna ins Haus gebracht hatte.

Sohrab sah Roxanna im frühen Morgenlicht an und hörte jedem Wort zu, das sie sagte.

Sie sagte zu ihm, daß sie weggehen werde, daß sie wisse, daß er das von ihr erwarte, daß es ihr Wunsch sei, wegzugehen. Sie sagte, sie würde alles zurücklassen, selbst ihr Kind, weil sie wußte, daß keine Frau das Recht habe, einem Mann sein Kind wegzunehmen. Sie wollte fliehen, mehr als sie ihr Kind haben wollte, mehr als sie Vergebung wollte.

Sie weinte auf Sohrabs Hände. Ihre Tränen waren schwer wie Blei. Er dachte, sie würden seine Knochen zerschmettern.

Als sie ausgeredet hatte, stand Sohrab auf und zog sich an. Er wusch sein Gesicht nicht, er rasierte sich nicht. Sein frisch gebügelter Anzug zerknitterte sofort auf seiner Haut. Als er mit Anziehen fertig war, sah er aus, als habe er seit Tagen seine Kleidung nicht gewechselt. Sie dachte, er ginge zur Arbeit. Er legte sich aber wieder aufs Bett, auf den Rücken, die Augen geöffnet und die Hände auf dem Bauch gefaltet.

Sie verbrachten den ganzen Tag im Schlafzimmer. Roxanna hockte auf dem Boden, den Rücken an die Seite des Bettes gelehnt, Sohrab wach und schweigsam.

Fräulein Claude wartete auf Teymur, der nicht zurückkam und auch nicht anrief.

Morad das Quecksilber kam vorbei, um seinen Bruder zu besuchen. Als er das Haus verließ, wußte er, daß er Zeuge einer ernsten Situation geworden war.

Es wurde langsam Nacht. Dasselbe Dienstmädchen, das mich am Morgen gefüttert hatte, gab mir mein Abendessen und brachte mich zu Roxanna, bevor ich ins Bett ging. Ich war drei Jahre alt, legte meine Ärmchen um Roxannas Hals und küßte sie. Dann ging ich zu Sohrab und fragte, ob er mich in mein Zimmer tragen würde. Er nahm mich in die Arme und brachte mich hinüber. Roxanna beobachtete ihn. Er ist jung, dachte sie, und traurig. Und er liebt sein Kind.

Als er zurückkam, sprach er endlich.

»Du kannst nicht gehen«, sagte er.

Am nächsten Morgen erwachte ich, weil Holz knarrte, Metall gegen Metall knirschte, Nägel gegen Ziegel kratzten und stöhnten, wenn sie aus den Wänden gezogen wurden. Mein Zimmer war noch verdunkelt. Ich rannte barfuß zu Roxanna.

»Es ist nur Maschtis Sohn.« Sie nahm mich zu sich. Ihre

Laken waren kalt, als hätte sie die ganze Nacht nicht in ihrem Bett verbracht. »Er entfernt alle Türen im Haus.«

Wir lagen still da und lauschten auf das Geräusch. Roxanna lächelte mich an.

»Du brauchst keine Angst zu haben«, sagte sie, aber ich konnte ihre Angst in den Linien um ihre Augen sehen. »Es hat nichts mit dir zu tun, nur mit mir.«

Wir standen auf und gingen zur Treppe. Dort wartete Fräulein Claude auf uns.

»Befehl meines Sohnes«, griff sie Roxanna sogleich an. Ihr Gesicht war kreidebleich und verhärmt, die Augen rot und geschwollen. »So kann er dich Tag und Nacht beobachten.«

Roxanna blickte zu Boden und wollte mich in ihr Zimmer ziehen.

»Einen Moment«, hielt Fräulein Claude sie auf. Ich drückte mich enger an meine Mutter. Fräulein Claude näherte sich uns.

»Mein Mann hat mit vielen Frauen geschlafen, seit er mich geheiratet hat«, sagte sie. »Es ist nicht, als hätte ich das nicht gewußt. Doch es hat mir nichts ausgemacht, denn er weiß, daß das alles Huren sind, die nur auf ihn warten. Deshalb mache ich *ihm* keine Vorwürfe. Ich mache dir Vorwürfe, und auch mein Sohn macht dir Vorwürfe.«

Ich konnte Roxannas Angst spüren. Fräulein Claude kam noch näher.

»Vielleicht denkst du, mein Sohn habe dir zu bleiben erlaubt, weil er dich noch begehrt«, zischte sie.

»Vielleicht denkst du ja auch, er habe sich dazu durchgerungen, dich zu behalten, weil dieses Mädchen eine Mutter braucht. Aber ich kenne meinen Sohn, und ich sage dir, er will *Rache*. Und Rache wird er bekommen. Ich werde ihm helfen.«

Roxanna und ich blieben den ganzen langen Tag in Roxannas Zimmer. Abends kam Maschtis Frau und rief mich zum Abendessen. Ich zog an Roxannas Hand, versuchte, sie mitzuziehen, sie mit nach unten zu nehmen, als Puffer zwischen mir und Fräulein Claude. Roxanna weigerte sich aber, mich zu begleiten. Ich ging allein nach unten. Fräulein Claude und ich setzten uns zu Tisch. Beim Essen gönnte sie mir keinen Blick.

Ich saß still, so lange ich konnte. Irgendwann beim Nachtisch stand ich auf und bat, mich erheben zu dürfen. Fräulein Claude sah mich zum ersten Mal an diesem Abend an. Ich blieb stehen, klein und verschreckt, eingehüllt in den starren Blick dieser Frau, die mich immer gehaßt hatte.

»Eines mußt du wissen«, sagte sie. »Du bist das Kind deiner Mutter, nicht meines Sohnes. Eines Tages wird deine Mutter dieses Haus verlassen, und dann wirst auch du gehen müssen.«

Ich rannte aus dem Eßzimmer in die Eingangshalle.

»Mama!« schrie ich und stürzte die Treppe hinauf in Roxannas sichere Arme.

»Mama!«

Ich war die Treppe hinaufgerannt, durch den Korridor, auf ihr Zimmer zu. Plötzlich hielt ich inne, drehte mich um und sah hinter mich. Da alle Türen fehlten, lagen die Korridore wie ein Streifen heller, glänzender Seide vor mir, flach und einladend. Die Räume waren einer mit dem anderen verbunden, luftig und ohne Geheimnisse, nichts hielt meinen Blick auf, als wäre ich in einem Traum.

»Hier bin ich«, rief Roxanna.

Sie saß an ihrem Schminktisch und trug ein Gewand aus hellem, fast verblichenem rosa Stoff. Ihr Haar fiel in großen Locken um ihr Gesicht. Ihre Haut glühte. Ich sah sie an und dachte, wie immer, daß sie einfach wunderschön war.

Sie streckte die Arme nach mir aus und umarmte mich wie eine Blume. Sie duftete nach Regen.

»Nun kann ich dich sogar im Schlaf sehen«, flüsterte sie.

Miriam der Mond kam zu Teymur, um die Neuigkeit von Schuschas Tod zu überbringen.

»Ich habe versucht, dich auf allen möglichen Wegen zu erreichen«, sagte sie zu Roxanna an der Glastür im Eingang. Miriam hatte ihre Tochter mitgebracht. Sie spielte neben ihr auf dem Boden. »Ich habe angerufen und bin vorbeigekommen, aber deine Schwiegermutter hatte der Dienerin Anweisung gegeben, mich nicht hereinzulassen. Maschtis Frau ließ es sich natürlich nicht nehmen, ihr zu gehorchen.«

Sie hatte erwartet, daß Roxanna Erstaunen äußern oder ihr erklären würde, was geschehen war. Doch Roxanna nickte nur leicht mit dem Kopf und mied ihren Blick. Miriam sah, daß Roxanna sie nicht ins Haus bitten würde; daß Roxanna Angst hatte, Fräulein Claude würde sie überraschen und ihren Unmut äußern. Sie sah sich um, blickte auf den Garten voller alter Bäume und Blumenbeete und holte tief Luft, bevor sie sprach.

»Mutter hat ein paar Skorpionschwänze gekocht und das Gift getrunken«, sagte sie ohne jede Vorwarnung. »Es ging alles sehr schnell. Niemand hörte, wie sie vor Schreck nach Luft schnappte. Das Gift muß ein richtiges Loch in sie gebrannt haben, denn sie blutete am Rücken. Sussan hat sie gefunden. Sie schäumte aus dem Mund und war noch im Todeskampf.«

Roxannas Knie wurden weich. Miriam faßte sie am Arm und half ihr, sich auf die Treppenstufen vor dem Haus zu setzen. Ein Leben voller Härte und Verantwortung hatte Miriam zäh und kompromißlos gemacht, unduldsam gegenüber Schwäche. Doch zu Roxanna war sie immer sanfter als zu den anderen. Sie wartete, bis Roxanna sich gefaßt hatte.

»Wir haben sie vor einer Woche beerdigt«, sagte sie sanft, legte die Hand auf Roxannas Kopf und streichelte ihr das Haar. »Es ist schon richtig so. Sie war müde und wollte nicht mehr. Ich glaube, Tala'ats Verrücktheit hat ihr den Rest gegeben.«

In diesem Augenblick kam Fräulein Claude nach draußen und sah Miriam. Sie wurde bleich vor Zorn.

»Hör auf, dein billiges Silber an meiner Tür zu verhökern«, sagte sie mit unverhohlenem Haß. »Verschwinde und nimm dein dreckiges, schwachsinniges Kind mit.«

Miriams Tochter Sara brach ihr Spiel ab. Vor Angst, Fräulein

Claude anzusehen, stellte sie sich hinter ihre Mutter und zog an Miriam, wie um anzudeuten, daß sie gehen wollte. Roxanna sah keine von beiden an.

Langsam rückte Miriam der Mond ihr Tuch auf dem Kopf zurecht und knotete es unter dem Kinn. Sie starrte Fräulein Claude an, dann Roxanna und wieder Fräulein Claude.

Sie schaute an Fräulein Claude vorbei in die Eingangshalle und sah, daß alle Türen verschwunden waren.

»Hier ist etwas passiert«, sagte sie mit sachlicher Stimme. »Sie führen etwas im Schilde. Ich sehe schon jetzt, daß es nichts Gutes ist.«

Selbst Fräulein Claude war verblüfft über Miriams Direktheit.

»Was es auch sein mag, paß auf dich auf. In diesem Hause wohnen Geister, die lange geschlafen haben. Eine falsche Bewegung, und sie wachen auf und treiben dich ins Grab.«

Und so geschah es. Miriam der Mond hatte von den Geisterräubern des Hauses an der Allee des Glaubens gesprochen und sie dadurch zum Leben erweckt.

Anfangs stahlen sie Kleinigkeiten, eine Schere, einen Stapel Bettücher, einen Topf voll Essen. Sohrabs Unterlagen verschwanden von seinem Schreibtisch. Fräulein Claude konnte sich nicht mehr daran erinnern, wo sie zum letzten Mal ihre Lesebrille gesehen hatte. Die Dienstmädchen beschuldigten einander, die Wäsche zu verlegen. Maschti schrie seine Frau an, sie habe Socken weggeworfen, von denen sie behauptete, sie gestopft zu haben.

Dann zog Roxanna eines Tages ihren Ehering aus, um sich die Hände zu waschen. Als sie ihn wieder über den Finger streifen wollte, war er verschwunden. Sie war sich sicher, daß sie ihn auf den Rand des Waschbeckens gelegt hatte, suchte ihn im ganzen Badezimmer, auch unter dem Teppich, im Arzneischränkchen und in den Falten ihres Kleides. Sie stocherte mit einer Stricknadel im Abfluß und in der Toilette, stellte das Badezimmer auf den Kopf und fand keine Spur.

Fräulein Claude bemerkte den fehlenden Ring. Vor Sohrab und Maschtis Frau erklärte sie, es sei typisch für eine Frau von losen Sitten, ihren Ehering zu verlieren. Teymur war noch unterwegs. Sohrab verbrachte immer mehr Zeit im Büro. Fräulein Claude herrschte uneingeschränkt in ihrem Haus. Man könne Roxanna nicht trauen, sagte sie. Sie habe den Ring mit Absicht verloren, um Männer anzulocken, die keine Ahnung hätten, daß sie verheiratet sei. Man könne sie nur durch ständige Beobachtung auf dem rechten Weg halten.

»Du darfst dieses Haus nur mit meiner Erlaubnis und in Begleitung verlassen«, warnte sie Roxanna.

Roxanna nahm ihre Strafe gleichmütig entgegen. Sohrab hatte seit Wochen nicht mit ihr gesprochen. Er schien nicht wütend oder rachsüchtig zu sein, wie Fräulein Claude behauptet hatte. Die meiste Zeit sah er traurig aus. Bei den wenigen Gelegenheiten, wenn Roxanna mit ihm zu reden versuchte, hatte er ihr nur höflich geantwortet und dann geschwiegen.

Sie wandte sich wieder an ihn.

»Deine Mutter will mich hier nicht haben«, sagte sie eines Nachts, als er mit offenen Augen im Bett lag. »Ich weiß, du kannst nicht länger mit mir leben. Ich kann mit mir selbst nicht mehr leben. Laß mich gehen.«

Er schloß die Augen, da er wußte, daß sie ihn ansah und ihn berührt hätte, wenn sie es gewagt hätte, die Wunden zu heilen, die sie in seiner Seele hinterlassen hatte. Er dachte an seine Einsamkeit, die riesig, grau und ewig war, nun da er wußte, daß sie ihn nicht wollte.

»Ich weiß, daß ich Lili nicht mitnehmen kann«, fuhr Roxanna fort, flehend wie ein kleines Kind. »Du würdest sie nicht hergeben wollen, und ich würde sie dir nicht wegnehmen wollen, nicht bei meinem Schicksal, das so unheilvoll ist, daß ich mein Unglück über sie bringen würde. Alles, worum ich dich bitte, ist meine Freiheit.«

Er dachte an die Nacht, als er sie zum ersten Mal gesehen

hatte, wie sie auf der Straße entlangrannte, von einem durchscheinenden Glühen umgeben, das eine Lichtspur in der Dunkelheit hinterlassen hatte.

»Wenn du mich nicht gehen läßt, werde ich fortlaufen müssen«, sagte sie. »Und es wird ohne Vorwarnung geschehen, ohne ein Wort zu dir oder Lili.«

Er öffnete, plötzlich wütend, die Augen und schrie sie an:

»Dann geh doch! Du wirst schon sehen, wie weit du kommst, bevor ich dich einfangen lasse. Geh doch und sieh, wie lange du auf der Straße bleiben kannst.«

Sie hatte ihn noch nie so wütend gesehen.

»In diesem Teil der Welt kann eine Frau die Stadt nicht ohne die schriftliche Erlaubnis ihres Mannes verlassen. Ich werde die Polizei alarmieren und dich verhaften lassen. Ich werde meinen Vater bitten, die Nationalgarde zu veranlassen, dich zurückzubringen.«

Er wandte sich von ihr ab, rutschte vom Bett und schritt zum Fenster. Einen Augenblick später drehte er sich um. Sie saß noch immer da, klein, hilflos, in der Falle. Er empfand Mitleid mit ihr.

»Wenn ich dich gehen lasse«, sagte er leise, aber noch immer erregt, »bist du verloren. Du wirst dein ganzes Leben auf der Flucht sein, und du wirst allein sein. Eines Tages wird Lili mich fragen, wo du hingegangen bist und warum ich dich gehen ließ. Ich weiß nicht, was ich darauf sagen soll. Ich würde keine Entschuldigung dafür haben.«

Er wußte, daß sie ihm nicht glaubte. Er war sich nicht sicher, ob er seinen eigenen Worten glaubte.

Nach vier Wochen kam Teymur zurück, ruhig, streng und um Jahre gealtert. Er bat weder Sohrab noch Fräulein Claude um Verzeihung. Er erklärte weder, wo er gewesen war, noch warum er weggegangen war. Er versuchte, Roxanna zu meiden. Voll Scham über die eigene Schwäche und die Überheblichkeit, mit der er sich erlaubt hatte, die Frau seines Sohnes zu seiner Frau zu machen, obwohl er sie nur nackt gegen seine Haut hatte drücken wollen, zog er sich in sich selbst zurück und überließ Roxanna Fräulein Claudes Rache. In den folgenden Jahren nahm er sich zahlreiche Geliebte, machte lange, überflüssige Reisen und sprach nur dann mit seinem Sohn, wenn es unbedingt nötig war. Doch jede Nacht lag er in seinem Schlafzimmer ohne Türen wach und lauschte auf Roxannas Atem.

Er war mit der Hand auf dem Brustbein nach unten gefahren, von der Vertiefung an ihrem Hals, zwischen ihre Brüste hindurch auf den Bauch, und seine Finger hatten auf ihrer Haut eine blaße, durchscheinende Spur hinterlassen.

Einige Tage nach Teymurs Wiederkehr verlegte Fräulein Claude ihre Türkisohrringe mit den Diamanten. Es geschah, während ihre Friseuse anwesend war. Fräulein Claude kannte sie seit zehn Jahren, und doch zögerte sie nicht, den offenkundigen Schluß zu ziehen.

»Die Frau ist eine Diebin«, erzählte sie ihren Freundinnen aus der guten Gesellschaft, und beschrieb unzählige Male, wie sie die Ohrringe abgenommen und auf den Tisch vor sich gelegt habe, und dann, plötzlich, seien sie weg gewesen. In wenigen Tagen hatte sie den Ruf der Friseuse ruiniert und sie ihrer besten Kundinnen beraubt. Die Friseuse bat um eine Unterredung, um ihren Ruf zu retten, aber Fräulein Claude weigerte sich voller Verachtung.

Unmittelbar nachdem sie die Friseuse entlassen hatte, verschwanden zwei Paar Sandalen. Es kam zu Kämpfen zwischen den Dienstboden über ihre persönliche Habe, die sie einander zu stehlen beschuldigten. Teymur gab es auf, morgens nach seinen Manschettenknöpfen zu suchen. Sohrab brachte keine Geschäftsunterlagen mehr nach Hause. Dann gestand Roxanna, sie könne ihr Collier mit den Saphiren nicht mehr finden.

»Das kann nur das neue Mädchen gewesen sein!« erklärte Fräulein Claude. »Ich habe von Anfang an vermutet, daß sie unehrlich ist.«

Das neue Mädchen war sechzehn Jahre alt und eine entfernte Verwandte der Waschfrau, die dreimal die Woche ins Haus kam. Fräulein Claude rief sie zu sich und verlangte, daß sie ihr alles beichte. Das Mädchen warf sich ihr weinend zu Füßen, flehte um ihr Leben, als sei es bedroht, schwor, sie habe noch nie etwas gestohlen. Wenn ihre Familie herausfand, daß man sie des Diebstahls beschuldigt hatte, würde man sie in ihrem Dorf zu Tode prügeln.

»Du brauchst mir nur zu sagen, wo du alles versteckt hast«, antwortete Fräulein Claude kühl, »und ich entlasse dich ohne weitere Strafe.«

Das Mädchen gestand nicht. Fräulein Claude befahl Maschti, ein Feuer im Wirtschaftshof anzuzünden, fesselte das Mädchen an Händen und Füßen und drohte, sie auf dem Scheiterhaufen zu verbrennen, wenn sie nicht die Wahrheit sage. Erst als die Füße des Mädchens Blasen bekamen, hörte sie auf. Sie hatte natürlich nie vorgehabt, ihre Drohung wahr zu machen. Das Mädchen schickte sie zu seiner Familie zurück, mit einer genauen Liste dessen, was gestohlen worden war.

Fräulein Claude war nicht immer grausam gewesen. Sie wurde es, als sie alles, was ihr wichtig war, an Roxanna verloren hatte.

Die Entlassung des Dienstmädchens hätte das Ende aller Sorgen bedeuten müssen. Doch unter dem Couchtisch im Wohnzimmer des dritten Stocks verschwand plötzlich der zwei Meter große Perserteppich. Auch das neunundzwanzigteilige Porzellanservice, ein Geschenk an Roxanna und Sohrab von den Freunden Fräulein Claudes, war nicht mehr aufzufinden. Es war aus einem abgeschlossenen Schrank verschwunden.

»Es kann nur der Koch sein!« erklärte Fräulein Claude und entließ den Mann ohne Umstände.

»Die Waschfrau!« schrie Maschti. Im Nu war auch sie entlassen.

Die Gärtner wurden beschuldigt, den vierhundert Jahre alten handbemalten Glaskandelaber in Teymurs Wohnzimmer entwendet zu haben. Die Bügelfrau sollte die ledergebundenen

Bücher Sohrabs gestohlen haben. Jeden Tag suchten Roxanna und Fräulein Claude nach Gegenständen, die sie verlegt hatten.

Bis zum Jahresende hatte Fräulein Claude alle Dienstboten, mit Ausnahme Maschtis, entlassen. Maschti und seine Frau waren über jeden Verdacht erhaben. Doch letztere verließ Fräulein Claude in einem Anfall von Wut, als diese sie nach dem Verbleib eines weiteren wertvollen alten Stückes befragte. Restlos von der Schuld ihrer Leute überzeugt, änderte Fräulein Claude ihre Meinung auch dann nicht, als sich herausstellte, daß ihre Entlassung im Kampf gegen die Geisterräuber nichts half. Neue Dienstboten blieben allenfalls einige wenige Tage. Nach einer Weile beschloß Fräulein Claude, niemanden mehr einzustellen. Ihretwegen konnte das Haus so lange in Schmutz und Unordnung versinken, bis sie die Ursache allen Übels gefunden hatte.

Dann eröffnete sie den Kampf gegen ihre Familie.

Sie hatte Roxanna bereits verboten, ihre Verwandten zu empfangen und sei es nur für einen kurzen Augenblick, da sie offensichtlich Diebe seien. Nun untersagte sie Sohrab, Gäste einzuladen. Bei einer der seltenen Gelegenheiten, als Jakobs Frau und Kinder ihn besuchten, mußten sie ihre Taschen vorweisen, damit Fräulein Claude sie durchsuchen konnte. Sie rief die Frau des Kriegsministers an, mit der sie seit zwanzig Jahren befreundet war, und fragte sie, ob sie bei ihrem letzten Besuch nicht aus Versehen eine Armbanduhr von Baume et Mercier eingesteckt habe. Wer nicht direkt beschuldigt wurde, hörte von Fräulein Claudes verrückten Verdächtigungen. Man redete über ihr verstaubtes Haus mit den leeren Schränken und kahlen Böden; sprach über Roxanna, die immer nach verlegten Dingen suchte, und ihrem Kind, das Angst hatte, allein gelassen zu werden. Die gleichen Leute, hatte mich Fräulein Claude gewarnt, die all die anderen Dinge gestohlen hatten, würden auch mich erwischen, wenn ich am wenigsten darauf gefaßt war.

Sie hörten davon und hielten sich fern, überzeugt, daß Unheil ansteckend ist.

Eines Nachmittags ging Roxanna zu Teymur und sagte ihm, sie wolle gehen. Sie konnte das Eingesperrtsein und das Gewicht von Sohrabs Traurigkeit nicht länger ertragen. Es war Freitag, und Teymur war in seinem Arbeitszimmer, trank Tee und las die Zeitung. Fräulein Claude saß ihm gegenüber, wie immer völlig übertrieben gekleidet. Selbst sie konnte ihren Schock nicht verbergen, als Roxanna den Raum betrat.

Roxanna war noch schlanker als zuvor und noch bleicher. Ihre Augen sahen größer aus. Sie war erwachsen geworden, erkannte Fräulein Claude, noch schöner, noch bedrohlicher.

»Ich bin gekommen, dich um deinen Segen zu bitten«, wandte sie sich direkt an Teymur.

Fräulein Claude beobachtete ihn, als er Roxanna ansah. Seine Augen waren zu Steinen geworden. Er hielt sein Teeglas in die Höhe ohne das geringste Zittern.

»Ich möchte dieses Haus verlassen«, sagte Roxanna, ihn ansehend. »Ich habe Sohrab bereits gesagt, daß ich nichts außer meiner Freiheit möchte. Du mußt mich gehen lassen.«

Fräulein Claude vergaß zu atmen. Sie starrte ihren Mann an, betete schweigend, bat ihn, flehte ihn an, das Wort zu sprechen, das er am ersten Tag hätte sprechen sollen: daß Roxanna gehen dürfe, gehen *müsse*, daß Teymur sie gehen ließe und auf diese Weise Fräulein Claude ihr Leben zurückschenke.

Er legte seine Brille ab und stand auf. Er hatte nie Angst vor einem Menschen gehabt und sich nie vor einem Kampf gedrückt. Aber er wagte es nicht, Roxanna anzusehen.

»Du bist die Frau meines Sohnes«, sagte er. »Ich kann dich ihm nicht wegnehmen, selbst wenn es mein Wunsch wäre.«

In jener Nacht träumte Roxanna zum ersten Mal seit vielen Jahren wieder vom Fliegen. Sie erwachte und durchsuchte ihr Bett. Die Laken waren sauber, ihr Kissen war noch trocken. Doch um ihr Bett herum war der schwarze Marmorboden mit langen, bläulichweißen Federn gesprenkelt.

Morad bedrängte Teymur, er müsse drastische Maßnahmen ergreifen, um sich gegen die Diebe zu schützen.

»Mach, was du willst«, erwiderte Teymur, »du wirst den Lauf der Dinge nicht ändern können.«

Also ging Morad zu Sohrab, und zusammen riefen sie Teymurs Freund an, den Armeegeneral, der für Teherans Sicherheit verantwortlich war. Er kommandierte zusätzliche Männer ab, die das Haus bewachen sollten, und stellte ein halbes Dutzend Informanten entlang der Allee des Glaubens auf. Die Gartenmauer wurde mit Stacheldraht gesichert. Das schmiedeeiserne Tor durch ein Tor mit soliden Metallflügeln ersetzt. Dann kauften sie vier Wachhunde. Maschti hatte den Befehl, sie den ganzen Tag anzuketten und nur nachts freizulassen, sie von roher Kalbsleber zu ernähren und sie zu prügeln, bis sie toll vor Wut waren.

Maschti hielt die Hunde im Gewächshaus, damit die Hitze sie noch wilder machte. Sie bellten den ganzen Tag. Nachts, wenn sie frei um das Haus rannten, griffen sie jeden Schatten an, stürzten sich auf jeden außer Maschti, der sie fütterte. Nach einer Weile, als die Geisterräuber ihre Tätigkeit nicht einstellten, ließ er die Hunde auch tagsüber frei laufen, um sicher zu gehen, daß niemand vom Hof ins Haus schlich. Sie bellten den ganzen Tag, versuchten den Zaun zu überspringen, der den Wirtschaftshof vom restlichen Garten abtrennte, und Roxanna und Fräulein Claude anzugreifen, als sie Wäsche wuschen. Statt das Haus vor den Geisterräubern zu schützen, wurden die Hunde seine Gefängniswärter, ähnlich wie die Türen, die Fräulein Claude hatte entfernen lassen, die Diener, die sie entlassen hatte, und die Soldaten, die auf der Straße Wache hielten.

Jeden Tag fühlte sich Roxanna mehr in der Falle.

Am Abend meines fünften Geburtstages sagte Roxanna zu mir, daß sie eines Tages weggehen würde, wenn niemand aufpasse. Weder Land noch Meer würden je ihre Spuren verraten.

Wir lagen in ihrem Bett im Schlafzimmer im zweiten Stock,

das sie noch immer mit Sohrab teilte. Wenn Sohrab bis spät in die Nacht in seinem Arbeitszimmer blieb, holte sie mich zu sich und sprach bis nach Mitternacht mit mir.

»Sie werden mich suchen«, sagte sie, »tausend Männer mit tausend Laternen. Doch auch wenn sie die Erde und alle ihre Flüsse absuchen, werden sie mich nie finden.«

Hilflos hörte ich ihr zu und versuchte gegen das würgende Gefühl der Angst anzukämpfen. Mir war klar, daß sie sich mir anvertraute, weil ich ihr als einzige wohlgesonnen war, der einzige Mensch in diesem Haus, der sie bedingungslos liebte. Ich verstand nicht, warum sie weglaufen wollte.

»Teymur der Abtrünnige wird alle Generäle in der Armee des Schahs zusammenrufen. Dein Vater wird die Soldaten in den Kasernen zu Hilfe rufen. Sie werden auf die Berge und durch die Täler reiten, aber ich werde weit weg sein, für niemanden greifbar. Diesmal werde ich mich nicht umsehen.«

Sie muß gemerkt haben, daß sie mir weh tat. Sie nahm mein Gesicht in die Hände und küßte mich auf die Augen. Ich atmete den Geruch des Meeres in ihrem Haar ein und hielt die Luft an, um nicht zu weinen.

»Du wirst es schwer haben«, sagte sie. »Ich weiß. Ich habe meine Mutter auch in jungen Jahren verloren. Aber du mußt weiterleben, so wie ich, und ich weiß, daß du es kannst. Du mußt weiterleben, weil deine Zukunft hier bei deinem Vater ist. Ich will sie dir nicht wegnehmen.«

Nachts im Traum lief ich barfuß durch die Wüste, eine Laterne in der Hand, von tausend Kindern umgeben – meinen eigenen Schatten –, und rief den Namen von Roxanna dem Engel.

Fräulein Claude rief die Familie zusammen. Sie zitierte Teymur und Sohrab, Roxanna und Maschti und sogar Morad und Jakob den Wackelpudding zu sich. Nach den Wünschen ihres Mannes richtete sie sich nicht mehr.

»Ich habe mit zahlreichen Sicherheitsexperten gesprochen«, sagte sie. »Sie sind einhellig der Meinung, daß die Diebstähle in diesem Haus nicht von Fremden begangen werden.«

Beim Reden marschierte sie auf und ab, die Hände in ihre noch immer winzige Taille gestemmt. Sie sah gefaßt aus, hatte die Situation im Griff, war mächtiger als alle anderen Anwesenden. Teymurs Verrat hatte ihr das Recht gegeben, die Führung zu übernehmen.

»Ein Bewohner dieses Hauses bringt uns Unglück.« Sie brauchte Roxannas Namen nicht auszusprechen, denn jeder wußte, auf wen sie abzielte.

Jakob der Wackelpudding wedelte mit der Hand, als wollte er seinen Körper wecken.

»Mit Unglück hat das nichts zu tun«, sagte er. »Es liegt an den beiden Männern, die ins Haus kommen und alles wegschleppen.«

Niemand hörte auf ihn.

In Erwartung des Angriffes auf ihre Person hatte sich Roxanna neben Sohrab gesetzt. Sie blickte Fräulein Claude an. Inzwischen glaubte sie selbst fest an ihren verderblichen Einfluß, an das Unglück, das sie wie ein Heiligenschein umgab und das sich auf jeden übertrug, den sie berührte.

»Ich meine, es ist wichtig, daß wir wissen, wer der Feind ist«, fuhr Fräulein Claude fort, »und daß wir uns gegen sie und ihren Sproß schützen.«

Sohrab blickte hoch. Teymur, der bisher nicht aufgepaßt hatte, drehte sich plötzlich zu Fräulein Claude.

»In diesem Haus spukt es«, sprach sie weiter. »Wir, die engere Familie, sollten ausziehen und die anderen hierlassen.«

Morad hob sarkastisch eine Augenbraue und fragte sich, wie weit Fräulein Claude wohl noch gehen würde.

»Und wer würde zur engeren Familie gehören?«

»Teymur, Sohrab, Mr. Jakob und ich.«

Selbst Jakob war sprachlos.

»Und was willst du mit Roxanna und Lili machen?« fragte Morad. Bevor er seinen Satz beendet hatte, erhob sich Sohrab, und verließ das Zimmer. Er ging allein, ohne ein Wort an seine Mutter oder Frau zu richten. Teymur begab sich ebenfalls an seinen Schreibtisch und setzte sich vor einen Stapel Dokumente, die er durchzulesen begann.

»Es ist nicht nötig, daß ihr umzieht«, versuchte Jakob noch einmal, sich Gehör zu verschaffen. »Alles, was ihr tun müßt, ist, dafür zu sorgen, daß diese Männer nicht alles wegschleppen. Ich rufe jedesmal, wenn ich sie sehe, aber es hilft nichts. Ich kann mich selbst sehr wohl hören, aber meine Stimme scheint nicht mehr sehr weit zu dringen.«

Groß, schlank und noch immer der alte Gigolo, durchquerte Morad das Quecksilber in seinem maßgeschneiderten schwarzen Anzug das Wohnzimmer und wandte sich an seinen Bruder, als sei Fräulein Claude nicht anwesend.

»Es ist Zeit, daß du etwas wegen deiner Frau unternimmst«, sagte er, wobei er sich mit der Hand über die frisch rasierte Wange rieb. »Sie ist vor deinen Augen verrückt geworden, und du hast es noch nicht einmal gemerkt.«

Bevor Teymur antworten konnte, war Fräulein Claude bei Morad und schlug ihn ins Gesicht.

»Paß du nur auf!« fuhr sie ihren Schwager an. »Seit zwanzig Jahren lebst du von der Großzügigkeit meines Mannes. Wenn er dir nichts mehr gibt, stirbst du in der Gosse. Und das würde einem streunenden Hund wie dir recht geschehen.«

So kam es, daß Morad die fixe Idee entwickelte, er müsse Fräulein Claude seine Geschäftstüchtigkeit beweisen; es sei Zeit, auf eigenen Füßen zu stehen und nicht mehr von Teymurs Unterstützung abzuhängen. Dabei war schon längst allen außer ihm selbst klar, daß er es nie weiter als zu einem kultivierten Dandy bringen würde.

Als erstes ging er nach Hause und befahl Frau und Söhnen, ihren monatlichen Scheck nicht länger in Teymurs Büro abzuholen. Dann ging er zu seiner Bank und ließ sich seinen Kontostand nennen. »Dreißigtausend Rial.« Der Bankmanager, der ihn gut kannte, lächelte zuvorkommend. »Sie können natürlich jederzeit überziehen.«

Morad schüttelte den Kopf. Im Jahre 1971 bekam er für diese Summe ein Essen für sich und ein paar Freunde in einem Kabarett, ohne Getränke. Als Investitionskapital war es weniger als der Beweis von gutem Willen.

Er ließ sich die Summe auszahlen und lud den Bankmanager zum Abendessen ein. Sie tranken Wodka und aßen Kaviar, Coq au vin, Vanille-Eis und Schokoladensauce mit Schlagsahne. Beim Dessert bat Morad den Bankmanager im Namen ihrer neuen Freundschaft um einen Kredit, ohne die Sicherheit seines Bruders. Bei einem Glas Portwein stimmte sein Gesprächspartner zu. Ein Handschlag besiegelte Morads unbegrenzten Kredit. Stillschweigend ging sein Gegenüber natürlich davon aus, daß Teymur bürgen würde.

Dann berichtete er Morad von einer großartigen Investition, die ihn im Handumdrehen reich machen würde. Ein Luftwaffengeneral, der mit der kaiserlichen Familie blutsverwandt war, besaß tausend Morgen erstklassiges Kulturland im Norden des Landes. Er hatte es zusammen mit einem der Brüder des Schahs gekauft. Seine Majestät war jedoch mit der Partnerschaft nicht einverstanden. Deshalb hatte man dem General zu verstehen gegeben, er solle das Land abstoßen, bevor der Schah die Geduld verlor. Der General war in so großer Eile, daß er bereitwillig einen großen Verlust einstecken würde, wenn der Käufer nur die nötigen Voraussetzungen mitbrächte.

Sie tranken ein weiteres Glas Portwein. Morad war gerührt über das Vertrauen des Bankmanagers.

»Wer könnte besser als Sie geeignet sein, mit Ihrem Stammbaum, Ihrer Kultiviertheit, Ihrer Ehrlichkeit, eine Partnerschaft mit dem Bruder Seiner Majestät einzugehen?« spornte der Manager Morad an.

Hundert Millionen Rial, etwas mehr als dreihunderttausend Dollar, und Morad wäre auf dem Weg, ein großes Vermögen zu machen.

Er ging nach Hause und erzählte seinen Söhnen, er habe sie alle reich gemacht. Er ließ Teymur wissen, er brauche seine Wohltätigkeit nicht mehr. Er habe nun Verbindungen zu den höchsten Kreisen, und zwischen Brüdern sei alles vergeben. Teymur rief den Besitzer der Bank an. Das Land, das Morad erworben hatte, mit Geld, für das Teymur bürgte, war in der Tat bestes Ackerland, so gut, daß die Schwester des Schahs in ihrer Eigenschaft als Vorsitzende der sogenanten Pahlewi-Stiftung bereits bekanntgegeben hatte, daß sie es aus Gründen der Staatssicherheit konfiszieren würde. Deshalb hatte der General schnell einen Käufer finden müssen. Er wollte wenigstens sein eigenes Geld zurückhaben, bevor die Schwester des Schahs alles stahl.

Teymur ließ nach Morad schicken. Strahlend und guter Dinge kam dieser zu ihm. Er trug neue Kleidung, die er auf Kredit bekommen habe, nun da er Geschäftspartner der kaiserlichen Familie sei, erklärte er seinem Bruder so nebenbei. Teymur lachte, zog eine Schublade auf und schrieb eine Geldanweisung für Morad aus.

»Hier hast du deinen monatlichen Scheck«, sagte er sanft. »Mit dem Landgeschäft hat man dir einen Streich gespielt.«

Er war seinem Bruder nicht böse. Er hätte nie gedacht, daß Morad an der Sache sterben würde.

Denn sie kostete ihn das Leben. Miriam der Mond ist davon fest überzeugt. Morad das Quecksilber starb aus Kummer, auch wenn der Arzt nach seinem Tod völlig überflüssigerweise etwas anderes diagnostizierte. Der Kummer machte sich in seinem Körper mit solcher Heftigkeit breit, daß Morad ihn unter der Haut spüren konnte. Der Kummer vergiftete seine Zellen. Kummer kann auch den Blutzucker so hoch treiben, daß ein Mensch ins Koma fällt, ohne zu ahnen, was los ist. Er kann die Nervenzellen eines Körpers angreifen, bis sein Opfer im Rollstuhl sitzt. Im Westen haben die Ärzte und Wissenschaftler dem Kummer Namen wie Krebs, Diabetes oder Multiple Sklerose gegeben. Sie behaupten, niemand wisse, was diese Krankheiten auslöst oder wie man sie heilt. Aber im Orient sterben die Menschen seit Urbeginn an Kummer, und das war für niemanden ein Rätsel, bis die Ärzte auf der Szene erschienen. Auf Farsi gibt es sogar ein Wort dafür – *degh* – was wörtlich »krank werden und vor Kummer sterben« bedeutet. Dieses Schicksal ereilte Morad – trotz der Ärzte und ihrem ganzen wissenschaftlichen Versagen.

An jenem Tag saß Morad in Teymurs Wohnzimmer. Im Westen ging die Sonne unter und sandte ihre Strahlen durch das Fenster. Fast eine ganze Stunde lang sagte Morad kein Wort. Dann bat er um ein Glas Wasser. Er trank es aus und spürte, daß er heftige Magenschmerzen hatte. Zu Hause nahm er tagelang nichts als Eiswasser und selbstgemachten Joghurt zu sich. Doch das Brennen in seiner Magengrube verging nicht.

Seine Frau wollte ihn zum Arzt schicken. Morad schlug ihr nur die Tür vor der Nase zu, legte sich mit dem Gesicht aufs Bett und hörte sich die Propaganda des staatlichen Radiosenders an. Einige Tage später stellte seine Frau Blut in seinem Stuhl fest und ließ die Bemerkung fallen, er habe sich von der reichen Frau, mit der er geschlafen habe, eine unheilbare Krankheit geholt. Um seine Frau zu strafen, ging er noch einmal zu der reichen Frau.

Zum ersten Mal seit seiner vierzig Jahre zurückliegenden Pubertät reagierte sein Körper nicht auf sein Verlangen.

Nun ging er doch zum Arzt. Er sagte ihm, daß er fünfzehn Kilo abgenommen hatte und selbst im warmen Zimmer vor Kälte zitterte. Der Arzt merkte, daß Morad Fieber hatte. Er untersuchte ihn. Das Zittern kam von den Schmerzen, die Morad sich nicht eingestehen wollte. Der Schmerz kam von einer Geschwulst, die möglicherweise bösartig war und sich in seinem Magen eingenistet hatte.

Morad eilte zu seinem Bruder.

Teymur der Abtrünnige ließ den Arzt in sein Büro kommen und verhörte ihn, als sei er ein kleiner Krimineller, der bei einem großen Verbrechen geschnappt worden war. Teymur holte eine zweite Meinung ein, dann eine dritte. Er wollte die Untersuchungsergebnisse mit eigenen Augen sehen, bezahlte andere Ärzte, die sie unabhängig voneinander interpretieren sollten.

»Mein sehr verehrter Herr«, sagte ein Röntgenarzt und pfiff

durch die Zähne, »angesichts der Größe dieses Tumors schlage ich vor, daß Sie ihren Bruder morgen operieren lassen. Ansonsten müssen Sie sich mit der Tatsache abfinden, daß er stirbt.«

Wütend schlug Teymur mit der Faust auf den Tisch des Röntgenarztes und erklärte den Krieg.

»Zur Hölle mit dem Tod«, sagte er. »Ich fahre mit meinem Bruder nach Amerika.«

Die Maschine über London nach New York flog am 18. Juni 1971 um sieben Uhr. Teymur und Sohrab sollten Morad begleiten. Der Achtzehnte war der frühestmögliche Reisetermin. Teymur hatte mehrere Beamte bestochen, um ohne die übliche lange Wartezeit an Pässe und Visa zu kommen.

Bis es endlich soweit war, hatte Morad schon wieder einige Pfund abgenommen. Seine Frau erschien jeden Tag bei Teymur und weinte, sie würde bald Witwe sein, wenn nicht schnell etwas geschehe. Teymur sah zu, wie sein Bruder zitterte und seufzte und seufzte und zitterte.

Er versprach Morad, die amerikanischen Ärzte würden ihn von dem Tumor heilen. Wahrscheinlich würden sie ihn noch nicht einmal operieren, denn ein operativer Eingriff sei die letzte Zuflucht der barbarischen Ärzte des Orients, die nicht auf dem neuesten medizinischen Stand waren. Man würde Morad ohne Zweifel Tabletten geben, das richtige Essen verschreiben, vielleicht sogar feststellen, daß es gar keinen Tumor zu entfernen gab.

Fräulein Claude bereute ihre Herzlosigkeit gegenüber Morad zutiefst. Sie holte einen Mullah ins Haus, opferte ein Schaf und goß einige Tropfen seines Blutes in eine winzige Flasche, die sie Morad gab.

»Häng sie dir um den Hals, bis du aus Amerika zurückkommst«, befahl sie. Morad, der sich sein ganzes Leben lang über allen Aberglauben lustig gemacht hatte, gehorchte brav.

Sie fuhren um drei Uhr früh zum Flughafen. Ich wachte mit Roxanna auf, und wir sahen zu, wie sie das Haus verließen.

Morads Frau schluchzte auf der Schulter ihres Mannes, bis sein Jackett tränenfeucht und klebrig war.

Fräulein Claude hielt ihn eng an sich gedrückt, preßte ihr Gesicht auf das seine und weinte echte Tränen.

Roxanna winkte ihm von der Treppe aus zu. Sie trug ein langes, blaßblaues Nachthemd. Das Haar lag ihr lose auf den Schultern. Sie sieht aus wie eine Kerze, dachte ich. Wenn sie sich einen Daumenbreit weiter vorneigt, kippt sie um, fällt über das Geländer auf den schwarzen Marmorboden der Eingangshalle und zerspringt in Stücke.

Als sie weg waren, nahm Roxanna meine Hand und führte mich in mein Zimmer. Fräulein Claude holte uns auf dem Flur ein. Sie sah aufgelöst aus. Ihr stets makelloses Make-up war um die Augen herum verschmiert. Sie packte Roxanna an der Schulter.

»Nun sind nur noch wir beide übrig«, zischte sie. »Sieh zu, daß du verschwindest.«

Tagelang besuchte uns keine Menschenseele. Fräulein Claude schloß die Tore ab, ließ die Hunde frei laufen und verbot Roxanna und mir, das Haus auch nur eine einzige Stunde zu verlassen. Sie verbrachte ihre Zeit damit, sich das Haar zu kämmen, die Nägel zu maniküren, zu kochen und sich um Jakob den Wackelpudding zu kümmern. Roxanna und ich machten sauber, saßen zusammen in der Küche, lasen Märchen in Roxannas Bett auf der Terrasse und aßen gemeinsam in ihrem Zimmer. Ich hatte Angst vor Fräulein Claude, machte mir Sorgen, daß Roxanna ihren Vorsatz ausführen und mich allein zurücklassen könnte oder daß die Geisterräuber mich tatsächlich holen würden. Ich folgte Roxanna auf Schritt und Tritt. Ich lauschte auf das Geräusch ihrer Füße, gewöhnte mir einen leichten Schlaf an, so daß ich gleich aufwachte, wenn ich sie nicht mehr neben mir atmen hörte. Oft verbrachte ich die Nächte wach und hütete Roxanna in ihrem Bett vor Fräulein Claude und den Geisterräubern.

Ich hätte meiner Mutter gern gesagt, wie sehr ich mir wünschte, daß sie ihre Meinung änderte und bei mir blieb. Ich wollte ihr sagen, daß ich außer ihr niemanden hatte, daß ich mich in ihrer Nähe geborgen fühlte wie noch nie, trotz der angsterfüllten Atmosphäre in unserem Zuhause während jenes heißen, gefährlichen Sommers.

»Nimm mich mit, wenn du gehst«, hätte ich gern gesagt. Aber ich hatte Angst, Roxanna könnte meine Bitte ablehnen. Ich hatte Angst, sie könnte wiederholen, wie sie entfliehen und verschwinden würde.

Also sagte ich kein Wort.

Die einzige Frau, die noch immer vorbeikam, war Bahieh die Schwammfrau. Von kleiner Statur war sie fast so breit wie groß. Ihre Beine waren zwei Ströme beweglichen Fetts. Sie lief barfuß, weil ihre breiten Füße in keinen Schuh paßten. Die Haut ihrer Sohlen war zehn Zentimeter dick und lederschwarz. Ihre Hände waren so voll Hornhaut, daß sie keine Faust machen konnte.

Bahieh die Schwammfrau war zu arm, um sich einen Karren oder Esel zu leisten. Ihre Waren, Scheuermittel, Seife, Waschpulver, schleppte sie in zwei riesigen Taschen, die sie sich über die Schultern warf, von Haus zu Haus. Sie kam Samstagfrüh zu uns, bevor die Sonne zu heiß geworden war, und weigerte sich zu gehen, bevor wir ihr nicht etwas abgekauft hatten. Fräulein Claudes Anschuldigungen, sie sei eine Diebin, machten keinen Eindruck auf sie. Maschtis Drohungen, er würde die Polizei holen, fielen auf taube Ohren. Selbst die Hunde schreckten sie nicht ab.

»Zurück!« brüllte sie sie an, so daß sich Haarrisse in der Ziegelpflasterung unter ihren Füßen bildeten. Aufseufzend wichen die Hunde zurück. Sie schleppte ihren Körper durch den Garten und die drei Stufen zum Eingang hinauf.

»Nun sieh mal einer an«, sagte sie, als ich die Tür öffnete. »So verhätschelt, daß ich kotzen muß. Ich war jünger als du, als meine Mutter mich vom Dorf holte und mir eine Satteltasche auf den Rücken legte. Ich mußte Walnüsse verkaufen, kiloweise.

Wenn ich sie nicht loswurde, hatten wir nichts zu beißen. Die anderen Kinder in meinem Alter bettelten einfach. Auch meine Mutter bettelte. Doch mir gab niemand etwas umsonst. Ich war zu häßlich.«

Roxanna erzählte sie dieselbe Geschichte. Zu Fräulein Claude sagte sie, es sei ihr völlig egal, ob wir etwas brauchten, wir müßten etwas von ihr kaufen, weil wir es ihr schuldeten. Wir seien reich und könnten die paar Pfennige entbehren.

»Und wenn Sie mir nichts abkaufen«, warnte sie Fräulein Claude ganz offen, »bleibe ich hier für immer stehen. Oder ich verfluche Sie und nehme den Rest des Glückes mit mir, den Ihre Schwiegertochter noch nicht auf dem Gewissen hat.«

Bei diesen Worten seufzte Bahieh auf, nahm die Taschen von den Schultern und schüttete sie auf dem Boden aus.

Und dann ereignete sich ein Wunder. Aus den wütenden Händen der häßlichen Frau ergoß sich ein Strom strahlender Farben. Dutzende Schwämme in leuchtendem Grün und Orange und Rot, Flaschen blauer Bleiche, rosa Seife und Pakete parfümierter Waschmittel kullerten hervor wie Juwelen aus dem Maul eines schrecklichen Tieres und rollten mir zu Füßen. Durch die Scheiben der Tür fiel das Licht in langen, weißen Bahnen, verzauberte meine sorgenvolle Welt.

»Nun schau dir das an.« Bahieh lächelte wie eine Göttin angesichts ihrer Schöpfung. »Nimm dir, was du brauchst.«

Ich kniete auf dem Boden, wühlte mit den Armen bis zu den Ellbogen in dem Berg und hoffte, die Farben für immer behalten zu dürfen.

Ich hörte keinen Laut, fühlte nur eine kühle Hand, da wurde ich schon mit einer schnellen Bewegung durch die Bettücher geschoben und auf die Bettkante gesetzt. Jemand zog mir Schuhe an, zog mir einen Mantel über. Ich roch das Meer und öffnete die Augen. Roxanna lächelte mir in der Dunkelheit zu.

»Schschsch!« flüsterte sie fast lautlos. »Nicht reden!«

Sie hob mich vom Bett hoch und ging zum Fenster. Die Schuhe trug sie in der Manteltasche. Ihre schwerelosen Füße klangen wie Regentropfen auf dem Steinboden. Am Fenster hielt sie inne und schaute in den Hof hinunter.

»Wir nehmen die Leiter«, sagte sie, mein Haar mit den Lippen liebkosend. »Du mußt dich an mir festhalten und nicht loslassen. Wenn wir unten sind, nehme ich dich bei der Hand und wir rennen.«

Sie nahm mich huckepack und legte meine Arme um sich. Mit fünf Jahren war ich fast zu schwer, um noch getragen zu werden, aber Roxanna bewegte sich, als würde sie mein Gewicht nicht spüren.

Als sie auf die Fensterbank stieg, barg ich mein Gesicht zwischen ihren Schultern und blickte nicht nach unten.

Das Haus war aus gelben Ziegeln und weißem Stein. Roxanna wollte zwei Stockwerke nach unten klettern, von meinem Zimmer in den Hof, und dabei eine angebaute Leiter benutzen, die für Handwerker und den Schornsteinfeger vorgesehen war.

»Und die Hunde?« fragte ich.

»Die sind tot«, seufzte Roxanna erleichtert. »Die Schwammfrau hat sie vergiftet.«

Es war Anfang November. Morad das Quecksilber war noch mit Sohrab und Teymur in Amerika. Ich ging seit kurzem in den Kindergarten. Roxanna lebte noch immer wie eine Gefangene. Fräulein Claude bewachte sie und erlaubte ihr keine Freiheit.

»Fräulein Claude schläft«, sagte sie. »Wir sind wieder hier, bevor sie aufwacht.«

Die Nachtluft war kühl und hell. Roxanna atmete tief durch und versuchte, ihrer Aufregung Herr zu werden. Als sie wieder ausatmete, war sie sorgenfrei wie ein Kind.

Ich hatte mir immer eingebildet, die ganze Welt sei nach Einbruch der Dunkelheit so still wie mein Zimmer. Nun stand ich auf dem Gehsteig, hielt Roxannas Hand und sah zum ersten Mal, wie die Nacht in tausend Lichterblüten erstrahlte.

Männer in Arbeitskleidung schlenderten rauchend und plaudernd an uns vorbei. Aus jedem Winkel sprachen uns Bettler in zerrissenen Decken an und verfluchten Roxanna, die ihnen nichts gab. Kinder mit verschorften Gesichtern und nackten Füßen zogen an meinem Mantel, hielten mir Kaugummi, Marlboros und gefaltete Lose unter die Nase.

Aus den heruntergelassenen Scheiben der vorbeifahrenden Autos ertönte Musik. Ein alter Mann, der sich in Zeitungen eingewickelt hatte, um sich zu wärmen, führte einen Affen an der Leine und suchte eine Stelle, wo er ihn zur Schau stellen konnte. Der Affe trug ein Satinwestchen, paillettenbestickte kurze Hosen und eine Pelzmütze. Wenn der alte Mann ihn rief, drehte er sich um und bedachte seinen Besitzer mit einem verächtlichen Blick.

Eine Blumenverkäuferin, die in ihren Armen einen Strauß Gartenrosen hielt, stieß aus Versehen mit dem Alten zusammen. Die Rosen fielen zu Boden, und Blütenblätter pflasterten den Gehsteig.

»Schau!« Roxanna zog an meiner Hand.

Eine Frau überquerte die Straße. Ihr weißer Schador wehte im Wind und enthüllte ihre langen, schlanken Beine. Strümpfe trug sie nicht, nur rote Lacklederstiefel, die ihr bis über die Knie reichten. Die verwirrten Fahrer brachten ihre Wagen kreischend zum Stillstand, rutschten auf der vereisten Straße und hupten wütend bei dem Versuch, sie nicht anzufahren. Die Frau warf den Kopf in den Nacken. Der Schador rutschte ihr bis auf die Schultern. Sie lachte hell auf, so daß es in den Straßen widerhallte und jeder andere Laut übertönt wurde. Roxanna erklärte mir, das sei Pari-mit-den-Stiefeln, Teherans bekannteste Hure, berühmt für ihre schönen langen Beine und ihre Vorliebe für Stiefel.

Ein Taxi hielt wenige Zentimeter vor Paris Füßen. Es war voll besetzt, sieben Leute saßen zusammengepfercht in dem winzigen orangefarbenen Fahrzeug. Der Fahrer stieg aus und bestand darauf, daß seine Fahrgäste ebenfalls das Fahrzeug verließen. Sie protestierten und verlangten, zu ihrem Ziel gefahren zu werden. Der Fahrer blieb eisern.

»Pari Khanum braucht ein Taxi«, sagte er zu seinen Fahrgästen, wobei er Pari mit der respektvollen Anrede, die einer Dame gebührte, ehrte. Um das Taxi herum staute sich der Verkehr. Aufgebrachte Leute stiegen aus und schrien den Taxifahrer an, er solle an die Seite fahren, damit sie vorbeikämen. Pari-mit-den-Stiefeln stand nur einfach da, den Schador auf die Schultern gelegt, das schwarze Haar weich und glänzend, die Beine nackt, ohne ein Zeichen des Frierens, und lachte. Selbst aus der Ferne roch ich ihr Parfüm, den Tabak, der ihre jungen Fingerspitzen gelb gefärbt hatte, und den kalten, trockenen Dampf, der bei jedem Lachen aus ihrem Munde kam.

Wir gingen in die nächste Straße. Roxanna versuchte vergeblich, ein Taxi anzuhalten. Sie waren alle voll, setzten die Leute an verschiedenen Stellen entlang derselben Strecke ab. Schließlich entschied sich Roxanna für eines der Autos, die illegal als Taxis arbeiteten.

»Wenn dich jemand fragt«, warnte sie mich, »verrate unseren Namen nicht. Jeder in dieser Stadt kennt deinen Großvater. Man könnte Fräulein Claude sagen, daß man uns gesehen hat.«

Erst da fiel mir auf, daß ich noch meinen Pyjama trug, mein Mantel verdeckte ihn bis zu den Knien.

Wir fuhren in einem Auto voll fremder Leute eine breite, belebte Straße gen Norden. Ich konnte nur mit Mühe meinen Blick gesenkt halten, damit mir das Herz nicht vor lauter Aufregung aus der Brust sprang. Als das Auto endlich anhielt, zog mich Roxanna auf einen überfüllten Gehsteig. Musik erscholl. Rote, blaue und orangefarbene Lichter blendeten mich.

»Dieser Jahrmarkt ist das ganze Jahr über hier«, erklärte mir Roxanna. »Er ist jede Nacht geöffnet. Ich habe schon oft mit dir hierherkommen wollen.«

Der Mann an der Kasse war auf einem Auge blind, sein Augapfel hatte keine Pupille.

»Sie sollten sich nicht ohne Mann auf der Straße herumtreiben«, sagte er zu Roxanna, als er ihr die Eintrittskarten gab.

Wir stellten uns in der Schlange zum Riesenrad an. Als wir

auf unserem Sitz saßen, drückte Roxanna mir die Hand und lächelte. Ich beobachtete, wie sich der Boden von uns entfernte, die Musik versank, wieder hörbar wurde, wieder verklang. Roxanna faßte mich am Kinn und hob mein Gesicht.

»Schau nach oben«, sagte sie. Der Himmel überschwemmte mich wie Wasser.

»Dort oben bin ich einmal geflogen. Ich war sechs Jahre alt und lebte noch bei meiner Mutter. Eines Nachts wuchsen mir Flügel, und ich flog.«

Sie sah meinen verblüfften Gesichtsausdruck.

»Ich weiß nicht, wie es geschah«, sagte sie achselzuckend. »Vielleicht habe ich es nur geträumt. Vielleicht bin ich in dieser Hinsicht aber auch anders als andere Menschen. Seither mag ich das Gefühl des Bodens unter meinen Füßen nicht mehr.«

Morad das Quecksilber kam auf einer Trage aus Amerika zurück. Aus seinem Bauch hing ein Plastikbeutel. Neben ihm schritt Teymur, ein Gewitter in den Augen, eine ganze Packung mit Schmerztabletten in den Händen. Wer seine Hoffnung auf Amerika setze, sagte er zu Fräulein Claude, sei ein Tor.

Die Ärzte hatten Morad noch zwei bis sechs Monate gegeben. Er starb dreißig Tage nach seiner Heimkehr.

Fräulein Claude hatte Angst davor, die Schiwe in ihrem Haus abzuhalten. Wenn so viele Leute tagtäglich ein und aus gingen, hätten die Diebe freie Hand.

»Aber es gibt ja gar nichts mehr zu stehlen«, sagte Teymur bitter. Er schaute sich im leeren Wohnzimmer um, betrachtete die Staubränder, wo einst die Bilder an der Wand hingen.

Während der Schiwe brauchte ich nicht in die Schule zu gehen. Ich trug schwarze Kleidung und war dabei, wenn die Leute kamen, um ihr Beileid auszusprechen. Teymurs Freunde erschienen mit ihren Frauen. Beim Anblick des leeren Hauses fielen ihnen fast die Augen aus dem Kopf. Sie meinten, es müsse wohl wahr sein, daß die Schwiegertochter Unglück bringe, wie Fräulein Claude behauptete. Morads zahlreiche Geliebte kamen mit oder ohne Ehemann. Es waren hübsche Frauen in Etuikleidern und schwarzen Seidenstrümpfen mit zuviel Schminke und zuviel Schmuck. Sie gaben allen die Hand und saßen dann da und weinten vornehm in ihre Papiertaschentücher. Dabei paßten sie auf, ihr Make-up nicht zu verschmieren, und suchten das Zimmer mit den Blicken nach potentiellen Liebhabern ab. Sie lächelten Teymur und Sohrab zu, versicherten sie ihres Mitgefühls, jederzeit, Tag und Nacht, gaben ihnen ihre Telefonnummer und umarmten sie inbrünstig.

Rochelle kam zweimal. Sie saß in ihren Pelzmantel gehüllt da, und ihre Beine reichten kaum bis zum Boden. Sie beobachtete ihren Mann und versuchte, Morads Freundinnen zu beeindrucken. Alle paar Minuten ging sie zum Badezimmer, um ihr Make-up zu überprüfen und eine Zigarette zu rauchen.

Sussan ließ sich einmal blicken. Sie berichtete Roxanna von ihrem Verlobten, einem Mann mit staubigen Schuhen und zerknittertem Jackett. Angeblich war er Architekt. Er hatte sich als jünger ausgegeben, als er tatsächlich war. Es gab keine Gelegenheit, bei der er sie nicht anlog. Sie wußte, wenn sie ihn heiraten würde, würde er sie genau dann im Stich lassen, wenn es am meisten darauf ankäme. Sie wollte von Roxanna wissen, wie es sei, die Frau eines reichen Mannes zu sein und geliebt zu werden.

»Ich weiß es nicht«, hatte Roxanna leise geantwortet. Es war ihr entgangen, daß ich sie zufällig ansah und Sussans Frage gehört hatte. Mein Herz krampfte sich wie so oft zusammen. »Es ist, als würde ich das Leben eines anderen Menschen leben.«

Die ganze Woche lang saß Roxanna Teymur genau gegenüber. Er sah sie kein einziges Mal an. Sie wußte, daß Sohrab und Fräulein Claude sie beobachteten. Doch Teymurs Nähe, das Bewußtsein, daß er sie instinktiv fühlte, daß sein Körper und alle seine Nerven auf sie eingestellt waren, lösten eine verzweifelte Sehnsucht in ihr aus.

Immer wieder sah sie sich zu ihm gehen, unter den Blicken der Männer und Frauen in dem Zimmer, im Dunst der schwarzen Draperien über den Spiegeln und der Tische, beladen mit weißen Begräbnisorchideen. Sie sah sich selbst, wie sie sich Teymur in einem letzten, erlösenden Gang näherte, vor ihm stand, ihm in die Augen blickte. Sie beugte sich zu ihm, langsam, berührte seine Wange mit ihrem Gesicht. Mit ihren Lippen fuhr sie über seine Haut, sein Kinn, seinen Mund.

»Ein letztes Mal«, flüsterte sie, dachte nicht an die Folgen, hatte keine Furcht vor der Qual, die sie anderen bereitete. Seine Augen senkten sich in ihre. Sie nahm seine Hand und schob damit ihr Kleid zur Seite. Ihre Haut war nackt, kalt und gierig. Er berührte ihre Brüste, ihren Bauch, das Innere ihrer Schenkel. Sie seufzte und öffnete die Beine. Sie setzte sich auf seinen Schoß, ihm zugewandt und legte die Beine um seine Taille.

Im Zimmer weinten die Leute, unterhielten sich und sagten Gebete für den Verstorbenen. Roxanna saß regungslos auf ihrem Stuhl.

Miriam der Mond erschien am letzten Tag der Trauerwoche. Sie brachte ihre Tochter mit.

Miriam war noch immer eine schöne Frau, hatte aber schon den ernsten, unbeirrbaren Ausdruck einer säuerlichen Lehrerin. Sie kleidete sich dunkel, hielt nichts von Make-up und gelegtem Haar. Sie arbeitete doppelt so schwer wie jede andere Frau aus Roxannas Bekanntenkreis, denn sie zog nicht nur ihre eigenen Kinder groß und verwaltete das Geschäft ihres Mannes, sondern kümmerte sich auch um alle Familienangelegenheiten und versuchte vor allem, den Herausforderungen des Lebens die Stirn zu bieten.

Miriam erklärte ihrer Tochter Sara, sie wären bei einer Schiwe. Sie habe sie mitgenommen, damit sie sich rechtzeitig an den Tod gewöhnen würde, denn er hole jeden und würde auch sie holen, ob sie es wolle oder nicht. Sie schenkte Roxanna einen kleinen Glaskrug. Er war grün und dickbauchig mit einem langen, schmalen Hals.

»Mutters Tränenkrüglein«, meinte sie ohne Pathos. »Nach

jedem großen Verlust in ihrem Leben hat sie hineingeweint. Nachdem ihre Schwester durchbrannte; nachdem sie dich der Katze gegeben hatte; nachdem Tala'at mit dem Neffen durchdrehte. Sie hat ihre Tränen gesammelt, und wenn das Fläschchen voll war, trank sie es aus, um ihren Kummer unter Beweis zu stellen.«

Roxanna nahm die Flasche und starrte sie gedankenverloren an. Miriam beobachtete sie.

»Das ist das einzige, was Mutter uns hinterlassen hat. Ich dachte, du sollst es bekommen, denn sie hat dich so früh weggegeben.«

Roxanna umfaßte das Fläschchen so fest, daß es aussah, als würde sie es mit der Hand zerdrücken.

»Jedesmal, wenn ich dich sehe, bist du dünner«, sagte Miriam zu Roxanna. »Ich weiß, daß in deinem Leben etwas nicht stimmt.«

Sie wartete auf eine Reaktion, aber Roxanna blickte nicht auf. Miriam zog ihre eigenen Schlüsse.

»Charles und ich sind endlich aus dem Ghetto weggezogen«, fuhr sie fort. »Wir mußten warten, bis seine Mutter starb, denn sie weigerte sich zu gehen. Jetzt wohnen wir in der Persepolis-Allee. Nummer hundertacht.«

Sie lehnte sich vor und flüsterte: »Wenn es dir je gelingt, dem Drachen da drüben zu entkommen, schau bei mir rein, und erzähl mir, was los ist.«

Roxanna öffnete das Tränenkrüglein. Im Inneren konnte sie die salzigen Rückstände von Schuschas Tränen auf dem Glas sehen. Sie überlegte, was für eine Ironie es war, daß Miriam ausgerechnet ihr die Tränen ihrer Mutter gebracht hatte und sie deren Vermächtnis von Kummer und Schande hüten sollte. Einen Augenblick lang dachte Roxanna daran, das Fläschchen zu vernichten. Dann schloß sie es wieder und brachte es in ihr Zimmer.

In jener Nacht erschienen ihr saphirfarbene Elefanten im Traum.

Dunkelblau erstrahlten sie. Überlebensgroß und durchsichtig wie Glas, umstanden sie ihr Bett und starrten sie mit ihren Kristallaugen an. Von ihrem Leuchten hypnotisiert, fiel ihr zuerst gar nicht auf, daß sie lebendig waren. Sie streckte den Arm aus, um einen zu streicheln. Als sie ihn mit der Hand berührte, zerfiel er in eine Million Splitter. Sie berührte einen zweiten, dann noch einen, und jedesmal zersprangen die Elefanten und wurden zu einem blauen Schauer von glänzendem Glas. Das Geräusch der auf dem Marmorboden zu Staub zerfallenden Körper machte sie taub. Sie erwachte.

Sohrab der Sünder stand über sie gebeugt.

»Du hast geträumt«, sagte er und strich ihr über das Haar. »Hab keine Angst.«

Sie wartete, bis er wieder schlief, und verließ dann das Bett. Sie sah eine einzelne weiße Feder auf dem Boden und schob sie ruhig mit ihrem Fuß gegen die Wand. Früher oder später würde Sohrab diese Federn bemerken, sie fragen, wo sie herkamen, und ihr Geheimnis entdecken.

Sie ging zum Waschbecken am anderen Ende ihres Zimmers und wusch ihr Gesicht. Sie dachte an die Elefanten in ihrem Traum, an das Collier aus Saphiren, das Teymur ihr in der Nacht ihrer Hochzeit geschenkt hatte. Sie erinnerte sich, wie seine Hände ihren Nacken berührten. Sie fühlte Wassertropfen den Nacken hinunterlaufen, kühl auf ihre Haut und auf ihre nackten Brüste rinnen.

Sie sah sich im Spiegel. Dreiunddreißig Jahre alt. In der Falle.

Sie wußte, daß Teymur wach lag. Er beobachtete sie im Spiegel, wartete auf sie, verlangte nach ihr. Sie beugte sich vor, ihrem Spiegelbild entgegen. Ihr Atem warf einen nebligen Schatten auf den Spiegel. In diesem Nebel küßte sie ihn.

»Bring mich weg«, sagte sie zu ihm. »Laß mich meine Seele verkaufen.«

Sie trat ans Fenster und sah in den Hof. Sie wußte, daß die Hunde ihre Bewegung erahnen und bellen würden. Sie würden Sohrab und Fräulein Claude wecken, und alle würden in Teymurs Zimmer laufen. Im ganzen Haus würde das Licht angehen.

Sie würde das Haus verlassen müssen, bevor sie Teymur ein zweites Mal nachgab.

Sie kam in mein Zimmer und sah mich an, wie ich schlafend dalag. Sie küßte mich auf die Stirn, drehte meine Hände um und küßte die Handflächen.

»Schlaf gut«, sagte sie.

Ich hörte sie, öffnete aber meine Augen nicht. Seit Jahren hatte ich einen ganz leichten Schlaf, war mir der Bewegungen meiner Mutter immer bewußt, hatte sie ununterbrochen beobachtet. Ich liebte ihre Nähe, liebte das Gewicht ihrer Augen, liebte selbst die Traurigkeit, die von ihren Bewegungen ausging. Als sie in jener Nacht das Zimmer verließ, stand ich auf und folgte ihr.

Der Flur war dunkel, aber ich sah Roxannas weißes Gewand wie einen hellen Schatten. Ohne zu merken, daß ich hinter ihr herlief, ging sie zur Treppe. Sie lauschte, was Teymur machte. Eine Minute lang glaubte ich, sie würde ihn rufen, würde ihre Kiefer öffnen, die so lange geschlossen gewesen waren und seinen Namen herausschreien, bis sie den ganzen Haushalt geweckt und die Stille zerschmettert hätte, diese enge, scharfe Stille, die uns alle zu Gefangenen machte. Zwar erhielt sie den Frieden aufrecht, unterdrückte dafür aber jeden Instinkt und jedes Verlangen. Schon konnte sie ihre eigene Stimme hören, scharf und tönend und endlich fordernd. Sie würde Teymur aus seiner grausamen Distanz herbeirufen; Alexandra die Katze aus ihrer blinden Verrücktheit; Mercedes die Filmschauspielerin aus ihrer gütigen Leichtfertigkeit. Sie würde Schuscha, ihre Mutter, rufen, die ihr nur Tränen hinterlassen hatte, und von ihr verlangen, daß sie sie zurücknehme; von ihrem Vater fordern, daß er hätte dasein sollen, in jener Nacht vor einem ganzen Menschenleben, auf dem Dach von Sonne der Hühnerfrau. Er hätte dasein und zwischen Roxanna und ihrer Mutter stehen müssen, um Roxannas Sturz aufzuhalten und seine Tochter zu retten.

Anstatt zu schreien, preßte Roxanna ihre Zähne so fest auf die Zunge, daß das Blut ihren Mund füllte und auf ihr Kleid tropfte.

Sie drehte sich um, bewegte sich in Richtung des obersten Stockwerks. Obwohl ihre Augen in der Dunkelheit auf mir ruhten, sah sie mich nicht. Sie stieg die Treppe hinauf.

Der gesamte dritte Stock bestand aus einem einzigen großen Ballsaal mit vielen Verbindungstüren. Früher unterhielten Teymur und Fräulein Claude hier im Winter ihre Gäste. Einst war er mit italienischen Möbeln und französischen Seidenvorhängen ausgestattet gewesen. Nun war er leer und staubig, ausgeraubt bis auf den riesigen Kronleuchter, den Fräulein Claude auf ihrer Hochzeitsreise mit Teymur in Deutschland gekauft hatte. Die Außenwand wurde von Türen aus geschliffenem Glas durchbrochen. Sie gingen auf eine weite Dachterrasse mit schmiedeeisernem Geländer, durch das sich weißer und rosa Jasmin wand. Durch diese Glastüren war Roxanna an ihrem Hochzeitsabend getreten, um sich den Gästen zu zeigen.

Sie durchquerte den Ballsaal und trat auf die Terrasse. Hinter ihr fuhr ein Windhauch durch die Kristalltropfen des Lüsters. Winzige Staubflocken wirbelten auf, und die Kristalle erklangen wie ein Glockenspiel. Schaudernd hörte ich den Ton.

Roxanna kletterte auf das Geländer.

»Mama!« Zögernd rief ich sie beim Betreten des Ballsaales. Ich hatte Angst, sie würde mir böse sein, weil ich ihr gefolgt war. Dann merkte ich, daß sie mich gar nicht gehört hatte.

Sie stand barfuß auf dem Geländer, in ihrem weißen Gewand, und anstatt nach unten zu schauen, blickte sie geradewegs hinauf zum Himmel.

Plötzlich wußte ich, was sie vorhatte.

»Mama!« schrie ich. »Mama!«

Sie drehte sich um. Ihre Augen ruhten auf mir, ohne mich zu sehen. Ich war unsichtbar für sie, nur ein Geist unter vielen, dessen Stimme sie nicht vernahm.

Sie breitete die Arme aus und glitt in die Nacht.

Gellend hallten meine Schreie durch das Haus. Sohrab rannte nach oben und fand mich über das Geländer gebeugt. Ich schrie so laut, daß er befürchtete, mir würden die Hals- und Stirnadern platzen. Er griff nach mir, doch ich kämpfte mit der Stärke der Besessenen gegen ihn an. Er nahm mich in die Arme und trug mich, die ich noch immer schrie, zum Waschbecken. Das kalte Wasser, das er mir ins Gesicht spritzte, erschreckte mich nur noch mehr. Ich schrie Roxannas Namen, von Entsetzen geschüttelt. Fräulein Claude kam nach oben, gefolgt von Teymur und Maschti.

»Gib ihr ein wenig Opium«, riet Maschti.

Sie trugen mich in die Küche, hielten mich nach unten, und Jakob der Wackelpudding blies mir Rauch in den Mund. Ich kämpfte eine Weile weiter, dann schwanden mir die Kräfte. Meine Muskeln gehorchten mir nicht mehr, mein Kopf fiel nach hinten, und ich verstummte mitten im Schrei.

Sohrab dachte, das Opium hätte bei mir einen Herzanfall ausgelöst, und geriet in Panik.

»Laß sie«, sagte Fräulein Claude und entfernte mich aus seinen Armen. »Sie ist nur ohnmächtig geworden.«

Sie standen alle um mich herum. Niemand ahnte, was ich soeben erlebt hatte oder daß Roxanna nicht mehr da war. Ich atmete in kurzen, ängstlichen Zügen, die sich nach und nach verlangsamten und entspannten. Eine Weile hörte man im Haus nur mein Atmen und Jakobs Paffen. Dann merkte Fräulein Claude, daß Jakob etwas sagen wollte. Er wedelte mit der Hand in der Luft herum, wie er es häufig tat, wenn seine Stimme versagte. Als Fräulein Claude merkte, daß sein Blutdruck wieder zu niedrig war, machte sie ihm etwas Zuckerwasser und fütterte ihn löffelweise, bis er wieder zu Kräften kam. Sie wollte gerade weggehen, da schaute er sie unter seinem Hut hervor an und meinte: »Ich habe das Mädchen gesehen. Die Frau deines Sohnes. Sie hatte weiße Flügel und flog am Küchenfenster vorbei.«

Sie durchsuchten das Haus, die Dienstbotenquartiere, den Garten. Sohrab und Maschti setzten sich ins Auto und fuhren im Umkreis von zehn Kilometern die Straßen ab. Am nächsten Morgen rief Teymur seinen Freund, den Chef der Militärpolizei, an und gab ihm eine Beschreibung Roxannas. »Eine junge Frau mit Kinderkörper und sehr alten Augen.«

Der Polizeichef versicherte ihm, Roxanna würde gefunden werden. Niemand, schwor er, würde sich vor den Streitkräften Seiner Majestät lange verbergen können und schon gar nicht eine barfüßige Frau im Nachhemd ohne Geld und Papiere.

»Sie wird rechtzeitig zum Abendessen zu Hause sein«, versprach er und legte den Hörer auf.

Wir warteten. Teymur machte weitere Anrufe. Sohrab durchsuchte die Stadt von Mittag bis zum Abend. Sie wollten von mir wissen, was ich gesehen hätte, wann Roxanna verschwunden sei, ob sie etwas zu mir gesagt habe, bevor sie aus dem Fenster gesprungen sei. Ich sah ihnen zu und hörte ihre Fragen. Ich könne ihnen helfen, sie zurückzubringen, sagten sie mir.

Ich wollte ihnen helfen, selbst wenn es bedeutete, daß ich Roxanna verraten mußte und sie gegen ihren Willen in dieses Haus zurückholte, aus dem sie seit so langer Zeit hatte fliehen wollen. Ich wollte ihnen sagen, wie Roxanna mir erzählt hatte, daß sie fliegen könne. Wie sie mir schon vor Monaten gesagt hatte, daß sie fliehen werde. Ich wollte beschreiben, was ich gesehen hatte. Daß Roxanna wie ein Vogel entflogen war, sich vom Haus entfernt hatte und nicht zu Boden gestürzt war.

Würden sie mir das glauben?

Der Zweifel erstickte mir die Stimme.

Teymur und Sohrab gingen von Tür zu Tür bei ihrer Durchsuchung der Stadt. Sie fuhren zu Miriam und verfolgten jede Spur, die diese ihnen gab. Sie erschienen bei Rochelle und Sussan, sogar bei Rahman dem Herrscher im Ghetto. Die Polizei beorderte Roxannas Familie zur Befragung auf die Wache, ließ sie beschatten, um jede Verbindung, die zu ihr aufgenommen wurde, zu melden. Teherans Bushaltestellen und Bahnhöfe wurden durchsucht. Taxis wurden an den Ausfallstraßen angehalten. Die Polizei brach in jeden Unterschlupf für kommunistische Spione und den Drogenhändlerabschaum ein. Sie überprüfte

Fingerabdrücke und Fußspuren, führte im Hurenviertel eine Razzia durch und bestach die Zuhälter, durchforstete die Labyrinthe der Basare und Hinterzimmer. Jeden Tag nahm ihr Eifer zu. Man warnte immer mehr Menschen vor den Konsequenzen, die es haben würde, wenn sie Roxanna vor dem langen Arm der Polizei des Schahs verbergen würden. Man fand nichts.

Es kursierte eine Legion Gerüchte über Roxannas Verschwinden. Ihr Bild erschien in der Abendzeitung und in den Frauenmagazinen. Man sprach von ausländischen Liebhabern, die sie in der Dunkelheit weggezaubert hätten, von Hexenkünsten, infolge derer sie wie die vielen Gegenstände in Teymurs Haus verschwunden war.

Miriam der Mond kam alle paar Tage zu mir. Ihre Fragen brachten mich zum Weinen. Ich wollte ihr helfen, aber der Schmerz lastete so schwer auf mir, meine Angst lähmte mich so sehr, daß ich nicht reden konnte.

Miriam gab nicht auf.

»Wir finden sie, egal wie. Ich weiß das, weil ich deine Mutter kenne. Ich habe deine Mutter großgezogen, und ich weiß, daß sie ihr Kind nicht lange allein lassen wird.«

Auf meiner Haut entstanden Bläschen, wenn Roxannas Name erklang, kleine Tropfen der Traurigkeit. Sie erschienen in der Nacht und juckten bis zum Morgengrauen.

Exil

1971

Als Roxanna die Augen öffnete, stand sie bis zur Taille im Wasser des Karaj, viele Meilen von Teymurs Haus entfernt. Es herrschte Dunkelheit, und sie fror erbärmlich. Mit aller Kraft kämpfte sie gegen die starke Strömung an, die ihren federleichten Körper jeden Moment wegzuspülen drohte. Sie hielt nach dem Ufer Ausschau, doch die Nacht gaukelte ihr nur Schatten vor. Sie wußte, daß ein einziger falscher Schritt sie in ein Loch im Boden des Flußbetts stürzen konnte, aus dem sie nie wieder auftauchen würde. Doch statt Angst spürte Roxanna nur ein Gefühl der Erleichterung. Sie war so tief davon durchdrungen, es war so befreiend, daß sie sich allmächtig fühlte.

Einige große Steine und Büsche tauchten auf, dann war die Uferlinie erkennbar. Als sie sich aus dem Wasser zog, bemerkte sie, daß sie keine Schuhe trug und ihre Füße bluteten. In der Ferne zeichneten sich blau die Gipfel des Elburs-Gebirges ab, das Teheran von den nördlichen Regionen und den kaspischen Reisfeldern trennt. Alexandras Geschichte ihrer Flucht aus Rußland kam ihr in den Sinn. Alexandra die Katze hatte sie so oft erzählt. Eines Nachts war sie aufgebrochen, einfach so, in Stöckelschuhen, ihre Perlenketten um den Hals. Sie war immer weitermarschiert, hatte sich nicht umgedreht, bis sie in Teheran angekommen war.

»Ich habe den weißen Tiger gesehen«, hatte sich Alexandra gebrüstet. »Er ist das prächtigste Tier der Welt und so selten, daß die Kaiserin wer weiß was dafür geben würde, wenn er eingefangen und zu ihr gebracht würde. Ich bin in handgezimmerten Booten gefahren, deren Böden unter mir verfaulten, habe Fisch gegessen, der lebendig auf dem Spieß gebraten wurde, habe im Smaragddschungel geschlafen, auf den Reisfeldern und an Bord russischer Schmugglerbarken. Und alles nur, weil ich keine Angst vor dem Exil hatte.«

Auch Roxanna hatte keine Angst mehr vor dem Exil. Es machte ihr nichts aus, daß sie allein und fast nackt war, auf ihrem Weg ins Nirgendwo kurz vor dem Erfrieren stand. Es war egal, daß sie Teymur nie wiedersehen würde, daß Sohrab versuchen würde, sie einzufangen, daß sie ihr Kind verlassen hatte, das aus der Dunkelheit nach ihr rief. Sie hatte sich selbst in Sicherheit gebracht und würde nicht zurückblicken.

Auf das Tageslicht wartend, blieb sie am Ufer sitzen. Sie würde eine Straße suchen oder entscheiden, in welche Richtung sie gehen würde. Nach einer Weile hatten ihre Ohren sich an das Rauschen des Flusses gewöhnt. In der Ferne konnte sie sporadisch das Geräusch von Lastwagen hören, die sich bergauf kämpften. Im Morgengrauen sah sie die graue Spur einer Sandstraße, die sich vom Fluß weg in Richtung auf eine trockene Ebene ohne jegliche Vegetation oder sonstige Lebenszeichen wand.

Sie folgte der Straße. Ein Lastwagen fuhr an ihr vorbei. Der Fahrer verlangsamte die Fahrt, hielt aber nicht an. Eine Stunde später keuchte ein blauer Kleinbus mit einer Ladung junger Theologiestudenten in braunen Turbanen und bärtigen Gesichtern den Hügel hinauf. Die Männer starrten Roxanna durch die schmutzigen, verkratzten Scheiben des Busses an. Sie sah, wie sich ihre Lippen bewegten, als sie sich laut fragten, wer oder was sie war, sah, wie ihre Augen sie selbst durch die Staubwolke des Busses verfolgten.

Sie wanderte weiter. Bauernkinder überholten sie auf Maultierrücken. Streunende Hunde bellten sie von der anderen Seite der Straße an, wagten sich aber nicht in ihre Nähe. Die Sonne stand hoch am Himmel, doch der Himmel war verhangen. Mit ihren bloßen, blutenden Füßen und dem weißen, durchsichtigen Gewand ähnelte Roxanna einer Erscheinung, wie sie schläfrige Reisende oder Sterbende haben. Sie setzte sich mitten auf die Straße. Das nächste Auto, das vorbeikam, würde sie mitnehmen.

Es war ein moosgrüner Peykan mit einer zertrümmerten Windschutzscheibe, die durch eine mit Klebestreifen befestigte Plastikplane ersetzt worden war. Das Auto hielt drei Meter vor ihr an. Der Fahrer beugte sich über das Steuerrad nach vorn und schielte durch die improvisierte Scheibe. Da er seinen Augen nicht glauben wollte, lehnte er sich nach rechts und ließ die Scheibe des Beifahrersitzes herunter, um besser sehen zu können. Roxanna beobachtete ihn. Dunkle Augen, schmale Nase, Eintagebart. Er zitterte, als die kalte Luft in seinen Wagen drang. Vorsichtig wie ein Mann, der Angst hat, entdeckt zu werden, öffnete er die Tür und trat ins Freie. Er trug einen schweren Mantel mit Handschuhen, eine Skimütze und einen Schal, der Kinn und Mund verhüllte. Er starrte sie an, näherte sich ihr aber nicht. Roxanna ging auf ihn zu. Ihre Füße hinterließen eine Blutspur im Sand.

»Sie können mich mitnehmen, egal, wohin Sie fahren«, sagte sie zu ihm, als sie näher herangekommen war. Ihre Lippen waren weiß, ihre Hände blau. Ihr nasses Gewand war in der Kälte gefroren und steif wie Papier. »Haben Sie keine Angst.«

Die Beifahrertür wurde zugeschlagen. Sie ging hinten um das Auto herum, öffnete die Fahrertür, kletterte über den Sitz, ließ sich auf dem Beifahrersitz nieder.

Der Fahrer war sprachlos.

»Es geht schon in Ordnung«, sagte sie. »Ich steige aus, wo Sie wollen.«

Sie fuhren nach Qazvín. Der Mann rauchte eine Marlboro nach der anderen. Er war jung, nicht älter als zwanzig. Es war klar, daß er nicht wußte, was er von Roxanna halten sollte. Er musterte sie aus den Augenwinkeln, sprach aber nicht mit ihr, noch nicht einmal, um die einfachsten Fragen zu stellen. Wenn sie sprachen, stellte sie ihm Fragen, die er nicht beantworten wollte.

Er hatte zwei Benzinkanister im Kofferraum, einen Korb mit Proviant, zwei Decken, Wasser. Er hielt vor Qazvín an, um zu Mittag zu essen. Er nahm geräucherten Fisch aus dem Korb, eingelegten Knoblauch, Lawasch-Brot. Roxanna beobachtete ihn. Er fragte, ob sie Hunger habe.

»Nur Durst«, erwiderte sie, ohne ihn anzulächeln. Sie sahen sich lange an. Dann blickte er auf seine Hände und aß weiter.

Zwei Stunden hinter Qazvín hielten sie vor einer Teestube. Es war ein dreckiger Schuppen an einer unasphaltierten Straße, von zwei Petroleumlampen erleuchtet und durch einen tragbaren Heizofen beheizt. Der Mann ließ Roxanna im Auto und ging hinein. Er kam mit einem hohen Glas schwarzem Tee zurück, drei Zuckerwürfeln und einem Teller Spiegeleier, die im Öl schwammen.

»Essen Sie das hier«, sagte er leise. »Wir haben eine lange Nacht vor uns.«

Als sie wieder aufbrachen, hatte sich dichter Nebel auf die Straße gesenkt. Es war unmöglich, weiter als die Scheinwerfer des Autos zu sehen. Der Mann griff nach einer Decke auf dem Rücksitz und reichte sie Roxanna.

Sie dachte, daß auch er auf der Flucht war, daß er sich in Gefahr fühlte und befürchtete, entdeckt zu werden. Eine Frau, wahrscheinlich seine Mutter, hatte ihm das Mittagessen von Räucherfisch und Knoblauch mitgegeben. Sie mußte gewußt haben, daß sie ihn nie wiedersehen würde.

»Wie weit wollen Sie fahren?« fragte er sie gegen Mitternacht.

»Soweit ich kann«, antwortete sie.

Er kicherte.

»Das dürfte bei Ihrer Bekleidung nicht sehr weit sein.«

»Ich bin aus dem Haus meines Mannes geflohen«, sagte sie und beobachtete seine Reaktion. »Ich habe meine Tochter verlassen. Sie ist fünf Jahre alt. Ich werde sie nie wiedersehen.«

Er hielt den Blick auf die Straße gerichtet. Seine Hände umklammerten das Steuer. Eine Zigarette hing ihm zwischen den Lippen.

Er war Student an der ältesten Universität Teherans gewesen. Sohn von Mittelschicht-Eltern mit geringen Aussichten und noch weniger Ehrgeiz. Er hatte Ingenieur werden wollen. Statt dessen hatte er eine Gruppe linker Studenten und Professoren kennengelernt, die die Diktatur des Schahs unterminieren wollten. Er hatte an ein paar Treffen teilgenommen, ein paar Flugblätter verteilt. Einer seiner Freunde, der eifrigste Kommunist, hatte sich als Spitzel entpuppt. Er hatte der Geheimpolizei des Schahs eine Liste gegeben. Der Name des jungen Mannes befand sich darauf. Innerhalb von zwei Tagen wurden zwölf seiner Freunde verhaftet. Man folterte sie, indem man elektrische Nadeln in ihre Genitalien einführte und ihnen Wahrheitsserum spritzte. Dann warf man sie lebendig aus einem Helikopter in den Salzsee, der ihre Körper hinunterziehen und nie an Land schwemmen würde. Der junge Mann war entkommen, bevor sie ihn gefunden hatten.

»Ich fahre in die Türkei«, sagte er, ohne weitere Einzelheiten zu verraten. »Bis zur Grenze nehme ich Sie mit.«

Sie fuhren von Qazvín nach Zanjan, von dort nach Mianeh und Täbris. Sie folgten den ungeteerten, unbeleuchteten Gebirgsstraßen, hielten nur an den abgelegensten Rasthäusern, wo er kein Risiko einging, den Soldaten der Militärpolizei in die Hände zu fallen. Sie waren die ganze Nacht unterwegs. Gegen Mittag fuhr er an den Straßenrand und schlief ein paar Stunden. Seine Freunde hatten ihm gesagt, in Van an der türkisch-iranischen Grenze gebe es einen Unterschlupf, wo er Zuflucht suchen konnte, sollte er das Land verlassen müssen.

Die in eine Decke gewickelte Roxanna begleitete ihn nicht in die Raststätten. Sie fühlte, daß er sie gegen sein besseres Wissen mitnahm. Sie konnte ein Spitzel oder eine Polizistin sein oder ihn in dem Augenblick verraten, wo er sie aus dem Auto aussteigen ließ. Andererseits war er allein und hatte Angst. Ihre Gegenwart beruhigte ihn. Einmal, als er den Sitz zurückgeschoben hatte und zu schlafen versuchte, streckte sie ihren Arm aus und berührte seinen Mund.

Er erzitterte wie unter einem elektrischen Schlag und griff so fest nach ihrer Hand, daß sie dachte, er würde ihr das Handgelenk brechen. Dann merkte er, daß sie ihm kein Leid zufügen wollte, daß ihre Finger kühl und heilend waren, und ließ sie los.

Behutsam öffnete sie seine Lippen und berührte die Innenseite seiner Unterlippe. Dann schlüpfte sie aus ihrem Gewand und kletterte nackt auf ihn. Sie war so weiß, dachte er, daß seine Hände ihre Haut beflecken würden, wenn er sie berührte. Sie saß mit dem Rücken zum Steuer, die Knie auf seinen

Hüften, und schloß die Augen selbst dann nicht, als sie sich nach vorn beugte und ihn küßte.

Sie schlief am hellichten Tag mit ihm, im Auto auf offener Straße, obwohl sie in einem Land waren, wo eine der Unzucht angeklagte Frau leicht zu Tode gesteinigt oder in einen tiefen Brunnen geworfen wurde. Sie schlief immer wieder mit ihm, bei jedem Halt, in jedem Dorf. Sie fragte ihn nicht nach seinem Namen, verriet auch nicht ihren eigenen. Sie liebte ihn nicht und schämte sich nicht.

»Ich fühle keine Scham mehr«, sagte sie einmal zu ihm, als er warnend sagte, man könne sie sehen, nackt und ineinander verschlungen. »Ich habe mein ganzes Leben und meine Tochter aufgegeben, damit ich mich nicht mehr zu schämen brauche.«

In Marand gab er einer Bäuerin Geld für Kleider und ein Paar selbstgefertigte Segeltuchschuhe, die er Roxanna schenkte. In Khvoj zählte er sein Geld und gab ihr die Hälfte. Davon würde sie drei, vielleicht fünf Tage leben können.

Sie überquerten die Grenze bei Nacht, ohne es zu merken. Da waren keine Wachen, kein Zaun, keine Linie zu sehen, die die beiden Länder voneinander trennte. Niemand kontrollierte Pässe oder wollte Ausweispapiere sehen. Auch die Landschaft blieb dieselbe. Die Lastwagen auf der Straße trugen iranische Nummernschilder. Im Morgengrauen sahen sie Autos der türkischen Militärpolizei, und dann zeigte ein verblichenes Schild an, daß sie die Stadt Van erreicht hatten. Er stoppte und sagte, sie müsse aussteigen.

»Die Leute, zu denen ich gehe«, sagte er entschuldigend, »würden nicht verstehen, warum du bei mir bist, und uns beide wegschicken.«

So behende, wie sie in sein Auto eingestiegen war, schlüpfte sie auch wieder heraus.

Sie war in einer alten Grenzstadt angelangt, einem schmutzigen Ort inmitten einer herben Landschaft. Hohe Berge, honigfarben und baumlos, mit steilen schwarzen Hängen, ließen die Stadt noch unerbittlicher und barbarischer erscheinen. Eine riesige Felsenzitadelle in Form eines Schiffes stieg in der Ferne aus der Ebene empor. Es hieß, dieser schmale Sandsteinsockel, der Felsen von Van, der heute eine natürliche Grenze zwischen dem alten und neuen Van bildete, sei die biblische Arche Noah gewesen.

Die neue Stadt war modern, nichtssagend, ärmlich. Sie wurde hauptsächlich von Kurden bewohnt und setzte sich aus einer Ansammlung von Läden und Häusern entlang enger Straßen zusammen, durch die sich Autos und Fußgänger wälzten. Alte Männer mit wettergegerbten Gesichtern und aufgesprungenen Fingerspitzen, Überlebende vergangener Kriege und blutiger Aufstände, trugen derbe türkische Teppiche über der Schulter und klopften an jede Haustür, in der Hoffnung auf ein Geschäft. Junge Männer, zornig und bedrohlich, standen an Wände und Laternenpfähle gelehnt, rauchten eine amerikanische oder russische Zigarette nach der anderen und planten neue Kämpfe. Van war eine der ältesten türkischen Städte, die Hauptstadt des ehemaligen Königreiches Urartu, die Heimat verschiedener Stämme und Völker, Schauplatz zahlreicher großer Kriege und endloser Metzeleien. Seine Männer, ungezähmt, gefühllos und ohne Aussichten, waren im Geiste der Erinnerung an Verlust und Niederlage und den immerwährenden Verrat durch größere Männer und stärkere Nationen erzogen.

Frauen gab es hier nicht. Auf den Straßen und in den Läden, in den Hauseingängen und Autos sah Roxanna keine Frauen. Van wirkte wie eine belagerte Stadt, deren Frauen und Kinder versteckt waren.

Ein Auto voll Männer hielt sie an, Angehörige der Militärpolizei, schlechtbezahlte Männer ohne Ausbildung, die immerzu auf der Suche nach einer zusätzlichen Einnahmequelle waren. Roxanna war kaum zwei Stunden in Van. An ihrer Kleidung hatten sie gleich erkannt, daß sie eine Fremde war, aber auch daran, daß sie durch die Straßen lief wie jemand, der nicht wußte, daß sich eine Frau Ärger einhandelte, wenn sie nicht in Begleitung eines Mannes war. Sie verlangten auf türkisch ihre Papiere.

Sie erwiderte auf Farsi, daß sie keine habe. Darauf packten sie Roxanna ins Auto und brachten sie auf die Wache, ein Gebäude aus Zement mit einem einzigen Raum, der voll martialischer Polizisten mit dunklen Schnauzbärten und zu vielen Waffen war. Die meisten von ihnen sprachen genug Farsi, um sich mit ihr zu verständigen. Niemand war daran interessiert, wo sie herkam oder was sie in Van vorhatte. Sie wollten nur wissen, wieviel Geld sie dabeihatte. Ihr Geld nahmen sie ihr ab, luden sie dann in einen Jeep und sagten, sie würde zu einem »Hotel für Ausreißer« gebracht.

Sie fuhren auf den Felsen zu. Roxanna wußte von Alexandra der Katze, daß König Sargon II. hier eine ganze Armee hatte enthaupten lassen und dann die Köpfe am Zugang zum Tal auftürmen ließ. Das Tal, die alte Stadt Van, war seit dem siebten Jahrhundert v. Chr. von Armeniern besiedelt. Während des Großen Krieges hatte die armenische Bevölkerung gegen die Türken gekämpft. Drei Millionen Armenier waren abgeschlachtet worden. Das alte Van wurde zerstört.

Übrig blieb ein riesiger staubiger Friedhof voller Geröll, aus dem ein paar zerstörte Minaretts herausragten, im Schatten von Felsen und Blutbad. Dahinter erstreckte sich der See.

Er breitete sich auf der trockenen Ebene aus, eine unendliche, stille Türkisfläche mit Lavastrand vor braunen Bergen mit weißen Kuppen. Ein Binnensee von erstaunlicher Schönheit und noch erstaunlicherer Einsamkeit. Sein Wasser war zu alkalisch. Man konnte es nicht trinken oder zur Bewässerung verwenden. Kaum ein Lebewesen konnte darin gedeihen, weshalb es auch keinen Fischfang gab. Seine Ufer waren kahl, felsig und abweisend.

Dies war nicht das Meer, das Roxanna so oft in ihren Träumen gesehen hatte und zu dem sie vom Ghetto aus geflogen war. Jenes Meer war grün gewesen, hatte die Farbe alter Smaragde gehabt und war von einem saftiggrünen, vor Leben strotzenden Dschungel umgeben. Es hatte nach sanften Schauern und frühen Sonnenuntergängen geduftet. Seehunde waren an die Ufer geschwommen, Vogelschwärme hatten seine Strände bevölkert.

Jenes Meer hatte sie verloren. Nun war sie hier, an diesem See, der Millionen Unschuldiger und auch so manches Imperium überlebt hatte, und die Männer mit den dunklen Schnauzern brachten sie zu einem Haus, das einsam und allein weit entfernt am Horizont lag.

Das Haus war aus dunklem Holz, mehr schlecht als recht zusammengezimmert, und von einer Felswüste umgeben. Eine Umfriedung mit einem Tor hatte es nicht, und es führte auch kein Pfad zum Eingang. Roxanna hatte oft von den türkischen Bordellen in den Grenzstädten gehört, die so primitiv und erbärmlich waren, daß sie elfjährige Jungfrauen und fünfzigjährige Großmütter beschäftigten. Selbst durch die geschlossene Tür konnte sie die verwesenden Glieder und den getrockneten Kuhdung riechen, den kalten Samen und den frischen Schweiß der wunden Gliedmaßen, die gegen ungewaschene Laken rieben. Roxanna wußte, daß sie hier arbeiten, für ein Zimmer und etwas Essen mit Fremden schlafen mußte. Für den Besitzer des Hauses würde sie weniger als eine Sklavin sein.

Eine Frau Mitte Dreißig öffnete die Tür. Sie hatte glänzendes, pechschwarzes Haar und trug schwarzen Lidschatten. Beim Anblick der Polizisten zeigte sie zwei Reihen perfekter Goldzähne.

»Wir haben etwas mitgebracht«, verkündete einer der Männer. »Frisch angekommen. Spricht kein Wort.«

Die Frau warf Roxanna einen drohenden Blick zu und rückte gerade so viel zur Seite, daß sie sich an ihr vorbeizwängen konnte.

»Warte im Eingang«, sagte sie.

Und Roxanna, die ihr ganzes Leben gefürchtet hatte, »eine

Frau von schlechtem Ruf« zu werden, wie ihre Mutter es nannte, betrat endlich das Bordell.

»Gebt die Suche auf«, sagte Fräulein Claude eines frühen Morgens warnend zu Teymur und seinem Sohn. Zwei Monate waren seit Roxannas Flucht vergangen.

»Sie ist schon zu lange weg. Jetzt findet ihr sie nicht mehr in diesem riesigen Land mit seiner höllischen Vielfalt, selbst wenn sie noch leben würde. Gebt sie auf, und macht euch klar, daß sie euch beide verlassen hat.«

Fräulein Claude stand in der Tür zu Teymurs Schlafzimmer. Von ihrem eigenen Bett auf der anderen Seite des Korridors aus hatte sie ihn durch die leere Türöffnung, die ihn einrahmte, die ganze Nacht beobachtet, wie er am Fenster stand und hinausstarrte. Da hatte er ihr leid getan. Zum ersten Mal seit er sie mit Roxanna betrogen hatte, zum ersten Mal seit jenem Morgen, als sie, in die Küche kommend, Jakob sein Geheimnis wiederholen hörte, hatte Fräulein Claude das Leid ihres Mannes gefühlt und hätte ihn gern getröstet.

Doch am Morgen war Sohrab ins Zimmer seines Vaters getreten und hatte ihm zugeflüstert, die Geheimpolizei habe angerufen, es gebe noch immer keine Nachricht von Roxanna. Ein bedeutender General hatte die Geheimpolizei in ihrem Namen um Hilfe gebeten. Entsetzt hatte Fräulein Claude zugesehen, wie Teymur und Sohrab sich berieten, als handele es sich um eine lebenswichtige Angelegenheit. Sie waren zu Verbündeten geworden, diese beiden Männer, die ihr ganzes Leben durch ihre verschiedenen Charaktere und später durch ihre Liebe zu Roxanna getrennt gewesen waren. Sie hatten eine unheilige Allianz geschlossen, waren vereint durch ihr Bedürfnis, die Frau zu finden, die sie beide zerstört hatte – die Fräulein Claude zerstört hatte.

Deshalb wappnete sie sich mit Haß. Sie ging zu ihnen, um ihnen die Wahrheit ins Gesicht zu schleudern.

»Mittlerweile ist sie wahrscheinlich verwest«, sagte sie, Sohrabs wütendes Schnauben ignorierend. »Oder sie schläft im Bett eines anderen Mannes und frißt ihm aus der Hand wie euch beiden. Es reicht nun. Sagt Lili, was mit ihrer Mutter los ist, blast die Suche ab, und laßt Vergangenes vergangen sein.«

Ich saß in meinem Schlafzimmer an dem Tischchen, auf das Maschti mein Frühstück gestellt hatte, und hörte jedes Wort.

Bei meiner Rückkehr aus der Schule an jenem Tag war das Chaos ausgebrochen. Im Hof rannten Männer mit Elektrosägen herum und fällten die Bäume. Sie schrien so laut, daß sie den ständigen Lärm der Sägen übertönten. Dann traten sie zurück und beobachteten, wie die Bäume mit der Wucht eines kleinen Erdbebens fielen. In einem Anfall von Wut und Enttäuschung, der so überwältigend war, daß er sein Gemüt zu Asche verbrannte, hatte Teymur der Abtrünnige befohlen, seinen Garten zu zerstören.

Tagelang stürzten die Bäume. Die Polizei kam und drohte Teymur mit einer Strafe wegen Ruhestörung. Sie ging mit Schmiergeldern davon. Beamte aus dem Innenministerium sprachen vor, um Teymur vor den Konsequenzen zu warnen, wenn er nicht aufhöre, seine Bäume zu fällen. Wegen des gravierenden Smog-Problems in Teheran hatte der Schah das Fällen von Bäumen unter schwere Strafe gestellt. Sie gingen, als Teymur ihnen Posten in seinen Firmen anbot.

Beim Anblick der gefällten Bäume weinte Maschti. Es waren alte Bäume gewesen, viel älter als das Haus. Jedesmal, wenn einer zu Boden stürzte, zersprang ein Fenster, und Risse bildeten sich quer durch den Marmorboden.

Maschtis Frau, die das Haus nicht mehr betreten hatte, seit Fräulein Claude sie des Diebstahls beschuldigt hatte, stand am Hauptportal und warnte alle, daß die Erschütterung des Bodens die Toten störe, die bereits in ihm beerdigt lagen.

In ihrem Schlafzimmer im Obergeschoß schmückte sich Fräulein Claude mit einem roten Samtkleid und ihren besten hochhackigen Sandalen. Sie feierte ihren Triumph über das

Mädchen, das aus der Nacht gekommen war und wieder in die Nacht verschwunden war wie eine Diebin.

Teymur nahm weder Fräulein Claude noch sonst einen Menschen wahr. Er stand auf dem Absatz vor dem Eingang, genau an der Stelle, wo er Roxanna zum ersten Mal gesehen hatte. An jenem Tag, als sein Blick auf sie fiel, hatte er gedacht, daß sie nicht wirklich sei, daß sie jung sterben oder ewig leben würde – wie ein Engel.

In der Schule starrten mich die Lehrer an und unterhielten sich flüsternd über meine Mutter. Der Pförtner murmelte Gebete, wenn ich an ihm vorbeiging, um sich zu schützen. Auch die Lehrer hielt er dazu an zu beten, um das Unheil abzuwehren, das mit Sicherheit von mir ausginge. Die Kinder erzählten mir, was ihre Mütter zu Hause sagten. Daß Roxanna nämlich gar nicht durchgebrannt sei, sondern von ihrem Mann oder ihrer Familie eingesperrt werde, in einem dunklen Keller oder hinter einer schweren Tür dahinsieche, nach Hilfe rufe und verhungere. Selbst die Schulleiterin konnte ihrer Neugier nicht widerstehen.

Sie rief mich in ihr Büro, als gebe es etwas Schulisches zu besprechen, und fragte mich, warum Teymur seinen Garten zerstöre.

»Wegen der Diebe«, gab ich meine eigene Erklärung zum besten. Ich saß mit im Schoß gefalteten Händen da, meine Füße reichten nicht ganz bis zum Fußboden. Ich fühlte mich hohl, wie meine Worte, nur vom Atem zusammengehalten.

»Mein Großvater glaubt, daß die Diebe sich auf diese Weise tagsüber nicht im Garten verstecken und in unser Haus eindringen können, wenn wir schlafen.«

Die Schulleiterin schritt durch das Zimmer, die Hände auf dem Rücken ineinander verschlungen. Sie war eine attraktive Frau Mitte Sechzig, eine entfernte Cousine eines gestürzten Prinzen, und sie klammerte sich nach Kräften an diese Ehre.

Die Geschichte von Teymur dem Abtrünnigen hatte sie mit besonderem Eifer verfolgt.

»Was sagt dein Großvater zu deiner durchgebrannten Mutter?« Sie lächelte mich durch die Lagen von Puder und Rouge in ihrem Gesicht an.

Die Hände zitterten mir im Schoß.

»Er sagt gar nichts über sie.«

Ich kämpfte mit den Tränen, kämpfte gegen den Drang an, das Gesicht in meine Hände zu legen und zu schluchzen.

»Aber ich weiß, daß sie wieder zurückkommt.«

Die Schulleiterin stolzierte mit großen Schritten durchs Zimmer. Sie war von einer französischen Gouvernante erzogen worden, die ihr die feinen Manieren europäischer Frauen beigebracht hatte. Sie war der Meinung gewesen, daß Frauen wie Tänzerinnen gehen sollten, mit gestreckten Beinen, so daß sie den Boden zuerst mit den Zehen und dann mit der Ferse berührten.

»Das tut sie bestimmt«, sagte sie ohne Überzeugung. »Die meisten Mütter würden wiederkommen.«

Die Gouvernante hatte ihr auch beigebracht, freimütig zu reden.

»Aber weißt du, ich habe gehört, daß deine Mutter tot ist.« Sie tänzelte durch das Zimmer.

»Ich habe gehört, sie habe sich aus einem Fenster gestürzt und dein Vater habe sie im Hof begraben. Deshalb sei der ganze Beton in den Hof gekippt worden, damit niemand den Körper findet.«

Wieder kam Miriam der Mond zu uns, diesmal in Begleitung von Rochelle und ihrem kleinwüchsigen, zigarrenrauchenden Mann. Sie verlangte, mich zu sehen. Vier Monate waren seit Roxannas Flucht vergangen. Niemand in unserem Haus erwähnte noch ihren Namen.

»Ihr habt die Suche vielleicht aufgegeben«, stritt Miriam

mit Fräulein Claude, »aber ich habe sie noch lange nicht aufgegeben. Ein Mensch verschwindet nicht einfach von der Erde wie ein Wassertropfen. Entweder habt ihr sie getötet, oder sie ist weggelaufen. Wenn sie tot ist, will ich den Körper sehen. Wenn sie weggelaufen ist, werde ich sie finden und zurückholen.«

Ich stand in meiner blauweißen Schuluniform im Zimmer meiner Mutter vor ihrem Schminktisch. Hier kämmte ich mir jeden Morgen mein Haar und eilte des Nachmittags wieder hin, sobald ich aus der Schule nach Hause gekommen war. Jeden Abend und jedes Wochenende verbrachte ich in diesem Zimmer. Ich stellte mich vor ihren Spiegel, genau an die Stelle, wo ich sie vorgefunden hatte, als Maschti die Türen des Hauses ausgehängt hatte und sie sich mir zuwandte und meinte, nun würde ich sie immer sehen können. Ich suchte sie in diesem Zimmer und sah nur mein eigenes Spiegelbild, das blasse Gesicht mit den verschreckten Augen, die knochigen Beine in den Söckchen, die bis zu den Knien hochgezogen waren. Ich war einsam, verängstigt und hilflos. Ich hatte gewußt, daß Roxanna weggehen würde. Ich hatte mir so sehr gewünscht, sie aufzuhalten, und hatte es doch nicht geschafft. Sie hatte mich nicht gehört, als ich sie rief. Sie hatte mich noch nicht einmal gesehen, als sie sich umschaute und mich ansah.

Ich war für den Menschen, den ich am meisten liebte, unsichtbar gewesen.

»Mach doch, was du willst«, schrie Fräulein Claude Miriam in der Eingangshalle an. »Begrab sie, oder nenne deine Enkel nach ihr. Mir ist das völlig schnuppe, solange ich sie und euch alle nie wiedersehe!«

Fräulein Claude war noch nicht fertig, da schob sich Miriam an ihr vorbei und erzwang sich den Weg ins Haus.

»Ich muß mit Lili sprechen«, sagte sie, zu Rochelle und ihrem Mann gewandt.

Ich wußte nicht, ob ich zu ihr laufen oder mich verstecken sollte. Und dann war sie da, im Spiegel meiner Mutter legte sich ihr Bild auf meines. Sie trug eine dicke Brille, kein Makeup und eine Herrenarmbanduhr.

Sie legte mir die Hand auf die Schulter und drehte mich zu sich.

»Es ist alles in Ordnung«, flüsterte sie. Der Klang ihrer Stimme und das Bewußtsein, daß sie der einzige Mensch war, der noch nach Roxanna suchte, brachten mich zum Weinen.

Sie hätte mich am liebsten in den Arm genommen, aber da sie nie diese Art Zuneigung empfangen hatte, wußte sie nicht, wie sie sie ausdrücken sollte. Also tätschelte sie mir den Rücken und schob mir das Haar aus dem Gesicht. Es hatte dieselbe Farbe wie Roxannas.

»Jakob der Wackelpudding schwört, er sieht deine Mutter«, sagte sie. »Wenn sie zu ihm kommt, dann muß sie auch zu dir kommen.«

Ich schüttelte den Kopf, tränenerstickt. Ich hatte wieder einmal versagt. Roxanna war nicht zu mir gekommen.

Miriam ließ meine Schulter los und schob ihr Tuch zurecht. Sie sah Roxannas Make-up auf dem Schminktisch an, blickte sich um, als wolle sie die Gegenwart ihrer Schwester inmitten ihrer Habe spüren. Da stand ihr Bett, da waren ihre Kleider, ihre Hausschuhe warteten ordentlich nebeneinander am Stuhl. Da stand das Tränenfläschchen, das Miriam ihr gegeben hatte.

»Sei auf jeden Fall wachsam«, tief Luft holend, zwang sie sich, ihre Rührung zu überwinden. »Halte nach ihr Ausschau. Wo du auch bist, egal, was dir die Leute erzählen, sei sicher, daß Roxanna wieder zurückkommt. Es liegt bei mir und dir, sie zu finden.«

Noch Jahre nach Miriams Besuch lag ich wach und lauschte in der Dunkelheit, ob meine Mutter an eine geschlossene Tür klopfte. Ich musterte Menschenmengen und folgte fremden Frauen auf der Straße, weil sie eine und sei es auch noch so geringe Ähnlichkeit mit Roxanna hatten. Ich durchsuchte zementierte Höfe und Straßen, von der Vorstellung getrieben, meine Mutter sei unter dem Zement gefangen und würde bei lebendigem Leibe verwesen. In der Schule überkamen mich Schweiß- und Panikausbrüche, weil ich plötzlich überzeugt war, daß Roxanna auf der Suche nach mir das Haus betreten habe, als ich es verließ. Ich war mir sicher, daß sie mich rief, daß sie wieder weg sein würde, bevor ich nach Hause kam. Zu Hause setzte ich mich in die Küche neben Jakob den Wackelpudding, der noch immer behauptete, er sehe Roxanna vor seinem Fenster, und wartete auf sie. Ich blieb vor jedem Spiegel und jeder Glasscheibe stehen, drehte mich um und betete, daß Roxanna mich daraus ansehen möge. Aber sie war natürlich nicht da. Sie hatte mir gesagt, daß sie nicht zurückkäme, so wie sie mir vorher versichert hatte, daß sie weglaufen würde. Sie war nicht da, und sie würde auch nie da sein, und doch hielt ich nach ihr Ausschau, von Haus zu Haus und Jahr zu Jahr. Ich wartete auf das Fenster, das sich eines Nachts öffnen würde, wenn meine Hoffnung stärker als die Realität war und mir meine Mutter zurückgeben würde.

Im Stern des Ostens gingen die Männer mit dem Messer ins Bett, jederzeit bereit, eine Messerstecherei anzufangen oder eine ungehorsame Hure aufzuschlitzen. Es waren schlechtbezahlte Soldaten und Fernfahrer; Bauern, die zum ersten Mal in ihrem Leben in der Stadt waren; Schmuggler von iranischem Haschisch und amerikanischem Whisky; Kurden, die durch ihre lange Geschichte von niedergeschlagenen Rebellionen verbittert waren. Die meisten litten an Gonorrhöe oder Syphilis. Viele zeugten Kinder, die im Bordell großgezogen wurden und bevor sie zwölf waren, gleichgültig ob Junge oder Mädchen, in den Dienst des Besitzers gestellt wurden.

Der Besitzer war ein aserbaidschanischer Türke, der eine Kette von zwanzig Bordellen an der iranischen und russischen Grenze zur Türkei unterhielt. Er kam einmal im Monat und holte seine Einnahmen bei der Puffmutter ab, der Frau mit den Goldzähnen, die selbst eine Hure war und strenger mit ihren Angestellten umging als jeder Zuhälter. Jungen und Mädchen, die sich weigerten, mit einem Kunden zu schlafen, wurden auf ihren Befehl ausgepeitscht; die Huren ließ sie hungern, damit sie kuschten und ihren Befehlen gehorchten. Den Männern gestattete sie, ihr Mütchen mit dem Messer zu kühlen, wenn sie mit einer Hure nicht zufrieden waren. Sie mußte dann ihr eigenes Blut aufwischen. Roxanna informierte sie über die Regeln des Hauses mit den Worten: »Du bleibst so lange hier, wie es mir paßt.« Ihr Atem war gelb und kalt wie das Metall in ihrem Mund. »Wenn du wegzulaufen versuchst oder einem Kunden nicht gehorchst, zerschneiden meine Jungs dir das Gesicht. Wenn du krank wirst, gehst du zugrunde.« Die Bedingungen waren nicht besser und nicht schlechter als in jedem Bordell im Umkreis von hundert Kilometern. Roxanna erkannte das Haus aus ihren eigenen Alpträumen wieder, aus den Geschichten, die Schuscha über durchgebrannte Mädchen erzählt hatte und wo sie lebten und wie sie starben. Ihr fiel eine Tante ein, die weggelaufen und von der Syphilis erblindet war, und eine andere, die von einem verschmähten Freier in einem See ertränkt worden war. Roxanna hatte keinen Grund anzunehmen, daß ihr eigenes Schicksal besser sein würde.

Und doch war es nicht die Angst, die sie an jenem Tag erzittern ließ, als sie sah, was sie erwartete, sondern die Erkenntnis, wie schnell und mühelos sich die Prophezeiung ihrer Großmutter erfüllt hatte. Wie frei sie nun sein würde, da ihre Handlungen niemandem außer ihr selbst mehr schadeten.

Man wies ihr eine Kabine mit einem Bett und Bettwäsche zum Wechseln zu. Sie würde Freier empfangen müssen, wenn die Puffmutter es ihr befahl. Die übrige Zeit half sie den anderen Frauen beim Kochen, Waschen und den sonstigen Hausarbeiten. Ihr erster Freier war ein junger Mann aus Van, der weniger als eine Minute brauchte, ihr die Hände küßte und versicherte, er liebe sie. Der zweite prügelte sie, bis sie sich im Bett übergab. Danach hörte sie auf zu zählen.

Sie würde davonlaufen, das wußte sie. Sie mußte nur warten, bis sich eine Gelegenheit bot.

Klein-Noori, der Steuereintreiber, kam seit drei Jahrzehnten zweimal im Jahr zu Teymur. Er erschien am Frühlingsanfang, dem persischen Neujahr, wenn es üblich war, sich zu beschenken, und am ersten Weihnachtstag, wenn die gesamte »zivilisierte Welt«, wie er es ausdrückte, in großzügiger Stimmung war. 1972 kam er ein drittes Mal, im Juli, als die Hitze die Verrückten auf die Straße trieb und das Meer tagtäglich Dutzende von Opfern forderte. Seine Frau wollte ihn verlassen. Seit zwanzig Jahren wartete sie darauf, daß er ihr eine Wohnung kaufte. Sie war des Wartens müde. Klein-Noori brauchte Bargeld, um eine Wohnung anzuzahlen, sonst war seine Ehe dem Untergang geweiht. Er hatte sich die Liste seiner »Kunden« angesehen und sich für Teymur entschieden. Teymur war nicht nur reich, sondern angesichts der Gerüchte über Roxannas Verschwinden, rechnete sich Klein-Noori aus, würde Teymur eine dünne Haut haben und sich nicht mit ihm herumstreiten wollen.

Klein-Noori war kurz und kahl. Sein Kopf hatte die Form einer Honigmelone, sein rechtes Bein war kürzer als das linke und nach innen gedreht, so daß er deutlich hinkte. Er hatte sein ganzes Leben gehinkt, schämte sich aber, seinen körperlichen Mangel zuzugeben. Bis vor drei Jahren hatte er sein Gebrechen auf seinen schlechten Kreislauf geschoben, der die Folge eines hinter dem Schreibtisch verbrachten Lebens ohne ausreichende Bewegung sei. Dann hatten ihn Fräulein Claudes Hunde gebissen und ein Stück aus seinem rechten Oberschenkel gerissen, als er den gefährlichen Weg durch den Hof zurücklegte. Nun konnte er eine neue Geschichte erzählen.

»Das Hinken ist die Folge eines Unglücks bei meiner Pflichterfüllung«, berichtete er allen seinen sogenannten Kunden, »das mir auf dem Anwesen Seiner Exzellenz Teymur Khan zustieß. Ein wirklich prächtiger Besitz, auch wenn er von Unheil verfolgt ist. Es würde mir das Herz brechen, wenn er von der Regierung Seiner Majestät wegen nichtbezahlter Steuern konfisziert würde.«

In einem Land, wo das Budget der Regierung nicht von den

Steuereinnahmen bestimmt wurde, sondern davon, wieviel noch übrig war, wenn sich der Schah und seine Verwandten bedient hatten; in einem Land, wo sich die Regierungsbeamten nur von Schmiergeldern am Leben erhielten, machte Klein-Noori wie Abertausende andere Beamte seine Runde, nicht zum Zweck der Steuereintreibung, sondern um Bestechungsgelder zu kassieren.

An jenem Tag tauchte er gegen Mittag unangemeldet mit einer grünen Aktentasche unter dem Arm auf. Sein Anzug war zerknittert und hatte große Fettflecken an den Hosenbeinen, wo er sich zur Anregung seines Kreislaufes mit Schafsfett eingerieben hatte. Wie immer wartete er nicht auf eine Einladung oder Begrüßung, sondern marschierte geradewegs durch die Eingangshalle in Teymurs Salon. In den Tagen vor den Geisterräubern hatte er von Effat ein Glas Oxymel-Brause mit Eis verlangt. Nun setzte er sich mit ausgetrocknetem Mund in einen Sessel und hoffte, daß Fräulein Claude ihm wenigstens ein Glas Wasser anbieten würde.

Das tat sie nicht.

Klein-Noori seufzte und öffnete seine grüne Aktentasche. Er nahm einen Stapel Hauptbücher heraus, ein kleines Notizbuch, Kurzmitteilungen verschiedener Regierungsstellen, handschriftliche Notizen, die er sich über Teymurs Geschäfte gemacht hatte. Den beiden Hunden, die Fräulein Claude neu angeschafft hatte, war er mit knapper Not entkommen. Er versuchte, sie zu ignorieren, während sie ihn hinter der Scheibe anbellten und auf ihn zusprangen, ihre Körper gegen das Glas warfen und es mit den Klauen zerkratzten. Er verwünschte sie halblaut und wiederholte die drei Jahre alte Litanei von seiner Beinverletzung.

Eine Stunde verging. Klein-Noori ging zur Tür und rief, aber niemand antwortete. Er kam in den Flur und sah mich oben sitzen, meine Beine baumelten durch die Lücken des Geländers. Ich blickte auf ihn hinab.

»Ruf deinen Opa«, sagte er, aber ich rührte mich nicht. Teymur war in seinem Zimmer. Er hatte sich hingelegt, schlief aber nicht. Ich wußte, daß ich ihn nicht wegen Klein-Noori stören durfte.

Um drei Uhr saß Klein-Noori noch immer im Jackett vor seinen Hauptbüchern. Das Zimmer war zu einem Ofen geworden, da die Fenster wegen der Hunde geschlossen waren und die Sonne auf die Scheiben prallte. Wütend zog Klein-Noori ein Magazin aus seiner Aktentasche und blätterte die Bilder nackter Frauen mit riesigen Brüsten und tätowierten Hintern durch, die ihn schmollend ansahen. Es war eine alte Ausgabe des *Hustler*, die er einmal im Monat von einem Kunden erhielt, der sie abonniert hatte. Bleich und mit einem schiefen Lächeln saß er mit dem Gesichtsausdruck eines Schafes da, so in sein Vergnügen versunken, daß er Teymur erst hörte, als es zu spät war.

»Sie kommen sechs Monate zu früh«, Teymur stand wie ein Riese vor ihm. Klein-Noori wollte die Zeitschrift wegstecken, auf die Füße springen, um Teymur die Hand zu geben, erkannte aber die Vergeblichkeit seines Versuches und setzte sich sogleich wieder hin. Er zog seinen Stuhl näher an den Tisch, um seine Erektion zu verstecken, und beklagte sich über Fräulein Claudes mangelnde Gastfreundschaft.

»Ich warte seit drei Stunden hier, und niemand hat mir auch nur ein Glas Wasser gebracht.«

Teymur blieb gleichgültig. Kopfschüttelnd bemerkte Klein-Noori, daß die Reichen von allen Menschen auf der Welt am wenigsten Mitleid zeigten und das Unglück, das sie heimsuchte, voll verdienten. Dann öffnete er sein Notizbuch auf einer Seite, die er sich markiert hatte, und ging seine Notizen durch. Er fing damit an, wie groß Teymurs Steuerrückstand war, was an Zinsen und Hinterziehungsstrafen dazukam, welche Gerichtskosten entstanden waren und wie bedauerlich es war, daß man in einem Land mit so viel Öl und anderen Ressourcen überhaupt Steuern zahlen mußte, aber es war nun einmal Gesetz, und Klein-Noori war nur ein Regierungsangestellter mit einem festen Gehalt ohne Zulagen, der vier Kinder zu ernähren hatte ...

»Wieviel brauchen Sie?« unterbrach ihn Teymur.

Klein-Noori sah aus wie jemand, der Diamanten kaufen wollte und dem man einen Sack verfaulter Tomaten angeboten hatte.

»Ich bitte um Entschuldigung.« Er lächelte vorwurfsvoll. »Es geht hier nicht um *meine* Bedürfnisse.«

In der Vergangenheit hatte es immer geklappt. Es war wie ein tausendmal geprobter Tanz. Nur daß Teymur diesmal nicht mitmachte. Er griff in die Jackettasche und entnahm ihr ein Bündel Banknoten.

»Das ist für Sie.« Er warf das Geld auf den Tisch vor Klein-Noori. »Kommen Sie im Dezember wieder.«

Die Honigmelone wurde rot wie eine Tomate. Klein-Noori sah das Geld, und ohne sich die Mühe zu machen, es zu zählen, schob er seine Papiere wieder in die Tasche. Er konnte sehen, daß Teymur in schlechter Stimmung war. Doch seine eigene Ehe würde wegen einer Wohnung von dreihundert Quadratmetern zerbrechen, die er sich nicht leisten konnte, sosehr er auch wollte. Und deshalb ließ er sich nicht um sein Schmiergeld betrügen, noch dazu von einem Mann, der in einem Palast lebte.

Er ließ die Aktentasche zuschnappen.

»Ich brauche fünfhunderttausend Rial«, stieß er hervor. »Sie haben bis morgen Zeit.«

In diesem Augenblick entschied Teymur, daß er lieber seine Steuern bezahlen wollte, als sich Klein-Nooris Drohungen anzuhören.

Er ließ vier Buchhalter aus seinem Büro in der Ferdowsi-Allee kommen, junge Männer, die in Amerika ausgebildet waren und sich einen Namen in der iranischen Geschäftswelt machen wollten. Als Teymur ihnen sagte, er habe seit dreißig Jahren keine Steuern bezahlt, lächelten sie verständnisvoll. Als er hinzufügte, er habe vor, sie jetzt zu bezahlen, weil er es leid sei, von kleinen Beamten mit grünen Aktentaschen und Pornoheften besucht zu werden, schüttelten die Buchhalter den Kopf und rieben sich das Kinn, als sei Teymur verrückt geworden.

Er führte sie ins Tiefparterre seines Bürogebäudes, in einen staubigen, luftlosen Raum ohne Fenster, in dem Papiere der letzten zwanzig Jahre ohne System abgelegt worden waren.

»Das sind die Unterlagen«, sagte er. Die Buchhalter hatten das Gefühl, in ihr eigenes Grab zu blicken. »Gehen Sie sie durch, und sehen Sie zu, daß sie am Ende eine Summe herauskriegen, die einer Überprüfung durch die Regierung standhält.«

Einer der Buchhalter wagte eine Erwiderung.

»Ihre Exzellenz sind sich darüber im klaren, daß Sie durchaus Ihre Steuern abführen können und dennoch nicht von Menschen befreit sein werden, die Sie um Schmiergelder angehen.« Er trug weiße Schuhe und weiße Leinenhosen, die bereits vom Staub des Raumes beschmutzt waren. »Ihre Erfahrung dürfte Ihnen sagen, daß das System auch mit Ehrlichkeit nicht funktioniert.«

Teymur reagierte nicht. Der Buchhalter erkühnte sich zu einer weiteren Bemerkung.

»Außerdem wird es niemand mögen, wenn Sie freiwillig nach all den Jahren ihre Steuern bezahlen wollen. Man wird Ihnen Fragen stellen. Wieso hat Sie der Steuerinspektor nie erwischt? Wie reich sind Sie tatsächlich, um freiwillig eine solche Summe herauszurücken? Seine Majestät begegnet jedem, der gegen das System arbeitet, mit Mißtrauen. Sie handeln sich nur Ärger ein.«

Teymurs Antwort erschreckte den Mann.

»Ärger«, meinte er, »ist genau das, was ich will.«

Sohrab der Sünder sagte mir, ich müsse gehen. Das war im Mai 1972, fünf Monate nach Roxannas Verschwinden. Ich saß mit Sohrab und Fräulein Claude auf der Terrasse des Eßzimmers im zweiten Stock beim Abendessen. Unter uns weinte Maschti beim Wässern des Zementbodens, wo er einst seinen geliebten Garten gepflegt hatte. Ohne Bäume und Sträucher war der Hof den ganzen Winter mit Schnee und Eis bedeckt gewesen. Im Sommer war er zu einem staubigen Glutofen geworden. Jeden Abend befeuchtete ihn Maschti mit dem Gartenschlauch. Ganze Dampfwolken stiegen auf, bis Maschti kaum mehr zu sehen war. Wenn er fertig war, rollte er den Schlauch auf, wickelte seine Hosenbeine wieder herunter und verfluchte die Nacht, in der Roxanna zum ersten Mal in seinem Auto gesessen hatte.

Sohrab aß die gerösteten Auberginen mit Tomaten und Knoblauch, die seine Mutter für ihn zubereitet hatte. Fräulein Claude hatte den Tisch für drei gedeckt. Teymur kam nicht mehr zum Abendessen. Sie saß Sohrab genau gegenüber, auf einem Stuhl mit hoher Lehne, der sie noch kleiner erscheinen ließ. Sie beobachtete, wie Sohrab mein Schweigen brechen wollte. Er stellte mir Fragen zur Schule, die ich knapp und leise beantwortete. Selten hob ich den Blick, um meinen Vater anzusehen. Ich sei während der vergangenen Monate gewachsen, bemerkte Fräulein Claude. Ich hatte die gelben Augen meines Vaters, seinen feierlichen Blick, sogar seine Art des Sprechens.

Das war ein weiterer Grund, warum mich Fräulein Claude verachtete. Sie konnte sich noch so anstrengen, es war einfach unmöglich, so zu tun, als sei ich nicht Sohrabs Kind.

Sie wollte mich aus dem Haus haben – aus dem Land und aus den Augen. Ohne mich und Roxanna glaubte Fräulein Claude ein neues Leben beginnen zu können.

Sohrab redete sie ein, ich brauchte richtige Aufsicht, es sei zu meinem Besten, wenn ich das Haus verließe, in dem meine Mutter verschwunden sei, die Schule verließe, wo meine Freunde und Lehrer nicht aufhören würden, von Roxanna zu reden. Sie behauptete, er schulde mir einen Neuanfang. Nur wenn er mich wegschickte, würde er mich von Roxannas Vermächtnis befreien.

»Schick sie nach Amerika«, drängte sie. »Es ist ein so junges und großes Land, niemand aus diesem Leben wird sie dort finden. Schick sie hinüber, solange sie noch jung ist und sich leicht anpassen kann.«

Es war nicht schwierig gewesen, ihn zu überzeugen. In einem Land, wo eine allgemeine Schulbildung noch immer eher ein Ideal als die Realität war, war es nicht ungewöhnlich, daß reiche Eltern ihre Kinder zum Studium ins Ausland schickten. Die meisten wurden als Teenager in europäische Internate gesteckt, wo sie die Sprachen und Manieren der »zivilisierten« Welt lernten. Von dort war der Zugang zu einer Hochschule bei weitem nicht so schwierig wie im Iran. Doch Fräulein Claude wollte nicht warten, bis ich so alt war. Und Europa war ihr zu nah. Deshalb war ihre Wahl auf Amerika gefallen, das Land, das Morad getötet hatte, und deshalb mußte ich sofort gehen.

»Schick sie gleich im ersten Schuljahr nach Amerika. Laß sie lieber auf englisch Lesen und Schreiben lernen statt auf farsi. Es wird für sie und für dich leichter sein.«

Im März hatte Sohrab den Arzt angerufen, der Morads Krebsoperation durchgeführt hatte. Mit seiner Hilfe hatte mich Sohrab in einem katholischen Internat in Kalifornien in der Nähe von Pasadena angemeldet. Sohrab war noch nie in seinem Leben in Pasadena gewesen und hatte auch keinerlei Absichten, es sich anzusehen, bevor er mich dorthin schickte. Er wußte nur, daß es eine ruhige Kleinstadt weit weg vom Iran war. Er wartete bis zum Mai, um es mir zu sagen.

»Ich habe beschlossen, dich ins Internat zu schicken«, sagte er ohne jede Vorwarnung. Fräulein Claude hatte den Salat abgeräumt und wollte gerade ihr Brathuhn mit Safran und Kartoffeln servieren. Selbst sie war über die abrupte Ankündigung schockiert.

»Ich habe dich für den kommenden September angemeldet. Du wirst Ende August abreisen.«

Ich starrte Sohrab unverwandt mit glasigen Augen an, meine Gabel in der Luft.

»Deine Schule wird von katholischen Nonnen geleitet«, fuhr er fort und stählte sich gegen meinen stechenden Blick. Schweißperlen standen ihm auf Stirn und Oberlippe. »Ich habe sie ausgewählt, weil sie konservativ sind wie wir und ihre

Werte den unseren ähnlich sind. Ich habe ihnen gesagt, du seist katholisch, sonst hätten sie dich nicht genommen, aber nicht religiös erzogen. Sie haben zugesagt, dir alles von Anfang an beizubringen.«

Ich hätte es wissen müssen, dachte ich. Ich hätte zumindest ahnen können, was da auf mich zukam. Fräulein Claude hatte nie ein Geheimnis daraus gemacht, daß sie mich loswerden wollte. Aber immer wenn ich sie hörte, besonders nachdem Roxanna weggelaufen war, hatte ich gedacht, daß Sohrab nie zustimmen würde.

»Ich dachte, du möchtest dich vielleicht von deinen Freundinnen verabschieden, bevor das Schuljahr zu Ende geht.« Er sprach nun schleppend unter der Glut meines Blickes. »Ich weiß, daß es jetzt schwer für dich ist. Aber ich denke, es ist das beste für dich. Du wirst glücklicher sein, wenn du weit weg von diesem Haus aufwächst.«

Ich weinte und flehte ihn an, seine Meinung zu ändern. Sohrab streckte die Hand nach mir aus. Er hätte mich vielleicht in den Arm genommen. Er hätte vielleicht sogar mit mir geweint – ich weiß es nicht. Ich konnte nur daran denken, daß Roxanna wiederkommen würde, aus derselben Nacht, die sie verschlungen hatte, und daß ich weit weg sein würde in Amerika, wo sie mich nicht finden konnte.

Roxanna blieb acht Monate im Stern des Ostens. Sie schlief mit hunderten Männern, lebte von Resten und trank Rosinenarrak vermischt mit destilliertem Alkohol. Sie badete im See, der, kalt und scharf, eine Salzschicht auf ihrer Haut zurückließ. Sie wusch ihre Kleidung im selben Becken mit schmutzigem Wasser wie die anderen Frauen des Hauses. Sie erkrankte an Malaria und Typhus und überlebte nur, weil die Puffmutter wußte, daß sie bei den Männern beliebt war. Sie wurde mager, gelb und schmutzig. Ihre Haut vertrocknete vom Fieber und dem Schweiß fremder Männer. Ihre

Zähne bekamen Löcher von der schlechten Ernährung. Ihr Gesicht wurde faltig von der Anstrengung, der ständigen, alles verzehrenden Anstrengung, nicht daran zu denken, was sie aufgegeben hatte.

Sie mußte entkommen, das wußte sie, aber dazu brauchte sie Geld und einen Helfer. Ohne Hilfe würde sie in Minutenschnelle auf der weiten Ebene zwischen dem See und dem Felsen entdeckt werden. Die korrupte türkische Polizei würde sie verhaften und ins Bordell zurückbringen, wo man sie vor den Augen der anderen Mädchen umbringen würde, nur um ein Exempel zu statuieren.

Jede Woche brachte ihr erster Kunde sein gespartes Geld, um ein paar Minuten mit Roxanna verbringen zu können. Sie war die einzige Hure, mit der er schlafen wollte. Sie war nicht grausam zu ihm, und er war überzeugt, daß er sie liebte. Sie sprach zwar kaum mit ihm, sein Körper schien ihr widerwärtig zu sein. Immer schaute sie weg, wenn er ihr ewige Liebe schwor. Er sei bereit zu warten, sagte er, solange sie ihn nicht abweise. Vielleicht würde sie ja irgendwann Gefühle für ihn entwickeln.

Im Juli erkrankte sie wieder an Malaria und verbrachte zwei Wochen im Fieberwahn. Als sie wieder zu sich kam, erkannte sie, daß sie umkommen würde, wenn sie nicht floh. Als der Junge das nächste Mal kam, sprach sie mit ihm.

»Ich möchte mit dir fortgehen«, log sie ihn an. »Hilf mir bei der Flucht, und ich werde für immer und ewig dir allein gehören.«

Seine Augen erstrahlten vor Freude. Dann bekam er es mit der Angst zu tun.

»Aber wenn sie uns fangen, töten sie dich, und mir schneiden sie die Hoden ab und legen sie mir in die Hände. Das machen sie mit allen, die einer von euch bei der Flucht helfen.«

Als er das nächste Mal wiederkam, fragte sie ihn noch einmal. Sie sagte ihm, er müsse ihr helfen, sonst würde sie sterben. Sie versprach ihm, dem Besitzer nicht zu verraten, wer ihr geholfen habe, falls sie erwischt würde. Woche um Woche arbeitete sie gegen seine Angst an und weckte falsche Hoffnungen in ihm. Schließlich stahl er seinem Vater Geld, kaufte zwei Busfahrkarten nach Ankara, Kleider für Roxanna und ein neues Paar Schuhe für sich selbst. Eines frühen Morgens im August entwendete er das Auto seines Vaters und wartete auf Roxanna am See.

Sie stand um fünf Uhr auf. Die Puffmutter war gerade zu Bett gegangen. Die anderen Frauen waren noch in ihren Zimmern. Roxanna schlüpfte leise durch die Tür und fand den Jungen an der verabredeten Stelle.

Sie fuhren zum Busbahnhof. Dort ließen sie das Auto stehen. Es würde für die Polizei ein leichtes sein, hatte der Junge überlegt, sie in dem Wagen zu erwischen. Wenn seine Eltern den Diebstahl gemeldet hätten, würden die Nummernschilder sie sofort verraten.

Dem Busfahrer sagten sie, sie seien Mann und Frau und wollten ihre Familie in Ankara besuchen. Den ganzen Weg von Van nach Ersurum hielt der Junge Roxannas Hand und lächelte sie hingebungsvoll an. In Ersurum hielt der Bus vor einer Raststätte, wo die Fahrgäste essen und sich die Beine vertreten konnten. Der Junge ging zum Toilettenhäuschen. Bei seiner Rückkehr war Roxanna verschwunden.

Das Geld, die Busfahrscheine und die Kleider hatte sie mitgenommen. Sie versteckte sich nicht weit entfernt, ein Stück die Straße hinunter, hinter einigen Felsbrocken, die im Winter von einer Lawine ins Tal gerissen worden waren. Doch der Junge hatte Angst, nach ihr zu suchen. Er wollte nicht verhaftet werden, weil er einer Hure zur Flucht verholfen hatte. So wartete er in der Raststätte. Der Bus fuhr ohne ihn ab, der nächste wurde erst drei Tage später erwartet, aber er rührte sich nicht von der Stelle. Er war sicher, Roxanna würde zurückkommen, wenn sie könnte. Er machte sich Sorgen, daß sie in der kurzen Weile, die er sie allein gelassen hatte, von der Polizei geschnappt und entführt worden sein könnte. Zu guter Letzt hatte der Besitzer der Raststätte Mitleid mit ihm und öffnete ihm die Augen, daß sie ihn nur ausgenutzt hatte.

Er stieg in einen Bus zurück nach Van und sagte dem Fahrer, er würde das Fahrgeld zu Hause bezahlen, wenn er seinen Vater um Verzeihung gebeten habe.

Ersurus war kalt, primitiv, kaum besiedelt. Auf ihrer Fahrt nach Trapezunt sah Roxanna aus dem Fenster auf die großen Weiten baumloser Ebenen und kahler, felsiger Berge. Die Erde hatte Risse von den extremen Temperaturunterschieden. Die Straße war wegen der Banditen und Rebellen, die Autos und Busse anhielten und die Reisenden ausraubten oder ermordeten, kaum befahren.

Trapezunt am Schwarzen Meer war eine moderne Stadt mit regem Verkehr und vielen Fußgängern, heruntergekommenen Häusern und armseligen Läden. Es hatte einen Hafen und einen riesigen russischen Basar. Dort stieg eine Alte mit zahlreichem Gepäck ein. Von ihr erfuhr Roxanna, die Stadt sei voll elender Bordelle und russischer Huren. Während sie eine türkische Zigarette nach der anderen rauchte, erzählte sie Roxanna, Trapezunt habe einst im Land der Amazonen gelegen, der antiken Kriegerinnen. Dann wollte sie Roxannas Reiseziel wissen.

»Istanbul«, erwiderte Roxanna und schaute aus dem Fenster.

»Das ist weit.« Die Frau hustete und machte sich wieder mit ihrem Gepäck zu schaffen, das sie um den Sitz herum aufgebaut hatte.

Roxanna gab keine Antwort. Alexandra die Katze hatte ihr einst erzählt, Istanbul sei eine Stadt zwischen zwei Meeren, der am weitesten westlich gelegene Punkt Asiens, die Brücke zum europäischen Kontinent.

Weite Strecken der Schwarzmeerküste zwischen Trapezunt und Istanbul waren mit dichtbewaldeten Bergen gesäumt, in denen vereinzelt Bauerndörfer lagen. Auf Tabakfelder und Obstgärten mit Kirschbäumen, auf weiße Strände entlang einer saphirblauen See folgten die Haselnußplantagen von Giresun, der Hafen von Samsun und das Städtchen Sinop, wo die Briten und die Franzosen zu Beginn des Krimkrieges gegen die Russen gekämpft hatten. Viele Kilometer leere Straße, schwarzer Asphalt vor dem blauen Meer. Und dann, viele, viele Tage später, Istanbul.

Am Stadtrand die Slums und Barackenstädte, von Bauern bewohnt, die auf der Suche nach Arbeit in die Stadt gekommen waren. Während der Nacht am Rande des Meeres errichtet, machten sich die Behelfsunterkünfte ein altes Gesetz zunutze, das ein Haus schützte, dessen Dach in der Dunkelheit errichtet worden war. Die Häuser waren schmutzig, übervoll und von Krankheiten verseucht. Sie standen immer kurz vor der Zerstörung, denn früher oder später kamen die Bulldozer der Regierung – sie blieben nie aus – und walzten die provisorischen Städte nieder, um Platz für neue Hochhäuser zu schaffen. Die Bauern siebten dann das Geröll durch und versuchten, von ihrer Habe zu retten, was sie konnten,. Dann zogen sie ein paar Kilometer weiter die Küste entlang und errichteten neue Hütten in der Dunkelheit.

Der Stadtkern befand sich an der Stelle, wo Asien fast an Europa stößt. Zwischen den beiden Kontinenten lag der türkisfarbene Bosporus, eine schmale Wasserstraße, die das Schwarze Meer mit dem Marmarameer und dem Mittelmeer verbindet. Entlang dieser Meeresküsten dehnte sich, sowohl auf der asiatischen wie auch auf der europäischen Seite, Istanbul über viele Kilometer weit aus. Eine Stadt mit überfüllten Straßen, modernen Hochhäusern und Verkehrsstaus, schmalen, gepflasterten Gäßchen mit Mietwohnungen und kleinen Eigenheimen, Märkten unter freiem Himmel, alten Museen, Palästen und Türmen, errichtet von Königen längst erloschener Dynastien.

Roxanna stieg am Busbahnhof im neuen Teil Istanbuls aus. Überwältigt von dem Lärm und den Menschenmassen, der unverständlichen Sprache, den Gesichtern und dem Gehabe von Menschen, die ihr so fremd, eher europäisch denn asiatisch vorkamen, stand sie auf dem Gehsteig und wagte niemanden anzusprechen und um Hilfe zu bitten. Mit ihrem letzten Geld kaufte sie sich Obst von einem Straßenhändler und setzte sich auf den Gehsteig, um es zu essen. Acht Tage waren seit ihrer Flucht aus Van vergangen, fast neun Monate, seit sie Teheran verlassen hatte.

Nach einer Weile fiel ihr auf, daß der Obstverkäufer hinter seinen Waren zu ihr hinüberstarrte. Ihr fiel ein, daß er die Polizei rufen könnte. Also stand sie auf und ging in Richtung Meer. Sie war zu weit gegangen, sagte sie sich. Wie Alexandra die Katze, die das Geld ihrer Mutter gestohlen und ihren Leichnam seinem Schicksal überlassen hatte, konnte sie nur noch überleben, wenn sie nicht mehr stehenblieb.

Am Abend vor meiner Abreise schenkte mir Sohrab ein Armband, einen dünnen Goldreif, in den auf der einen Seite mein Name und auf der anderen Roxannas eingraviert waren. Er sagte, er und ich würden uns bald wiedersehen. Ich wußte, daß er log.

Er brachte mich zu Bett, dann ging er in sein Arbeitszimmer und las. Eine Stunde später schlüpfte ich in Roxannas leeres Bett im Nebenzimmer.

Ich lag auf Roxannas Laken, mein Kopf ruhte auf ihrem Kissen, und ich betete, daß sie mich retten möge, bevor Sohrab mich wegschicken konnte. Um vier Uhr, als Sohrab mich rief, war ich noch immer wach und wartete noch immer.

Ich wusch mir das Gesicht mit kaltem Wasser, befeuchtete mein Haar und bürstete es zurück. Ich trug ein neues Kleid, neue Söckchen und Schuhe. Sohrab schaffte mein Gepäck nach unten. Zum allerletzten Mal ging ich in Roxannas Ankleidezimmer.

Sie saß an ihrem Schminktisch, lächelte mich an und streckte mir die Arme entgegen. Es war der Tag, an dem die Türen des Hauses entfernt worden waren, der Tag, an dem Roxanna, mich in den Arm nehmend, gesagt hatte, nun könnten wir einander immer sehen. Ich legte mein Gesicht auf ihre Schulter und roch ihr Haar. Ich berührte ihre blasse Haut, den Stoff ihres puderrosa Kleides. Roxanna lachte.

Die Kommode hinter ihr war mit Schminksachen und Modeschmuck, halbleeren Lippenstiften, blauem und grünem Lidschatten übersät, der sich als Puder in den Döschen angesammelt hatte. Eine weiße Lederhandtasche mit gebogenem Bambushenkel stand beim Make-up. Neben der Schminkkommode klaffte ein eichener Wandschrank, die Angeln knarrten, als die Tür leise vor- und zurückschwang. Im Inneren hingen Roxannas Kleider, durch die Jahre der Geisterräuber verblichener Plunder, Körper, die auf eine Seele warteten. Manchmal im Sommer, während der langen Siestas, wenn alle mit offenen Augen dalagen und die Hitze verfluchten, hatte ich die Kleider angezogen, war damit durchs Haus getrippelt und hatte so getan, als wäre ich meine Mutter.

Ich suchte nach einem Erinnerungsstück, das ich mit nach Amerika nehmen konnte. Als ich mich im Zimmer umsah, wurde mir klar, daß ich Roxannas Habe schon längst hätte zusammenpacken sollen, daß ich alles hätte wegtun und das Zimmer hätte abschließen sollen, damit niemand nach meiner Abreise zu ihren Erinnerungen Zugang hatte. Mein Blick fiel auf den Kasten, in dem Roxanna Mercedes' Adresse aufhob. Ich nahm schnell den Umschlag heraus und steckte ihn in mein Kleid. Dann sah ich das grüne Tränenfläschchen, das Miriam Roxanna gegeben hatte. Mir fiel ein, was Miriam von Schuscha erzählt hatte, die ihre eigenen Tränen getrunken hatte. Ich hätte das Fläschchen gern mitgenommen und fragte mich, ob Sohrab wohl etwas dagegen haben würde, ob Roxanna zurückkommen und nach ihm suchen und ärgerlich werden würde, weil es nicht da war. Sohrab rief mich von unten. Ich eilte aus dem Zimmer.

Unten stand Fräulein Claude mit einem Tuch um die Schultern.

»Sei brav!« sagte sie trocken und gab sich keine Mühe zu lächeln.

Teymur kam aus seinem Salon. Sein Rücken war leicht gebeugt. Er legte mir die Hand auf den Kopf und sprach ein Gebet.

»Geh«, er küßte mich zum allerersten Mal, »und möge Gott dich aus unser aller Leben entfernen.«

Maschti öffnete die geschliffenen Glastüren und ließ die kühle Nachtluft herein. Die Hunde blieben einen Augenblick still, dann bellten sie wieder los. Sie waren festgebunden, damit wir sicher zum Wagen gelangten. Sohrab zog mich an der Hand, damit ich mich in Bewegung setzte.

Er saß neben mir im Fond des Wagens, einen Arm um mich gelegt und vermied meinen Blick, als wüßte er um die Sünde, die er beging.

Der Wagen glitt durch die dunklen Straßen der Stadt. Ich lauschte auf das Knirschen der Reifen auf dem Asphalt, das Geräusch von Maschtis Schuhen, die auf die Kupplung oder das Gaspedal traten, Sohrabs Atem neben mir. Auf unserem Weg nach Norden wurde der Himmel heller und enthüllte langsam die Umrisse des Elburs-Gebirges. Ich ließ das Fenster herunter und schaute nach oben. Nirgendwo auf der Welt würde ich die Farben eines Teheraner Morgens sehen.

Um sechs Uhr kamen wir am Flughafen an. Eine Frau mit langen roten Nägeln kontrollierte meinen Paß. Sohrab war blaß, seine Hand totenkalt. Wir warteten. Eine Stimme rief den Flug auf.

Sohrab führte mich durch den Zoll, über den Asphalt in das Flugzeug. Er übergab mich der Stewardeß. Er zeigte mir meinen Sitz und reichte mir eine Decke und ein Kissen. Dann nahm er mich in den Arm. Er hielt mich so lange umklammert, daß ich wußte, er hatte mich für immer aufgegeben.

Als ich hochschaute, entfernte er sich vom Flugzeug. Einige Minuten später sah ich ihn durch den Rahmen meines Fensters, wie er hinter dem Geländer am Rand der Rollbahn stand. Ich war nicht sicher, ob er mich im Flugzeug erkennen konnte. Er stand aber fast eine ganze Stunde an derselben Stelle, bis der Start begann. Als das Flugzeug anrollte, winkte er blind in meine Richtung. Ich strengte mich an, ihn zu sehen, mir sein

Bild einzuprägen. Ich versuchte mir einzureden, daß er mich liebte, daß ich es ohne ihn schaffte, daß ich ihn nicht ganz so vollständig verlieren würde, wie ich Roxanna verloren hatte.

Dann legte ich mein Gesicht ans Fenster, an die Stelle, wo er einen Augenblick zuvor gewesen war, und weinte den ganzen Weg nach Amerika.

Das Land der unbegrenzten Möglichkeiten

1972

Schwester Ana Rose von der Saint Mary Magdalen's Academy for Young Girls, in Tracht und schwarzen orthopädischen Schuhen, starrte auf die Passagiere, die am Los Angeles International Airport aus dem Flugzeug strömten. Das Gesicht weiß vor Sorge, hielt sie die Lippen zusammengepreßt, als wollte sie einen Schrei unterdrücken. Sie sollte mich abholen und zur Schule bringen, doch sie sah so verwirrt und verloren aus, als brauchte sie dringend Hilfe. Die Stewardeß, die mich an der Hand hielt, nahm sie gar nicht wahr.

»Sie warten wohl auf Lili.« Die Stewardeß berührte ihren Arm.

Schwester Ana Rose zuckte zusammen und wich vor Angst einen Schritt zurück. Ihre Augen schossen eine Minute herum, als suchte sie einen Fluchtweg, dann sah sie die Frau an, die vor ihr stand.

»Das ist Lili«, sagte die Stewardeß. Mein Vater hatte sie gebeten, auf mich aufzupassen, und ihr gesagt, daß mich in Los Angeles eine Nonne abholen würde. »Ich denke mal, Sie sind hier, um sie abzuholen.«

Die Schwester musterte sie mißtrauisch. Dann fiel ihr Blick auf mich, und die Farbe kehrte in ihre Lippen zurück. Als sie zu reden begann, dachte ich, sie würde in sich zusammenklappen – eine Marionette in einer schwarzen Tracht am Ende einer langen, widerlichen Vorführung.

»Endlich«, flüsterte sie. »Ich war sicher, sie verpaßt zu haben.«

Die Stewardeß sagte etwas von Gepäck.

»Ach ja«, sagte Schwester Ana Rose, schon wieder geistesabwesend. »Natürlich. Das Gepäck.«

Sie machte eine Kehrtwendung und entfernte sich, aber ich blieb, wo ich war, hielt die Hand der Stewardeß umklammert und wollte sie nicht loslassen.

Ich war vierundzwanzig Stunden im Flugzeug gewesen, so verängstigt, daß ich nichts gegessen oder getrunken hatte. Ich war noch nicht einmal zur Toilette gegangen, aus Furcht, ich würde den Weg zu meinem Platz nicht mehr finden. Das Flugzeug hatte einmal in London und einmal in New York Zwischenstopp gemacht. Die Passagiere waren ausgestiegen und hatten sich in den Terminals die Beine vertreten. Ich war auf meinem Platz geblieben, die rechte Hand um den Briefumschlag geklammert, den ich in letzter Minute aus Roxannas Zimmer mitgenommen hatte. Wenn mich jemand ansprach, machte ich den Mund auf und versuchte etwas zu sagen, brachte aber keinen Ton hervor. Schließlich hatte sich die Stewardeß zu mir gesetzt und mich in den Arm genommen.

»Hab keine Angst«, hatte sie gesagt und mich gedrückt. Da fühlte ich, wie die Wut so heftig in mir hochstieg, daß ich mich auf den Boden übergeben mußte.

Es war die Angst, die kalte, weiße und unbesiegbare Angst, die mich auf diesem Flug gelähmt hatte, die mich taub und stumm gemacht hatte. Mein ganzes Leben hatte sie mich begleitet, war mir von Roxanna im Augenblick meiner Geburt vererbt worden. Ich hatte sie in ihren Händen gespürt, die mich zwar hielten, aber immer im Begriff waren, mich loszulassen; in ihren Augen, die mich zwar ansahen, in denen sich aber immer andere Horizonte spiegelten. Ich hatte sie in ihrem Bett gefühlt, wenn ich nachts in ihr Zimmer gekommen war und die Laken nur mit der Erinnerung an ihre Haut gezeichnet waren. Einmal, in den Tagen bevor die Türen entfernt wurden, stand ich auf dem Balkon und beobachtete Roxanna im Hof. Sie wanderte an den Wäscheleinen entlang, die von einem Ende des Wirtschaftshofes zum anderen gespannt waren und auf denen eine Reihe weißer Laken in der windstillen Sonne trockneten. Roxannas kleine, zerbrechliche Gestalt tauchte zwischen zwei Laken auf, verschwand, tauchte wieder auf und verschwand wieder. Jedesmal, wenn sie verschwand, würgte mich die Angst.

Die Stewardeß roch nach Make-up und parfümiertem Lippenstift.

»Alles ist in Ordnung«, versuchte sie mich im Flughafen zu trösten. Ihre Aussprache war deutlich, britisch, wie ich sie im

Kindergarten gelernt hatte. Dennoch verstand ich sie kaum. »Alles wird sich zum Guten wenden. Diese Dame wird dich in deine Schule bringen und sich um alles kümmern.«

Ich hielt ihre Hand noch fester, wollte ihr sagen, daß ich nicht hierbleiben, nicht mit der Frau in der schwarzen Tracht gehen wollte.

Schwester Ana Rose packte mich am Ellbogen und stupste mich vor sich her.

Wir standen Seite an Seite am Gepäckband. Koffer rollten auf uns zu, rollten weg, kamen zurück. Wir sahen die gleichen Koffer dreimal, bevor Schwester Ana Rose merkte, daß ich nicht wußte, was wir hier eigentlich machten.

»Nimm dein Gepäck«, sagte sie mit ihrem schnellen amerikanischen Akzent.

Ich sah sie an, schaute auf das Transportband und rührte mich nicht.

»Welche Koffer gehören dir?« fragte sie mich, und wieder antwortete ich nicht.

Sie seufzte, verlagerte ihr Gewicht von einem Fuß auf den anderen und fragte sich laut, was sie als nächstes tun sollte. Dann nahm sie meinen Gepäckschein und verglich die Anhänger.

»Kein Mensch hat mir gesagt, daß sie nicht reden kann«, murmelte sie halblaut. Dann mußten wir unseren Weg aus dem Flughafen zurück zum Parkplatz finden, wo Schwester Ana Rose ihr Auto abgestellt hatte.

Wir gingen von einem Parkplatz zum nächsten, überquerten Straßen, stiegen vom Parterre auf das Dach und wieder nach unten und sahen uns jedes Auto an. Schwester Ana Rose hatte meinen Koffer auf einen Kofferkuli gestellt, den sie vor sich herrollte, ohne sich darum zu kümmern, ob ich ihr folgte. Sie eilte voran, jedesmal felsenfest überzeugt, daß es hier, auf diesem Parkdeck war, wo sie ihr Auto abgestellt hatte. Eine Stunde und drei Parkplätze später war sie außer sich und wollte gerade die Polizei rufen, um ihr Auto als gestohlen zu melden, als sie plötzlich einen erleichterten Schrei ausstieß und losrannte. Da war er, der Gegenstand ihrer Ängste und nun ihrer Ekstase, ein verbeulter gelber Lieferwagen mit kaputtem Rücklicht und zerschlissenen Sitzen, die mit Klebestreifen zusammengehalten wurden.

»Ich habe die ganze Zeit gewußt, daß er hier steht«, sagte sie mit einem tiefen Seufzer.

Wir fuhren aus dem Flughafengelände heraus und auf die Autobahn. Ich saß reglos, meine Sinne vor Erschöpfung und Angst betäubt, meine Hand noch immer fest um den Umschlag in meiner Tasche geklammert. Ich war dankbar, daß Schwester Ana Rose nicht mit mir sprach, meine Existenz gar nicht wahrzunehmen schien. Da warf sie einen Blick in den Rückspiegel und fühlte sich verpflichtet, das Schweigen zu brechen.

»Ich habe gehört, daß deine Mutter gestorben ist.«

Die Autobahn war grau, lang und fast leer. Wir fuhren auf der langsamen Spur. Schwester Ana Rose sah sich jede Ausfahrt genau an und überlegte, ob sie da wohl abfahren müsse. Sie las die Wegbeschreibung, die sie ans Armaturenbrett geklebt hatte, die ihr aber nun, da sie in die Tat umgesetzt werden mußte, wenig Trost zu bieten schien. Dann bogen wir endlich auf einen breiten Boulevard ab, der von riesigen Lagerhäusern und großen, unbebauten Grundstücken gesäumt war. Es folgten Wohngebiete mit einstöckigen Häusern und kaputten Türen. Männer in Unterhemden saßen auf Veranden voller Gerümpel und spielten in der Nachmittagshitze Karten. Kleine Jungen mit dreckigen Gesichtern fuhren auf den rissigen Bürgersteigen Fahrrad. Wir hielten vor einem einstöckigen beigen Gebäude, vor dem verloren die Statue einer Frau im Gebet stand. Ich stieg aus dem Auto und sah den Namen der Schule auf einer kleinen Tafel neben der Eingangstür.

»Ich zeig dir dein Zimmer.« Schwester Ana Rose nahm meinen Koffer aus dem Lieferwagen.

Ein schmaler Korridor führte in eine Wartehalle mit einem kleinen Tisch und Telefon. Zu meiner Rechten war ein Büro, das, wie ich bald erfahren sollte, der Mutter Oberin gehörte. Zu meiner Linken führte ein enger Gang zu den Klassenzimmern.

Wir überquerten einen Hof und erreichten ein kleines Nebengebäude, das die Schule zur Unterbringung von Internatsschülern erworben hatte. Ich sah einen Speisesaal, drei Schlafzimmer mit jeweils zwei Betten, zwei Bäder. Die Zimmer waren unbewohnt und dunkel. Mein Bett stand neben einem Fenster, das auf den Hof ging. Dahinter lag ein kleiner Friedhof.

»Du kannst mit dem Auspacken anfangen«, Schwester Ana Rose zeigte mir meinen Schrank. »Das Mittagessen hast du verpaßt. Das Abendessen ist um sechs.«

Die Uhr an der Wand starrte mich mit ihrem weißen Zifferblatt an, aber ich konnte die Uhr noch nicht lesen. Schwester Ana Rose wollte sich in Bewegung setzen, dann zögerte sie und drehte sich um.

»Verstehst du Englisch?«

Obwohl ich nickte, sah sie mich zweifelnd an.

»Bedeutet das ja?«

Ich nickte wieder.

»Gut«, sagte sie. »Der Unterricht beginnt erst in zwei Wochen. Außer dir, mir und der Mutter Oberin ist niemand hier. Dein Vater hat dich etwas früher zu uns geschickt, damit du dich einleben kannst und ich dich ein wenig unterrichten kann, bevor die anderen Mädchen ankommen.

Ich saß auf meiner Bettkante und sah zu, wie Schwester Ana Rose mit der Dunkelheit des Korridors verschwamm, als ob es sie nie gegeben hätte.

Die Tage verstrichen. Für mich gab es außer warten nichts zu tun in der ruhigen, leeren Schule. Ich blieb in meinem Zimmer, bewegte mich in einem Nebel aus Angst und Schlaflosigkeit. Nachts kam ich nicht zur Ruhe, tagsüber war ich völlig verwirrt. Immer wenn ich meine Augen schließen wollte, riß die Angst sie mir wieder auf.

Schwester Ana Rose gab mir einen Stapel Bilderbücher mit englischen Wörtern in dicken Großbuchstaben. Ich sollte sie mir jeden Tag ansehen, doch ich ließ sie unberührt auf dem Tisch liegen. Sie nahm mich jeden Morgen mit in die Kapelle, und ich sollte die Gebete nachsprechen. Ich beobachtete ihre

Lippen, sagte aber kein Wort. Im Speisesaal saß sie an einem Tisch mir gegenüber und forderte mich auf zu essen. Ich steckte das Essen in meinen Mund, konnte es aber nicht hinunterschlucken. Jeden Tag betete ich von morgens bis abends, daß mein Vater anrufen möge.

Am siebten Tag meldete er sich.

»Hol mich nach Hause«, weinte ich in das Mundstück des Telefons vor dem Büro der Mutter Oberin.

Sohrab schwieg. Schwester Ana Rose beobachtete mich.

»Laß mich nach Hause kommen.«

»Das ist nicht nötig«, antwortete mein Vater. »Du bist sechs Jahre alt, fast schon eine Dame, und du mußt auf eigenen Füßen stehen.«

Ich machte meinem Vater keinen Vorwurf. Damals nicht. Noch nicht.

Statt dessen versuchte ich, ihm zu glauben. Ich wartete, daß die Furcht und die Schlaflosigkeit, die Panikanfälle, die meine Haut eiskalt machten und meinen Magen zwangen, alles, was ich aß, herauszuwürgen, vergingen. Ich versuchte, gehorsam, hilfsbereit und geduldig zu sein. Wenn er anrief, erzählte ich ihm alles, was ich getan hatte, seit ich in Amerika angekommen war; beschrieb ihm die Farbe meiner Vorhänge in meinem Zimmer und den Geruch der Farbe im Speisesaal; die Gebete, die ich aufzusagen gelernt hatte und die Buchstaben des Alphabets, die Schwester Ana Rose mich zu schreiben gelehrt hatte. Ich sagte ihm alles und dachte, daß er mich dadurch sehen könnte, erkennen würde, wie verzweifelt ich ihn brauchte, daß er mich früher oder später heimkommen lassen würde. Damals liebte er mich noch.

Der distanzierte und melancholische Sohrab war meine einzige Hoffnung. Noch machte ich ihm keine Vorwürfe, noch konnte ich es mir nicht leisten.

Erst später taufte ich ihn »den Sünder«.

Achtundvierzig Mädchen gingen zur Saint Mary Magdalen's Academy. Ich war eine von vier Erstklässlern, eine von zwei Schülerinnen, die in der Schule wohnten. Das andere Mädchen ging in die vierte Klasse. Sie war das Kind von mexikanisch-amerikanischen Eltern, die zwischen den Vereinigten Staaten und Mexiko hin- und herreisten und ihre Tochter nur in den Ferien nach Hause holten. Sie war dunkel und ruhig, schrieb ununterbrochen Briefe, zählte und kreuzte Kästchen aus, die Tage auf einem Kalender bedeuteten, den sie über ihr Bett gehängt hatte.

»Noch vierundsechzig Tage, und ich fahre nach Hause. Dreiundsechzig. Zweiundsechzig.«

Wir sprachen kaum miteinander.

Die anderen Schülerinnen waren Amerikanerinnen, die morgens kamen und nachmittags sofort nach den Hausaufgaben die Schule verließen. Sie sprangen aus dem Auto ihrer Eltern und eilten in die Schule zu ihren Freundinnen. Nachmittags versammelten sie sich auf dem Rasen vor dem Eingang und trafen Verabredungen, sich später bei ihren Freundinnen zu treffen. Ich beobachtete sie, in der Kirche, im Unterricht, beim Mittagessen. Sie sprachen mit erhobener Stimme, bewegten sich immer in Grüppchen und waren so voll Selbstvertrauen, daß ich zurückwich und an der Wand entlanglief, wenn wir uns begegneten. Ich lachte über Witze, die ich nicht verstand und die man mir nicht erklärte. Bei meinem Anblick sahen sie sich an, verzogen das Gesicht und zuckten mit den Achseln, als wollten sie sagen, ich sei ein seltsamer Vogel. Wenn sie mit mir sprachen, sprachen sie lauter und kamen mit ihrem Mund dicht an mein Ohr, als wäre ich taub.

»Sie ist eine Waise«, sagte eine zu einer anderen in meiner Gegenwart.

Es war Nacht. Roxanna überquerte die alte Schiffsbrücke, die auf der langgestreckten Bucht des Goldenen Horns schwamm und Alt- und Neu-Istanbul miteinander verband.

Die Landzunge, auf der die Altstadt von Istanbul liegt, war

mehr als fünfzehnhundert Jahre lang die Hauptstadt großer Reiche gewesen. Unter dem Namen Konstantinopel war die Stadt tausend Jahre lang die bedeutendste Stadt der Welt gewesen. Sie war einst das Herz des Osmanischen Reiches, das über fünfhundert Jahre währte und sich vom Schwarzen Meer über den Balkan bis nach Arabien und Algerien erstreckte. Dort lagen der Topkapi-Palast und die Erlöser-Kirche des Klosters Chora, die Kuppelkaskade der Blauen Moschee, der Große Basar mit seinen gewölbten Dächern und viertausend Läden. In der Stadt drängten sich Einwohner und Touristen neben unzähligen Straßenhändlern. Von breiten, sonnenüberfluteten Straßen konnte man auf das blaue Meer blicken; die dunklen Hintergassen waren voll Wäscheleinen, Antennen und, an jeder Ecke, Müllhaufen. Auf den Hügeln lagen die Villen der reichen Türken, die europäische Autos fuhren und das Wochenende in ihren Sommerpalästen am Bosporus verbrachten. Ihnen zu Füßen lagen die Geschäftsviertel und die Touristenattraktionen, die zahllosen Moscheen und Museen, Märkte und Restaurants. Am Stadtrand dehnten sich die Slums aus.

Doch überall war das Meer.

Und so blieb Roxanna. Sie war bis ans Ende Asiens gereist, weiter konnte sie nicht gehen. Sie war an einem Ort angelangt, der von Wasser umgeben war. Wenngleich es nicht das süße, blaugrüne Wasser des Kaspischen Meeres war, von dem sie immer geträumt hatte, ließen die drei Meere um Alt-Istanbul einen freien Blick auf den Horizont zu, ohne Erinnerungen oder Hindernisse.

Sie fand eine Stelle in einem türkischen Restaurant gegenüber dem Bahnhof am Topkapi, wo sie das Fett vom Boden wischen mußte. Sie zog in ein überfülltes Mietshaus in einer gepflasterten Gasse in Kumkapi, dem Viertel am Marmarameer, das an den Fischgroßmarkt angrenzte. Es war fast ausschließlich von Armeniern bewohnt. Von ihrem Zimmer im dritten Stock konnte Roxanna Tag und Nacht den Fisch riechen. Sie hörte die armenischen Frauen mit ihren betrunkenen Männern streiten und ihre vielen Kinder anschreien. Der Lärm der Gäste, die in den Fischrestaurants Tintenfische aßen und »Löwenmilch« tranken, drang zu ihr. Die Wasserleitungen des Hauses waren längst kaputt. Um Licht in ihrem Zimmer zu machen, mußte Roxanna eine Birne herein- und herausschrauben, weil der Schalter nicht funktionierte. Im Flur stank es nach Urin. Der Hauseigentümer kam jeden Montag, kassierte die Miete und verschwand.

Roxanna blieb erst eine Woche, dann einen Monat, dann ein Jahr. Zum Restaurant und zurück fuhr sie mit dem Bus. Jedem, der danach fragte, erzählte sie, sie sei eine Witwe ohne Freunde und Familie und komme aus dem Iran. Von den Kellnern und Tellerwäschern – Bauern, die erst vor kurzem nach Istanbul zugewandert waren – lernte sie fehlerhaftes Türkisch. Von den Touristen, die in dem Restaurant aßen, ein paar Brocken Englisch, Französisch und Deutsch. Sie schloß keine Freundschaften, lernte noch nicht einmal die Bewohner ihres Hauses kennen. Manchmal, wenn sie so einsam war, daß ihre Haut hart und kalt wie Fischschuppen wurde, nahm sie einen Mann mit nach Hause und schlief mit ihm in ihrem engen quietschenden Bett mit den kaputten Federn. Es war entweder ein Kellner aus dem Restaurant, ein armenischer junger Mann, den die Arbeit auf dem Fischmarkt langweilte, oder ein Tourist, der vielleicht von seinem Teller *Biftek* hochgeschaut und Roxanna bemerkt hatte, die den Boden um den Grill wischte. Wenn man ihr Geld gab, nahm sie es an und bereitete ihrem Gast einen türkischen Kaffee auf dem tragbaren Gaskocher, der gleichzeitig ihr Heizofen war.

»Erzähl mir eine Geschichte«, bat sie dann und schloß die Augen während der langen Nacht oder der kurzen Tagesstunden, die diese Männer bei ihr blieben, und lauschte.

Jahre vergingen. Roxanna der Engel hauste noch immer in demselben Zimmer gegenüber dem Fischmarkt. Langsam verebbte ihr Drang zu fliehen. Sie träumte nie wieder vom Fliegen. Sie sprach kein Farsi, verfolgte die Nachrichten nicht, hielt sich bewußt von iranischen Touristen oder Leuten, die den Iran in der Unterhaltung erwähnen konnten, fern. Die

Angst vor den Geisterräubern und selbst vor Fräulein Claude hatte sie verlassen. Teymurs Blick ruhte noch immer aus der sicheren, unbedrohlichen Ferne auf ihr, wenn sie in ihrem Bett lag. Sie konnte die ganze Nacht wach und nackt daliegen, ohne Angst zu haben.

Nur manchmal – auf einer überfüllten Kreuzung in einem Verkehrsstau oder wenn sie vor der Polizei davonlief, die das Gebäude nach Dieben und Prostituierten durchsuchte, oder an einer Straßenecke eine Zigarette rauchte – überkam sie die Erkenntnis, daß sie ungebunden und unbekannt war, daß sie in dieser Stadt sterben würde, zugegebenermaßen frei, aber auch allein.

Meine Zimmergenossin Iliana beschwerte sich über mich bei der Mutter Oberin. Ich sei nachts immer auf; ich würde mich zu oft übergeben; ich würde zu lange vor meinen Büchern sitzen und keine Seite umschlagen; ich würde an den Nägeln kauen, bis meine Finger bluteten; mir den Bleistift in die Handflächen bohren, bis er ins Fleisch drang. Ich würde vor Kopfschmerzen stöhnen und säße nur herum und schnitte mit meiner Schere alles kaputt, was mir in die Finger käme, meine Bücher, meine Uniform, sogar meine Bettücher. Mit einem roten Stift würde ich mir Hände und Arme bemalen.

Die Mutter Oberin ließ mich in ihr Büro rufen und verwarnte mich. Zwei Wochen später, als Iliana sich wieder beklagte, rief die Mutter Oberin meinen Vater an.

»Geben Sie ihr Zeit«, sagte er zu ihr. »Sie braucht ein paar Monate, um sich einzugewöhnen.«

Sie verwarnte mich ein zweites Mal. Ich mußte ihr versprechen, mich zu ändern.

»Was ist eigentlich mit dir los?« fragte Iliana, nachdem ich aus dem Büro der Mutter Oberin gekommen war. »Wie kommt es, daß sie dich hierhergeschickt haben?«

»Ich weiß es nicht«, sagte ich und betete, daß sie nicht weiterfragen würde.

»Und wieso besuchen sie dich nie?«

Ich zuckte die Achseln und legte einen Schritt zu. Sie hielt Schritt.

»Wer ist dieser Mensch in Beverly Hills?«

Ich setzte meinen Weg fort. Sie merkte, daß ich ihr ausweichen wollte, und ließ mich nicht in Ruhe.

»Du weißt schon, die Adresse auf dem Umschlag, den du Tag und Nacht in deiner Tasche hast.«

Ich verlangsamte meinen Schritt, dann blieb ich stehen.

»Du läßt dieses Stück Papier nicht los, seit die Schule angefangen hat. Ich kann das merkwürdige Gekritzel auf dem Umschlag nicht lesen, aber der Absender ist von einer Frau in Beverly Hills.«

Mein Herz raste. Ich erinnerte mich an den roten Kreis in der oberen linken Ecke um die Wörter, die meine Mutter für wichtig genug gehalten hatte, um sie anzustreichen und aufzuheben. Ich nahm den Umschlag aus meiner Tasche und zeigte ihn Iliana.

Sie verzog das Gesicht, weil er so zerknittert und schmutzig war. Dann glättete sie das Papier und las den Absender.

»Hier: 1282 Sunset Boulevard, Beverly Hills, California.«

Eine Tür öffnete sich. Licht strömte herein.

Später, als sie in ihrem Bett saß und die Quadrate ihres Kalenders zählte, fragte ich Iliana, ob sie mir helfen würde, einen Brief an die Frau in Beverly Hills zu schreiben.

»Schreib ihn doch selbst«, sagte sie, ohne mich anzusehen.

»Ich weiß nicht, wie man das macht.«

»Ist mir doch egal«, antwortete sie und knipste das Licht aus. »Ich bin doch nicht deine Lehrerin oder dein Kindermädchen.«

Ich hatte zu große Angst vor ihr, um sie noch einmal zu bitten. Eine Weile lag ich im Dunkeln. Als ich dachte, sie könnte eingeschlafen sein, stand ich auf und knipste das Licht an. Sie fluchte, stand aber nicht auf, um es wieder auszuschalten.

Ich saß am Tisch und riß eine Seite aus meinem Heft. Es war kurz vor Thanksgiving. Ich war erst seit zwei Monaten in der Schule und konnte nur meinen Namen und ein paar einfache Wörter schreiben. Es dauerte lange, bis ich schließlich den Stift auf die Seite aufsetzte und die einzigen Wörter schrieb, die ich konnte:

Roxanna

Lili

Bitte

Iliana beugte sich aus ihrem Bett und lachte über meinen Brief. Dann stand sie auf und nahm einen Umschlag aus der Schublade ihres Nachttisches.

»Hier«, sagte sie und adressierte den Umschlag auf beiden Seiten. »Vielleicht kommt diese Frau dich ja holen. Dann hätte ich wenigstens nachts meine Ruhe.«

Mercedes die Filmschauspielerin wohnte seit sechzehn Jahren in Los Angeles, seit sie auf ihrer Hochzeitsreise mit Amin hier letzte Station gemacht und ihn allein nach Hause zurückgeschickt hatte. Sie waren zuerst nach Europa gefahren, nach Paris und London, Frankfurt, Athen, Madrid und Monte Carlo. Er hatte ihr Wagenladungen von Kleidern gekauft, war mit ihr erster Klasse im Flugzeug und auf Kreuzfahrtdampfern gereist, hatte Logen in der Oper gemietet. Anfangs hatte Mercedes sich fehl am Platz gefühlt, hatte versucht, Selbstvertrauen vorzutäuschen. Sie hatte davor gezittert, daß die anderen Frauen in den teuren Hotels und Restaurants sie nur anzusehen brauchten, um zu wissen, daß sie ein armes Mädchen aus einem fernen Ghetto war. Sie verbrachte viel Zeit mit ihrem Haar und ihrem Make-up, betrat mit Bravour das Foyer eines Hotels und hatte nach fünf Minuten den Blick einer verwundeten Katze, den Amin so sehr an ihr liebte. Sie hatte gemerkt, wie die anderen Frauen sie ansahen, und wußte, daß sie aus dem Rahmen fiel.

Aber sie lernte schnell, und Amin half ihr dabei. Er führte sie in die Juwelierläden, wo königliche Hoheiten kauften, und ließ sie anprobieren, was sie wollte. Sie setzte sich hin, nahm ihren Mantel ab und zeigte ihren Nacken, ihre strahlende Haut. Sie nahm ihren Hut ab und ließ ihr Haar auf die Schultern fallen, lächelte die jungen Männer leise an, die sie bedienten und die sich von ihrem Anblick nie erholen würden. Amin sah, wie diese Männer vor Entzücken zitterten, er hörte sie neidvoll seufzen, wenn sie ihr die Edelsteine um den Hals legten und Mercedes' Haut berührten.

Er mochte es, wie sie alles kaufte, ohne darauf zu achten, was es kostete oder wie nützlich es war. Er mochte die Art, wie sie sein Geld ausgab, als existiere es gar nicht, als würde Amin selbst nicht existieren. Hinterher spazierte sie vor ihm aus dem Laden, dankte ihm nie für ein Geschenk, egal wie groß oder klein es war. Männer blieben stehen und drehten sich um, weil sie sie ein zweites Mal sehen wollten. Frauen starrten sie an und fragten sich, wer sie wohl war, ob sie berühmt war, ob sie ihren Namen kennen sollten.

Im Hotelzimmer zog er sich aus und legte sich wartend aufs Bett. Sie ließ ihn warten, ließ ihn vor Verlangen beben, sie rufen. Dann schlief sie mit ihm, ohne die Kleider auszuziehen, so daß er ewig hungrig und halb befriedigt war, wenn sie ihn verließ.

Er wußte von Anfang an, daß es irgendwann vorbei sein würde. Das Gefühl, daß er jedesmal, wenn sie mit ihm schlief, dem unausweichlichen Ende noch einmal entgangen war, machte ihm Mercedes so kostbar. Er war ein zum Tode Verurteilter, dem es gelang, der Guillotine Tag für Tag zu entkommen.

In New York war es dann soweit.

Sie schleppte ihn durch eine endlose Folge von Restaurants und Clubs, verräucherten Räumen mit barbusigen jungen Frauen und selbstsicheren jungen Männern. Sie wohnten im Waldorf Astoria, kauften bei Harry Winston ein. Sie ließ ihn nicht mehr an sich heran.

Amin war des Reisens müde. Jeden Tag telefonierte er mit

seinem Sohn, der ihn warnte, das Geschäft der Familie würde ohne ihn Konkurs gehen. Er fühlte, wie die in ihm aufsteigende Panik sein Urteilsvermögen trübte, wußte aber nicht, wie er der Sache ein Ende setzen sollte. In Europa, wo er seit drei Jahrzehnten alljährlich zu Gast gewesen war, war er ein erfahrener älterer Herr, dem die Erinnerungen an die Geschäfte, die er dort abgeschlossen, und die Frauen, die er dort erobert hatte, ein Gefühl der Macht verliehen. Im Pariser Ritz hatte er Mercedes von den Geschäftsleuten und Politikern erzählt, die er hier kennengelernt hatte. Mercedes hatte ihm mit spöttischem Blick zugehört, und am Ende der Geschichte hatte sie ihr Glas erhoben und ihm zugetrunken, weil sie beide wußten, daß seine beste Zeit vorbei war und die alte Herrlichkeit nie wiederkäme.

Doch für die New Yorker war Amin ein Fremder, und er kannte sich nicht aus. Mit seinem eleganten Französisch und korrekten Deutsch war er eine lächerliche Figur, hilflos, wenn die Leute ihn auf amerikanisch ansprachen. Seine Manieren waren altmodisch, seine Etikette lächerlich. Mercedes wollte nach Hollywood reisen.

Das war schon immer ihr Plan gewesen, seit sie als junges Ding im Hause von Alexandra der Katze gelebt und die Bilder der Filmschauspielerinnen in den Magazinen gesehen hatte, die aus dem Laden des blauäugigen Lofti stammten. Mercedes hatte immer gewußt, daß sie nach Hollywood gehen würde.

Sie kamen im Frühling an und mieteten eine Suite im Ambassador Hotel. Mercedes kaufte sich einen weißen Badeanzug, eine schwarze Sonnenbrille und eine lange Zigarettenspitze. Den ganzen Tag lag sie am Pool, trank Martinis und lebte von Kaviar. Ihren Mann Amin, der in seinem beigen Leinenanzug und großer Sonnenbrille neben ihr saß, hatte sie völlig vergessen. Er sah aus wie ein abgesetzter Diktator, der seine Armee und mit ihr seine Männlichkeit verloren hatte. Club-Soda mit Lime trinkend, las er die Zeitung von der ersten bis zur letzten Seite. Er fühlte, wie die Sonne auf seiner Haut Blasen hervorrief und wie seine Füße von dem Salz im Soda anschwollen.

Eines Tages tauchte ein Agent auf. Man speiste am Pool zu Mittag, dann traf man sich zu einem späten Abendessen, zu dem Amin nicht eingeladen war. Der Agent arrangierte weitere Zusammenkünfte, Probeaufnahmen, einen Termin mit einem Produzenten. Man gab Mercedes zwei Minuten mit einem unbekannten Schauspieler in einem schlechten Film. Sie kam ins Hotel zurück und verkündete Amin, er müsse abreisen.

Er nahm die Neuigkeit mit der Gelassenheit eines alten Dieners auf, der wußte, daß man ihn irgendwann davonschicken würde. Er packte seine Koffer, bezahlte für sechs Monate eine Suite für Mercedes. Er gab ihr genug Geld, um ein Haus am Sunset Boulevard zu kaufen, eröffnete ihr ein Bankkonto, auf das er monatlich hohe Summen überweisen wollte. Alles gehöre ihr, sagte er. Seine einzige Bitte sei, daß sie sich nicht von ihm scheiden lassen möge.

Auf der Leinwand wirkte Mercedes hart und kantig, nicht wie die laszive Frau, die sie darstellen sollte. Das war nicht das Gesicht, das sich der Regisseur vorgestellt hatte. Sie versuchte, andere Rollen zu bekommen, schlief mit Agenten und Produzenten, aber es war alles vergeblich. Die Tür, die sich so leicht geöffnet hatte, schloß sich ebenso schnell vor ihr. Zum ersten und letzten Mal in ihrem Leben hatte Mercedes keinen Erfolg.

Sie wurde noch wütender, war noch entschlossener, sich durchzusetzen.

»Scheiß der Hund auf das Kino«, sagte sie. Es war ihr gelungen, aus dem Iran zu entkommen, ein neues Leben anzufangen. Wenn sie Hollywood nicht mit ihrem guten Aussehen erobern konnte, würde ihr noch immer genug von der Stadt gehören, daß sie eine Rolle spielte.

Mit Amins Geld kaufte sie große Teile von Hollywood und vom Sunset Boulevard auf. Ganze Ladenblöcke und Mietshäuser im mittleren Wilshire-District, heruntergekommene Häuser, ausgebrannte Theater im Osten. Sie verpachtete die Läden an jeden, der sie haben wollte, vermietete die ratten- und ungezieferverseuchten Wohnungen an illegale Einwanderer mit großen Familien, die nicht wagten, sich über die Verletzung der Gesundheits- und Sicherheitsbestimmungen zu beklagen. Jahr um Jahr investierte Mercedes in Restaurants, deren Gäste an Nahrungsmittelvergiftung erkrankten, und in Gebäude, wo Prostituierte Fünf-Dollar-Nummern machten. Für die Kinder, die in ihren zugigen Wohnungen schlafen mußten, empfand sie kein Mitleid. Sie zuckte nicht mit der Wimper, wenn es darum ging, ihren Verwalter ganze Familien auf die Straße setzen zu lassen, die mit der Miete im Verzug waren. Ihr ganzes Leben war sie wütend gewesen, und es machte ihr nichts aus, ihre Wut an den Schwachen und Hilflosen auszulassen.

Als Amin starb und sein Reichtum unter seinen Kindern aufgeteilt wurde, war Mercedes selbst eine reiche Frau.

Von demselben Augenblick an, als ich den Brief geschrieben hatte, noch bevor ich ihn zu Schwester Ana Rose getragen und sie darum gebeten hatte, ihn aufzugeben; ja, noch bevor ich den Postboten gesehen hatte, der tagtäglich die Post brachte und meinen Brief mitnahm, wartete ich auf Mercedes' Anruf. Ich hatte sie noch nie gesehen und hatte keine Ahnung, wie sie aussah. Es kam mir gar nicht in den Sinn, daß sich ihre Adresse geändert haben könnte, seit sie jenen Brief an Roxanna geschrieben hatte. Ich kam auch nicht auf die Idee, daß sie meinen Brief nicht verstehen oder keine Lust verspüren könnte, darauf zu antworten. Überdies hatte ich vergessen, ihr die Telefonnummer der Schule zu geben. Ich wartete bis Thanksgiving und während der zwei anschließenden Wochen, den ganzen Weihnachtsabend und den ersten Weihnachtstag lang, während ich mit Schwester Ana Rose und der Mutter Oberin allein in der Schule war. Ich wartete die erste Woche der Winterferien. Und dann war sie eines Tages da.

Dienstag morgen hörte ich ein Auto vorfahren. Eine Frau sprach mit Schwester Ana Rose. Ich saß gerade in meinem

Zimmer und bemalte meine Handflächen mit Rotstift. Schwester Ana Rose bestrafte mich immer, wenn ich auf meinem Körper herummalte. Ich würde kein Abendessen bekommen und auch nicht Fernsehen dürfen. Dennoch malte ich weiter auf mir herum, drückte den Stift immer fester auf meine Haut, versuchte eine Form, eine Gestalt zu schaffen, die mich wirklich machen würde, sichtbar für meine Mitschülerinnen und die Lehrer in meinen Klassenzimmern, für meinen weit entfernten Vater und für Roxanna.

»Ich weiß nichts von Besuchsvorschriften.«

Die Frau in der Eingangshalle stöckelte auf und ab und sprach laut mit der Nonne. Ich steckte meinen Stift in die Tasche meiner Schuluniform und ging zur Tür.

»Sie brauchen die Erlaubnis des Vaters«, vernahm ich Schwester Ana Roses leisere Stimme.

»Ich brauche für nichts eine Erlaubnis.«

Plötzlich packte mich die Angst. Ich drehte mich um und rannte zu meinem Bett, setzte mich mit gekreuzten Beinen auf die Kante und faltete die Hände auf dem Bauch.

Die Frau ging vor Schwester Ana Rose her, öffnete die Türen, zerstach den Boden mit ihren Absätzen, während sie sich meiner Tür näherte.

»Das ist ja ein beschissenes Kellerloch«, sagte sie laut. Schwester Ana Rose japste nach Luft.

Die Frau öffnete meine Tür, schaute in mein Zimmer und hätte mich fast nicht gesehen. In letzter Minute bemerkte sie mich im Halbdunkel.

»Da bist du ja«, sagte sie tief aufatmend und kam ins Zimmer.

Sie war groß und schlank, die schönste Frau, die ich je gesehen hatte. Sie trug einen schwarzen Hut und ein enganliegendes schwarzes Kleid, das ihre vollendet schönen Beine vorteilhaft zur Schau stellte, dazu ein rotes Kaschmircape, hochhackige Schlangenlederpumps. Ihr Parfüm kündigte sie schon von weitem an. Sie hatte pfirsichfarbene Haut, rote Lippen und flaschengrüne, strahlende Augen. Wenn sie sprach, rollten die

Wörter von ihren Lippen und hüpften wie rote, gelbe und orangefarbene Bonbons in die Luft.

»Sie haben hier nichts verloren«, Schwester Ana Rose hatte Mercedes eingeholt und stellte sich zu mir. Neben Mercedes sah sie aus wie ein Zwerg. »Wir haben unsere Vorschriften.«

Unter dem grünen Blick löste sie sich auf, verlagerte ihr Gewicht von einem Fuß auf den anderen, rieb sich die schweißnassen Hände. Mercedes machte sich nicht die Mühe, ihr zu antworten.

Sie näherte sich mir langsam, vorsichtig, wie ein Panther, der sich seiner Beute nähert und dabei versucht, sie nicht zu erschrecken. Sie streckte sich, über meinen Kopf hinweg, über das Bett und öffnete die Jalousien. Licht fiel in Streifen auf ihr Gesicht, ließ ihre Augen aufleuchten. Sie setzte sich zu mir aufs Bett.

»Mein Gott.« Sie seufzte. »Sie hatte tatsächlich ein Mädchen.«

Schwester Ana Rose pflanzte sich neben dem Bett auf, als müsse sie mich vor dem Teufel retten.

»Sie stehen nicht auf der Besucherliste«, erklärte sie.

Mercedes hob noch nicht einmal den Blick.

»Niemand, der keine Genehmigung hat, darf sie sehen«, sagte Schwester Ana Rose noch einmal.

Mercedes ignorierte sie noch immer.

»Niemand!« wiederholte Schwester Ana Rose. »Und das gilt auch für *Sie*.«

Mercedes hob eine Augenbraue und musterte die Nonne von oben bis unten.

»Bringen Sie mir die Liste, und ich setze meinen Namen darauf.«

»Das geht nicht so ohne weiteres. Das kann nur ihr Vater.«

»Dann rufen Sie ihren Vater an«, Mercedes wandte den Blick ab. Damit war Schwester Ana Rose über den Rand der Welt gefallen. Sie schlurfte mit ihren schweren Füßen auf dem Parkettboden weg, um Sohrab anzurufen.

»Man macht die Tür zu, wenn man das Zimmer verläßt!« schrie Mercedes ihr nach.

Zu mir sagte sie, sie würde mich jetzt in ihr Haus am anderen Ende der Stadt mitnehmen und nach den Winterferien wieder zurückbringen. Ihr Englisch war weich und melodisch, die Töne tropften ihr vom Mund, waren Balsam für meine Ohren und Labsal für mein Gemüt.

Ich packte meine Zahnbürste und ein Kleid zum Wechseln ein. Es war das letzte Kleid, das Roxanna für mich gekauft hatte, dunkelblau-weiß-kariert, mit Falten an der Vorderseite. Schon als ich den Iran verließ, war es zu klein gewesen. Ich hatte es mitgenommen, um einen Beweis zu haben, daß Roxanna wirklich existierte. Mercedes sah das Kleid und verzog die Lippen.

»Wir werden dir ein paar ordentliche Kleider kaufen müssen. Nimm noch ein paar Schuhe mit.«

Schwester Ana Rose kam zurück.

»Ich kann ihren Vater nicht erreichen«, verkündete sie triumphierend. Der Anblick meiner Tasche nahm ihr die Luft. »Was machen Sie denn da?«

Mercedes die Filmschauspielerin nahm meine Hand und fuhr wie eine Klinge durchs Zimmer.

»Ich nehme sie mit. Am Sonntag kommt sie wieder.«

Ein großer Wagen wartete vor der Schule. Er war silbergrau mit getönten Scheiben. Am Steuer saß ein atemberaubend schöner junger Mann mit dunkler Haut und lebhaften Augen. Bei unserem Anblick stieg er aus und öffnete den hinteren Schlag. Er nahm meine Tasche entgegen, half mir einsteigen, hielt Mercedes' Hand und beobachtete, wie sie nach mir in den Wagen glitt. Keine Minute ließ er sie aus den Augen.

Im Auto setzte sie sich so, daß sie im Rückspiegel des Fahrers zu sehen war. Dann öffnete sie ihr Cape. Der tiefe Ausschnitt ihres Kleides wurde sichtbar. Sie nahm den Hut ab, und ihr Haar umrahmte das Gesicht in einer goldenen Kaskade. Sie zündete sich eine Zigarette an, schlug die Beine übereinander und stieß eine Rauchwolke aus. Er beobachtete sie im Spiegel. Sie ließ ihn gewähren.

Schwester Ana Rose klopfte an mein Fenster und drohte, die Polizei zu holen. Der Wagen setzte sich in Bewegung.

»Was ist mit deiner Mutter passiert?« fragte Mercedes auf der Autobahn.

Ich schüttelte den Kopf.

»Ich weiß es nicht. Sie ist weggegangen. Vielleicht ist sie tot.«

Mercedes war überrascht und fühlte sich angesichts meines Schmerzes offensichtlich unbehaglich. Sie öffnete eine Tür in der Seitenwand des Wagens und entnahm ihr ein Glas und eine Kristallflasche. Sie goß sich eine klare, braune Flüssigkeit ein, gab noch Eis dazu und nahm langsam einen tiefen Schluck.

»Mach dir nichts daraus. So was kommt vor.«

Wir fuhren auf der Autobahn bis zur Ausfahrt Sunset Boulevard.

»Schau aus dem Fenster«, sagte sie zu mir, von dem Drink milde gestimmt. »Das ist meine Stadt.«

Ich sah ein Amerika, das ich in den ganzen Monaten, die ich in Pasadena verbracht hatte, noch nicht erlebt hatte. Das Amerika der langen, von Bäumen und schattigen Gehsteigen gesäumten Straßen; der wunderschönen Villen; der überlebensgroßen Männer und Frauen; der grünen Rasenflächen und blitzblanken Autos. Endlos lange Straßen, die zu immer weiteren Horizonten führten. Bei unserer Fahrt den Sunset Boulevard entlang zeigte mir Mercedes das Haus, das einst Lucille Ball gehörte, das Hotel, wo Mercedes mit Kirk Douglas zu Mittag gegessen hatte, die Straße, wo sie Marilyn Monroe im Wagen eines blonden Mannes davonfahren sah. An der Ecke von Sunset Boulevard und einer Straße namens Foothill verlangsamte der Wagen seine Fahrt und fuhr durch ein niedriges, schmiedeeisernes Tor, eine breite Auffahrt hoch. Wir hielten vor einem zweistöckigen Haus mit einer Fassade aus glattem, gelbem Stein, das inmitten von Blumenbeeten lag.

»Da wären wir«, sagte Mercedes.

Der breite Eingang hatte einen Marmorboden, das Wohnzimmer, von dem sich eine gewundene Treppe nach oben schwang, war mit hellblauem Teppichboden ausgelegt und beherbergte einen Flügel. Eine Frau in einer Uniform von derselben Farbe wie der Teppich führte mich zu meinem Zimmer im ersten Stock. Alles war aus Seide und Satin, in hellblau, gelb und pfirsich gehalten. Auf dem Nachttisch stapelten sich die Zeitschriften, Kissen mit Spitzenrüschen türmten sich auf dem Bett. Mercedes sagte, ich solle duschen und mich umziehen. Als ich fertig war, kam sie wieder in mein Zimmer.

»Es ist fast Mittag. Ich lege mich ein wenig hin.«

Sie schlief den ganzen Nachmittag. Zuerst blieb ich in meinem Zimmer und lauschte auf das ruhige Haus, sah aus dem Fenster auf den riesigen Garten mit einem Schwimmbad, dessen Boden schwarz war, und die zahlreichen, nebeneinander aufgereihten Liegestühle auf dem Rasen. Das Dienstmädchen fragte, ob ich unten fernsehen wollte.

»Du mußt Hunger haben«, meinte sie und führte mich zum Kühlschrank.

Im obersten Fach stand eine Flasche Tomatensaft neben einer Tüte Äpfel und einer Schale mit Butter. Alle anderen Fächer waren mit Wein- und Wodkaflaschen gefüllt.

»Madame ißt nicht gern zu Hause«, erklärte das Mädchen und gab mir einen Apfel. Sie nahm eine Dose mit Crackern aus einem Schrank.

»Ich bringe keine Lebensmittel mit, weil ich hier nicht wohne«, sagte sie. »Ich vermute, Madame wird mich jetzt losschicken, ein paar Sachen für dich zu besorgen.«

Um fünf Uhr ging das Dienstmädchen. Um sieben tauchte Mercedes aus ihrem Zimmer auf. Sie sah großartig aus, frisch geschminkt und in Abendgarderobe. Bei meinem Anblick machte sich Erstaunen auf ihrem Gesicht breit.

»Ich muß ausgehen«, sagte sie. »Ich habe etwas vor. Aber mir war gar nicht aufgefallen, wie klein du noch bist. Kannst du allein hierbleiben?«

»Sicher«, sagte ich mit geheuchelter Selbstsicherheit. Ich wollte nicht allein bleiben, wagte aber nicht, ihre Pläne zu durchkreuzen. Stirnrunzelnd musterte sie mich eine Weile, dann zuckte sie die Achseln und fügte sich ins Unvermeidliche.

»Ich fürchte, es geht nicht anders. Geh nur nicht ans Telefon, und mach die Tür nicht auf. Sieh fern, und geh dann ins Bett. Ich mache alle Türen und Fenster zu.«

Sie ging zur Bar und schenkte sich einen Drink ein, sah sich prüfend im Spiegel über dem Kamin im Wohnzimmer an, kam zurück und musterte mich ein letztes Mal.

»Bist du schon einmal allein gewesen?«

Es war wichtig, daß ich nicht versagte, daß sie mich mochte, daß ich nicht zu einer Last wurde, die sie loswerden wollte.

»Aber sicher doch«, log ich.

Später in jener Nacht, als ich in dem Bett mit der Satinbettwäsche und den gerüschten Kissen wach lag, hörte ich den großen Wagen in die Einfahrt gleiten. Die Haustür ging auf, und Mercedes kam ins Haus. Sie machte die Tür zu, schloß sie aber nicht ab. Dann stieg sie die Treppe hinauf und ging in ihr Schlafzimmer, das dem meinen gegenüberlag. Im sanften Licht ihrer Nachttischlampe sah ich, wie sie sich auszog. Ihre Bewegungen waren langsam und wohlüberlegt. Sie wartete.

Dann öffnete sich die Haustür mit einem einzigen, heftigen Ruck, und ich sah den jungen Mann, den Fahrer mit den dunklen Augen und dem rastlosen Blick durch das Haus und in das Schlafzimmer stürmen, wo Mercedes ihn umarmte und sein Leben ruinierte.

Zu Hause sprach Sohrab nicht mehr mit seinem Vater. In der Firma unterhielten sie sich in Teymurs Büro. Es sah wie eine riesige Empfangshalle aus und war mit antiken Stühlen und vergoldeten Tischen, dunklen persischen Teppichen und Samtvorhängen ausgestattet. Ein Diener in schwarzweißer Livree schenkte Drinks in Kristallgläser ein und servierte sie den Gästen auf einem silbernen Tablett. Eine von Teymur angestellte, in Wirklichkeit von der Geheimpolizei des Schahs eingeschleuste Sekretärin machte von jeder Besprechung doppelte Aufzeichnungen, die einen für Teymur, die anderen für ihre Chefs bei der Polizei.

Als die Sekretärin gegangen war, setzten sich Teymur und Sohrab zusammen, um über Geschäftliches zu diskutieren. Sie sprachen über die Fabriken, ihre Arbeiter, die Angewohnheit des Schahs, willkürlich neue Gesetze zu erlassen und zwei neue Probleme zu schaffen, wenn er eines lösen wollte. Sie sprachen über die Buchhalter im Tiefparterre der Ferdowsi-Allee, die bis zum Hals in Papieren steckten, zu schnell alterten und zu langsam vorwärtskamen.

»Schick sie weg«, riet Sohrab seinem Vater. »Du hast mir selbst beigebracht, mich nicht mit dem System anzulegen.«

Das war die einzige Bemerkung, die Sohrab bisher über die Vergangenheit gemacht hatte. Es war das erste Mal, daß er jenen Morgen erwähnte, als Teymur ihn die Hinrichtungen am Galgen auf dem Freiheitsplatz gezeigt hatte. In all den Jahren, nachdem Roxanna verschwunden war und sie mich weggeschickt hatten und Teymur, Fräulein Claude und Sohrab in dem Haus wohnten, sprachen sie nie miteinander darüber, was geschehen war. Sie lebten weiter, als wäre nichts passiert. Fräulein Claude kümmerte sich um das Haus und Mr. Jakob, Sohrab arbeitete im Büro oder las zu Hause, Teymur war so gut wie nie anwesend. Vielleicht, dachte Sohrab, war es das Schweigen, das es ihnen ermöglichte, zusammenzubleiben. Vielleicht tröstete es sie sogar, wie sie auch Trost in der Gegenwart des anderen fanden. Vielleicht gab es nichts, was sie sagen wollten, weil sie den Schmerz des anderen nur zu gut verstanden. Zu guter Letzt lief alles darauf hinaus, wie gut man seinen Verlust verkraftete.

Teymur der Abtrünnige wußte, daß er mit dem Feuer spielte, wenn er seine Steuern bezahlen wollte. Er wußte, daß die Spitzel des Schahs ihn beobachteten, daß sie ihn beschattet hatten, seit er vor sechsundvierzig Jahren in Teheran angekommen war. Der Schah hatte seine Agenten überall, in den Grundschulen und Krankenhäusern, den Kasernen und Restaurants. Seine Spione fuhren den ganzen Tag Taxi, nur um zu erfahren, was die Fahrgäste redeten. Sie arbeiteten im Haushalt, nur um über die Vorgänge in einer Familie zu berichten. Sie folgten Teymur, weil er von den Qajaren abstammte. Sie bespitzelten ihn wegen seines selbsterworbenen Reichtums, seiner angeblich deutschen Frau, seines jüdischen Vaters. Sie waren ihm auf den Fersen wegen seiner Schwiegertochter, die ohne jede Spur verschwunden war – es hatte noch nicht einmal ein Begräbnis gegeben. Und obendrein wohnte er in einem Haus voller Geister, die niemand stellen konnte. Sie hatten Teymur sein ganzes Leben lang verfolgt und würden die Sache mit seinen Steuern mit Sicherheit nicht einfach übergehen, aber ...

Teymur war müde. Er war sechsundsechzig Jahre alt und hatte lange genug gelebt, um zu wissen, daß er zu den Verdammten gehörte. Er hatte seine Mutter in ihrer Verbitterung allein gelassen, seine Frau verraten, seinen Sohn betrogen, Roxannas Untergang verschuldet. Nun, angesichts einer aussichtslosen Zukunft, war er es mehr als müde, kleine grüne Männlein mit grünen Lederaktentaschen schmieren zu müssen, übergewichtige Generäle mit Diamantringen am kleinen Finger und hagere Mätressen fürchten zu müssen, sich vor dem Schah zu verbeugen und vor dem Straßenkehrer schweigen zu müssen, der ein Informant seiner Majestät war. Deshalb weigerte sich Teymur, die Buchhalter zu entlassen, auch wenn er wußte, daß die Steuern ihn das Leben kosten würden.

Drei Tage nachdem ich von meinem Besuch bei Mercedes in die Schule zurückgekehrt war, erhielt die Mutter Oberin einen Brief, der in Teheran abgestempelt war und angeblich von meinem Vater kam. Er gestattete der Schule, mich an Wochenenden und während der Ferien Mercedes der Filmschauspielerin anzuvertrauen.

Die Mutter Oberin hatte Schwester Ana Rose bereits bestraft, weil sie Mercedes erlaubt hatte, mich gegen die Vorschriften der Schule mitzunehmen. Schwester Ana Rose hatte mir für eine ganze Woche mein Abendessen und die Fernseherlaubnis gestrichen. Mißtrauisch beäugte die Mutter Oberin den Brief, zog eine Akte aus einer Schublade und verglich die Unterschrift auf dem Brief mit meiner Anmeldung. Sie sah sofort, daß die beiden nicht übereinstimmten.

»Alles nur Betrug«, sagte sie zu Schwester Ana Rose. »Bring mir das Kind.«

Sie fragte mich über den Brief aus, der, sagte sie eindringlich, von dem Teufel in dem roten Cape fabriziert worden sei, der das ganze Parkett mit seinen Stöckelabsätzen ruiniert habe. Ich sagte ihr die Wahrheit, daß ich nämlich nichts von einem Brief wisse. Ich hatte meinem Vater gegenüber Mercedes mit keinem Wort erwähnt.

Die Mutter Oberin wählte seine Nummer in Teheran.

Sie riefe an, weil sie die Echtheit eines Briefes bestätigt haben wolle, der wahrscheinlich von ihm stamme. Es drehe sich dabei um eine Frau namens Mercedes, die unaufgefordert in der Schule erschienen sei und auf ihrem Besuchsrecht bestanden habe. Die fünf Tage, die ich während der Winterferien mit Mercedes verbracht hatte, erwähnte die Mutter Oberin nicht.

Sie drückte das Telefon ans Ohr und sah mich triumphierend an, während sie Sohrab ihre Nachricht verdauen ließ. Dann fiel ihr die Kinnlade herunter.

Er habe den Brief weder geschrieben noch unterschrieben. Er habe keine Verbindung mit Mercedes aufgenommen. Dennoch wünsche er, daß die Schule mich an den Wochenenden und in den Ferien in ihre Obhut gebe.

Die Mutter Oberin war entsetzt.

»In diesem Land ist es nicht üblich, Lügnerinnen und Schurkinnen ein Kind anzuvertrauen.« Sie sprach mit Sohrab, sah aber mich dabei an.

Das nächste, was er sagte, ließ sie die Segel streichen. Sie legte langsam den Hörer auf, faltete den Brief und legte ihn zu meinen Unterlagen. Sie klopfte mit den Fingern auf die Kante ihres Schreibtisches.

»Wochenenden und Ferien«, sagte sie zu Schwester Ana Rose gewandt. »Was für ein merkwürdiger Mensch.«

Zwei Jahre vergingen, ohne daß aus dem Tiefparterre in der Ferdowsi-Allee etwas zu hören war. 1975 entstiegen die beiden Männer endlich ihrer Gruft. Sie waren dick, schlaff und bleich geworden. Das Tageslicht machte sie blinzeln. Ihr Anführer, der einst weiße Leinenhosen getragen hatte, legte ein handschriftliches Dokument von tausend Seiten auf Teymurs Schreibtisch, trat zwei Schritt zurück und wartete.

Teymur öffnete das Buch auf der ersten Seite und blickte auf die Zahlen. Die Buchhalter dachten, daß er wütend mit der Faust auf den Schreibtisch schlagen würde und ihre Ergebnisse anfechten würde. Niemand, der alle Tassen im Schrank hatte, würde eine solch große Summe freiwillig der Regierung übergeben.

Teymur schloß die Unterlagen, stand auf, schüttelte ihnen die Hand und schickte sie nach Hause.

Er verbrachte die Nacht im Büro und las den Bericht. Sohrab kam herein und bat ihn, das Buch zu vernichten und dann die Buchhalter zu bestechen, damit sie ihre Ergebnisse nicht den Handlangern des Schahs mitteilten. Fräulein Claude rief ihn an und flehte ihn an, Erbarmen zu haben, wenn schon nicht mit sich selbst, dann mit ihr und Sohrab. Am nächsten Morgen ging Teymur allein zur Bank und verlangte den Manager zu sprechen, der Morad das Land verkauft hatte, das ihn umbrachte.

Der Manager kam sofort aus seinem Büro gerannt, als er Teymurs Namen hörte. Er lächelte, redete aber zu schnell, und seine Handflächen waren schweißnaß. Er bot Teymur Tee und Datteln an, fragte, ob er Coca-Cola vorziehe, bestand darauf, daß er englische Bitterschokolade versuchte. Er versicherte Teymur, daß er sein ewig ergebener Diener sei, der mehr als nur seine Pflicht für ihn tun würde. Teymur nahm einen Stift und schrieb eine Zahl auf ein Stück Papier.

»Ich brauche einen Bankscheck, der auf das Finanzamt ausgestellt ist.«

Dem Manager wurde flau.

»Das verstehe ich nicht«, murmelte er, überzeugt, daß er etwas überhört hatte.

»Verstanden haben Sie nie etwas«, lachte Teymur. »Tun Sie Ihre Arbeit.«

In der Schule strengte ich mich sehr an, hatte aber wenig Erfolg. Meine Noten waren schlecht. Ich lernte, konzentrierte mich aber nicht, sprach, teilte mich aber nicht mit. Meine Lehrer gaben mich auf. Meine Mitschülerinnen wurden es müde, auf mir herumzuhacken und vergaßen langsam, daß es mich gab. Mercedes vergaß ebenfalls einen ganzen Sommer lang, mich zu besuchen oder mich holen zu lassen. Ich blieb in meinem Zimmer, war mit den Nonnen allein.

Ich existierte nicht, war körperlos.

Ich war es in den Jahren seit Roxannas Flucht geworden. Auf diese Art hatte ich es geschafft, zu überleben. Ich war für mich und alle anderen unsichtbar geworden. Ich war in der Wolke aus Angst und Schrecken, die mich auf dem Flug nach Amerika umgeben hatte, verschwunden. Oder vielleicht war es schon in der Nacht geschehen, als Roxanna floh und ich sie rief, sie sich umdrehte, mich ansah und dennoch nicht gesehen hatte.

Deshalb nahm ich einen Stift und bemalte meine Handflächen und die Innenseite meiner Arme mit Mustern. Morgens wusch ich sie unter der Dusche wieder ab, aber kaum war ich trocken, fing ich wieder von neuem an. Nachts saß ich da und malte auf meinem Bauch herum, auf meinen Schenkeln, meinen Fußsohlen, überall da, wo die Kleidung mich bedeckte, damit die Nonnen nicht sehen konnten, was ich getan hatte. Ich zeichnete feine, runde Linien, Bögen und Schleifen, lange, schmale Brücken über einer Handfläche, den Arm hinauf, über meine Brust, den anderen Arm hinunter bis zur Hand. Ein Labyrinth täglicher Sorge und endloser Sehnsucht, das die Nonnen abstieß und die anderen Mädchen mich meiden ließ, als würde ich die Keime einer tödlichen Krankheit in mir tragen. Mercedes war begeistert.

»Du bist eine große Künstlerin«, sagte sie jedesmal, wenn sie mich halb bekleidet und mit den Ergebnissen der vorherigen Nacht sah. »Du solltest das auf Papier übertragen oder nackt herumlaufen und mir erlauben, dich in einigen Gallerien zu zeigen.«

Sie zeigte mich ihren Freunden, wenn sie mich abends zum Essen mitnahm. Wir gingen zu Chasen's, um einen Drink zu nehmen, zu Perino's für den Hauptgang, in die Polo Lounge, um Leute zu treffen. Wo sie auftauchte, hatte Mercedes ihren eigenen Tisch, ihre Lieblingskellner und Barkeeper, ihre Gruppe ergebener Bewunderer, die zu ihrem Tisch strömten und sich um ihre Aufmerksamkeit bemühten.

»Meine Nichte aus dem Ausland«, stellte sie mich den Männern vor, die mich lieb fanden, und den Frauen, die mich meist gar nicht sahen. »Eigentlich aus Pasadena, aber das ist so gut wie Ausland.«

Ich saß stundenlang am Tisch, aß mein Essen und nippte an dem Saft, den Mercedes mir im Abstand von einer halben Stunde bestellte, wenn sie selbst sich einen neuen Drink kommen ließ. Die Gegenwart der anderen gab mir das Gefühl, in Sicherheit zu sein. Wenn ich einschlief, gewöhnlich irgendwann in unserem zweiten Restaurant, rief Mercedes ihren Fahrer, damit er mich nach Hause brachte. Dann drehte und wälzte ich mich im Bett, kämpfte gegen meine Angst an, bis ich schließlich zum Stift griff und wieder meine Haut bemalte.

Gegen Morgen kam Mercedes nach Hause, manchmal konnte sie noch laufen, manchmal torkelte sie, aber immer kam sie mit einem Mann. Sie schlief mit ihm im Wohnzimmer oder in ihrem Schlafzimmer, in der Küche, draußen auf den Liegestühlen am Pool. Dann ließ sie ihn stehen, setzte sich an den Flügel, den sie nicht spielen konnte, klimperte mit ihrem Zeigefinger auf den Tasten und trank sich in den Schlaf. Ich kam aus dem Zimmer und sah ihr von oben aus zu. Ihr Kopf lag auf dem Flügel, das Haar fiel bis auf die Tasten. Ich allein wußte, daß sie dort schlief, weil sie Angst vor dem Alleinsein hatte, genau wie ich.

Zwei Tage waren vergangen, seit Teymur dem Finanzamt seinen Scheck überreicht hatte. Der Besucher stellte sich nur als »ergebener Diener Seiner Majestät« vor. Er hatte ein enorm großes Kinn und dicke, fleischige Lippen. Seine Zähne waren winzig und standen weit auseinander wie bei einem Baby.

»Nehmen Sie Ihr Jackett, und folgen Sie mir«, sagte der Mann durch seine Babyzähne zu Teymur. »An der Tür wartet ein Auto auf Sie. Steigen Sie ein und stellen Sie keine Fragen.«

Teymur kämpfte gegen das Zittern in seinen Händen an. Er erhob sich von seinem Schreibtisch, zog den Knoten seiner Krawatte fester, schlüpfte in sein Jackett. Er warf einen Blick durch das Fenster auf die Straße, wandte sich zur Tür und wünschte sich, ein vertrautes Gesicht würde eintreten. Eine kleine Ewigkeit verging, bis er seine Schlüssel gefunden hatte. Dann steckte er sich zwei Bündel Banknoten in die Taschen. Seine Sekretärin fragte sarkastisch, ob er bis zur Mittagspause zurück zu sein gedenke.

Teymur ging einen Flur nach unten zu Sohrabs Büro und gab ihm die Schlüssel. Er schrieb ihm zwei Telefonnummern von alten Freunden bei der Luftwaffe auf, die nötigenfalls für ihn eintreten würden. Sohrab begleitete ihn auf die Straße. Es war zwei Uhr nachmittags, als sie aus dem Gebäude traten. Gegenüber vom Eingang parkte ein kirschroter Volvo. Entsetzen wallte in Teymur auf. Plötzlich sehnte er sich nach dem

Leben, das er vor einer Stunde noch für so unerträglich gehalten hatte. Irgendwie, dachte er, mußte er sich sein ganzes Leben auf diesen Augenblick zubewegt haben.

Der Fahrer brachte ihn zu einem unauffälligen Gebäude an der Persepolis-Allee neben dem Theater. In dem Büro standen ein Aluminiumschreibtisch, ein Stuhl, kein Telefon. Ein Deckenventilator summte erbarmungslos, ohne die Luft zu kühlen. Die Türen hatten keine Griffe, die Fenster waren mit Farbe undurchsichtig gemacht.

Ein Mann in einem puderblauen Anzug und Krokodillederschuhen stellte Teymur Fragen. Er erkundigte sich nach den Fabriken, Teymurs deutscher Frau, nach dem Geld, das Morad für Land bezahlt hatte, das bereits der Schwester des Schahs gehörte. Über den Scheck, den Teymur dem Finanzamt gegeben hatte, verlor er kein Wort. Er äußerte keine Beschuldigungen, lieferte keine Erklärung. Das Verhör dauerte bis elf Uhr nachts.

Der Mann mit den Krokodillederschuhen machte keine Aufzeichnungen.

Teymur wurde zwei Tage in diesem Gebäude gefangengehalten, dann brachte man ihn in ein anderes. Er fragte, wann er wieder nach Hause könne.

»Das wird noch eine Weile dauern«, lautete die Antwort.

Er wollte wissen, was ihm vorgeworfen wurde.

»Aufruhr.«

Dann brachten sie ihn ins Gefängnis.

Im Gefängnis wurde er geschlagen und verhört. Nie wurde eine präzisere Anklage als Aufruhr erhoben. Das staatliche Radio verkündete seine Inhaftierung wegen Bestechung und illegalem Horten von Lebensmitteln. Die zensierten Zeitungen druckten sein Bild auf der Titelseite und spekulierten über mögliche Verbindungen mit den Nazis während des Krieges. Seine Fabriken wurden geschlossen, sein Eigentum konfisziert. Selbst sein Haus hätten sie ihm am liebsten abgenommen, ausgeräumt und versiegelt. Man hätte es in ein Museum für ausländische Touristen oder ein Waisenhaus verwandelt, das die Kaiserin einmal im Jahr in einem durchsichtigen rosa Hut und einem rosa Chanel-Kostüm besucht hätte. Man hätte ein Foto mit ihr von den dankbaren Kindern gemacht, die entgegen allen Gerüchten – »sehen Sie selbst, Ihre Majestät« – nicht an ihrem Bett festgebunden waren oder an Unterernährung litten. Mit Sicherheit hätten sie das Haus konfisziert, wenn es dort nicht gespukt hätte.

Der Schah, der per Erlaß bestimmt hatte, daß es im modernen Iran keine Geister gab, zögerte dennoch davor, Hand an ein Gebäude zu legen, dem Teymur den Ruin verdankte. Er verzichtete auf das Haus und erlaubte Sohrab und Fräulein Claude mit Jakob dem Wackelpudding und Maschti weiterhin dort zu wohnen.

Sohrab verbrachte die nächsten drei Jahre damit, die Entlassung seines Vaters zu betreiben. Er schrieb Briefe, machte Versprechen, bestach hochrangige Beamte, verlangte bei kleinen Bürokraten vorzusprechen. Erst rief er die beiden Männer an, deren Namen Teymur ihm gegeben hatte, später andere. Er sprach alle alten Freunde Teymurs an, alle seine Geschäftspartner. Rundum rannte er gegen eine graue Mauer der Angst an. »Werde ich der nächste sein?«

Sie entschuldigten sich damit, daß sie als Sympathisanten gelten würden, wenn sie sich für Teymur einsetzten.

»Sympathisanten wovon?« lachte Fräulein Claude bitter, wenn Sohrab wieder einmal von einem alten Freund abgewiesen worden war. »Dein Vater sympathisierte sein Lebtag mit gar nichts.«

Da das Geld knapp wurde und die Geheimpolizei das Haus ununterbrochen beobachtete, ging sie kaum noch aus. Sie marschierte in ihren hochhackigen Sandalen und ihrem von Haarfestiger steifen Haar durchs Haus. Ihre Fesseln waren so dünn geworden, daß sogar sie sich fragte, wie lange sie ihr Gewicht noch aushalten würden. Sie kochte für Sohrab und Jakob, hielt das Haus in Ordnung. Seit Roxannas Flucht waren die Geisterräuber kein einziges Mal mehr gekommen. Jeden Nachmittag ging sie vor Sonnenuntergang in die Küche und fragte Jakob, was er sah.

»Nicht viel«, erwiderte dieser in kindlicher Unschuld. »Nur Roxanna. Sie steht mit blauen Flügeln im Fenster und sieht mich an.«

Fräulein Claude hatte für Jakobs Augen nur noch Verachtung übrig.

Sie machte ihm sowohl für das, was er sah, Vorwürfe, als auch, daß er es ihr so leichterhand sagte, ohne sich des Schmerzes bewußt zu sein, den er ihr zufügte. Sie haßte ihn, weil er Roxanna selbst im Tode noch sah und ihr berichtete, daß Sohrab, einen langen Schatten auf dem Betonboden werfend, nachts im Hof auf und ab ging, die Augen zum Himmel gerichtet, als bete er für Roxannas Rückkehr. Ihre tiefste Abneigung gegen ihn rührte daher, daß er die Männer gesehen hatte, die sie vor Roxannas Verschwinden ins Haus geholt hatte. Die Männer, die sie bezahlt hatte, damit sie sie beraubten. Geisterräuber, die gar keine Geister, sondern nur geschickte Diebe waren, die sie mit ihrem eigenen Schlüssel ins Haus gelassen und jede Woche aufs neue eingeladen hatte.

Kurz nachdem Jakob ihr von Roxanna und Teymur erzählt hatte, gab sie den Männern den Auftrag, ihr Haus auszurauben. Vor lauter Panik blind, hatte Fräulein Claude erkannt, auf welch wackeligen Füßen ihre eigene Zukunft stand. Erst hatte sie ihren Sohn verloren und dann ihren Mann. Wie leicht konnte sie das einzige in ihrem Leben verlieren, das Roxanna noch nicht angerührt hatte, das Geld, das ihr und Teymur gehörte, an dem Teymur aber kein Interesse hatte. Sie brauchte Sicherheit, dachte sie, falls Teymur sich gegen sie wandte, sich Roxannas wegen von ihr scheiden ließ oder sie einfach verstieß. Da sie in einem Land lebte, wo jeder Mann seine Ehe einseitig annullieren konnte, ohne jegliche Verpflichtung, der Frau vom gemeinschaftlich erwirtschafteten Geld etwas abzugeben oder sie zu unterstützen, da Teymur einfach alles behalten konnte, was sie ein ganzes Leben lang angehäuft hatte, hielt Fräulein Claude es für ihre erste Pflicht, sich selbst zu schützen.

Sie engagierte zwei Russen aus dem Kaukasus, bezahlte sie dafür, ihre und Roxannas Juwelen zu stehlen, sie auf dem Schwarzmarkt in der Sowjetunion zu verkaufen und ihr den Erlös abzüglich ihres Honorars zu bringen. Es war ihre Idee, die Diebstähle so zu kaschieren, daß sie wie eine interne Sache aussahen und niemand die Polizei hinzuzog.

Die Männer kamen tagsüber, durch den Dienstboteneingang. Sie gingen durch die Küche. Fräulein Claude sorgte dafür, daß sie bis auf Jakob leer war. Er hielt sie für feine Herren, denn sie trugen teure Anzüge und goldene Armbanduhren.

Es klappte so gut, daß sie Spaß an der Sache bekam. Die Männer gingen durch das Haus und brachten ein paar Dinge durcheinander. Dann nahmen sie Roxannas Ehering, Fräulein Claudes Ohrringe, Teymurs Manschettenknöpfe. Sie warteten eine Weile, dann holten sie Roxannas Saphircollier. Danach verkauften sie ihre Beute. Fräulein Claude zählte das Geld. Da sie nicht wußte, wo sie es verstecken sollte, stopfte sie es in einen Umschlag, den sie an der Rückwand ihrer Kleiderkammer mit Klebestreifen festmachte. Ein nie gekanntes Machtgefühl erfüllte sie. Die Furcht, die sie verbreitete, war so groß, daß sie ungestraft in jedermanns Leben eingreifen konnte. Sie konnte anklagen und verurteilen. Auf sie wurde gehört, und ihrem Wort wurde gefolgt. Endlich war sie wieder die Herrin ihres eigenen Haushalts.

Sie ließ die Männer die Gemälde stehlen, die Antiquitäten, die Teppiche. Das Geld verwahrte sie in ihrem Zimmer, in dem Wandschrank, dem sich niemand nähern durfte. Sie zählte nicht länger, was die Männer ihr brachten. Es war nicht mehr wichtig. Sie war zufällig über etwas gestolpert, das noch viel großartiger war und ihr noch mehr Macht verlieh als Geld, und sie konnte sich nicht mehr zügeln, selbst als sie merkte, daß es höchste Zeit war.

In der Tiefe ihres Herzens war es Fräulein Claude deshalb egal, als Teymur arrestiert und eingesperrt wurde. Nichts, was er im Gefängnis zu erdulden hatte, ließ sich mit der Wut vergleichen, die er in ihr ausgelöst hatte. Nichts kam an den Zorn heran, der ihr das Essen vergiftete, ihr die Nächte zur Hölle machte und sie wie ein Feind aus ihrem eigenen Inneren bekämpfte. Sie wußte nur zu gut, daß er aus dem jungen Mädchen, das sich für ihre Brüder aufopferte, eine alte Frau gemacht hatte, die alles zerstören wollte. Es lag nur an Teymur, daß sie niederträchtig, verbittert und grausam geworden war. Wenn er nun litt, so zahlte er ihrer Meinung nach nur die Schuld ab, die er ihr gegenüber angehäuft hatte.

1978, beim Ausbruch der Tumulte, die zur islamischen Revolution führten, wurde Teymur aus den Gefängnissen des Schahs entlassen. Er litt an den Nachwirkungen der Schläge, die ihm Rippen gebrochen und die Lunge verletzt hatten. Er starb zu Hause, im Salon über dem Garten, in dem Haus, das er voll Hoffnung gebaut hatte. In dem Haus an der Allee des Glaubens.

Die ganze sechste Klasse hindurch machte ich mir Gedanken wegen meines Abschlusses. Saint Mary war nur eine Grundschule. Danach würden alle Internatsschüler in die staatliche Gesamtschule um die Ecke gehen. In den sechs Jahren, die ich hier verbracht hatte, lebten nur wenige Mädchen katholischer Familien im Internat. Sie blieben meist nur ein paar Monate, manchmal ein ganzes Jahr. Ich war die einzige, die nie abgegangen war.

Im März schrieb ich an meinen Vater, um ihn zu fragen, wie seine Pläne für mich aussahen.

»Du wohnst weiterhin in Saint Mary's«, schrieb er zurück. »Ich habe schon die nötigen Schritte veranlaßt.«

Im April schickte ich ihm eine Einladung zu den Festlichkeiten am Schuljahresende. Er ließ mich wissen, daß er nicht daran teilnehmen werde.

Im Mai rief ich ihn an und bat ihn, mich nach Hause kommen zu lassen.

»Hör mit der Bettelei auf«, erwiderte er ungeduldig. »Deine Schule ist nun dein Zuhause. Amerika ist deine Heimat. Nach all den Jahren, die du dort gelebt hast, solltest du das akzeptieren.«

Bei der Abschlußfeier war ich allein. Ende Juni ließ Mercedes mich holen.

Bei meiner Ankunft in ihrem Haus waren Arbeiter damit beschäftigt, auf dem Rasen die Dekorationen für den Unabhängigkeitstag anzubringen. Sie hängten mit Pailletten bestickte Flaggen auf, stellten lebensgroße Statuen von Onkel Sam und bikinitragenden Puppen mit rot-weiß-blauen Zylindern auf, die Arm in Arm in einer Reihe tanzten. Die Beine halb erhoben, ließen sie schwarzrote Strumpfgürtel sehen, die nachts aufblitzten.

Mercedes die Filmschauspielerin war in ganz Beverly Hills für die Dekorationen ihres Hauses an hohen Feiertagen berühmt. Von weither kamen die Touristen, um an Halloween ihre kopflosen Bräute und fliegenden Hexen zu bewundern. An Weihnachten hing sie Girlanden über die Arme der Männer und Frauen, die sie Tannenbäume spielen ließ. Die spanischen Jugendlichen, die am Sunset Boulevard im Abstand von wenigen Straßenblocks Karten von den Häusern der Stars verkauften, wiesen auf Mercedes' Haus als das eine Ziel hin, das die Touristen wirklich nicht auslassen sollten. Nachts kletterten die Kellnerinnen aus den Lastwagen-Raststätten in Bakersfield mit blonden Perücken und in Stöckelschuhen über den Zaun und posierten für Fotos mit den nackten Kobolden. An Ostern rasten tätowierte junge Männer in Lederkleidung im Geschwindigkeitsrausch von den Rock'n'Roll-Clubs am Strip hierher, um mit den riesigen Plastikkaninchen zu schmusen. Der Bürgermeister von Beverly Hills hätte seinen Geburtstag lieber mit Mercedes als seiner eigenen Frau verbracht.

Ich stieg aus dem Auto und trug meine Tasche ins Haus. Der südländische Fahrer war längst entlassen. Er hatte sich in Mercedes' Bett verausgabt, bis sie ihn satt hatte. Jahrelang war er zurückgekommen und hatte sie angefleht, sie ein letztes Mal in den Arm nehmen und ihr einen letzten Kuß geben zu dürfen, aber sie hatte ihm die Tür vor der Nase zugeknallt wie allen Männern vor oder nach ihm. Das Hausmädchen begrüßte mich im Eingang.

»Madame schläft. Ich kann dir ein Glas Saft bringen.«

Ich nahm den Saft und ging hinaus zum Pool. Es war heiß. Leise, um Mercedes nicht zu wecken, zog ich meinen Badeanzug an und glitt in das eisige Wasser.

Ich schwamm unter Wasser, berührte den Boden mit den Händen. Die Kälte, die Gewichtslosigkeit, das ruhige Gleiten meines Körpers im Wasser berauschten mich. Ich machte die Augen auf und schwamm bis zum Ende des Pools. Dort kehrte ich um, ohne Luft zu holen.

So muß es sein, wenn man fliegen kann, dachte ich.

Ich fühlte mich schwerelos und frei. Selbst als ich keine Luft mehr hatte und meine Lunge weh tat, wollte ich nicht an die Oberfläche kommen.

So muß es sich anfühlen, wenn man tot ist.

Noch eine Runde unter Wasser, und ich wurde ohnmächtig.

Das Hausmädchen sprang in ihren Kleidern ins Wasser und zog mich heraus.

»Du hättest dich beinahe umgebracht«, schrie sie mich an, als ich Wasser durch die Nase hochhustete.

Miriam der Mond kam zu Teymurs Begräbnis. Ihre Anwesenheit ruinierte alles.

Sie war natürlich nicht eingeladen worden. Sie wußte ganz genau, daß sie der letzte Mensch war, den Fräulein Claude in ihrem Kummer sehen wollte. Dessenungeachtet tauchte sie in einer dunkelbraunen Jacke und einem marineblauen Rock auf, schleppte ihren nutzlosen Ehemann drei Schritt hinter sich her und musterte die Trauergäste, ob sich potentielle Kunden für ihre unechten Antiquitäten unter ihnen befanden. Sie hatte sogar die Dreistigkeit, zu Fräulein Claude zu gehen und ihr die Hand zu schütteln.

Fräulein Claude wandte sich so brüsk ab, daß sich alle Augen auf sie richteten. Ungerührt klopfte Miriam Fräulein Claude auf die Schulter wie eine nachsichtige Großmutter, die das unreife Verhalten eines Kindes duldet. Dann gab sie Sohrab und Maschti die Hand, Morads Frau und Kindern, Fräulein Claudes Brüdern und ihren Frauen. Sie war sich dessen bewußt, daß alle Blicke auf ihr ruhten, tat aber so, als würde sie das nicht stören. Wenn sie wußte, was ihnen durch den Kopf ging, behielt sie es für sich.

Miriam der Mond war nämlich, egal wie sie sich gab, schon längst als die Frau in die Geschichte eingegangen, der Gott von allen menschlichen Wesen das größte Unglück zugedacht hatte.

Ihre Mutter hatte Gift getrunken und sich dadurch umgebracht. Ihre Schwester war mit dem Neffen ihres Mannes durchgebrannt und hatte die Familie entehrt. Sussan, ihre jüngste Schwester, heiratete ihren einzigen Verehrer, den Mann, von dem sie wußte, daß er sie enttäuschen würde, und entdeckte prompt, daß er seit Jahren mit einer moslemischen Frau verheiratet war, die er liebte. Rochelles Mann fuhr auf der Suche nach erfahrenen Huren nach Hongkong und für jungfräuliche Mädchen nach Thailand. Doch nichts in der Welt, noch nicht einmal die Tragödie Fräulein Claudes mit Teymur, war vergleichbar mit dem, was Miriam dem Mond widerfahren war.

Kurz nachdem Tala'at den Iran verlassen hatte, beschloß Miriam, Geschäftsfrau zu werden. Jahrelang hatte sie angeblich antikes Silber an ahnungslose Touristen verkauft. Sie hatte jede Ausgabe bis zum letzten Pfennig geplant und ihre Ersparnisse in Weinkrügen im Boden unter ihrem Bett vergraben. Eines Tages hatte sie ihr Geld gezählt und Mr. Charles geraten, es in ein Mietshaus zu investieren.

Ihre Kinder waren noch klein, als Miriam sich auf die Suche nach dem perfekten Investitionsobjekt machte. Ein Auto hatte sie nie besessen. Geld für ein Taxi auszugeben, hielt sie für Verschwendung. Die Busse in Teheran waren ihr zu überfüllt, fuhren nie nach Fahrplan und brachen auf jeder Kreuzung zusammen. Also ging sie jeden Zentimeter der Stadt zu Fuß ab, von der Cyrus-Allee im Süden zu den Hügeln von Schemiran im Norden. Sie sprach mit jedem Grundstücksmakler, überprüfte die Bücher, erforschte ganze Viertel. Sie saß stundenlang vor Mietshäusern, die zum Kauf angeboten wurden, nur um zu beobachten, welche Art Leute dort ein und aus gingen. Schließlich entschied sie sich, wie nicht anders zu erwarten, für ein Haus, das nicht zum Verkauf stand.

Es war ein schmales, dreistöckiges Gebäude an der Persepolis-Allee gegenüber dem Theater. Die laute Straße war immer voll Fußgänger und Auspuffqualm. Es wohnten so viele Menschen dort, daß Miriam überzeugt war, daß das Gebäude nie leer stehen würde. Sie hatte ein amerikanisches Buch gelesen, »Wie man seine erste Million macht, ohne zu arbeiten«. Mr. Charles behauptete immer, die Amerikaner machten nur in Millionenhöhe Geld. Miriam wollte sich an die Prinzipien halten, die das Buch empfahl:

»Wenn Sie Geld haben, kaufen Sie das *beste* Gebäude im *besten* Viertel zum *niedrigsten* Preis. Wenn sie kein Geld haben, kaufen sie das *schlechteste* Gebäude im *besten* Viertel für den *niedrigsten* Preis.«

Das Gebäude, das Miriam ausgesucht hatte, war zwischen zwei größere Gebäude eingeklemmt und bekam keine Sonne. Wie ein schlankes Rechteck geformt, war es so schmal, daß in jedem Stock nur Raum für eine einzige Wohnung war. Die Fenster waren mit schwarzen Metallstäben vergittert, der Korridor war eng, die Zimmer beklemmend. Niemand hatte seit der Errichtung des Hauses frische Luft hineingelassen.

Vom Eingang führte eine dreißig Zentimeter breite Treppe zu den beiden oberen Stockwerken. Am unteren Ende der Treppe stand auf einem runden Holzschemel das einzige Telefon für alle Parteien des Hauses. Das führte dauernd zu Streitereien, weil einer den anderen belauschte. Seit Miriam die Hausbewohner aufs Korn genommen hatte, war mindestens eine Ehe daran zerbrochen. Rechts neben der Treppe lag die

Parterrewohnung. Einen halben Meter in die Erde gelassen, sah man vom Wohnzimmer, das zur Straße hinausging, nur die Beine der Passanten und die Reifen der Autos. Hinter dem Wohnzimmer befanden sich die Küche, ein Badezimmer und zwei Schlafzimmer mit zwei Metallbetten und Aluminiumkleiderständern. Der sich anschließende eingezäunte Hof diente dem ganzen Gebäude als Lager. Man fand dort alles, von einbeinigen Holzstühlen bis zu einer Porzellanbadewanne mit Löchern, an deren Seiten das Unkraut in die Höhe schoß. Der Garten bestand aus einem winzigen sonnenlosen Fleck trockener Erde, der rundum von einer Ziegelmauer begrenzt wurde. In der Mitte lag ein rundes leeres Becken von anderthalb Metern Tiefe und einem Meter Durchmesser.

Der Zustand des Hauses war so schlecht, daß Miriam sich ausgerechnet hatte, es könnte erschwinglich sein. Sie belagerte den Eigentümer so lange, bis er es ihr verkaufte. Dann verhandelte sie mit ihm über den Kaufpreis, bis er schon fast bereit war, es ihr umsonst zu geben, nur um nicht verrückt zu werden. Sie zog mit ihrer Familie in die Wohnung im ersten Stock, voll Zufriedenheit und Stolz auf sich und ihren gesellschaftlichen Aufstieg. Die arme Mieterin aus dem Ghetto war endlich selbst Hausbesitzerin geworden.

Die ersten Wochen verbrachte sie damit, die Wände und Decken zu schrubben, Rattengift auszulegen und jede Ecke zu desinfizieren. Sie richtete die Küche ein und säuberte den Hof. Fürs Wohnzimmer schaffte sie gebrauchte Möbel an und stellte das Gerümpel im Hof ordentlich zusammen. Etwas davon wegzuwerfen, konnte sie sich aber nicht überwinden. Sie räumte den Dreck aus dem Becken. Statt mit Wasser füllte sie es mit fruchtbarer Erde. Sie pflanzte Sonnenblumen hinein, säte Gras im Garten und malte die Ziegelwände in einem leuchtenden Gelb an, über das sich die Nachbarn beschwerten. Doch es brachte Licht ins Haus, oder lag das an den Sonnenblumen? Als sie fertig war, sagte sie zu Mr. Charles, daß sie nun nach ihrem zweiten Investitionsobjekt Ausschau halten würde.

Mr. Charles wurde von ihrem finanziellen Erfolg angespornt und bemühte sich nach Kräften, seine Kundschaft zu vergrößern. Er war zwar ungebildet, und es fehlte ihm an Kultiviertheit, aber er war mit einem ausgezeichneten Gedächtnis gesegnet, das ihm nicht nur erlaubte, seine Bücher im Kopf zu führen, sondern auch Englisch zu lernen, indem er seinen amerikanischen und britischen Kunden zuhörte. Er hatte Respekt vor den Briten und liebte die Amerikaner, weil sie Geld hatten. Sie waren nicht unbedingt großzügig, wie er Miriam erklärte (einige würden sogar dagegen angehen, ihre eigenen Kinder über das Alter von achtzehn Jahren hinaus zu unterstützen), aber so mit Wohlstand gesegnet, daß sie Reichtum ausstrahlten, ohne sich darum zu bemühen. Jeden Tag stellte er sich vor seinem Geschäft auf, um die Amerikaner aus der Menschenmenge herauszupicken, bevor sie einen anderen Laden betraten. Wenn er sie erspäht hatte, faßte er sie am Arm, und mit Versprechungen von Tee und Pistazien führte er sie in seinen Laden. »Keine Angst. Ich habe auch Whisky, wenn Sie wollen.« Er führte sie durch den Laden, in dem jedes Stück seine Vitrine hatte. Amerikaner drängte er nie zum Kauf. Von ihnen wollte er kein Geld. Er suchte vor allem ihre Gesellschaft. Am liebsten nahm Mr. Charles sie zu sich nach Hause mit.

Ein- oder zweimal im Monat gelang es ihm, einem ahnungslosen Käufer eine Einladung zum Abendessen aufzudrängen oder ihn so neugierig zu machen, daß er auf einen Drink bei ihm vorbeikam. Bei diesen Gelegenheiten platzte er früher als sonst durch die Haustür, sprach sein unkorrektes Englisch, gespickt mit halbverstandenen Amerikanismen, und entschuldigte sich für sein bescheidenes Heim. Er schämte sich seines Hauses und seiner Familie nie, nur in der Gegenwart von Amerikanern. Dann erschien ihm sein Haus plötzlich zu klein, seine Frau zu alt und zu bestrebt, sich über Dinge auszulassen, die eine Frau nichts angingen. Seine Tochter hatte kein Selbstbewußtsein und lachte bei jeder Gelegenheit mit so unkontrollierter Stimme, daß sie wie ein Flittchen klang. Sein Sohn, und das war das schlimmste, sein Sohn sah aus, als würde er es nie weiter als sein Vater bringen.

Um seine Verlegenheit zu betäuben und seine Gäste zum Bleiben zu bewegen, eilte Mr. Charles sogleich zu dem kleinen Holzschrank in der Ecke des Wohnzimmers, wo er seinen Whisky-Vorrat und die vier Kristallgläser aufbewahrte, die er gegen den heftigen Protest seiner Frau gekauft hatte. »Man kann genausogut aus gewöhnlichen Gläsern trinken. Es kostet weniger, und sie zerbrechen nicht so schnell.« In der Annahme, daß es keinen Amerikaner auf der Welt gebe, der keinen Whisky mag, goß er großzügig ein. Seine Kinder, Miriam oder ein Mieter mußten Eis holen. Dann stellte er Häppchen auf dem Couchtisch zurecht, gebratene Auberginen mit Knoblauch, geschälte Gurken mit rohen Zwiebeln und Tomaten, geröstete Pistazien. Er redete und trank, begeistert, einen betuchten Amerikaner unter seinem Dach zu haben, dessen Gegenwart ihm das Gefühl des gesellschaftlichen Aufstieges gab. Irgendwann zwischen dem fünften und siebten Glas lehnte er sich dann vor, schaute seinen Gästen tief in die Augen und schwor, sie zu lieben. »Um Ihretwillen«, versicherte er ihnen, »nicht weil Sie vielleicht etwas von mir kaufen. Einfach weil Sie sind, der Sie sind.«

Einer dieser Amerikaner setzte Mr. Charles, der an jenem Abend vor Liebe und Bewunderung fast platzte, den Floh ins Ohr, das Becken im Hof statt mit Sonnenblumen mit Wasser zu füllen. Sie tranken seit acht Uhr. Gegen elf wollte Mr. Charles dem Mann das ganze Mietshaus zeigen. Er führte ihn durch die beiden oberen Stockwerke, weckte die wütenden Mieter und zwang ihre halbnackten Frauen, sich zu verstecken, damit er einen halbbetrunkenen Amerikaner durch ihre Schlafzimmer und Küchen führen konnte. Dann führte er seinen Gast durch die Zimmer von Miriam und den Kindern, durch das Bad und den Hof und landete schließlich im Garten mit den leuchtendgelben Mauern. Der Amerikaner, der eine grüne Safarijacke und rotkarierte Hosen trug, überlegte, wie er auf möglichst nette Art Mr. Charles' Gastfreundschaft entkommen könne. Er sagte, daß ihm die Farbe der Mauern gefiele.

»Es ist nichts Besonderes.« Mr. Charles nahm das Kompliment mit Stolz an, »aber es hat aller meiner Kräfte bedurft, um uns hierher zu kriegen.«

Der Amerikaner nahm noch einen Schluck Whisky. In einem Anfall von brüderlicher Verbundenheit zwischen West und Ost, an den er sich am folgenden Morgen nicht mehr erinnerte, ließ er die Bemerkung fallen, daß ein Hauseigentümer in Anbetracht des unerträglichen Teheraner Sommers wirklich etwas davon hätte, wenn er ein Schwimmbad in seinem Garten hätte, »anstelle, meine ich, eines riesigen Blumentopfes mit Sonnenblumen«.

Mr. Charles hatte das Gefühl einer Offenbarung.

»Und wir sagen immer, die Briten hätten Köpfchen!«

Er rief Miriam und verkündete ihr, das Becken würde mit Wasser gefüllt.

»Das kommt gar nicht in Frage.« Sie war ungehalten, nicht nur, daß ihr Mann so naiv war, sondern auch, weil der Amerikaner nicht an die Folgen gedacht hatte. »Ich würde die Kinder den ganzen Tag beaufsichtigen müssen, damit sie nicht hineinfallen und ertrinken.«

In jeder anderen Angelegenheit hätte Mr. Charles seiner hartnäckigen Frau gegenüber nachgegeben – und zwar nicht wegen ihrer zwölfjährigen Schulbildung und den englischen Büchern, die sie las. Doch der Vorschlag, ein richtiges Schwimmbecken beim Haus zu haben, kam von einem Menschen, den er in jeder Hinsicht für überlegen hielt. Er konnte ihn nicht so ohne weiteres fallenlassen. Wochenlang stritt er mit Miriam, pochte auf seine Rechte als Familienoberhaupt, stützte sich auf die Versicherung seines Sohnes, daß es nichts Schöneres gebe, als mitten im Sommer in eiskaltem Wasser zu schwimmen. Seine Tochter, die wußte, daß ihre Eltern ihr sowieso nicht erlauben würden, einen Badeanzug zu tragen oder sich vor den Augen der Nachbarn naß zu machen, hielt sich aus dem Streit heraus und bereitete sich auf ihre Abschlußprüfung vor. Im Juni, als sie ihre Noten bekam, hatte Mr. Charles den Entschluß gefaßt, dem Gezanke ein Ende zu bereiten und zur Tat zu schreiten.

Eines Morgens kam er mit zwei Arbeitern in den Hof, riß

die Sonnenblumen heraus und ließ das Becken anstreichen. Am nächsten Tag hielt er den Wasserschlauch hinein.

Es war ein magischer Augenblick. Das Wasser lief sauber und klar ins Becken. Die Mieter kamen aus ihren heißen Wohnungen, um Arme und Füße in das eiskalte Wasser zu tauchen. Sogar Miriam protestierte nicht.

Ihre Tochter, die auf den richtigen Augenblick gewartet hatte, sah Miriam lächeln und rannte zu ihr. Da sie Klassenbeste geworden sei, sagte sie, wollte sie fragen, ob sie zwei Freundinnen zum Nachmittagstee einladen dürfe?

»Wozu das denn?« fragte Miriam, fast beleidigt über die Keckheit ihrer Tochter. »Warum willst du den ganzen Tag mit ein paar Mädchen herumsitzen?«

Ihre Tochter erklärte, daß sie nur ein paar Stunden mit ihren Freundinnen verbringen wolle. Sie sei siebzehn, und dies sei das erste Mal, daß sie jemanden zu sich einladen wolle. Und mit seinen Freundinnen zusammenzusitzen und nichts zu tun, könne sogar Spaß machen.

»Gut.« Miriam zuckte die Achseln. Auch wenn es nicht so aussah, hatte Miriam insgeheim ihre Kinder immer glücklich machen wollen.

»Aber Joseph ist nicht in der Schule, und ich muß etwas erledigen. Du mußt auf ihn aufpassen, während ich weg bin.«

Am Donnerstag nachmittag kamen Saras Freundinnen im Minirock und Stöckelschuhen. Miriam blieb noch eine Stunde zu Hause, beobachtete Charakter und Benehmen eines jeden Gastes und ließ die Bemerkung fallen, die Röcke der Mädchen seien alle zu kurz, und sie würden sich mit ihrem Make-up und den Lockenwicklern, mit denen sie ihr Haar jeden Morgen quälten, eine gesunde Zukunft verbauen. Sie verließ das Haus um drei Uhr. Gegen sieben, als sie heimkehrte, waren die Mädchen gegangen. Ihre Tochter lag auf dem Bett und las eine Zeitschrift. Miriam ging in den Garten und sah nach ihrem Sohn. Er schwamm, bereits aufgequollen, mit dem Gesicht nach unten im Becken.

Miriam der Mond erinnerte sich an das, was dann geschah,

mit der Klarheit eines unbeteiligten Zuschauers. Ihrem Sohn war nicht mehr zu helfen, das sah sie sofort. Sie wußte auch, daß das tödliche Schweigen hinter ihr von Sara herrührte, die in den Garten gekommen war, weil ihr plötzlich einfiel, daß sie auf ihren Bruder hätte aufpassen sollen. Mit vor Entsetzen hervorquellenden Augen starrte sie zuerst auf das Becken, stieß dann einen fürchterlichen Schrei aus und stürzte zum Wasser. Sich hineinwerfend, rief sie den Namen ihres Bruders, als wolle sie ihn von den Toten erwecken. Von ihrem Geschrei alarmiert, versammelten sich die Mieter an den Fenstern. Pandemonium brach aus. Nur Miriam stand unbewegt und gesammelt da und versuchte, den Tod ihres Sohnes zu begreifen.

Die Mieter zogen Joseph aus dem Wasser und legten ihn auf das Gras. Sara weigerte sich, ihn loszulassen, und lag auf ihm. Sie schrie so lange, bis Miriam zu ihr ging und Sohn und Tochter trennte. Sara warf sich Miriam in die Arme.

»Hör auf!« sagte Miriam und schlug sie ins Gesicht. »Es ist einzig und allein deine Schuld. Du hast ihn getötet.«

Neunundzwanzig Tage lang sprach Miriam der Mond nicht mit ihrer Tochter Sara. Sie sah zu, wie sie sich in ihr Zimmer einschloß, ganz in Schwarz gekleidet, und in ihr Kissen weinte, bis sie ohnmächtig wurde. Im Wohnzimmer saßen Miriam und Mr. Charles mit dem Rest der Familie Schiwe. Mr. Charles weinte unaufhörlich. Miriam der Mond versicherte allen, es ginge ihr gut. Ein paar Mal versuchten Rochelle und Sussan mit ihr über Sara zu sprechen. Sie sagten ihr, daß Sara entsetzlich litt, daß sie sich Vorwürfe machte und erst aufhören würde, wenn Miriam ihr verzieh.

»Es kommt nicht aufs Verzeihen an«, sagte Miriam der Mond. »Sie muß lernen, daß sie schuld hat.«

Am dreißigsten Tag der Schiwe ging Rochelle zu Sara ins Zimmer, um zu sehen, wie es ihr ging. Sie fand sie auf dem Boden kauernd, Schaum vor dem Mund, Haushaltsreiniger erbrechend. Sie starb im Krankenhaus, während sie Miriam anflehte, sie zu retten.

Miriam der Mond saß noch einmal dreißig Tage Schiwe.

Dann legte sie ihre schwarze Bluse mit dem zerrissenen Kragen ab und verkündete, sie sei mit dem Trauern fertig. Sie packte alles, was ihren Kindern gehört hatte, zusammen, selbst das Spielzeug, und stellte die Sachen in eine Ecke des Hofes. Sie verschloß das Kinderzimmer, ließ das Wasser aus dem Becken ab und pflanzte wieder Sonnenblumen. Dann machte sie sich auf die Suche nach einem neuen Haus, als habe sie keinen Schaden erlitten. Sie wußte wie immer, was sie wollte. Ihr Schritt war so fest wie eh und je. Doch unter ihrem dunklen Tuch und der Brille mit den dicken Rändern war ihre Haut in einem Jahr um zwanzig Jahre gealtert. Ihr Gesicht hatte jegliche Schönheit verloren.

»Mich hast du noch nicht kleingekriegt«, murmelte sie an jedem Jom Kippur, wenn sie hungrig und erschöpft im Tempel mit Gott sprach. Sie tat, als bete sie, damit ihre Freunde nicht merkten, wie sehr ihr das Herz weh tat.

Mr. Charles erklärte, er sei zu traurig, um zur Arbeit zu gehen. Sie übernahm den Laden und führte ihn allein. Als er sagte, er würde verrückt in dem stillen Haus, kaufte sie Papageien und Kanarienvögel, die Tag und Nacht sangen.

Miriam der Mond schien vergessen zu haben, daß sie ihre Kinder verloren hatte. Sie blieb willensstark und unbezwingbar, fest entschlossen, Gott das Vergnügen zu versagen, sie in Tränen aufgelöst zu sehen. Noch nicht einmal ihrem Mann zeigte sie ihren Schmerz. Die Freundinnen ihrer Tochter luden sie zu ihrer Hochzeit ein, und sie ging ohne Bitterkeit zu ihnen. Die Klassenkameraden ihres Sohnes wurden Ärzte und Anwälte. Sie konsultierte sie und bestand darauf, ihren Rat zu bezahlen, obwohl sie sich nie daran hielt. Ihre eigenen Kinder blieben immer so alt, wie sie bei ihrem Tode waren. Sara das siebzehnjährige Mädchen mit dem schwarzen Haar und dem übereilten Lachen; Joseph, der Zehnjährige, der im Garten herumrannte und dem die Zähne fehlten. Miriam konnte nicht dagegen an, sich vorzustellen, daß sie nur die Hand auszustrecken brauchte, um die beiden genau vor ihren Augen, in Fleisch und Blut, zu berühren.

In regnerischen Nächten saß Miriam der Mond im Bett, voll Entsetzen bei dem Gedanken, daß ihre Kinder weit weg von ihr waren, in schlammigen Gräbern, wohingegen sie, die sie sie glücklich hatte machen wollen, unter einem trockenen Dach wohnte.

Fräulein Claude konnte die Feuer riechen, lange bevor die ersten Funken flogen. Sie konnte das Blut und den Rauch riechen und den orangefarbenen Widerschein der Flammen vor dem grauen Stadthorizont von Teheran sehen. Monate bevor der Mob zum ersten Mal durch die Straßen zog, sah Fräulein Claude die Stadt brennen.

Es war im Sommer 1978. Jeden Tag fiel in der ganzen Stadt der Strom aus. Es geschah ohne Vorwarnung und dauerte unterschiedlich lang. Die Lichter erloschen, die Air-condition zischte und erstarb, die Kühlschränke wurden warm. Der Fernsehbildschirm wurde mitten in der Sendung alter Folgen von Seifenopern wie *Der-Sechs-Millionen-Dollar-Mann* schwarz, und die viele Kilometer langen Verkehrsstaus nahmen kein Ende mehr. Die Fahrer ließen ihre Autos auf der Straße stehen, gingen zu Fuß nach Hause und aßen beim Schein der Petroleumlampe zu Abend. Wenn sie später wiederkamen, waren die Straßen noch immer gepackt voll. Die Bevölkerung war wütend und mit ihrer Geduld am Ende, überwältigt vom Gefühl des drohenden Unterganges. Die ganze Stadt war in Aufruhr wegen der darniederliegenden Wirtschaft und der außer Kontrolle geratenen Regierung.

Fräulein Claude hatte Gerüchte von Streiks in den Provinzen gehört. Man sprach auch davon, daß sich die Feinde des Schahs zusammenschlössen, um ihn abzusetzen. Die meisten von ihnen wollten seine Diktatur durch eine andere ablösen, die in ihren Augen die bessere war. Der Schah habe seinem Volk die Rückkehr zur großen Zivilisation, endlosen Reichtum und ein politisches System versprochen, das in seinen Worten demokratischer als das schwedische sein sollte. In Wirklichkeit hatte er per Dekret regiert, jeden verhaften lassen, der ihm widersprach, war im Fernsehen in Uniform mit Dutzenden von selbstverliehenen Orden erschienen. Dem Volk gegenüber hatte er behauptet, er sei größer als Gott, mächtiger als der Präsident der Vereinigten Staaten und wichtiger für das Überleben seines Volkes als Brot oder Wasser.

Den ganzen Juni über roch Fräulein Claude brennendes Fleisch. Sie lief in einem durchsichtigen Sommerkleid im Haus herum, ohne zu merken, wie peinlich ihre Nacktheit für Sohrab und Maschti war. Mit ihren Händen suchte sie, was ihre Augen schon längst verloren hatten. Sie traute keinem mehr, nicht einmal mehr Jakob dem Wackelpudding. Sie verbrachte Stunden am Spülstein in der Küche und bespritzte sich mit Wasser. Es verdampfte im selben Augenblick, wo es auf ihre Haut traf. Sie dachte an die Neuigkeiten, die Maschti von der Straße mitbrachte. Die älteste Tochter von Morad dem Quecksilber war zum Islam übergetreten und hatte einen Mann geheiratet, der dreißig Jahre älter war als sie. Seine Frau hatte sich dreitausend Dollar von Morads einstigen Mätressen geliehen und an ihre Söhne in Amerika geschickt. Die Frau von Jakob dem Wackelpudding war mit ihren Kindern nach Israel ausgewandert. Der jüngste Sohn, Mateen, verlor ein Bein, als ihn die Kugel eines Heckenschützen traf. Die reichen Freunde und Nachbarn, Teymurs ehemalige Geschäftspartner und die Leute in Sohrabs Alter verließen das Land wie die Ratten.

Im August hatte die Hitze ein Ausmaß erreicht, das zum Verrücktwerden war. Der Asphalt auf den Straßen schmolz wie weicher Gummi und gab unter den Schuhen der Fußgänger nach. Ameisen krochen in dreißig Zentimeter breiten Straßen die Außenwände von Fräulein Claudes Haus hinauf und hinunter und in ihr Schlafzimmer. Eidechsen suchten Schutz auf der vergleichsweisen kühlen Terrasse. Von der Hitze zum Wahnsinn getrieben, jagte Fräulein Claude sie unter die Schmutzhaufen und schnitt sie mit einem Metzgermesser in zwei Teile. Sie zitterten und rannten weiter.

Im südlichen Teil Teherans walzten Armeebulldozer die Vororte aus Blechhütten und Karton, die in die Erde gegrabenen Löcher und die auf den Müllhalden errichteten Zelte der Einwanderer aus den anderen Provinzen des Landes platt, die nach Teheran gekommen waren, um ihr Glück zu machen.

Die Abendzeitung, die in der Hand des Schahs und seiner Geheimpolizei war, veröffentlichte einen Brief, in dem Ayatollah Khomeini beleidigt wurde. Aus Protest brachen in der Stadt Qom in der Nähe von Teheran Unruhen aus. Die Soldaten des Schahs eröffneten das Feuer. Die Nachricht von den Schießereien erreichte andere Städte und löste eine neue Welle von Unruhe aus, die zu weiteren Toten führte. Die Protestierenden, die gegen die Diktatur des Schahs, seine korrupte Familie und die unislamische Lebensweise des Landes waren, zündeten Banken, Restaurants, Regierungsgebäude, Privatwagen und jüdische Geschäfte an.

In der Stadt Abadan am Persischen Golf näherten sich die Temperaturen dem Unerträglichen. Vierhundert Menschen, ganze Familien, saßen eines Nachmittags im Kino, als ein Feuer ausbrach. Die Ausgänge blieben verschlossen. Die Feuerwehr kam zu spät. Alle verbrannten.

Der Schah beschuldigte die Opposition der Brandstiftung. Die Rebellen zeigten auf den Schah. Niemand wird je die Wahrheit erfahren. Der Gestank des verbrannten Fleisches und der verwesenden Haut erreichte mit dem Wind den Norden und verbreitete auf seinem Weg den Zorn in jeder Stadt. Im ganzen Land gingen Kinos in Flammen auf.

Nachdem ich das sechste Schuljahr beendet hatte, rief ich meinen Vater nicht länger an und schrieb auch nicht mehr an ihn, mit Ausnahme der wenigen Male, wenn ich ihn über meine Fortschritte in der Schule informieren und über die Pläne befragen wollte, die er für mich hatte. Ich gab die Hoffnung auf, jemals wieder nach Hause zurückkehren zu dürfen und Roxanna wiederzusehen.

»In Wirklichkeit tut er dir einen großen Gefallen«, sagte Mercedes in jenem Sommer nach meinem Abschluß. »Ich mußte lügen und betrügen und mit einem Dutzend Männern schlafen, um aus dem Ghetto und nach Amerika zu kommen. Dein Vater hat dir die Freiheit auf einem Teller gereicht und dir erlaubt, der Mensch zu werden, der du sein willst. Wenn du gescheit bist, dankst du ihm dafür und verzichtest darauf, ihn wiederzusehen.«

Ich verbrachte jenen Sommer bei Mercedes. Die meiste Zeit war sie unterwegs, auf verschiedenen Reisen, mit verschiedenen Männern. Ich blieb bei dem Dienstmädchen. Wir spielten Dame am Pool und schwammen. Ich half ihr beim Saubermachen. Nachmittags, wenn sie schlief, ging ich spazieren.

In jenen Tagen sah ich häufig Iraner, die vor den Unruhen, den Vorläufern der Revolution, nach Los Angeles geflüchtet waren. Sie bewegten sich immer in Gruppen. Die Männer trugen selbst in der Augustsonne Anzüge, als wollten sie sich und anderen beweisen, daß sie keine Exilanten waren; daß sie ihr ganzes Leben lang wichtige Leute gewesen waren; daß ihre hohen Stellungen und Büros noch immer auf sie warteten. Sie liefen vor ihren Frauen her, die Hände auf dem Rücken verschränkt, die Köpfe bei der Unterhaltung mit ihren Freunden gesenkt. Sie sprachen über die neuesten Nachrichten aus dem Iran. Über die Banken, die geschlossen worden waren, die Firmen, die in Flammen aufgegangen waren, den Wechselkurs des Dollar.

Die ihnen folgenden Frauen in ihren Stöckelschuhen und engen Röcken sahen müde und blaß aus. Sie sprachen über ihr Zuhause, das sie zurücklassen mußten. »Gerade fertig geworden«, »gerade gekauft«, »von Grund auf aufgebaut«. Sie saßen auf den Bänken im Park gegenüber dem Hotel am Sunset Boulevard und fragten sich, was sie mit ihren Kindern anstellen sollten, die seit fast einem Jahr nicht mehr zur Schule gegangen waren. Sie machten sich Sorgen, daß aus den jungen

Männern »aufsässige Alkoholiker« werden würden, wenn sie zu lange in Los Angeles blieben. Ihre Töchter hatten bereits erklärt, die Revolution sei ihnen egal, sie wollten für immer in Amerika bleiben.

Immer wenn ich Iraner erblickte, folgte ich ihnen.

Ich lief hinter ihnen her, saß auf den Parkbänken neben ihnen, beobachtete sie von der anderen Straßenseite. Ich spitzte die Ohren, doch ich konnte ihnen so nahe kommen, wie ich wollte, sie hatten keine Ahnung, daß ich zu ihnen gehörte. Manchmal sprachen sie mich mit ihrem schweren Akzent und ihrer wirren Grammatik auf englisch an. Sie stellten mir Fragen, wollten wissen, wie alt ich sei und auf welche Schule ich ging. Ich hätte am liebsten auf farsi geantwortet, hatte aber Angst, daß sie mich nicht verstehen würden. Außerdem hatte ich Angst, daß ich nach sechs Jahren, die ich nur mit meinem Vater am Telefon gesprochen hatte, die Sprache nicht mehr richtig beherrschte und sie mich auslachen würden. Ich hätte ihnen ebenfalls gern gesagt, daß ich Iranerin war, wollte sie fragen, ob sie meinen Vater kannten, ob sie von Roxanna gehört hätten.

Statt dessen beobachtete ich sie, die Reisenden in einem fremden Land, Menschen im Exil, die darauf warteten, wieder nach Hause zurückkehren zu dürfen. Sie fühlten sich verloren und waren heimwehkrank, aber sie hielten zusammen und schufen jeden Tag, den sie fern der Heimat verbrachten, ein Gefühl der Zusammengehörigkeit und Gemeinschaft, das ich nie gekannt hatte. Ich war wirklich im Exil, dachte ich an jenen Nachmittagen im Park. Ich war die Reisende, die ihr Ziel nie finden würde.

Bei anderen Gelegenheiten hingegen merkte ich, daß meine Landsleute nicht nur ihre Heimat und Gemeinschaft mitgebracht hatten, sondern auch ihre Vergangenheit der enttäuschten Hoffnungen und Erwartungen. Dann fielen mir Mercedes' Worte ein, und ich überlegte, ob sie vielleicht nicht doch recht gehabt hatte. Sohrab hatte mir möglicherweise einen Gefallen getan, indem er mich wegschickte. Er hatte mir

Hoffnung und Familie genommen; er hatte mich aber von der Furcht befreit, von gierigen Geistern verfolgt zu werden, von der Angst vor geifernden Hunden am Fenster, von der Sorge, ob Roxanna unter dem Beton unseres Hofes begraben lag. Er hatte die Traurigkeit von mir genommen, die das Leben meiner Mutter gezeichnet hatte, und die Einschränkungen, die mir ein Schicksal auferlegt hätte, dem ich im Iran nicht hätte entgehen können.

Vielleicht hatten die beiden das für mich getan, Roxanna, die mich verlassen, und Sohrab, der mich weggeschickt hatte. Sie sandten mich über das Meer und schenkten mir dadurch ein neues Schicksal.

Khodadad die Gabe Gottes, Maschtis siebzehnjähriger Enkel, hatte die Schule abgebrochen, um ein Bote des Ayatollah zu werden. Er ließ sich einen Bart wachsen und fuhr auf einem Moped, brachte Botschaften von einer Moschee zur anderen, verteilte Kassetten und Flugblätter mit dem Wort des Imam. Nach dem Feuer in Abadan verbot er Maschti, weiter für Sohrab und Fräulein Claude zu arbeiten. Der Ayatollah hatte aus dem Irak verlauten lassen, daß die Metzeleien, die im Namen des Schahs stattfanden – Soldaten, die auf Demonstranten feuerten, Spitzel, die Theater anzündeten –, das Werk der Juden waren. Der Ayatollah wußte dies so sicher, wie er wußte, daß Gott im Schlaf zu ihm sprach. Er wußte es, weil es für einen Moslem unmöglich war, einen anderen Moslem zu töten: Die Kugeln eines wahren Gläubigen konnten einem anderen Gläubigen nicht schaden. Das Gewehr mochte losgehen, aber in den Händen eines wahren Mannes Gottes würden die Kugeln gegen einen Bruder versagen.

Die Soldaten, die Aufständische getötet hatten, konnten deshalb unter keinen Umständen Moslems gewesen sein. Es mußten iranische Juden gewesen sein, die vor langer Zeit nach

Israel ausgewandert waren und die der Schah zurückgeholt hatte, um die Anhänger des Imam zu töten.

Khodadad die Gabe Gottes sagte zu Maschti, alle Juden seien ungläubige Feinde Gottes und hätten den Tod verdient.

Angeekelt vom Geruch des verbrannten Fleisches und seiner eigenen Krebstherapie, wandte sich der Schah gegen seine Verbündeten und entließ seine Minister und Geheimdienstchefs. Eines Nachts trat er im Fernsehen auf, hager und geschlagen. Er bat das Volk um »Vergebung«. Fräulein Claude beobachtete ihn entsetzt. Sie saß mit Sohrab im Salon des ersten Stocks an eben dem Tisch, wo Teymur vor Jahren Klein-Noori, den Steuereintreiber, zum letzten Mal empfangen hatte. Sie waren sich dessen bewußt, daß sie jederzeit das Ziel eines wütenden Mobs werden konnten, und hatten alle Türen abgeschlossen und die Lichter gelöscht, so daß das Haus möglichst wenig auffiel.

»Es wurden Fehler gemacht«, sagte der Schah im Fernsehen. Da wußte Fräulein Claude, daß er den Kampf verloren hatte. Sie wandte sich vom Fernsehen ab und sah Sohrab an. Er saß aufrecht vor dem kahlen Hintergrund des riesigen Zimmers. Das Licht des Fernsehers warf blaue Schatten um ihn. Er sah blaß und traurig aus, sein Haar war vorzeitig ergraut, seine Augen waren gelber, als sie sie je gesehen hatte. Er sah den Schah an, aber sie wußte, daß seine Gedanken weit weg waren, in demselben ruhigen Reich des Staunens und des Kummers weilten, in dem er lebte, seit er Roxanna verloren hatte, noch bevor sie weggeflogen war, seit jener Nacht nämlich, da sie mit seinem Vater geschlafen und es Sohrab selbst gesagt hatte.

Fräulein Claude berührte Sohrabs Hand, als wollte sie ihn wecken. »Das ist das Ende«, sagte sie.

Er antwortete nicht.

Im September zerstörte ein Erdbeben die Stadt Tabas. Der Schah mußte fünfzehntausend Leichen begraben. Im selben Monat verhängte er in Teheran das Kriegsrecht.

In der ersten Nacht der Ausgangssperre blieben die Straßen ruhig. Bei offenen Fenstern im Bett liegend, konnte Fräulein

Claude nur Armee-Jeeps und patrouillierende Soldaten auf den Straßen hören. Der übliche Lärm von Motorrädern und Mopeds, die Demonstranten von einer Seite der Stadt zur anderen fuhren, blieb aus. Auch die sporadischen Scharmützel zwischen der Armee und den Gegnern des Schahs unterblieben. Und doch hatte sie die ganze Nacht das Gefühl der Bedrohung, als bereite sich ein alles verschlingendes Unheil vor.

Um drei Uhr stand sie auf und ging an Sohrabs Zimmer vorbei. Er war wach, saß an seinem Schreibtisch und las Zeitung. Sie ging nach unten, um die Schlösser an den Türen zu überprüfen.

Sie fand Jakob den Wackelpudding mit dem Gesicht im Kohlenbecken. Sein Mund und sein Nasenlöcher waren voll kalter Asche. Seine Glieder waren bereits ausgetrocknet und nicht mehr zu gebrauchen.

Am nächsten Tag verließ sie das Haus und kaufte Jakob einen neuen Anzug. Er war handgeschneidert, marineblau und hatte breite Revers und sechs Knöpfe auf beiden Seiten des Jacketts. Maschti mußte Jakob den braunen Anzug, den er seit zwanzig Jahren trug, ausziehen und den neuen anziehen. Als sie fertig waren, sah Jakob besser aus als an seinem Hochzeitstag. Sie legten ihn auf den Rücksitz des Autos und brachten ihn zum Friedhof. Die Leichenbestatter waren so beeindruckt von seinem Aussehen, daß sie einen Beweis verlangten, daß er tot war. Das war, bevor sie ihn auszogen und den Haufen Knochen und gelbe Haut fanden, aus denen Jakob bestand. Sie wuschen ihn und stopften ihn mit Baumwolle aus, wickelten ihn in ein Leichentuch und beerdigten ihn so schnell wie möglich. Das hätte eigentlich das Ende von Jakob dem Wackelpudding sein sollen, doch das war nicht der Fall.

Als sie von der Beerdigung kam, hatte Fräulein Claude nicht das Herz, Jakobs alten braunen Anzug wegzuwerfen. Sie drapierte ihn auf einen Kleiderbügel und hängte diesen an einen Haken in der Nische über die Stelle, wo Jakob immer gesessen hatte. Sie hängte auch seinen Hut über den Haken.

Vielleicht lag es am Anzug. Er war so abgetragen, daß er die

Körperform seines Besitzers angenommen hatte. Da er ein so vertrauter Anblick war, überprüfte niemand, ob Jakob noch darinsteckte. Vielleicht lag es aber auch daran, daß die Bestatter, die Jakobs Leiche gewaschen hatten, nicht gewußt hatten, wie sie seine verrückten Halluzinationen mit ihm einwickeln sollten. Wie dem auch sei, seine Wahnvorstellungen gingen nicht mit ihm zu Grabe. Sie folgten Fräulein Claude und Sohrab, wanderten furchtlos durch das Haus, sprachen miteinander und mit Fräulein Claude und erzählten Lügenmärchen.

Und so kam es, daß Fräulein Claude, wenn die Sonne mittags auf den Betonboden im Hof brannte, beim Umdrehen ihren Mann erblickte, wie er die Tränen von Roxannas Wimpern leckte. Sohrab ging in die Küche und sah Roxanna jung und verloren in ihrer alten Schuluniform, wie sie schüchtern über das Dienstmädchen Effat lachte. Männer in Nadelstreifen trugen Teppiche und Gemälde am hellichten Tag aus dem Haus. Die Schwammfrau bot Jakob leise an, sich ihm – als Gegenleistung für einen Zug aus seiner Opiumpfeife – »so oft Sie wollen«, auf den Schoß zu setzen. Er weigerte sich standhaft.

Nachts konnte jeder, der hinauf zum Haus an der Allee des Glaubens blickte, die schlanke Gestalt in dem glänzenden weißen Gewand sehen, wie sie ihre Flügel ausbreitete und wegflog.

Im Oktober führte ein Streik bei der Nationalen Iranischen Ölgesellschaft zu einer Benzinknappheit. Im November wurde die elfstöckige Hauptverwaltung der Nationalen Benzingesellschaft in Brand gesetzt. Dann schlossen die Banken. Die Basare und Regierungsgebäude folgten. Der Schah ordnete die Verteilung von Flugblättern an, in denen die Bevölkerung darauf hingewiesen wurde, daß der rote Strom in den Gossen der Straßen kein echtes Blut sei, sondern rote Farbe, mit der die Revolutionäre die gesetzestreuen Bürger erschrecken wollten.

Vor den hohen Feiertagen von Ashura und Tasuah wuchs die Spannung auf den Straßen so sehr an, daß sich ein schmieriger

Film auf die Scheiben von Fräulein Claudes Schlafzimmer legte. Sie stand am Fenster: Der Streik der Ölarbeiter hatte nicht nur dazu geführt, daß Fabriken geschlossen werden mußten, sondern auch, daß das Öl zum Heizen und Kochen knapp wurde und es so gut wie kein Benzin mehr gab. Die Leute schoben ihre Autos die Straße hinunter, verbrachten die ganze Nacht an den Tankstellen, drohten, einander wegen ein paar Liter Benzin umzubringen. Männer auf Motorrädern fuhren von Haus zu Haus und heuerten jeden an, der bereit war, hinter einer provisorischen Barrikade aus einem umgestürzten Auto oder einem Haufen Steine zu stehen und gegen die Soldaten des Schahs zu kämpfen. Da ihnen Verbandzeug und Erste-Hilfe-Ausrüstungen fehlten, stürmten sie Miriams Haus und nahmen ihre Bettücher und Handtücher mit, schnitten sie zu Streifen und brachten sie den Verwundeten.

An Tasuah marschierten zwei Millionen Menschen durch Teheran. Schweigend trugen sie Bilder von Khomeini vor sich her. Es bestand kein Zweifel mehr daran, daß sie den Schah vernichten würden.

Miriam der Mond verbrachte die letzten Monate des Jahres 1978 damit, ihre Häuser zu Bargeld zu machen. Sie hatte den Antiquitätenladen schon einige Monate zuvor geschlossen. Seit fast einem Jahr hatte sie keinen einzigen Kunden mehr gehabt. Außerdem hatten alle anderen Ladenbesitzer dem Aufruf des Imam zu einem Generalstreik Folge geleistet. Wer nicht mitmachte, wurde sofort als Feind Gottes und des Islam gebrandmarkt. Man zündete ihm den Laden an und plünderte sein Haus. Nun wollte sie Käufer für das Geschäft und ihr Mietshaus finden. Sie wußte, daß es nicht einfach sein würde. Alle, die genug Geld besaßen, hatten es bereits aus dem Land gebracht oder konnten nicht mehr darüber verfügen. Aber Miriam der Mond war hartnäckig und ausnahmsweise bereit, mit hohem Verlust zu verkaufen.

»Ich weiß genau, was ich tue«, sagte sie spät abends zu Mr. Charles, auch wenn er nie zuhörte. »In diesem Land wird ein Krieg ausbrechen. Alle, die hierbleiben, werden verbrennen.«

Sie durchquerte die Stadt, eine einsame Frau in Männerjacke und Männerschuhen, ohne eine Spur ihrer einstigen Schönheit, die ihr ein wunderbares Leben hätte ermöglichen sollen, ihr aber keine Türen geöffnet hatte. Bei Sonnenaufgang tauchte sie vor einem roten Himmel auf, lief den ganzen Tag durch brennende Straßen und mordende Menschenmassen, schritt über die schwarzen Reste ausgebrannter Autos, durch Ruinen von Gebäuden und an blutrünstigen Horden vorbei, die Regierungsbeamte, Geheimagenten und reiche Juden jagten, sie auf die Straße zerrten und mit der bloßen Hand erschlugen.

»Sag ›Tod dem Schah‹«, verlangten sie von ihren Opfern. »Sag ›Tod für Amerika‹.«

Miriam der Mond konzentrierte sich auf ihr Ziel.

Sie suchte alle ihre Bekannten auf, einschließlich Sohrab. Sie saß bei ihnen und erzählte ihnen, warum es klug wäre, ihre Häuser zu erwerben. Sie spielte mit ihrer Geldgier, wies darauf hin, daß es eine einmalige Gelegenheit sei, weil sie mit einem hohen Verlust verkaufen würde, um das Land verlassen zu können.

»Aber ihr«, sagte sie zu ihren Freunden, »ihr werdet hierbleiben und die Zeit durchstehen. Es kann nicht mehr lange dauern, dann wacht der Schah auf und schießt auf die paar Tausend Demonstranten und treibt sie zurück in ihre Häuser. Dann werden meine Immobilien wieder ihren ursprünglichen Wert haben. Ihr streicht einen großen Gewinn ein, und ich habe das Nachsehen.«

Im Herbst 1978 verkaufte sie nacheinander alles, was sie besaß, selbst die Kellerwohnung, in der sie und Mr. Charles wohnten. Eines Abends kam sie heim und informierte ihn, sie hätten noch drei Monate, dann müßten sie ausziehen.

»Und wohin?« fragte er töricht, als hätte er nie von ihren Plänen, die Wohnung zu verkaufen, gehört. Seine Augen hatten den leeren Ausdruck eines blinden Mannes. Sein Gesicht war Miriam nur halb zugewandt. Seit dem Tode seiner Kinder war Mr. Charles von einer milden Zerstreutheit. Die meiste Zeit beschäftigte er sich mit seinen Vögeln und Pflanzen. Er war sanfter zu ihnen als je zu Frau und Kindern.

»Wir müssen weg«, sagte sie zu ihm.

Wie Miriam hatte Mr. Charles in seinem ganzen Leben noch keine Reise gemacht. Er hatte die Stadtgrenze von Teheran noch nie überschritten.

»Was meinst du mit ›weg‹?« fragte er naiv. »Wie geht man ›weg‹?«

Miriam setzte sich auf das Bett, das sie soeben verkauft hatte, und zog ihre Schuhe aus. Ihre Füße waren geschwollen und hatten Blasen vom vielen Laufen. Sie griff unters Bett, holte Mr. Charles' Ersatzschuhe hervor und probierte sie mit ihren dicken schwarzen Strümpfen an.

»Etwas zu groß, aber mit zwei Paar Socken geht es.«

Sie sah, daß Mr. Charles sie anstarrte. Sie seufzte, steckte die Hand in die Tasche und zog ein Päckchen heraus. Es war mehrmals in Metzgerpapier eingeschlagen und dann mit einem Gummiband umwickelt. Miriam legte es aufs Bett und machte es auf.

»Schau!« sagte sie, plötzlich strahlend. Vor ihr lagen fünf Diamanten, jeder hatte acht Karat. Sie funkelten in der Dunkelheit des Zimmers. Das ganze Leben von Miriam dem Mond, ihre Hoffnungen und Leistungen, ihre endlosen Opfer, ihre ewigen Sorgen, waren für den halben Wert in den Hinterzimmern einer brennenden Stadt verkauft und in Form von harten, glitzernden Steinen wiedererworben worden. »Ich habe sie mit dem Geld von den Verkäufen gekauft. Ich dachte, sie sind einfach zu verstecken. Wir müssen sie nämlich über die Grenze schmuggeln. Wir können sie aber jederzeit verkaufen, egal wo wir sind.«

Wieder war Mr. Charles verwirrt. Seine Lippen waren blaß geworden und sein Gesicht schweißbedeckt.

»Welche Grenze überqueren wir?«

Als Miriam seine Panik sah, tat er ihr leid. Sie beugte sich über das Bett und legte ihre Hand auf seinen Unterarm. Er zitterte und zog den Arm weg.

»Hier wird es immer schlimmer«, erklärte sie ruhig. Sie wußte, warum er die Hand weggezogen hatte. Er hatte nie ein Wort darüber verloren, aber er machte sie für den Selbstmord seiner Tochter verantwortlich. So wie sie ihm die Schuld für das Ertrinken ihres Sohnes gab. Sie wußte, daß jener Teil von ihm sie haßte, daß er sie unter anderen Umständen vielleicht sogar verlassen hätte. Unter anderen Umständen, dachte sie oft, hätte sie ein Fleischmesser genommen und ihm die Kehle aufgeschlitzt dafür, daß er das Becken voll Wasser gefüllt hatte. Doch nun waren sie alt, von der Tragödie erschöpft und hatten nur noch einander.

»Es wird nicht mehr lange dauern, und der Schah flieht, dann übernehmen die Mullahs die Macht«, erläuterte sie Mr. Charles. »Es wird zu einem Blutbad kommen, wenn du mich fragst. Sie werden einander umbringen, aber vor allem werden sie Juden töten. Deshalb müssen wir fliehen.«

Zum ersten Mal in seinem Leben erkannte Mr. Charles, daß er keine Vorstellung von der Welt hatte, abgesehen von der Stadt, in der er wohnte.

»Wo sollen wir denn hin?« fragte er. »Wir kennen keinen anderen Ort.« Die Welt jenseits von Teheran – Amerika, England, jener ungreifbare und verzauberte Ort, der als *Farang*, der Westen, bezeichnet wurde und von dem er immer geträumt, aber nie ernsthaft geglaubt hatte, daß er ihn sehen würde, die Leute, die er immer angebetet, aber von denen er nicht geglaubt hatte, daß er unter ihnen leben würde, diese ganze Welt starrte ihm plötzlich wie ein schwarzes, häßliches Nichts ins Gesicht.

»Rochelle ist nach Amerika ausgewandert«, sagte Miriam. Sie versuchte, zuversichtlich zu klingen. »Mein Bruder Bahram ist auch dort, in derselben Stadt. Und Sussans Mann schickt seine Frau und die Kinder noch diese Woche weg. Sie haben alles gepackt und sitzen tagtäglich auf dem Flughafen. Sie schlafen sogar dort und warten, daß eine Rollbahn geöffnet wird und irgendein Flugzeug irgendwohin fliegt. Er hat zu ihr gesagt, er würde zu ihr nach Los Angeles kommen. Aber ich weiß, daß er lügt.«

Sie merkte, daß sie den Faden verloren hatte.

»Also«, sagte sie und sah ihrem Mann in die Augen, »ich würde mal sagen, wenn sie das können, können wir das schon lange.«

Mr. Charles schüttelte den Kopf, als wollte er bekräftigen, daß sie tatsächlich den Verstand verloren hatte, und wandte sich wieder seinen Kanarienvögeln zu. Dankbar, daß er das Interesse am Thema verloren hatte, bereitete Miriam ein Abendessen aus Brot und Joghurt. Dann setzte sie sich hin und entfernte die Sohlen von Mr. Charles Ersatzschuhen. Sie wollte die Diamanten in die Schuhe kleben, zwei in den einen, drei in den anderen, und dann die Sohlen mit einer Schusternadel wieder annähen. Es würde schwierig sein, denn ihre Hände schmerzten, da sie an den ersten Anzeichen von Rheuma litt. Doch wie sie in jener Nacht so dasaß und an den Schuhen arbeitete, wußte Miriam, daß dies nur der Anfang war.

Den Dezember verbrachte sie in einer Schlange vor dem Paßamt in Teheran. Es war natürlich wegen der Streiks geschlossen. Doch selbst wenn es geöffnet worden wäre, selbst wenn die anderen Ämter geöffnet worden wären, standen die Chancen, daß so jemand wie Miriam der Mond einen Paß bekommen hätte, gleich Null. Wie die meisten Menschen ihrer Generation hatten weder Miriam noch Mr. Charles eine Geburtsurkunde. Sie hatten keine Ausweispapiere, noch nicht einmal einen Führerschein. Ihre Existenz konnten sie nur dadurch beweisen, daß Freunde und Verwandte sie bezeugten. Dennoch stand Miriam jeden Tag mit Tausenden in der Schlange und ging erst nach Hause, wenn abends die Panzer die Straße heruntergerollt kamen und das Kriegsrecht durchsetzen wollten. Am ersten Tag des Januars 1979 besuchte sie Sohrab.

Fräulein Claude ging an die Tür, weigerte sich aber, sie zu öffnen, weil sie Angst hatte, draußen könnte der Mob stehen.

»Ich bin's nur«, versuchte Miriam sie zu beruhigen, »und ich habe noch nicht einmal billiges Silber zu verkaufen.«

Doch Fräulein Claude hatte tödliche Angst davor, vom Mob angegriffen zu werden. Sie fürchtete, ihre ehemaligen Dienstboten, die nun alle ihre Feinde waren, würden kommen, um sie im hellen Tageslicht zu erstechen. Oder ganz gewöhnliche Gewalttäter würden auftauchen und Molotow-Cocktails ins Haus werfen und es anzünden. Sie hatte nicht weniger als fünf Schlösser am Haupteingang anbringen und die geschliffenen Scheiben mit Holzplanken vernageln lassen. Nur Maschti durfte ein und aus gehen.

»Verschwinde!« schrie sie Miriam durch die Tür zu. »Du machst die Leute auf uns aufmerksam!«

»Dann mach sofort auf, oder ich stelle mich hier hin und schreie so lange, bis mich jemand hört, das schwöre ich dir!«

Sie fand Sohrab im Salon seines Vaters. Sein Haar war völlig ergraut, seine Hände waren schmal und blaß. Er sah wie einer der Geister aus, von denen Jakob der Wackelpudding immer geredet hatte, gutaussehend, höflich und durchsichtig. Als Miriam ins Zimmer kam, stand er auf und schüttelte ihr die Hand.

Sie setzte sich und schob ihr Kopftuch zurecht.

»Du weißt, daß der Schah fliehen wird«, begann sie das Gespräch ohne Umschweife.

Nickend bestätigte er es.

»Wenn er weg ist, wird das neue Regime auf Leute wie dich Jagd machen.«

Sohrabs Name war bereits in mehreren Zeitungen der Mullahs erwähnt worden. Er stand auf einer Liste von Leuten, denen man vorwarf, »auf Erden korrupt« und »antirevolutionär« zu sein.

»Wenn du Glück hast, nehmen sie dir den letzten Pfennig«, fuhr Miriam der Mond fort. »Wahrscheinlicher ist, daß sie dich umbringen.«

Er nickte lächelnd. Sein Blick verschlug ihr jedesmal, wenn er sie traf, die Sprache.

»Du solltest daran denken, abzureisen«, riet sie ihm. »Nimm deine Mutter und geh.«

»Und du«, fragte er, »wirst du Teheran verlassen?«

Er mußte daran denken, wie schön sie einst gewesen war. Wie sie an jenem Morgen vor seiner und Roxannas Hochzeit ausgesehen hatte, als sie mit ihrem Mann und den vielen Verwandten gekommen war. Wie sie das Haus angesehen hatte, das so voll Luxus, Reichtum und den ganzen Ambitionen von Fräulein Claude gewesen war, es angesehen und erklärt hatte, es sei dem Untergang geweiht.

Wußte sie schon so früh, daß Roxanna ihn verlassen würde? Hätte sie es Sohrab sagen können, ihn vor seinem Schicksal warnen können? Würde er auf sie gehört haben?

»Ich hatte gehofft, für mich und Mr. Charles Pässe zu bekommen«, erwiderte sie. »Aber das wird uns nie gelingen. Der Flughafen ist geschlossen. Die Busse fahren nicht mehr, weil es kein Benzin gibt. Also ist es wohl am besten, in Richtung Osten zu gehen, nach Pakistan. Ich habe eine Menge Leute in der Schlange vor dem Paßamt kennengelernt, die behaupteten, in einem Mietwagen könnten wir mühelos die Grenze überqueren. Sind wir erst einmal dort, kann ich mir immer noch Gedanken darüber machen, wie ich Papiere bekomme, um in ein anderes Land einreisen zu können.«

Sohrab war belustigt und gleichzeitig perplex.

»Und warum das alles?« fragte er. »Hast du solche Angst vor den Mullahs, daß du dein ganzes Leben hier aufgibst und in die Wüste rennst?«

Sie hob eine Augenbraue und musterte ihn. Ohne daß sie es gewollt hatten, ohne daß sie es überhaupt bemerkt hatten, waren sie und Sohrab im Verlaufe der Jahre zu Freunden geworden.

»Mich treibt nicht nur die Angst«, sagte sie. »Ich werde alt. Ich denke, das ist meine einzige Chance, herauszukommen und die Welt zu sehen.«

»Und wo fährst du hin?« fragte er, obwohl er die Antwort bereits kannte.

»Nach Amerika. Meine Schwester Rochelle ist seit Jahren im Besitz einer Versicherungskarte. Sie fährt jeden Sommer mit ihrer Tochter hinüber. Sie meint, ihr Mann täte es aus Liebe zu ihr, damit sie reisen und einkaufen kann. Er tut es aber nur, damit er sie los ist und mit seinen Freundinnen herummachen kann.«

Erleichtert sah sie, wie Sohrab lachte.

»Ist ja auch egal, diesmal hat sie ihre Teppiche und Antiquitäten mitgenommen. Sie haben sogar ein Haus gekauft. Ihr Mann befürchtet, daß sie nicht mehr zurückkommen kann, nach dem, was sich hier so abspielt. Sie könnten vielleicht ein Visum für Mr. Charles und mich besorgen. Deshalb bin ich gekommen. Vielleicht sehe ich dich nicht wieder.«

Sie beugte sich zu ihm.

»Ich habe gehört, daß Lili bei Mercedes in Amerika wohnt. Ich möchte, daß du mir ihre Adresse gibst.«

Sie hielt die Luft an und wartete. Er reagierte nicht.

»Sie ist meine Nichte. Außerdem, wenn ich Roxanna finden will, muß ich wissen, wo Lili ist.«

Sohrab kniff die Augen zusammen, als wollte er sie besser sehen, dann schüttelte er erstaunt den Kopf. Sie täuschte keine Zuversicht vor, dachte er. Sie hatte *beschlossen* zu glauben, hatte sich *entschlossen*, Glauben zu haben.

»Du glaubst also wirklich noch daran, daß sie zurückkehren wird«, sagte er.

»Ich weiß, was ich weiß«, seufzte Miriam, blieb aber aufrecht im Sessel sitzen.

»Es ist acht Jahre her«, sagte Sohrab.

»Und wenn es hundert Jahre wären«, erwiderte sie. Sie machte eine Pause. Konnte sie Zweifel in Sohrabs Blick erkennen? Als sie wieder zu reden begann, war ihre Stimme müde. Ihre Zuversicht war verschwunden. »Man kann nur eine bestimmte Menge Verlust ertragen«, sagte sie. Auf einmal wurde ihre Stimme unsicher. Sie hielt inne, hielt den Atem an, fischte nach dem letzten Rest Mut, der noch in ihr war, um weiterzumachen. Der einzige Weg, nicht aufzugeben, dachte Sohrab, war, weiterzumachen. »Ich habe Roxanna zweimal verloren. Als sie zu Alexandra der Katze ging und als sie dieses Haus verließ. Ich habe meine Mutter, meine beiden Kinder verloren. Sogar Charles habe ich verloren. Er ist zwar noch bei mir, weiß es aber nicht mehr. Vielleicht *brauche* ich den Glauben, daß Roxanna noch lebt.«

Einen Augenblick lang wäre es Miriam dem Mond beinahe gelungen, Sohrabs Entschluß zum Wanken zu bringen.

Dann stand er auf und streckte ihr die Hand hin.

»Ich wünsche dir viel Glück«, sagte er.

Seine Hand war warm. Sie hielt sie, fragte sich, ob sie ihn bedrängen sollte, ob er möglicherweise die Meinung änderte. Dann gab sie auf.

»Wie du willst«, sagte sie wieder mit harter Stimme. »Aber ich möchte dir eines sagen: Du hast einen Fehler gemacht, Lili so zu verstoßen. Sie hat dich an ihre Mutter erinnert. Weil du das nicht ertragen konntest, hast du sie in die Fremde geschickt, hast sie eingesperrt und so getan, als wäre es zu ihrem Guten. Ich werde sie finden. Wie ich auch Roxanna finden werde. Und wenn ich sie gefunden habe, sage ich ihnen, daß du sie liebst und deine einzige Sünde darin bestanden hat, daß du keinen Glauben hattest.«

Der Schah verließ den Iran am 16. Januar. Am selben Tag beerdigte ein Erdbeben im Ostiran Tausende von Menschen bei lebendigem Leib.

Maschtis Enkel trat im Fernsehen auf und bezeichnete die Juden als »Zionisten«, die den Tod verdienten. Der ehemalige Butler von Morad dem Quecksilber, der den ganzen Mund voller Goldzähne hatte, die Teymur ihm bezahlt hatte, ging jeden Tag zu Sohrabs Büro, das seit Monaten geschlossen war und lieferte Todesdrohungen ab. Bahieh die Schwammfrau klingelte um Mitternacht. Als Sohrab die Tür öffnete, schrie sie ihm Obszönitäten ins Gesicht.

Fräulein Claude versuchte Sohrab zu überzeugen, daß sie fliehen sollten, solange noch Zeit war. Er ging nicht auf ihr Flehen ein. Also schluckte sie ihre Angst hinunter, ließ noch weitere Schlösser an der Haustür anbringen, überprüfte sie die ganze Nacht, zählte ihre Juwelen und ihr Geld und versteckte sie an immer unerreichbareren Stellen. Die Furcht verengte ihr die Kehle zu einem Knoten und fand ihren tödlichen Pfad durch den Magen in ihre Gedärme, wo sie die Wände mit einem eiternden Film überzog, der ihr in Form gelber Giftgalle in den Mund stieg und es ihr unmöglich machte, etwas zu essen. Ihre Stimme klang verzerrt und gebrochen. Ihr Körper war beständig von einer Wolke stinkender Ausdünstungen umgeben, die sie nicht entfernen konnte.

Nachdem der Schah das Land verlassen hatte, versuchte sein letzter Premierminister Schapur Bakhtiar vergeblich, wieder Ordnung im Land herzustellen. Er gab in kürzester Zeit auf. Man hatte ihm gesagt, Ayatollah Khomeini sei aus Paris auf dem Weg in den Iran. Er würde auch bei geschlossenem Flughafen landen. Er sei nur aufzuhalten, wenn man ihn in der Luft abschieße. In der Nacht zum 30. Januar öffnete Bakhtiar den Flughafen. Vierundzwanzig Stunden später landete Khomeini in der Hauptstadt.

Sohrab schrieb mir auf englisch:

»Ich kann dich nicht anrufen, da die Telefonverbindung unterbrochen ist.«

Er stand vor meinen Augen, der Mann, der vor vielen Jahren mein Vater war, der jung, melancholisch und sanft mich jeden Morgen geküßt und beim Abendessen über mich gewacht hatte. Ich sah ihn an seinem Schreibtisch, über den Brief gebeugt, den er an mich schrieb, und seine blassen, kultivierten Hände berührten kaum das Papier.

»Das neue Regime hat unser Haus konfisziert und der ›Organisation zur Verteidigung der Schwachen‹ übereignet. Fräulein Claude und ich haben je ein Zimmer zugewiesen bekommen. Fünf weitere Familien wohnen ebenfalls hier.

Ich kann Dir kein Geld mehr schicken, da unsere Bankkonten eingefroren wurden. Vielleicht ist Deine Freundin Mercedes bereit, für Deine Schule und Lebensnotwendigkeiten zu bezahlen, bis ich die Angelegenheit mit dem neuen Regime geklärt habe.«

Es war eine weitere geheimnisvolle Seite von Mercedes' merkwürdiger Persönlichkeit, daß sie, die Vermieterin, die weder den Armen einen Pfennig schenkte, noch Mitleid mit den Kindern ihrer Mieter hatte, die in küchenschabenverseuchten Zimmern hausen mußten, sich bereit erklärte, mich finanziell zu unterstützen, ohne davon ausgehen zu können, daß sie das Geld jemals zurückbekam. Und das tut sie noch immer, ohne mir gegenüber je ein Wort darüber zu verlieren.

Im März 1981 kam Miriam der Mond in Los Angeles an, auf den Tag genau zwei Jahre nachdem sie und Mr. Charles den Iran verlassen hatten. Zusammengekauert im Fond eines gemieteten Volvos, hatten sie sich von dem Fahrer, dem sie hunderttausend Toman gegeben hatten, durch das Land schmuggeln lassen. Am Ziel angekommen, mußten sie ihn noch einmal bezahlen, damit er sie nicht an die pakistanischen Behörden verriet. Dreieinhalb Tage hatte die Fahrt durch Pakistan gedauert, bis sie ein Flüchtlingslager in Peschawar an der afghanischen Grenze erreichten. Das Lager war vom UNO-Hochkommissar für Flüchtlinge während des afghanisch-sowjetischen Krieges eingerichtet worden. Schmutzig und überfüllt, nahm es tagtäglich neue afghanische Flüchtlinge auf und war somit ein sicheres Versteck vor den pakistanischen Behörden.

»Sagen Sie einfach, Sie seien Afghanen«, riet ihnen der Fahrer, bevor er sie drei Kilometer vor dem Lager aussteigen ließ. »Die sprechen eine Abart des Farsi und sehen uns ähnlich, niemand wird den Unterschied bemerken.«

Mr. Charles und Miriam verbrachten siebzehn Monate im Lager. Sie schliefen in Zelten und bekamen ein Essen, das, wie

Mr. Charles unvoreingenommen bemerkte, für die Kiefer von Säuglingen und zahnlosen Alten geeignet war. Bei der ersten Gelegenheit rief Miriam Rochelle in Los Angeles an. Sie brauche ihre Hilfe, um nach Amerika zu gelangen.

»Stell fest, was ich machen muß, um ein Visum zu bekommen, und kümmere dich um eine Wohnung für Mr. Charles und mich«, befahl sie Rochelle. »In der Zwischenzeit finde ich die Leute, die mir zwei Pässe besorgen.«

Sie machte sich sofort ans Werk. Doch als sie die Lagerhelfer mit Fragen bestürmte, erhielt sie noch mehr dünnen Haferschleim und eine Männerbrille als Ersatz für ihre alte, auf der Flucht aus dem Iran verlorene. Sie sah sich unter den Flüchtlingen im Lager um und fand schließlich über sieben Ecken den Mann, der gestohlene iranische Pässe verkaufte. Sie gehörten politischen Gefangenen, die von der Geheimpolizei des Schahs verhaftet worden waren. Die Aufständischen hatten sie beim Überfall des Hauptquartiers der Geheimpolizei an sich genommen. Man hatte sie aus dem Iran geschmuggelt und bot sie nun zu unerhörten Preisen auf dem Schwarzmarkt der Nachbarländer an.

Miriam der Mond opferte ihren besten Diamanten, um Peschawar verlassen zu können. Sie fuhr mit Mr. Charles nach Islamabad und flog von dort weiter nach Frankfurt. Dort wohnten sie in einem schäbigen Hotel voll Küchenschaben und ohne Duschen. Mr. Charles fürchtete sich, das Zimmer zu verlassen. Jeden Tag rief Miriam der Mond Rochelle an.

»Besorg mir ein Visum«, befahl sie Rochelle. »Mr. Charles droht mir ständig, sich bei der iranischen Botschaft zu stellen und zurückzukehren.«

Die amerikanische Botschaft in Frankfurt lehnte den Antrag auf politisches Asyl ab. Sie flogen weiter nach Brüssel und stellten einen neuen Antrag.

»Wir konnten nichts als ein paar Kleider mitnehmen«, sagte Miriam der Mond jeden Morgen, wenn der Botschaftsangestellte die Bürotüren öffnete. Sie war eine von Hunderten, die tagtäglich bei der Botschaft vorsprachen. Alle erzählten sie dieselbe Geschichte, und ihre Bedürftigkeit war offensichtlich. Doch Miriam dem Mond gelang es, dem Angestellten ein Gefühl der Angst und Dringlichkeit zu vermitteln, das er nicht übergehen konnte. Vielleicht war es ihre direkte Art, vielleicht war es aber auch ihre merkwürdige Kleidung. Miriam brauchte es nicht auszusprechen. Ihr konzentrierter Blick schien ihm zu sagen, daß sie größere Feinde besiegt, größere Hindernisse überwunden hatte als den kleinen Angestellten einer überfüllten Botschaft in einer stillen, kalten Stadt.

»Seit zehn Monaten trägt mein Mann dasselbe Hemd. Er stirbt vor Depressionen, wenn Sie uns nicht helfen.«

Sie durchkämmte die billigen Hotels auf der Suche nach Iranern, die dasselbe Problem wie sie hatten. Sie rief ihre Freunde in Teheran an, schrieb jeden an, von dem sie dachte, daß er ihr antworten würde, und erkundigte sich, was im Iran los war.

Die islamische Regierung, erfuhr sie, stellte mit ihren Massenhinrichtungen selbst den Schah und seinen Vater in den Schatten. Tala'at und ihr Liebhaber, der Neffe, waren verhaftet worden. Nach zwölf Jahren sündiger Seligkeit wurden sie zu vierzig Jahren Gefängnis verurteilt. Er schickte ihr jeden Tag einen Liebesbrief. Ein Wächter entdeckte die Briefe und zeigte ihn an. Der Neffe wurde nach einer Verhandlung von neunzig Minuten zum Tode verurteilt.

Kurz bevor Mr. Charles völlig den Verstand verlor, gab die Botschaft nach.

In Los Angeles hatte sich Rochelle zum Flughafen aufgemacht, um Miriam und Mr. Charles abzuholen. Sie beobachtete die beiden beim Ausstieg aus dem TWA-Jet. Miriam trug noch immer dieselbe braune Jacke und die Herrenschuhe, die sie zu Beginn ihrer Flucht angezogen hatte. Charles schleppte schlurfend eine karierte Tasche mit seiner gesamten irdischen Habe, die er mit seinem Leben verteidigt hätte. Beim Anblick der beiden fühlte Rochelle statt freudiger Erregung nur Verlegenheit.

In Chanel-Kostüm und Schlangenlederschuhen, die Lippen bernsteinfarben geschminkt und braun umrandet, die Wimpern von zuviel, zu früh am Morgen aufgelegtem Maskara heruntergedrückt, eilte sie auf Miriam zu. In der Hoffnung, daß niemand auf dem Flughafen sie erkannte, umarmte sie ihre Schwester. Dann führte sie Miriam und Mr. Charles zu ihrem Mercedes-Kabriolett auf dem Parkplatz. Beide mußten sich auf den Beifahrersitz quetschen.

Sie fuhren zu einer Wohnung in einem Block am Wilshire Boulevard in Westwood. Hier hatten sich viele iranische Juden vorläufig niedergelassen und warteten auf das Scheitern der Revolution und die Rückkehr der Monarchie im Iran, bemerkte Rochelle.

»Da werden sie aber eine ganze Weile warten müssen«, erwiderte Miriam trocken.

Das Gebäude war überfüllt, schlecht verwaltet und roch nach exotischem Essen. Doch Miriam zog in ihre Wohnung und akzeptierte ihr Exil ohne Illusionen. Sie ging von Wohnungstür zu Wohnungstür, um alle Nachbarn kennenzulernen, selbst die Amerikaner, denn es sei immerhin ihr Land, das zu erobern sie gekommen sei. In der ersten Woche kaufte sie neue Vögel für Mr. Charles und verwandelte den kleinen Balkon in ein Gewächshaus, wo er seine Pflanzen und Blumen züchten konnte. Dann gestattete sie Rochelle, ihr Los Angeles zu zeigen.

In ihrem Herrenjackett, die Blusenärmel bis zum Ellbogen aufgerollt, marschierte Miriam der Mond die Straßen von Beverly Hills entlang. Rochelle, die Unsummen ausgegeben hatte, um von den Verkäufern mit einem gewissen Respekt behandelt zu werden, hatte den Fehler begangen, sie zum Rodeo Drive zu führen. Miriam befühlte die Kleidung, als würde sie ein Schaf erstehen. Sie erkundigte sich nach dem Preis und schimpfte, das sei alles viel zu teuer. In jedem Laden wollte sie den Geschäftsführer sprechen, um ihn vor dem Zorn des Allmächtigen zu warnen, wenn dieser auf diese Straße blicke, »die nur die Länge eines Eselspenis« habe, und feststelle, wie er die Ungerechtigkeit der Welt noch größer mache, indem er für eine Bluse eine Summe verlange, die dem Bruttosozialprodukt eines ganzen Landes entspreche, obwohl sie noch nicht einmal aus Seide oder handgenäht sei. Und jedesmal, wenn sie gereinigt werden müßte, würde sie noch einmal achtzehn Dollar kosten. Bei einem Kurs von dreitausend Real für einen Dollar entspreche das in Teheran der Monatsmiete für eine fünfköpfige Familie.

Peinlich berührt von den Angriffen ihrer Schwester auf die geheiligten Häuser Gucci und Ferragamo, war Rochelle überzeugt, daß man ihr in den Läden am Rodeo Drive nur noch mit einem spöttischen Lächeln begegnen würde. Also bugsierte sie Miriam von der Straße weg und bot ihr ein Eis an. Doch Miriam hatte nichts Eiligeres zu tun, als dem potrauchenden Teenager hinter der Theke eine Predigt über die Verschwendung zu halten, die er auf diesem Planeten betrieb, indem er dreißig Geschmackssorten Eis verkaufte, wo eine doch völlig genug sei.

Die superschlanke Rochelle mit ihrer Elvis-Costello-Brille auf der Nase brachte Miriam daraufhin zum Westwood Boulevard, wo die iranischen Lebensmittelläden und Restaurants soeben ihre Türen öffneten. Miriam verkündete, in die würde sie keinen Fuß setzen. Die Preise seien noch höher als die ihrer Konkurrenten am Pico und Fairfax Boulevard.

Nachdem sie sich in der Ocean Avenue eingelebt hatte, ging Miriam jeden Nachmittag zwei Stunden spazieren, um andere iranische Immigranten kennenzulernen. Es dauerte nicht lange, und sie kannte jeden Säufer und Drogenhändler, der in Santa Monica sein Unwesen trieb. Da Miriam nach wie vor davon überzeugt war, daß die größte Sünde der Menschheit in der Verschwendung von Nahrungsmitteln bestehe, brachte sie ihren neuen Freunden stets Essensreste mit. Drei Tage alten Reis mit Dill und Petersilie; gebratene Lammkeule mit Zwiebeln, Knoblauch und Safran; mit Rosinen und Kreuzkümmel gefülltes Huhn. Sie transportierte das Essen in großen Töpfen, die sie in schneeweiße indische Baumwolltücher knotete. Aus der Ferne sahen sie wie Babys in Tragetüchern aus oder wie die Häupter dicker Frauen mit Kopftuch.

Rochelle empfand Miriams Angewohnheiten als Blamage

für die Familie. Sussan klagte, man könne es ihr nie recht machen. Doch niemand leugnete, daß sie ein unvergleichliches Talent dafür besaß, die Menschen zu beobachten und ihre Geheimnisse herauszufinden. Ihr Instinkt war so unfehlbar wie Radar; ihr Gedächtnis hatte nicht seinesgleichen; ihr Mangel an Respekt vor der Privatsphäre war total. So kannte sie bald die Geschichte jedes Juden, der auf Kaliforniens Erde lebte, und, nach einer gewissen Zeit, auch die seiner Ahnen.

Doch weder ihre Flucht aus dem Iran noch ihre Inbesitznahme von Los Angeles befriedigte Miriam, solange sie nicht die Aufgabe erledigt hatte, die sie sich vor Verlassen des Iran gestellt hatte: mich in Amerika zu finden, neun Jahre nachdem mein Vater mich in der wohlüberlegten Absicht weggeschickt hatte, mich vor der Familie meiner Mutter zu verstecken.

Am Ende fand sie mich natürlich.

An jenem Morgen, als sie mich aus der Telefonzelle gegenüber von Mercedes' Haus anrief, stellte Miriam sich als »deine liebe Tante Miriam« vor. »Die Tante, die deine Mutter großgezogen hat. Wahrscheinlich erinnerst du dich nicht an mich, aber ich weiß alles über dich. Sogar Dinge, die du nie für wahr halten würdest.«

Es war im August 1981. Seit drei Jahren verbrachte ich jeden Sommer bei Mercedes. Gekommen war ich Anfang Juni. Kurz darauf war Mercedes zu einer ihrer spontanen Reisen in die Karibik aufgebrochen, als Gast eines reichen alten Mannes, der behauptete, ihm gehöre eine ganze Insel. Im Winter hatte er Mercedes zu seinem fünfhundertfünfzig Quadratmeter großen Heim an den Hängen von Aspen mitgenommen.

»Geh zum Fenster und schau hinaus«, fuhr Miriam fort, ohne mir eine Chance zu geben, durchzuatmen. Das Herz sank mir in die Hose. Ich sprang aus dem Bett und trug das Telefon zum Fenster. Da stand sie, in der Telefonzelle an der Ecke von Sunset Boulevard und Foothill. Eine hohe, dunkle Gestalt auf einer leeren Straße in der frühmorgendlichen Stille. Sie winkte mir zu.

»Ich bin ganz Kalifornien hinauf- und hinuntergefahren, um dich zu finden.«

Sie schaute geradewegs auf mein Fenster, als könne sie mich dort stehen sehen, wie ich herauszufinden versuchte, ob sie nicht nur Einbildung war.

»Wir mußten aus dem Iran fliehen, Mr. Charles und ich. Mr. Charles ist mein Mann. Er stammt natürlich aus dem Ghetto wie ich und deine Mutter. Seine Mutter war der Meinung, sie hätte Moses persönlich zur Welt gebracht. So gab sie ihm einen fürstlichen Namen: Chaaarles. Daß sie ihn nicht aussprechen konnte, war ihr egal. Kommt sowieso nicht darauf an. Er kann noch nicht einmal seinen eigenen Namen schreiben, geschweige denn ein Königreich regieren.«

Ihr Seufzer ließ erkennen, daß sie an eine alte Wunde rührte, die sie jedoch nicht in diesem Augenblick und vor Mercedes' Haustür aufzureißen gedachte.

»Während der Revolution bin ich zu deinem Vater gegangen und habe ihn um deine Adresse und Telefonnummer gebeten. Er hat sie mir verweigert. Du kennst ihn ja. Vor ein paar Monaten bin ich nach Los Angeles gekommen. Ich hatte mir ausgerechnet, daß du in die High School gehst. Also bin ich von einer Schule zur nächsten gepilgert, habe keine ausgelassen, ob öffentlich oder privat, und nach dir gefragt. Es kam mir zuerst nicht in den Sinn, nach Mercedes zu suchen. Doch als mir diese Idee kam, hatte ich dich gleich. Leg auf, und mach die Tür auf. Ich bin in einer Minute drüben.«

Den Hörer noch in der Hand, beobachtete ich, wie die Frau am anderen Ende aufhängte. Dann beugte sie sich nach vorn und wischte sich mit einem Taschentuch, das sie aus dem Ärmel gezogen hatte, die Schuhe ab. Sie nahm zwei grüne Plastikkörbe mit Flechtmuster, wie sie die Frauen in den Ländern der Dritten Welt zum Markt mitnehmen, und überquerte die Straße, ohne sich um den Verkehr zu kümmern. Ich wartete, bis sie den Vorgarten durchquert hatte und zur Haustür hinaufschritt. Dann wandte ich mich ab, hochrot, und fragte mich, was ich tun würde, wenn sie das Haus betrat.

Mein erster Gedanke beim Anblick Miriams war, daß sie alt war, viel älter als Roxanna. Es war keine Spur der Schönheit zu sehen, die ihr einst den Namen Miriam der Mond eingetragen hatte. Dann fiel mir ein, daß ich sie schon früher gesehen hatte, an jenem Tag, als sie mir versprach, meine Mutter zu finden. Und sogar noch früher, bei den seltenen Anlässen, wenn sie zu uns nach Hause gekommen war, schlechte Nachrichten brachte oder Schiwe saß. Als ich Roxanna einmal fragte, sagte sie, ja, Miriam sei die schönste ihrer vielen Schwestern. Sie sei schöner als alle Mädchen des Ghettos gewesen, mit Ausnahme von Mercedes der Filmschauspielerin mit den grünen Augen. Die zähle aber nicht, denn sie sei das uneheliche Kind einer russischen Aristokratin und eines assyrischen Phantoms.

Die Frau, die vor mir stand, war ungewöhnlich groß und dünn. Ihre Beine waren so lang, daß sie aussah wie ein Stelzengänger mit Rock. Ich konnte sehen, wie sich der Adamsapfel an ihrem knochigen Hals beim Sprechen bewegte. Sie trug Herrenschuhe, einen langen dunkelblauen Rock und eine braune Polyesterbluse. Darüber ein Jackett aus grauer Wolle. Wenige Minuten später teilte sie mir mit, daß es früher Mr. Charles gehörte. Ihr schwarzes Polyestertuch hatte sie zweimal unter dem Kinn geknotet. Das Haar darunter war am Ansatz weiß, der Rest Clairol-oliv. Sie trug eine dicke Brille mit breitem schwarzen Rahmen, ein Geschenk, wie sie mir ebenfalls freiwillig erzählte, von den Helfern im pakistanischen Flüchtlingslager.

»Miss Lili!« erklärte sie beim Eintreten und küßte mich auf beide Wangen. Sie roch nach Seife und alten Kleidern. Zurücktretend musterte sie erst mein Gesicht, dann meine Gestalt.

»Wie alt bist du? Vierzehn? Fünfzehn?«

Enttäuscht schüttelte sie den Kopf.

»Du bist zu dünn. Du gehörst wohl zu den Mädchen, die gern *Diät* machen.« Das Wort Diät klang aus ihrem Mund wie eine Beleidigung.

Verwirrt und nach einem Anfang suchend, antwortete ich, daß ich so ziemlich an mein Idealgewicht herankäme. So dumm wie diese Versicherung auch klang, Miriam schien sie nicht seltsam zu finden.

»Wer dieses Idealgewicht festgesetzt hat, muß selbst an Magersucht leiden. Kein Wunder, daß du so blaß bist.«

Sie nahm die Körbe vom Boden auf und machte sich auf den Weg in Mercedes' so gut wie nie benutzte Küche.

»Diese Frau muß verrückt sein, dich in diesem Haus mit nur einem Dienstmädchen allein zu lassen.«

Als hätte sie ihren Namen gehört, erschien diese plötzlich in der Küche. Sie starrte erschrocken auf Miriam.

»Wer sind Sie?« wollte sie wissen.

»Die Tante dieses jungen Mädchens«, erwiderte Miriam, ohne die Frau eines Blickes zu würdigen. »Sie können Ihren eigenen Geschäften nachgehen.«

Sie stellte die Körbe auf die Theke neben dem Spülstein, zog ihr Jackett aus und hängte es ordentlich über eine Stuhllehne. Dann füllte sie den Kühlschrank mit merkwürdigen Nahrungsmitteln.

Ich stand in der offenen Tür, eine Hand noch auf dem Knauf, und beobachtete ungläubig, wie sich nach und nach Flaschen mit Rosenwasser, Kirsch- und Quittensaft, Beutel mit getrocknetem Kreuzkümmel und gemahlenem Safran, Kistchen mit Halva und Datteln, mehrere Bund Radieschen, Spinat und Weinblätter in den Regalen türmten. Miriam entnahm einem der Körbe zwei frische Hühner. »Viel zu teuer«, bemerkte sie, »aber ich koche nicht, wenn die Sachen nicht koscher sind.« Zuletzt kam ein Leinensäckchen mit gebleichtem Reis. »Basmati.« Sie zeigte mir das Elefantenlogo auf dem Sack. »Aus Indien. Persischer Reis ist natürlich viel besser, aber in diesen Zeiten bekommt man ihn noch nicht einmal mehr im Iran.«

Sie sah mich unter ihrer Brille hindurch an und wedelte mit der Hand, in der sie ein Messer hielt.

»Du kannst schon hereinkommen«, sagte sie und deutete

auf den Frühstückstisch, wo ich mich hinsetzen sollte. »Ich weiß, daß du ein tapferes kleines Mädchen bist, ganz allein des Nachts in diesem Haus. Sag nur nicht, daß ich dich so sehr erschrecke.«

Sie riß Schränke auf, zog Schubladen heraus, räumte das Geschirr um und machte sich mit dem Herd vertraut. Sie fand eine Schüssel, füllte sie mit kaltem Wasser und weichte einen Beutel mit Gemüse ein, das ich seit meiner Kindheit im Iran nicht mehr gesehen hatte. Dann machte sie sich daran, das einzige Küchenmesser zu schärfen, indem sie seine Klinge an einem Tafelmesser entlangzog. Erst als sie merkte, daß ich zum Telefon gehen und um Hilfe rufen wollte, ließ sie sich dazu herab, zu erklären, was sie vorhatte.

»Ich bleibe den ganzen Tag hier«, sagte sie. »Ich weiß, daß es gegen Mercedes' und auch gegen den Wunsch deines Vaters ist. Aber du bist meine Nichte. Ich habe deine Mutter großgezogen, und ich will dich kennenlernen. Wenn ich nun schon einmal hier bin und du aussiehst, als hättest du seit Jahren keine ordentliche Mahlzeit bekommen, denke ich, sollte ich dir etwas zum Mittagessen kochen.«

Sie bereitete zwei verschiedene Eintöpfe und ein Reisgericht mit Schwarzkirschen und Safranhühnchen zu. Gerade wollte ich meinen Löffel in den Mund schieben, als Miriam, einen Blick auf meine zitternden Hände werfend, in die Offensive ging.

»Wie ich höre, unterstützt dich Mercedes finanziell.«

Sie konstatierte den Sachverhalt und hob dabei eine Augenbraue, um anzudeuten, daß sie nicht glücklich darüber war.

»Ich kenne sie schon sehr lange, und nach dem, was ich erfahren habe, hat sie sich nicht sehr verändert.«

Ihre Augenbrauen waren noch immer hochgezogen, und mein Löffel schwebte noch immer in der Luft.

»Wenn ich dein Vater wäre, hätte ich nie zugelassen, daß du bei ihr wohnst oder daß sie für dich bezahlt.«

Sie senkte die Augenbrauen und rückte auf dem Stuhl hin

und her. Ich nutzte die kurze Pause in ihrem Angriff, schluckte mein Essen herunter und legte den Löffel wieder auf den Teller.

»Jedenfalls bin ich jetzt hier«, fuhr sie freundlicher fort, »und wir werden uns sehr viel häufiger sehen. Ich werde dir zeigen, wie man im Iran lebt und wie deine Mutter lebte.«

Ich schob einen weiteren Löffel Reis in den Mund, schluckte, ohne zu kauen, hob nicht den Blick vom Teller. Die Erwähnung meiner Mutter hatte meinen Puls beschleunigt. Der Geschmack dieses Essens, der Geruch der Auberginen und sauren Rosinen hatten die Erinnerung an einen Ort und eine Zeit in mir geweckt, an die ich nicht denken wollte.

»Ich suche noch immer nach ihr. Eines Tages finde ich sie und bringe sie heim.«

Mir fiel ein, wie Roxannas Hände die Haut von den dünnen, langen japanischen Auberginen schälten; wie wir zum Weinstock am Ende des Hofes gingen und die sauren, staubbedeckten Trauben pflückten. Es wanderten mehr davon in unseren Mund als in den Korb. Ich erinnerte mich an ihr Gesicht über der dampfenden Reisschüssel, wie ihre Augen mir beim Essen zusahen. Sie hat mich geliebt, dachte ich. Ich hatte gezählt.

Miriam beugte sich vor und legte etwas Eintopf zu meinem Reis.

»Deshalb mußte ich dich erst finden, verstehst du. Denn ich weiß, daß Roxanna früher oder später zu dir zurückkehren wird.«

Die Zuversicht in Miriams Stimme erschütterte mich. Als würde sie nicht den Wunschtraum einer alten Frau aus einem seltsamen Land aussprechen, sondern eine allgemein anerkannte Tatsache.

»Glaubst du denn noch immer, daß meine Mutter lebt?« fragte ich.

Ich sah mein Spiegelbild in ihren Brillengläsern. Zwei winzige, identische Gesichter, wütend und gleichzeitig mutlos angesichts dieser Frau, die für einen Augenblick hinter ihrer Brille verschwunden war.

»Natürlich lebt sie noch.« Miriam zuckte nicht mit den

Wimpern. »Sie ist erst dreiundvierzig. Warum sollte sie nicht mehr leben?«

Der Magen drehte sich mir vor Wut um, das Essen vergiftete meine Brust und brannte sich einen Weg durch meinen Gaumen.

»Weil sie nicht mehr lebt.«

Die Worte waren mir gegen meinen Willen herausgerutscht. Als würde ein anderer Mensch sprechen, der Dinge sagte, die ich nicht wußte.

»Weil sie nicht mehr lebt. Jeder weiß, daß sie nicht mehr lebt.«

Miriam schüttelte den Kopf. Felsenfest und zuversichtlich. Ich merkte, daß ich sie haßte.

»Niemand weiß, was ich weiß«, fuhr ich fort.

In einem einzigen Augenblick hatte ich alle Regeln der Beherrschung und die Manieren vergessen, die mir die Nonnen beigebracht hatten; hatte alle Methoden des Selbstschutzes, die ich erlernt hatte, solange ich allein war, vergessen und fuhr auf Miriam los, um sie zu vernichten:

»Du bist nichts weiter als eine dumme Frau mit dummen Gedanken«, schrie ich sie an. Ich warf den Löffel auf den Teller. Rote Spritzer trafen Miriam, bildeten Flecken auf ihrer Brille. »Du hast keine verdammte Ahnung. Hattest du noch nie, auch damals nicht, als du mich im Iran besuchen kamst.«

Miriam sprach kein Wort. Ihre Hände hielten die Kante des Tisches umklammert, ihre Augen blieben seltsam ruhig.

»Meine Mutter ist tot«, sagte ich und schockierte mich ein zweites Mal. Ich hätte am liebsten aufgehört, mich in mein Schneckenhaus aus Schweigen und Angst zurückgezogen, in dem ich seit zehn Jahren lebte. Aber Miriam saß mir gegenüber, und ich konnte nicht aufhören.

»Sie hat sich umgebracht«, schrie ich. »Ich habe es gesehen. Sie ist tot.«

Das Dienstmädchen hatte meine Geschrei gehört und kam in die Küche geeilt. Ich stand zitternd vor Miriam, erschrocken über das, was ich soeben gesagt hatte.

»Deshalb verschwinde, und nimm dein stinkendes Essen mit, bevor Mercedes entdeckt, daß ich dich hereingelassen habe.«

Ich entfernte mich vom Tisch, am ganzen Leibe zitternd, und lehnte mich an die Küchentheke, um das Gleichgewicht zu halten. Ich betete, daß Miriam aufstehen und sich leise entfernen würde. So plötzlich, wie sie gekommen war. Ich betete darum, zu vergessen, sie jemals gesehen zu haben. Ich wollte mich nicht mehr daran erinnern, was sie gesagt hatte. Am inständigsten flehte ich jedoch, daß sie Roxanna nicht finden möge.

Miriam der Mond drehte das Messer in der Wunde.

»Und wenn sie tatsächlich tot wäre«, wollte sie wissen, während sie ihr Glas, ohne mich anzusehen, mit einem Papiertuch abrieb, »wenn deine Mutter irgendwo wie ein Hund begraben wäre, könntest du dann besser verstehen, warum sie nicht zurückgekommen ist?«

Miriam gelang es, in mir wieder dieselbe Furcht zu wecken, die mich meine ganze Kindheit wachgehalten hatte. Sie hatte den Tisch abgeräumt und das Geschirr gespült. Das Dienstmädchen durfte keinen Schritt in die Küche setzen. Sie war plötzlich zu Miriams Reich geworden. Sorgfältig hatte sie das Essen im Kühlschrank mit Etiketten versehen. Für die Töpfe auf dem Herd hinterließ sie Anweisungen zum Aufwärmen.

»Du mußt zu uns kommen und deine Familie kennenlernen«, hatte sie zweimal gesagt. Sie sah, daß ich ihr nicht entkommen konnte, und hatte beschlossen, meinen Anfall zu ignorieren. »Rochelle ist hier. Desgleichen Sussan. Mit den Kindern, aber ohne Mann.«

Ich zog ein Gesicht und wandte mich ab, um ihr zu zeigen, daß ich an ihren Schwestern und deren Leben nicht interessiert war. Sie bemerkte meine Reaktion zwar, sprach aber trotzdem weiter.

»Ich werde alle einladen«, fuhr sie fort. »Deine Cousine Josephine ist nur ein paar Jahre älter als du. Rochelle hat sie sofort unter die Haube gebracht, als sie nach Amerika kamen. Sie hat bereits zwei Kinder. Dann sind da noch deine Großtanten, die Tanten deiner Mutter. Die liebe Tante Licht wollte ihren Mann umbringen lassen. Der FBI hat sie erwischt.«

»Du mußt gehen«, sagte ich zu Miriam. Es war mir bewußt, daß ich unverschämt war, *wollte* es sein. »Mercedes mag es nicht, wenn ich komische Leute ins Haus lasse.«

Miriam nahm lächelnd ihre Plastikkörbe auf.

»Ich komme dir komisch vor«, erklärte sie. Wieder stellte sie eine Tatsache fest. »Du wirst dich daran gewöhnen müssen.«

Sie kam am nächsten Tag wieder, und den Tag danach ebenfalls. Von Westwood zum Santa Monica Boulevard nahm sie den Bus, stieg um, fuhr bis zum Canon Drive und nahm dann einen dritten Bus zum Sunset Boulevard. Sie könne fahren, habe aber seit ihrer Ankunft in Los Angeles nicht am Steuer gesessen. Man habe ihr gesagt, die Versicherung eines Autos koste fünfzehnhundert Dollar – zu drei, fünf und nun zwanzigtausend Rial auf einen Dollar. Geschäftstüchtig, wie sie war, hatte sie eine Vereinbarung mit den Eigentümern eines Taxiunternehmens getroffen, dessen Fahrer hauptsächlich Iraner waren. Sie würde deren Dienste viermal die Woche in Anspruch nehmen und dafür zehn Dollar pro Fahrt bezahlen, unabhängig davon, wie weit sie fahre. Die Taxifahrten hob sie sich für weite Strecken oder für Ausflüge zum Markt auf, wenn sie schwer zu tragen hatte.

»Du solltest Bus fahren mit mir«, sagte sie immer wieder. »Es ist gut zu sehen, wie wirkliche Menschen leben.«

Von Zweifeln zerrissen und aus Angst, daß sie den Frieden zerstören könnte, den ich so sorgfältig um mich herum geschaffen hatte, versteckte ich mich in meinem Zimmer. Dem Dienstmädchen sagte ich, es solle sie wegschicken. Es gelang ihr jedoch nie. Miriam schob sich an ihr vorbei und kam geradewegs bis zu meiner Tür, blieb davor stehen und redete mit mir, als seien wir alte Freunde. Dann ging sie nach unten und blieb einfach da. Sie blieb so lange, bis ich aufgab und zu ihr nach unten kam.

»Probier mal«, sagte sie dann zu mir und schob mir etwas zu essen in den Mund. »Ich werde dafür sorgen, daß du die schwarzen Ringe unter den Augen verlierst und etwas Fett ansetzt.«

Sie sprach von meinem Vater, eingeschlossen im Haus an der Allee des Glaubens, wie er den ganzen Tag Bücher las, bis seine Augen streikten. Fräulein Claude sei vollständig verrückt geworden. Teymur sei ein guter Mensch gewesen, ein seltener, ehrlicher Mann, der an seinem Stolz zerbrochen sei.

»Er hat dich geliebt«, sagte sie. »Er hat dich geliebt, weil du das Kind seines Sohnes warst. Aber noch mehr, weil du das Kind deiner Mutter warst.«

Gesenkten Kopfes und mit vor Wut brennender Haut verfluchte ich Miriam wortlos und verschlang jedes ihrer Worte.

Im August kam Mercedes von ihrem Inselurlaub zurück und fand Miriam in ihrer Küche.

Es war Sonntag nachmittag. Miriam grillte Hühnerbrust am Spieß. Sie hatte das Hühnchen in Safran, Zitronensaft, Olivenöl, Paprika, Zwiebeln und zerstoßenem Knoblauch eingelegt. Mercedes besaß keinen Grill, da sie die Sitte als barbarisch empfand, also benutzte Miriam den winzigen Grill auf dem Herd. Ich mochte mich innerlich noch so sehr gegen ihre Anwesenheit sträuben, sie belebte das Haus und gab mir ein Gefühl der Sicherheit. Gegen vier blickte ich von den Hühnerspießen hoch und sah Mercedes in der Tür stehen.

Sie war gebräunt, groß und ganz in weiß gekleidet. Ihre Arme waren lang und schlank, das Haar zu einem lockeren Pferdeschwanz zusammengebunden. Sie starrte Miriam an, als wäre sie Zeugin einer Katastrophe.

»Wer ist denn *das*?«

Ich suchte nach einer Antwort, wußte aber nicht, was ich sagen sollte.

Ruhig drehte Miriam die Spieße auf dem Grill, ein Auge auf Mercedes, das andere auf dem Fleisch, dann sagte sie auf farsi:

»In diesem Land kann man dafür eingesperrt werden, wenn man ein Kind sich selbst überläßt und ihm kein richtiges Essen gibt.«

Mercedes erblaßte, zitterte etwas und sah von Miriam zu mir und zurück. Einen Augenblick lang wirkte sie fast schutzlos, eine einsame Frau, die sich einem alten Feind gegenüber sieht. Doch dann fing sie sich, stellte sich gerade hin, zog die Augen zusammen und richtete ihren Blick herausfordernd auf Miriam.

Langsam trocknete sich Miriam die Hände an einem Küchentuch ab, das sie über den Griff von Mercedes' Herd gehängt hatte. Dann ging sie auf Mercedes zu und streckte ihr die Hand hin.

»Ich hatte mir schon gedacht, daß wir uns wiedersehen. Daß es hier sein würde, hätte ich nicht geglaubt.«

Mercedes ergriff ihre Hand nicht. Miriam zuckte die Achseln, ging zurück zum Herd und füllte einen Kessel mit kaltem Wasser.

»Ich bin alle paar Tage hergekommen, um dem Kind etwas zu essen zu kochen. Es sah unterernährt aus, ganz davon abgesehen, daß es deprimiert war.«

»Was willst du?« fragte Mercedes.

»Von *dir* gar nichts.« Miriam setzte den Wasserkessel auf. Aus einer roten Dose nahm sie zwei kleine Löffel Teeblätter und tat sie in einen kleineren Kessel. Sie goß das kochende Wasser darüber und ließ den Tee fünf Minuten ziehen, bevor sie ihn servierte.

»Von *dir* habe ich nie etwas gewollt. Ich bin nur wegen des Kindes hier.« Sie sah Mercedes geradewegs ins Gesicht. »Und um meine Schwester zu finden. *Deine* Freundin.«

Ich sah, daß sie sich freute, Mercedes abgewehrt zu haben; daß sie es liebte, die Oberhand zu behalten, ein Gefühl der Stärke aus Mercedes' Verwirrung zog. Mercedes wäre nicht sie selbst gewesen, wenn sie Miriam die Freude lange gegönnt hätte.

»Mach, was du willst«, sagte sie im Weggehen. »Nur bleib, wo du bist, und laß Lili in Ruhe.«

Miriam kam natürlich doch wieder. Sie tat, was sie wollte, und dazu gehörte vor allem, Mercedes zu ärgern. Nachdem sie die

Adresse von Saint Mary Magdalen's herausgefunden hatte, tauchte sie nach den Ferien jede Woche dort auf. Mit Schwester Ana Rose und der Mutter Oberin schloß sie Freundschaft und brachte ihnen alle möglichen ausländischen Gerichte mit, von denen sie dachte, daß sie ihrem katholischen Gaumen munden könnten. Sie erbot sich, das Mittagessen für die ganze Schule zu kochen. Die Nonnen weihte sie in die östlichen Geheimnisse ein. Sie verriet ihnen, wie man dafür sorgt, daß Mädchen gehorsam sind, schwer arbeiten und sich von den Jungen fernhalten. »Erlauben Sie nicht, daß sie Zeit vor dem Spiegel verbringen«, riet sie ihnen. Die Nonnen waren glücklich, eine verwandte Seele aus dem Osten gefunden zu haben. »Eitelkeit ist der Vorläufer von sexueller Freizügigkeit.« Sie erzählte ihnen von ihrer Zeit als Lehrerin in einer Schule der Alliance française, bestätigte ihren Verdacht, daß ich keinen Milliliter katholisches Blut in den Adern hatte, daß mein Vater in der Tat ein seltsamer Mann war, »aber er ist halb Prinz und halb Jude, und seine Mutter gab vor, Deutsche zu sein. Was kann man da schon erwarten?«

Sie behauptete, was Sohrab und ich über Roxannas Tod sagten, sei nicht wahr. »Sie ist fort, aber mit Sicherheit nicht tot.«

Als Miriam die Mutter Oberin um Erlaubnis bat, mich zum Wochenende mitzunehmen, gab es keinen Zweifel mehr, daß die Antwort positiv ausfallen würde.

»Grandios!« Miriam war ehrlich begeistert. »Ich veranstalte ein Familientreffen, damit sie wieder zur Familie gehört.«

Sie lud ihre Schwestern ein, Rochelles Tochter Josephine und ihren Mann, der natürlich nicht kam, aber beleidigt gewesen wäre, wenn er das Gefühl gehabt hätte, ausgeschlossen worden zu sein. Sie rief auch Mr. Charles' drei Großtanten sowie Großonkel Jakob an. Dann tauchte sie eines Sonntag morgens mit dem Taxi in Pasadena auf, um mich abzuholen. Ich sollte alle kennenlernen.

Ich ging gegen mein besseres Wissen mit. Zum Teil, weil Miriam mir keine Wahl ließ, zum Teil, weil ich das Bedürfnis hatte, diese Verwandten mit eigenen Augen zu sehen. Sie waren immerhin, so war anzunehmen, vom gleichen Blut wie Roxanna. Miriams Wohnung war klein, aber hell, erfüllt von Vogelgezwitscher und der Wärme des Essens, das seit dem frühen Morgen auf dem Küchenherd kochte. Mr. Charles kam uns an der Tür entgegen.

»Sch«, legte er warnend einen Finger auf die Lippen, »sonst erschreckt ihr die Vögel.«

Das Wohnzimmer war mit Möbelstücken ausstaffiert, die nicht zueinander paßten. Den Eßtisch hatte Miriam einem taiwanesischen Paar auf dem Rose-Bowl-Flohmarkt in Pasadena abgekauft. In der ganzen Wohnung stapelten sich persische Zeitschriften und Zeitungen. Auch ein großer Berg von Ausgaben des *National Geographic* und *Scientific American*, die Miriam regelmäßig las.

»Ich versuche, Erfahrung und Wissenschaft abzuwägen«, meinte sie, als sie sah, wie ich die Zeitschriften durchblätterte. »Jedesmal siegt die Erfahrung.«

Sie ließ mich im Wohnzimmer allein und schaute nach dem Essen. Ich setzte mich. Der Magen drehte sich mir vor lauter Aufregung um; meine Hände waren feucht. Ich beobachtete Mr. Charles, wie er mit seinen Vögeln sprach. Er flüsterte ihnen etwas zu, wollte sie vor der bevorstehenden Invasion warnen. Etwas in diesem Zimmer, stellte ich fest, löste bei mir Angst aus. Dann ging die Klingel.

Als erste kam die liebe Tante Licht, die 1977 ihren Sohn für zwei Monate besuchen wollte und für immer in Amerika geblieben war. Sie war in Begleitung ihres Mannes, der sich weigerte, mit ihr zu sprechen, und ihres Sohnes, der mit beiden Elternteilen nicht redete, aber ihre Rechnungen bezahlte und ihren Chauffeur, Koch und Pfleger spielte. Die liebe Tante Licht war klein, hatte Klavierbeine und eine riesige Hüfte, die aus eigenem Willen bei jedem Schritt der lieben Tante einen vollendeten Halbkreis beschrieb. Die für den Körper viel zu dünn geratenen Arme ließen die Kopie der Chanel-Tasche nicht los, die ihre Schwiegertochter ihr geschenkt hatte. Die Schwiegertochter hatte ihr erzählt, daß sie »wahrscheinlich« echt sei. Die Tasche kostete normalerweise tausend Dollar. Die Schwiegertochter hatte sie an einer Straßenecke für dreiunddreißig Dollar fünfzig Cent einem Mann mit einem tätowierten Drachen auf der linken Wange namens Mustafa abgekauft.

»Kann nur gestohlen sein«, lautete der spöttische Kommentar der lieben Tante Licht zur übertriebenen Großzügigkeit ihrer Schwiegertochter. Insgeheim war sie aber über die Möglichkeit, daß die Tasche doch echt sein könnte, entzückt. Es machte ihr eine riesige Freude, zum ersten Mal in ihrem Leben einen Luxusgegenstand zu besitzen, um den die anderen Frauen sie ihrer Ansicht nach beneideten.

Vielleicht fanden diese ihren kleinen Anfall von Eitelkeit zu erbärmlich. Vielleicht hatten sie aber auch vor einiger Zeit erkannt, daß es nicht weise war, der lieben Tante Licht zu widersprechen. Wie dem auch sei, niemand um sie herum hatte sich die Mühe gemacht, sie darauf hinzuweisen, daß ihre Schwiegertochter sie lächerlich machte und allein der verrostete Buchstabe G und nicht C auf der Tasche alles verriet.

Es lag nun zwei Jahre zurück, daß die liebe Tante Licht im Alter von einundsiebzig Jahren ihren mexikanischen Gärtner angeheuert hatte, ihren Mann umzubringen.

Sie hatte ihm dreihundert Dollar in bar gegeben und eine Tasche mit abgelegter Kleidung ihres Mannes. Als der Gärtner jammerte, er habe kein Gewehr, fuhr sie persönlich mit dem Bus in die Stadt, wo sie so lange herumfragte, bis sie einen Waffenladen gefunden hatte. Der Gärtner war gerade dabei, den Lauf des Gewehres in der Garage seines winzigen Hauses in Elmore abzusägen, als seine Frau hereinspazierte und ihn fragte, was er da mache.

»Die alte Dame hat mir dreihundert Dollar gegeben, damit ich ihren Mann erschieße und das Ganze als Einbruch tarne«, erklärte er, ohne seine Arbeit aus der Hand zu legen. »Sie sind seit dreiundfünfzig Jahren verheiratet, sagt sie, und sie haßt ihn noch immer.«

Mit ihrem dritten Kind schwanger und stets knapp bei Kasse, fand die Gärtnersfrau, daß die liebe Tante Licht ihren Mann übers Ohr haue, wenn sie ihm nur dreihundert Dollar für das Töten eines Menschen bezahlte. Er dürfe den Job nicht für weniger als siebenhundert Dollar annehmen, sagte sie ihm.

»Die habe ich nicht«, erwiderte die liebe Tante Licht dem Gärtner, als dieser ihr seinen wöchentlichen Besuch abstattete. »Und er wäre auch keine siebenhundert Dollar wert, selbst wenn ich es mir leisten könnte.«

Der Gärtner sagte seiner Frau, daß er seinen Auftrag dennoch ausführen wolle. »Ich habe ihr mein Wort gegeben.« Die Frau ging zur Polizei.

So kam es, daß die ihr ganzes Leben völlig unbemerkt gebliebene liebe Tante Licht plötzlich auf der Titelseite der Stadtnachrichten der *Los Angeles Times* Schlagzeilen machte. Sie wurde zu Hause verhaftet und angeklagt. Ihr Bild konnte sie im Fernsehen und in den Zeitungen bewundern. Nicht weniger als elf persischsprachige Blätter in Südkalifornien baten sie um Interviews. Zwei Nächte verbrachte sie im Gefängnis. Dann hinterlegte ihr Sohn eine Kaution und bewirkte, daß sie entlassen wurde, weil sie senil und keine Bedrohung für die Gesellschaft sei. Ihr Mann war natürlich zutiefst erbost. »Ich habe dieser Frau nie beibringen können, nicht aus der Reihe zu tanzen.« Er verprügelte sie. Wie hätte eine Frau sonst lernen können, sich zu benehmen? Zwei Wochen lang tobte er, schwor, sie eigenhändig umzubringen, noch bevor sie der Staatsanwalt von L. A. County auf den elektrischen Stuhl schicke. Er rief alle Leute an, die er kannte und sagte, sie sei eine Hure und müsse mit dem Gärtner ins Bett gegangen sein, um ihn zu solch einer Tat bewegen zu können. Dann rief er seinen Sohn und befahl ihm, sie nach Hause zu holen. Das schmutzige Geschirr stapelte sich in der Küche, und er wußte nicht, wie der Trockner funktionierte.

Entgegen den allgemeinen Erwartungen führte der Vorfall zu einer großen Verbesserung in der Beziehung der Eheleute. Die Nachbarn sagten, seit der Verhaftung würden sie sich viel weniger streiten. Die liebe Tante Licht verfluchte ihren Mann mit jedem Atemzug, nahm aber ihre hausfraulichen Pflichten ernst. Und der Mann, der jeden Tag drohte, sich von ihr scheiden zu lassen, hielt nie Wort, weil ihm klar geworden war, daß nur sie allein zwischen ihm und der Einsamkeit des Alters stand.

Nun saßen sie nebeneinander auf dem Sofa im Wohnzimmer. Die liebe Tante Licht hatte die Arme verschränkt und hielt noch immer ihre Tasche fest, die nun auf ihrem Bauch lag. Ihr Mann spielte mit den Kugeln einer Achatkette, die er im Iran gekauft hatte. Vor ihnen auf dem Tisch stand ein grünes Glasfläschchen, mit winzigen blauen Blumen bemalt.

Ich hatte diese Flasche – oder eine ähnliche – schon einmal gesehen. Ich wußte es, weil sie Unbehagen bei mir auslöste. Es fiel mir schwer, meinen Blick von ihr abzuwenden. Bei ihrem Anblick hätte ich am liebsten geweint. Ich strengte mein Gehirn an, kam aber nicht darauf, warum.

Nach der lieben Tante Licht kamen Rochelle und Josephine mit Säugling, guatemalischem Dienstmädchen und philippinischer Kinderfrau. Josephine, die nach dem Diwan im Salon von Alexandra der Katze benannt worden war, hatte gerade einen fünf Jahre währenden Anflug schlechter Laune überwunden, weil ihr Mann nur Töchter »machte«. Nachdem sie endlich den ersehnten Sohn zur Welt gebracht hatte, war sie vor Stolz so aufgeblüht, daß sie selbst bei traurigen Anlässen strahlte.

»Wie ihr sehen könnt, haben wir alles in Babyblau ausgesucht«, sagte Rochelle zu den Anwesenden, während Josephine lächelnd daneben stand. »Den Strampelanzug, die Windeln und die Uniform der Kinderfrau. Junge Mütter müssen heutzutage bei dergleichen sehr aufpassen.«

Der nächste Eintretende war Bahram. Bei der Ankunft in Amerika hatte er seinen Namen zu Bryan geändert, beglückt, alle seine blonden Träume an einem Ort vorzufinden. Ihm gehörte eine Reihe Lagerhäuser in der Umgebung von Los Angeles. Neben seinem beträchtlichen Einkommen verfügte er auch über viel Freizeit, die er mit Golfspielen verbrachte. Nicht seine Ehefrau begleitete ihn, sondern die Frau, die seit zehn Jahren seine Geliebte und Sekretärin war.

Nach ihm kamen das liebe Tantchen Macht und ihre ältere Schwester, das liebe Tantchen Stolz. Tantchen Macht hatte zwei Jahre in Khomeinis Gefängnissen verbracht, weil sie Antiquitäten aus dem Iran schmuggeln wollte. Tantchen Stolz war schrecklich reich, wurde aber von allen Familienmitgliedern verachtet, beneidet und verspottet. Trotzdem hatte Miriam sie eingeladen, schließlich war sie eine Blutsverwandte.

Eine nach der anderen kamen sie in Miriams kleines Wohnzimmer, wo sie mich vorfanden.

»Das ist sie«, stellte mich Miriam vor. Ein Seufzer ging durch die Runde, als wären alle Zeugen eines Wunders.

Auf dieses Erlebnis war ich nicht vorbereitet. Diese Männer und Frauen bestaunten mich, als sei ich ein Wunder. Sie näherten sich mir mit warmen Händen, umarmten mich herzlich, küßten mich auf beide Wangen und zeigten mir ihre Tränen. Sie boten mir Essen an, küßten mich, als wollten sie sagen, daß auch ich zählte.

»Ich erinnere mich an die Hochzeit deiner Eltern«, sagte Bryan gleich zweimal. »In jener Nacht strahlte deine Mutter geradezu. Die ganze Welt hatte eine andere Farbe.«

Um elf servierte Miriam das, was sie sich unter einem Brunch vorstellte: gebratene japanische Auberginen mit Knoblauch und Tomaten; hartgekochte Eier mit Feta und Lawasch-Brot; geschälte marinierte Gurken mit rohen Frühlingszwiebeln, frischen Walnüssen und grünen Peperoni; gebackenen Fisch mit Zitrone und Paprika; gebackenen Spinat mit Salat, Zwiebeln und Eiern.

Der Mann der lieben Tante Licht schaute den Tisch verächtlich an. »Kein Reis?« fragte er. »Was ist das für eine Frau, die keinen Reis anbietet?«

Das liebe Tantchen Stolz weigerte sich, überhaupt etwas zu essen. Sie war überzeugt davon, daß ihre Verwandten versuchen würden, sie zu vergiften, um an ihr Vermögen zu kommen, das auf etwa neunzig Millionen Dollar geschätzt wurde. Sie aß Bananen und schälte sie eigenhändig.

Miriam sah zu, wie alle aßen. Der amerikanische Kaffee, den sie gemacht hatte, war so schwach, daß er für Tee gehalten wurde. Ihr Tee war so hell, daß er wie heißes Wasser schmeckte. (»Zuviel Koffein verkürzt das Leben um zehn Jahre und führt zu Herzrhythmusstörungen.«)

Gegen eins hatten alle aufgehört zu essen, mit Ausnahme des lieben Tantchens Stolz, dem die Bananen so gut schmeckten, daß sie gerade die neunte verzehrte. Rochelle war durch ihre erste Packung Dunhill. Sussan machte sich daran, den Tisch abzuräumen und abzuwaschen. Im Eßzimmer saß das liebe Tantchen Licht und umklammerte ihre Tasche. Sie hatte noch immer kein Wort an ihren Mann gerichtet. Statt dessen musterte sie die beiden anderen alten Frauen und den Neuankömmling, Sussans achtzehn Jahre alte buddhistische Tochter, die kein Familientreffen versäumte, weil sie alle dazu überreden wollte, ihrem örtlichen Kapitel beizutreten.

»Du solltest uns ausprobieren«, sagte sie zu mir. »Es könnte sein, daß du das Gefühl hast, ein wahres ›Zuhause‹ gefunden zu haben.«

Ich hatte den ganzen Morgen darüber nachgedacht, wie sehr ich mich von diesen Menschen unterschied. Wie meine Mutter würde ich mich selbst bei meiner Familie nicht daheim fühlen. Ich sah Miriam mit einer Schüssel weißem Reis, mit Petersilie und Rosinen gemischt, hereinkommen. Kaum hatten wir den Brunch beendet, fing sie damit an, alles für das Abendessen vorzubereiten.

Sie stellte das Tablett auf den Tisch, füllte mit den Fingern Reis auf dünne Zwiebelhäute, band sie zu perfekten Päckchen zusammen, die dann in Fett ausgebacken werden sollten.

Ich stellte die einzige Frage, die mir einfiel.

»Was ist mit meiner Mutter passiert?«

Es war ein wichtiger Augenblick. Selbst der Mann vom lieben Tantchen Licht vergaß ihn nicht bis zu seinem seligen Ende, obwohl er senil und zerstreut war. Zum ersten Mal seit

Menschengedenken wurde Miriam überrascht und war ohne Verteidigung.

Sie starrte mich einen Augenblick lang an, so verblüfft, daß sie die Zwiebelhäute in der Hand vergaß und den Reis wieder auf das Tablett fallen ließ. Dann senkte sie die Hände in den Schoß und wischte sie an ihrer Schürze ab.

»Ich hole dir Tee«, sagte sie und stand auf.

Ich blieb sitzen. Alle vermieden, mich anzusehen.

Ich wartete.

Eine Ewigkeit verging. Dann sprach Sussan.

»Sie war anders. Daran kann ich mich erinnern.«

Eine weitere blaue Dunhill im Mund, machte Rochelle ihr ein Zeichen mit den Augen, sie solle schweigen. Josephine sagte, sie müsse nach dem Baby sehen. Das liebe Tantchen Stolz langte nach einer weiteren Banane.

»Warum hat sie meinen Vater verlassen?« Ich blieb hartnäckig.

Diesmal ergriff Rochelle das Wort, bevor Sussan etwas sagen konnte.

»Das wissen wir nicht«, sagte sie. »Das weiß niemand. Kinder sollten keine solchen Fragen stellen.«

Sie öffnete schnell ihre Tasche und nahm eine kleine Beruhigungspille, die sie als »mein Xanax« bezeichnete.

»So ein Schwachsinn«, platzte Sussan heraus, wurde aber durch lauten Lärm, der von hinten ertönte, zum Schweigen gebracht. Mr. Charles' Vögel flatterten aufgebracht von einem Ende des geschlossenen Balkons zum anderen, streiften einander und wurden noch ängstlicher.

In der Küche knallte Miriam den Teekessel auf den Herd. Ihre Art auszudrücken, daß niemand mehr ein Wort über das Thema zu verlieren habe.

»Ich habe Tee gemacht«, verkündete sie. Sie goß ihn in hohe schmale Gläser, die auf einem billigen Bambustablett aufgereiht standen, das sie im Neunundneunzig-Cent-Laden am Fairfax Boulevard gekauft hatte. Sie trug den Tee zum Tisch, zusammen mit der Kürbispastete, die schon den ganzen Tag auftaute und noch immer nach Tiefkühltruhe roch. Die Pastete hatte Bryans Geliebte ihr geschenkt. Sie war zum Familientreffen gekommen, während seine Frau ihre Eltern in Ohio besuchte. Miriam hatte die Pastete sofort in den Tiefkühlschrank gesteckt, weil, wie sie sagte, bereits zuviel Nachtisch da war. Sie fand den Gedanken, aus einem Gemüse eine Pastete zu machen, ziemlich abwegig. Nun, ein Jahr später, legte sie Bryan davon vor und sagte warnend: »Wie bei Eis mußt du es entweder aufessen, oder es bleibt ein weiteres Jahr im Tiefkühlschrank.«

Miriam lud mich noch sehr oft zu sich ein. Jeden Freitagabend holte sie mich ab, damit ich mit ihr Sabbat feiern konnte. Sie bestand darauf, daß ich sie zu den Hochzeiten, Bar Mizwas, Beschneidungsfeiern und Baby-Geschenk-Partys begleitete, an denen sie ständig teilnahm. Sie brachte meine anderen Tanten dazu, ebenfalls bei mir anzurufen, und zwang Josephine, mich zu den Geburtstagsfeiern aller ihrer Kinder einzuladen. Zweimal überredete sie sogar Bryan, mich in seinem Ferrari abzuholen. Zuerst kam er mit seiner Frau, dann mit seiner Freundin.

»Du kannst dich nicht dein ganzes Leben in einer Klosterschule einschließen und davon ausgehen, daß du ein normaler Mensch bist, wenn du herauskommst«, sagte sie immer, wenn ich eine Einladung ablehnte. »Du mußt ausgehen, dich unter die Leute mischen, deine Familie kennenlernen, auch wenn du uns alle nicht ausstehen kannst. Letztendlich sind wir nämlich alles, was du hast.«

Meistens streckte ich die Waffen. Ich ging mit und saß still in den Kleidern herum, die Mercedes für mich gekauft hatte. Sie erfüllten mich mit großem Unbehagen. Ich wollte für meine Tanten richtig aussehen und wußte doch, daß mir das nie gelingen würde. Sie bewegten sich um mich herum und aßen, sprachen über alles, außer Roxanna. Auf meine seltenen

Fragen gaben sie mir keine Antwort und gerieten jedesmal in Panik, wenn ich die Unterhaltung auf meine Mutter bringen wollte. Statt dessen fragten sie mich über meine Schule aus. Sie wollten wissen, wie es den Nonnen ging und wie Mercedes' neuester Freund war. Ich antwortete in kurzen Sätzen und hoffte, daß sie meine Anwesenheit bald vergessen würden. Ich hörte ihnen zu, wie sie stundenlang die Geschichten wiederholten, die mir nach nur wenigen Besuchen vertraut wurden: von schlechten Ehen und unerfüllter Liebe, von den verpaßten Gelegenheiten und vergeudeten Chancen, verschwendeter Jugend und Ehemännern auf Abwegen. Tausend Jahre von aufeinandergetürmtem Leid wurden, immer jahresweise, aus dem Regal geholt, sobald sich zwei oder mehr meiner Tanten trafen.

Irgendwann wollte ich nicht mehr zu Miriams Partys gehen. Sie dachte, ich litte darunter, daß meine Eltern mich allein gelassen und katholischen Nonnen ausgeliefert hatten. Sie versprach, ihre Anstrengungen zu verdoppeln, damit ich am Leben der Familie teilnehmen konnte. Es war im Dezember, meinem letzten Jahr an der High School. Die Nonnen und auch Mercedes hatten mir Mut gemacht, mich bei einigen Colleges in Kalifornien und an der Ostküste zu bewerben. Für eine Spitzenuniversität reichten meine Noten nicht, aber ich wußte, daß ich irgendwo genommen und in einem Studentenwohnheim landen würde. Es bedeutete, daß ich die ganze Einsamkeit, die ich so verachtete, an die ich mich aber klammerte, weil sie mir vertraut war, aufs neue würde durchmachen müssen.

»Mit Kummer hat das gar nichts zu tun«, versuchte ich Miriam zu erklären. »Ich bin siebzehn. Um mit dir und deinen Schwestern herumzusitzen, bin ich zu jung. Und ich bin zu alt, um mich mit euren Kindern abzugeben. Ich möchte meinen eigenen Weg gehen.«

Es war Samstag morgen. Meinetwegen war sie nicht in die Synagoge gegangen. Eine halbe Stunde lang hielt sie mir einen Vortrag, daß ich mehr essen und länger schlafen solle. Ich sähe wie eine Überlebende der Hungersnot in Somalia aus und »kein Mann mag eine Frau, die kein Fleisch auf den Knochen hat. Da können die Zeitschriften schreiben, was sie wollen«.

Ihre Worte hielten eine ständige Angst in mir wach: Daß ich für den Rest meines Lebens allein bleiben müßte, wo ich doch schon soviel allein gewesen war; daß kein Junge mich je mögen würde, daß sie mich nicht wahrnehmen würden, wie die Mädchen in meiner Schule, für die ich unsichtbar war und nicht zählte. Meine Eltern waren die ersten gewesen, die mich nicht wahrgenommen hatten, der Rest der Welt war ihnen gefolgt. Es war schon eine Weile her, daß ich meine Haut bemalt hatte, aber als ich Miriams Warnungen an jenem Tag hörte, überkam mich der unwiderstehliche Drang, nach meinem Rotstift zu greifen. Ich konnte es mir aber nicht leisten, noch mehr von meiner Schwäche preiszugeben.

»Es ist mir völlig egal, wenn Männer mich nicht mögen.«

Sie sah sich in meinem Zimmer um, betrachtete die kahlen Wände, den harten Boden, das Doppelbett, für das ich längst zu groß geworden war.

»Dieses Zimmer ist zu dunkel«, erklärte sie.

Sie sah hager und müde aus und brauchte dringend Ruhe. Eine Pause gönnte sie sich dennoch nicht. Sie wußte, daß sie danach nie wieder Energie aufbringen würde. Ich hatte ähnliches in den ersten Monaten nach meiner Ankunft aus Teheran erlebt. Völlig erschöpft, war ich dennoch unfähig gewesen zu schlafen. Vor lauter Schrecken hatte ich die Sprache verloren. Ich hatte es damals erlebt und seither immer wieder.

Nur daß Miriam sich dabei vorwärtsbewegte, während ich in meiner Einsamkeit gefangen auf der Stelle trat.

Sofort hatte sie eine Idee.

»Was du brauchst, ist Sonnenlicht. Das wird dich von deinen Depressionen heilen.«

»Ich bin nicht deprimiert«, protestierte ich. »Ich will nur *dich* nicht mehr sehen.«

Sie nahm ihre Tasche und sagte, sie würde in einer Gärtnerei Sonnenblumensamen kaufen.

Zwei Stunden später hörte ich sie mit der Mutter Oberin im Garten sprechen.

»Pflanzen Sie diese Samen«, sagte sie selbstbewußt, »genau an diese Stelle, wo am Morgen die Sonne aufgeht. Sind die Sonnenblumen erst einmal aufgegangen und blühen, ziehen sie das Licht vom Osten an und reflektieren es in Ihre Zimmer. Es wird Ihnen große Freude und viel Glück bringen.«

Die Mutter Oberin lachte ungläubig.

»Sonnenblumen *drehen* sich nach dem Licht«, sagte sie, unfähig, ihre Herablassung zu verbergen. »Eigenes Licht bringen sie nicht hervor, und sie reflektieren auch nichts.«

Miriam stellte ihre Tasche auf dem Rasen ab und holte ihr Gartenwerkzeug und den soeben gekauften Samen hervor.

»Das Problem mit euch Leuten aus dem Westen ist, daß euch der Glaube fehlt«, belehrte sie die Nonne. »Wir im Osten wissen um die Dinge, weil es uns schon länger gibt und wir sie erlebt haben. Ihr holt eure Kenntnisse vom Leben aus wissenschaftlichen Magazinen.«

Miriam verwendete häufig das kollektive »wir«, um ihren Argumenten mehr Gewicht zu verleihen.

»Und wir haben teuer für unsere Erfahrungen bezahlt. Sie haben uns unsere Jugend und den größen Teil unseres Lebens gekostet.«

Für jede Überzeugung, die Miriam äußerte oder jeden Verdacht, den sie hegte, ließ sie ein halbes Dutzend Leichen und eine Legion leidender Menschen als Beweis aufmarschieren.

Sie blickte die Mutter Oberin herausfordernd an.

»Im Osten sind die Dinge anders, besonders wenn man eine Frau ist.« Sie grub die Erde mit ihrer kleinen Schippe um. »Wir haben immer nur einen Versuch: Ehe, Schule, Arbeit. Es gibt keine zweite Chance, wenn wir die Sache in den Sand setzen.«

Sie nahm einen Klumpen Erde und schmiß ihn auf das Gras. Die schwungvolle Bewegung befremdete die Mutter Oberin. Sie trat instinktiv einen Schritt zurück, als wollte sie sich in Sicherheit bringen.

»Genau *so*!« Miriam deutete mit dem Kopf auf den Erdklumpen, den sie soeben weggeworfen hatte. »Eine einzige Chance.«

Zwei Monate später erwachte ich eines Morgens, und mein ganzes Zimmer war in Licht getaucht. Ich setzte mich im Bett auf, in die flüssige, goldene Wärme, die mein Zimmer erfüllte und es bis zur Unkenntlichkeit verändert hatte. Das Licht war so dicht, so greifbar, so wirklich, daß ich es in meinen Händen fühlen konnte, wenn ich eine Faust machte. Als ich aufstand, hatte ich das Gefühl, in der Luft zu treiben. Ich öffnete das Fenster. Miriams Sonnenblumen vor der Schule waren voll erblüht.

Ich beging den Fehler, Miriam anzurufen und ihr zu sagen, daß sie recht gehabt hatte.

»Ich habe immer recht«, erwiderte sie. »Du und die Nonnen sollten das inzwischen wissen. Und ich sage dir noch etwas, nun, da du das letzte Jahr in der Schule verbringst und bald Studentin wirst: Das Licht bringt dir gute Neuigkeiten. Du wirst sehen. Es wird dich aus der Leere holen, in der du gelebt hast. Es wird dir einen Weg weisen und dich zu deiner Mutter zurückbringen.«

Gute Neuigkeiten brachte es nicht. Aber vielleicht stimmt ja, was Miriam an jenem Tag sagte, daß das Licht Roxanna den Weg zurück wies.

Mateen, der jüngste Sohn von Jakob dem Wackelpudding, war noch ein Kleinkind, als sein Vater für immer in die Küche des Hauses an der Allee des Glaubens einzog. Er war ein drahtiges Kerlchen mit großen schwarzen Augen. Sein Haar war so dick und glänzend, daß seine Mutter es regelmäßig abrasierte, um den bösen Blick des Neides abzuwehren. Einmal im Monat ging sie mit Mateen und ihren anderen Kindern Jakob besuchen.

Das war Donnerstag nachmittags, nachdem die Schule aus

war und die Mutter die Kinder im öffentlichen Bad gründlich schrubben konnte. Sommers wie winters mußten sie die dicken Wollpullover tragen, die Fräulein Claude ihnen geschenkt hatte. Die Pullover sollten die Löcher in den Hemden verbergen, auch wenn die Temperaturen über dreißig Grad betrugen und die Kinder von der Feuchtigkeit des Bades und der Wärme der Pullover fast erstickten. Wenn Fräulein Claude sehen würde, daß sie die Pullover nicht anhätten, könnte sie behaupten, sie würden sie nicht mögen und ihnen keine mehr schenken.

»Denk nur an den Winter«, flüsterte sie Mateen zu, wenn er sich weinend beschwerte, ihm sei heiß. »Dann erfrierst du auf dem Weg zur Schule und hast keinen Pullover mehr.«

Die Kinder mußten sich ihrem Alter nach in einer Reihe aufstellen. Dann nahmen sie den Bus zu Teymurs Haus. Auf dem ganzen Weg verfluchte ihre Mutter ihren opiumabhängigen Mann und seine böse, reiche Schwester.

Fräulein Claude hatte die Dienstboten angewiesen, Jakobs Familie nur durch den Hintereingang ins Haus zu lassen. Zu Jakobs Frau hatte sie in Gegenwart der Kinder gesagt, auf diese Weise würden sie nicht den kultivierten Gästen und Besuchern begegnen, die sie in Verlegenheit bringen könnten. Fräulein Claude begrüßte sie mit einem leichten Stirnrunzeln und einem herablassenden Lächeln. Sie hatte wie immer ein auffälliges Kostüm und glänzende Goldsandalen an. Ihren vorgetäuschten Akzent sprach sie schon so lange, daß er ihr zur zweiten Natur geworden war. Die Dienstboten mußten Wasser bringen, ohne Eis, angeblich, damit die Kälte bei den Kindern nicht zu Halsschmerzen führte. In Wirklichkeit sollten sie sich unbehaglich und unwillkommen fühlen, damit sie schnell wieder aufbrachen.

Sie saßen um den Dienstbotentisch, tranken höflich ihr Wasser in kleinen Schlucken und starrten ihren Vater in der Nische an. Er zog an seiner Pfeife und atmete den Rauch in ihre Richtung aus. Manchmal erkannte er seine Kinder. Manchmal fragte er die Dienstboten, wer die Besucher seien und warum sie ihn ansähen. Einmal zeigte er beim Abschied auf Mateen und sagte: »Sie haben einen gutaussehenden Sohn, gnädige Frau. Hut ab vor Ihnen und Ihrem Mann.«

Zu Sohrabs und Roxannas Hochzeit war die Familie natürlich nicht eingeladen worden. Fräulein Claude hatte sie nicht auf die Gästeliste gesetzt. Teymur hatte es erst drei Tage vorher bemerkt. Jakobs Frau war zu stolz gewesen, eine verspätete Einladung anzunehmen. Sie war sogar so verletzt gewesen, daß sie ihren monatlichen Besuch einstellte. Den Kindern hatte sie gesagt, es sei besser, arm zu sein und seinen Stolz zu haben, als von der Wohltätigkeit Fräulein Claudes abzuhängen. Wenige Jahre später hatten die Geisterräuber die Herrschaft im Haus übernommen, und Fräulein Claude sperrte Jakobs Familie für immer aus.

Mateen hatte Roxanna deshalb nur wenige Male gesehen, und das war in den Tagen vor ihrer Eheschließung gewesen. Sie war damals ein Gast und so schüchtern und bescheiden gewesen, daß er sich nicht vorstellen konnte, wie aus ihr Sohrabs Frau hatte werden können. Er erinnerte sich, wie er damals dachte, sie sei jung, eigentlich ein Kind wie er selbst, und daß sie seltsame Augen habe. Nur ihr perlendes, melodisches Lachen machte jeden sprachlos, selbst die Kinder. Immer wenn Roxanna lachte, so entsann sich Mateen, war seine Mutter in Tränen ausgebrochen.

Als er später hörte, sie sei verschwunden, sie habe sich, wie seine Mutter behauptete, »aus dem Fenster geworfen, um Fräulein Claudes Grausamkeit zu entgehen, obwohl dein verrückter Vater behauptet, er habe sie mit blauen Flügeln davonfliegen sehen«, konnte er sich sehr gut vorstellen, daß Roxanna fliegen konnte. Er brauchte nur an ihre Augen zu denken.

Jakobs Frau war mit ihrer Familie nach Israel ausgewandert und hatte die Verbindung zum Iran verloren. Sie lebte in Tel Aviv, und der Staat unterstützte sie finanziell bei Miete, Ernährung und Erziehung der Kinder. Die Mädchen hatten in der Armee gedient. Später lebten sie in einem Kibbuz. Die Jungen hatten Familien gegründet. Nachdem Mateen ein Bein verloren hatte, war er wieder zu seiner Mutter gezogen.

Er beendete sein Ingenieurstudium, heiratete eine Marokkanerin und zog mit Frau und Mutter ans Meer nach Netanya. Er hörte auf, Farsi zu sprechen, und dachte nicht weiter über Jakobs Schicksal nach. Sogar die kratzende Wolle auf der Haut an jenen heißen Sommernachmittagen, wenn Fräulein Claude ihnen Eis vorenthielt, fühlte er nicht mehr. Im Februar 1984 fuhr er mit Frau und Töchtern zu einem Urlaub nach Istanbul.

Sie hatten sich ein Haus am Bosporus gemietet, gingen an den Strand, besuchten die Museen und Moscheen. Eines Nachmittags, nachdem sie im Topkapi-Palast gewesen waren, fiel Mateens Blick auf eine Frau, die in der Menschenmenge auf den Bus wartete.

Sie war blaß und klein, hatte ein zerfurchtes Gesicht. Ihre trockene Haut lag straff auf den Knochen. Als ihre Blicke sich trafen, lächelte sie ihn an – wie Fremde sich an einem regnerischen Nachmittag an einem überfüllten Ort zulächeln, wenn sie wissen, daß sie sich nie wieder sehen werden. Dann sah sie einfach weg, und das Lächeln verschwand von ihrem Gesicht.

Mateen starrte sie an.

Sie trug ein weißes Baumwollkleid und flache, breitgetretene Schuhe. Das Haar ging ihr bis zur Taille und war zu einem Pferdeschwanz zusammengebunden. Die Hände, mit denen sie eine Plastiktasche an die Brust drückte, waren aufgesprungen und schwarz. Sie verlagerte ihr Gewicht von einem Bein auf das andere, als wollte sie ihren schmerzenden Füßen Erleichterung verschaffen. Sie beugte sich vor zum Verkehr auf der Straße, um nach dem Bus Ausschau zu halten. Doch sie sah nie auf die Uhr oder den Fahrplan. Der Bus war nicht pünktlich, dachte sich Mateen, oder niemand wartete auf sie. Er wandte sich ab und ging nach Hause.

In jener Nacht träumte er zum ersten Mal seit vielen Jahren von Jakob dem Wackelpudding. Er saß in der Küchennische, rauchte seine Pfeife und erzählte seiner Frau, daß die Schwammfrau sich ihm für etwas Opium angeboten hätte.

Am nächsten Tag ging die Familie noch einmal zum Topkapi, weil Mateens Frau den Verbotenen Palast sehen wollte, den Harem mit den vierhundert Zimmern, wo die Frauen der osmanischen Sultane mit ihren Kindern und den kastrierten sudanesischen Sklaven wohnten. Die Frauen waren meist Christinnen aus dem Kaukasus gewesen. Man hatte sie auf dem Istanbuler Sklavenmarkt gekauft und gezwungen, ihren Glauben zu ändern. Sie verbrachten ihr Leben damit, sich gegenseitig zu bekämpfen, die Aufmerksamkeit des Sultans zu erregen, Erben zur Welt zu bringen und den Mord rivalisierender Frauen und Kinder zu planen. Nachdem die Praxis des Brudermordes zur Bestimmung des Thronnachfolgers abgeschafft worden war, überließen die türkischen Sultane ihren Thron dem ältesten Sohn. Um den Erben zu schützen, hielten die Sultane ihn im Verbotenen Palast gefangen. So verbrachte er das Leben im »goldenen Käfig«, von anderen Menschen abgeschnitten. Wenn er seine Einsamkeit überlebte und den Thron bestieg, war er unweigerlich vom Eingesperrtsein verrückt geworden und nicht in der Lage, das Land zu regieren.

Mateen sah die Frau ein zweites Mal.

Sie stand mit zwei anderen Frauen vor einem schmutzigen Restaurant. Eine Schürze um die Taille gebunden, rauchte sie eine Zigarette bis auf den Stummel. Er konnte nur ihr Profil und die Schuhe mit den weißen Söckchen sehen, die vom vielen Waschen grau geworden waren. Mateen überquerte mit Frau und Töchtern die Straße und näherte sich dem Restaurant. Seine Frau beschwerte sich. Sie wollte dem Magen ihrer Kinder nicht das Essen eines solchen Restaurants zumuten. Mateen hörte nicht auf sie. Ein paar Schritte vor der Frau blieb er stehen.

Diesmal bekam sie Angst, als sich ihre Blicke trafen.

Sie hatte das Gesicht von ihren Freundinnen abgewandt, um den letzten Rauch aus ihrer Lunge zu blasen. Da sah sie, wie er sie anstarrte. Ihre Augen waren müde und von vielen Falten umgeben, aber ihr Blick war weit und flüssig wie das Meer. Er umgab ihn völlig, so daß er für einen Augenblick im geschäftigen Treiben der Straße allein war, in eine Leichtigkeit getaucht, aus der er nie wieder aufwachen wollte.

Ein Bus kam mit kreischenden Bremsen eine Handbreit vor ihm zum Stehen. Seine Frau schrie auf. Der Fahrer beschimpfte

Mateen, gab Gas und hüllte ihn in eine schwarze Abgaswolke. Als Mateen wieder hinschaute, war die Frau verschwunden.

Er träumte immer wieder von seinem Vater.

Er rief seine Mutter in Netanya an, um zu fragen, ob sie wisse, was aus Roxanna dem Engel geworden sei.

»Sie ist gestorben«, erwiderte seine Mutter. Sie war bereits über achtzig, aber ihr Verstand war so klar wie eh und je. »Ich glaube, sie hat sich umgebracht. Ihre Schwester Miriam der Mond lebt nun in Los Angeles.«

Eine Woche hielt sich Mateen vom Topkapi fern. Dann ließ er eines Tages seine Familie am Strand allein.

Roxanna sah, wie er auf seinem Plastikbein in das Restaurant gehumpelt kam. Er setzte sich an einen Tisch. Sie reinigte den Boden, räumte schmutziges Geschirr zusammen, wischte die Tische ab. Wenn der Koch sie rief, servierte sie das Essen, das er zubereitet hatte. Sie bewegte sich flink, vermied Mateens Tisch, machte einen Bogen um ihn. Nach einer Weile ging sie zum Koch und sagte etwas auf Türkisch zu ihm. Als Mateen wieder den Blick hob, nahm sie gerade ihre Schürze ab und rannte in Richtung Busbahnhof.

»Entschuldigen Sie«, rief er ihr auf englisch hinterher. Sie antwortete nicht.

Er folgte ihr. Sie überquerte die Straße und stellte sich an, um auf den Bus zu warten. Als sie sich umdrehte, entdeckte sie ihn hinter sich.

»Entschuldigen Sie«, versuchte er es wieder.

Sie sah ihn nicht an.

Er versuchte es mit Hebräisch, dann Farsi.

Roxanna blieb wie erstarrt, die Augen unbeweglich nach vorn gerichtet, aber er sah, daß ihre Hände angefangen hatten zu zittern. Mateen erkannte, daß sie wieder weglaufen würde, und hörte auf, sie anzusprechen. Die anderen Leute in der Schlange sahen ihn an.

Sie stieg vorn in den Bus ein, er hinten. Sie fuhren nach Kumkapi. Sie verließ den Bus und hastete in ein Gebäude.

Mateen ging nach Hause und sagte zu seiner Frau, er habe eine Tote gesehen.

Vier Monate vor meiner Schulentlassung rief Miriam mich an.

»Komm Freitag abend, und bleib das Wochenende bei mir«, sagte sie ohne Einleitung. »Ich habe das Gästezimmer für dich vorbereitet.«

Sie war vor kurzem von ihrer Wohnung am Wilshire Boulevard in ein Haus um die Ecke von der Veteran Avenue in Westwood gezogen. Sie hatte ihre Wohnung nicht verlassen wollen, aber Mr. Charles' Vögel waren zum Ärgernis für das ganze Gebäude geworden. Oft waren sie durch die Wohnungstür entwischt und in den langen, schmalen Gängen herumgeflogen, hatten sich in offene Aufzüge verirrt und kleine alte Damen mit Lavendelhaar erschreckt, die soeben vom Friseur kamen. Manchmal flogen sie auch vom Balkon los und beschmutzten die Fenster der Mitbewohner. Der Hausverwalter hatte Miriam eine Frist von neunzig Tagen gegeben.

Sie kaufte ein einstöckiges Haus im spanischen Stil. Es stammte aus den sechziger Jahren. Die Wände waren leuchtendgelb verputzt, das Dach war orange, und der Briefkasten hatte die Form eines riesigen afrikanischen Papageis. Die schmale Auffahrt beschrieb einen Halbkreis. Den Autoabstellplatz hatte Miriam in einen winzigen Rasen verwandelt. Das Haus hatte neben Wohn- und Eßzimmer drei Schlafzimmer, eines für Miriam, eines für Mr. Charles und seine Vögel, und ein drittes, das Miriam als Gästezimmer bezeichnete. Hinter dem Haus war ein mit alten gelben Ziegeln gepflasterter Hof, der von einem fast zehn Meter hohen Mandelbaum beherrscht wurde. Seine Zweige reichten bis zum Dach.

Ich erwiderte, ich müsse lernen und könne sie nicht besuchen.

»Dann bring deine Bücher mit, und lerne hier!« Sie meinte es wie immer ernst. »Es ist wichtig.«

»Die Schule ist auch wichtig.« Ich versuchte so sarkastisch wie möglich zu klingen.

»Erzähl keinen Scheiß!« schrie Miriam mich fast an. Dann brach sie ab und holte tief Luft. In ihrer Stimme war eine Dringlichkeit, die ich noch nicht wahrgenommen hatte, eine Verzweiflung, die mich erschreckte. »Niemand fängt vier Monate vor Schluß zu lernen an. Du hast doch schon einen Platz an der Uni.«

Ich hatte einen Platz an der San Francisco State University bekommen. In San Francisco war ich mein Lebtag nicht gewesen und kannte keine Menschenseele dort. Ich ging nur ins College, weil Saint Mary Magdalen's mich nicht behalten wollte, nachdem ich die High School beendet hatte. Und ich konnte auch Mercedes nicht länger zur Last fallen.

»Es ist kein Scheiß«, sagte ich zu Miriam, stolz auf meine Kühle und dankbar, daß sie mir die Gelegenheit bot, respektlos zu sein. »Ich habe zu tun und will nicht kommen.«

Eine Stunde später hielt ihr Taxi vor der Schule.

Sie sieht blaß aus, dachte ich. Sie hatte nichts zu essen mitgebracht und schleppte auch keine Taschen voll Kleider, die sie für mich in Los Angeles in Billigläden zu kaufen pflegte. Sie ging geradewegs ins Büro der Mutter Oberin und schloß die Tür hinter sich. Eine halbe Stunde später kamen die beiden Frauen zusammen heraus. Ich saß in der Patsche.

Die Mutter Oberin rief mich ins Besuchszimmer, dann ließ sie mich mit Miriam allein. Ich flegelte mich in einen Sessel, Miriam gegenüber, die Arme auf den Lehnen, die Knie weit auseinander. Miriam, das wußte ich, konnte das unverschämte Benehmen amerikanischer Teenager nicht ausstehen.

»Also«, sagte ich herausfordernd. Mein Magen verkrampfte sich bereits bei dem Gedanken an das, was sie mir sagen wollte. »Was gibt's Neues?«

Sie musterte mich hinter ihrer Elvis-Costello-Brille. Ausnahmsweise sprudelte sie nicht gleich los. Sie war noch nicht einmal mehr scharf darauf, alle Wahrheiten der großen weiten Welt als ihre eigenen hinzustellen.

Wartend versuchte ich, mein ironisches Lächeln beizubehalten. Gegen alle Vernunft hoffte ich, Miriam würde ohne ein Wort aufstehen und weggehen, würde ihre Neuigkeiten, die mich nur vernichten konnten, für sich behalten.

Obwohl ich innerlich gegen alles gewappnet war, gelang es Miriam wieder einmal, mich zu überraschen.

»Ich habe deine Mutter gefunden.«

Ich hörte ihre Worte, spürte aber nichts. Ich blieb still, gefühllos, so ruhig, daß ich dachte, ich würde mich nie wieder bewegen können. Dann zwang mich ein plötzlicher Brechreiz, mich gerade hinzusetzen.

»Der Sohn von Jakob dem Wackelpudding hat mich angerufen. Er hat sie in der Türkei gesehen.«

Ich suchte den Ausgang und sah, daß meine Beine mich nie bis zur Tür tragen würden. Ich ergriff den kleinen Papierkorb neben meinem Sessel, falls ich mich wirklich übergeben mußte. Mein Gesicht war mit kaltem Schweiß überzogen.

»Er hat sie auf der Straße gesehen und ist ihr nach Hause gefolgt. Er weiß, wo sie wohnt. Als er sie aufsuchte, wollte sie nicht mit ihm reden. Sie ist sehr arm.«

Ich wünschte mir nur eines auf der Welt, daß Miriam sich in Luft auflöste.

»Wir müssen hinfahren«, sagte sie. »Du und ich müssen in die Türkei fahren und nachsehen, ob er recht hat.«

Ich schluckte die Galle hinunter, die mir in den Mund gestiegen war.

»Hau ab.«

Im Verlaufe der kommenden Wochen machte sich Miriam mit der ihr eigentümlichen Energie daran, Roxanna zu finden. Sie beantragte Visa für sich und mich. Dann schaffte sie es, Papiere für Roxanna zu besorgen. Sie rief einen Einwanderungsbeamten an und gab ihm vier Wochen Zeit, ein Visum für eine Frau ohne Papiere, ohne Paß oder Geburtsurkunde auszustellen. Sie sagte, Roxanna könne weder einen Antrag unterschreiben, noch ihren

Fingerabdruck hinterlassen. Sie wisse noch nicht einmal von ihrer Reise und habe auch nicht unbedingt das Verlangen, in die Vereinigten Staaten zu kommen. Der Beamte schlug Miriam vor, einen Psychiater oder einen Zauberer aufzusuchen.

Miriam kramte daraufhin die alte Geburtsurkunde ihrer Tochter hervor und bezahlte jemanden dafür, das Geburtsdatum um fast dreißig Jahre zu ändern, damit es auf Roxanna paßte. Sie flog zum iranischen Konsulat in San Francisco. Dort erzählte sie, ihre Tochter sei krank und könne nicht reisen, und ließ sich einen Paß auf Saras Namen ausstellen. Zusammen mit einem Stapel gefälschter Briefe, in denen versichert wurde, ihre Tochter müsse sich zur ärztlichen Behandlung in die USA begeben, legte sie diesen Paß bei der Einwanderungsbehörde in Los Angeles vor. Sie brauchte vier Wochen, um ein Visum für dreißig Tage aus den amerikanischen Einwanderungsbehörden herauszuquetschen.

»Ich habe ihn.« Sie kam wieder zu mir in die Schule und schob mir den Paß unter die Nase. Sie strahlte vor Stolz und war vor Aufregung ganz außer Atem. »Ich werde zwei Tickets nach Istanbul kaufen, und ein Ticket nach Los Angeles für Roxanna. Wir müssen sofort los.«

»Fahr, wohin du willst«, sagte ich achselzuckend. »Nur bilde dir ja nicht ein, daß du mich mitnehmen kannst.«

Miriam runzelte ernst die Stirn, dann schüttelte sie den Kopf.

»Ich habe genug von deiner idiotischen Unverschämtheit«, sagte sie warnend. »Und ich habe dir gesagt, daß ich es ernst meine. Jetzt ist endlich Zeit, daß du mir glaubst.«

Ich glaubte ihr. Ich hatte ihr immer geglaubt.

Deshalb sagte ich ihr mit der ruhigsten Stimme, deren ich fähig war, mit Worten, die ich aus meinem Magen zwang, bis er zu bluten begann, daß ich nicht mit ihr fahren *konnte*, weil ich es mir nicht *leisten* konnte, herauszufinden, ob Roxanna lebte, weil ich sie vor zwölf Jahren tausendmal am Tag verloren hatte und es nicht ertragen würde, sie noch ein einziges Mal zu verlieren oder zu finden.

»Wenn sie mich gewollt hätte, wäre sie geblieben«, sagte

ich. »Sie hat mich nicht gewollt, sie hat mich nicht einmal wahrgenommen, als ich hinter ihr stand und ihren Namen gerufen habe. Und sie wird mich auch jetzt nicht wollen, selbst *wenn* ich mit dir fahre.«

Zum ersten Mal, seit ich sie kannte, legte Miriam der Mond ihre Arme um mich und weinte.

Roxanna der Engel war gerade dabei, die Ablagerungen des harten Wassers aus ihrem türkischen Kaffeetopf zu kratzen, als es zweimal an die Tür klopfte. Es war früher Abend. In einer Stunde mußte sie im Fischrestaurant am Ende der Straße sein, wo sie seit kurzem arbeitete. Nach elf Jahren hatte sie ihre Stelle am Topkapi aufgegeben. Der Mann mit dem falschen Bein und dem dicken schwarzen Haar, das so glänzte, daß man es am liebsten angefaßt hätte, damit sich der Glanz auf die eigene Haut übertrug, hatte sie verjagt. Sie hatte nie herausgefunden, wer er war oder was er wollte. Doch nachdem er ihr gefolgt war, sie auf farsi angesprochen und ihr zugerufen hatte, als würde er sie kennen, hatte sie es nicht mehr gewagt, zu dem Restaurant zurückzukehren. Nun arbeitete sie für die Armenier. Sie nahm die Fische aus und grillte sie für die Touristen, die in ihren Michelin-Führern von Kumkapi gelesen hatten und meinten, es gehöre einfach dazu, ein für die Gegend typisches Gericht zu essen, auch wenn das armenische Viertel nur ein heruntergekommener Stadtteil wie viele andere war. Die Veränderung war Roxanna schwergefallen, auch wenn sie in all den Jahren am Topkapi nie richtige Bande zu ihrem Arbeitsplatz oder seine Besitzer geknüpft hatte. Vielleicht lag es einfach an der Gewohnheit oder daran, daß ihr neuer Chef sie jedesmal anschrie und zu entlassen drohte, wenn sie zu spät kam oder einen Fehler machte. Vielleicht wurde sie alt und konnte nicht länger vierzehn Stunden am Tag auf den Beinen sein, ohne sich schlafen legen zu wollen, gleich neben dem Kohlengrill.

Sie hörte noch ein Klopfen, stand aber nicht auf. Seit Tagen heulte der Wind, erweckte den Müll in den Straßen zu lebendigen Gestalten, hielt sie des Nachts wach und ließ sie frösteln, trieb die Bettler in ihre Papphäuser. Mit der Spitze eines stumpfen Messers kratzte Roxanna an dem schwarzen Belag, der sich im Inneren des Topfes gebildet hatte. Nach einer Weile legte sie das Messer hin und tauchte ihre Hände in das Wasser einer Schüssel, das sie auf ihrem tragbaren Kocher erhitzt hatte. Ihr Hände taten ständig weh, ein dumpfer, rheumatischer Schmerz, der unter ihrer Haut pochte, daß sie stöhnen wollte. Die Hitze des Wasser beruhigte ihn, aber nur vorübergehend. Sie hatte dieses Heilmittel von Alexandra der Katze, die es angewandt hatte, wenn sie ihre Hände vor dem Klavierspiel lockern wollte.

Jemand schlug mit der Faust an die Tür. Roxanna sprang auf. Das Wasser landete auf dem Boden. Schnell trocknete sie sich die Hände an ihrem Rock, dann suchte sie nach einem Lappen, um den Boden aufzuwischen. Zum Wasserholen mußte sie drei Stockwerke nach unten gehen. Nun war sie ärgerlich, daß sie es verschüttet hatte.

»Ruhe!« schrie sie, noch immer auf der Suche nach einem Lappen. Die einzigen Leute, die je an ihre Tür kamen, waren der Mieteintreiber und Christinnen, die Geld für die armenische Kirche erbetteln wollten.

»Hören Sie mit dem Klopfen auf.«

Sie öffnete die Tür einen Spalt und sah niemanden. Sie öffnete sie weiter. Da standen zwei Frauen. Die große trug einen Herrenmantel, ihr Kopf war in einen Schal gehüllt. Die kleine hatte Stöckelschuhe an und einen langen Nerzmantel. Roxanna fand sie widerwärtig.

»Ich habe kein Geld«, sagte sie auf Türkisch. »Und ich glaube nicht an Gott.«

Sie wollte ihnen die Tür vor der Nase zuschlagen, doch eine Hand hielt sie auf.

»Eine Minute«, sagte die größere Frau auf farsi.

Roxanna erstarrte.

Die Frau schob die Tür auf, Roxanna Zentimeter um Zentimeter zurückdrängend. Kaum war die Tür ausreichend weit geöffnet, quetschte sie sich ins Zimmer. Erschrocken trat Roxanna einen Schritt zurück. Sie sahen einander an, keine wagte sich zu bewegen. Die im Pelzmantel auf der Schwelle fing an zu weinen.

»Ich habe dich gesucht«, flüsterte Miriam.

Roxanna atmete nicht.

»Ich hätte dich überall erkannt.«

Sie merkte, daß Roxanna schwankte, und faßte sie am Arm.

»So«, sagte sie und suchte einen Stuhl.

Roxanna befreite sich.

»Ist schon in Ordnung«, sagte Miriam, aber auch sie zitterte. Ihre Lippen waren blau geworden. Sie versuchte noch etwas zu sagen, aber ihre Stimme versagte.

»Verschwindet!« sagte Roxanna schließlich auf Türkisch. Miriam schüttelte den Kopf.

»Du weißt, wer ich bin. Und ich weiß, wer du bist. Und die da draußen vor der Tür weint, das ist Rochelle.«

Roxanna trat noch einen Schritt zurück.

»Verschwindet!« sagte sie noch einmal. »Ich kann mich nicht an euch erinnern.«

Da merkte sie, daß sie Farsi gesprochen hatte und geriet in Panik. Ich sollte rennen, dachte sie und sah zur offenen Tür. Auf die Straße rennen und mich vor dieser Frau verstecken, die mich so unerwartet überfallen hatte. Sie stellte sich vor, wie sie hinausrannte, die Kleine mit dem langen Mantel beim Rennen umwarf. Als sie wieder hinsah, war Miriam Herrin der Lage.

»Zwölf Jahre Vagabundieren, und du redest noch immer denselben Unsinn«, sagte sie. Sie ging zur Tür.

»Komm herein«, forderte sie Rochelle auf. »Und hör mit dem Geflenne auf.«

Rochelle machte drei Schritte ins Zimmer. Ihre Krokodilledertasche an die Brust gedrückt, weinte sie mit unterdrückten Schluchzern, ohne Roxanna anzusehen. Miriam schob sie weiter ins Zimmer. Sie spürte, daß Roxanna das Weite suchen wollte, und benutzte den einzigen Stuhl des Zimmers, um die Tür zu versperren.

»Setz dich«, sagte sie zu Rochelle.

Das Zimmer war grau und kahl, die Fensterscheiben angestrichen. Auf dem Zementboden stand ein verrosteter Metallrahmen, das war das Bett. Eine Matratze, ein Satz alter Bettwäsche, zwei Decken, ein dünnes Kissen. Daneben stand ein Aluminiumtisch. Auf der anderen Seite zeigte ein zerfetztes gelbes Sofa seine Sprungfedern. Dahinter waren der Spülstein und Roxannas tragbarer Heizofen. Küchenschaben kamen aus dem Abfluß gekrochen und krabbelten unter Bett und Sofa herum.

Niemand sprach ein Wort. Roxanna stand da, einen Fuß hinter dem anderen, hielt die Ellbogen umklammert und sah auf den Boden. Rochelle preßte ihre Tasche so fest an sich, daß ihre Fingerknochen die Haut zu durchstoßen drohten. Miriam setzte sich auf die Couch.

Sie beobachtete Roxanna.

»Wir sind gekommen, um dich nach Hause zu holen«, sagte sie.

Roxanna sah nicht hoch.

»Wir leben in Amerika«, fuhr Miriam fort. »Seit der Revolution.«

Sie machte eine Pause.

»Es hat eine Revolution gegeben. Der Schah mußte gehen. Nun ist alles wieder in der Hand der Mullahs.«

Rochelle schneuzte sich, dann schluchzte sie weiter.

»Teymur ist gestorben.«

Roxanna zitterte so heftig, daß Miriam Angst bekam.

»Es ist alles gut«, versicherte sie Roxanna. »Es ist alles vorbei.«

»Ich kann mich an nichts erinnern«, sagte Roxanna, wieder auf farsi.

»Sohrab ist noch immer im Haus. Er wartet noch immer auf dich.«

»Ich kann mich nicht daran erinnern.«

»Lili ist fast achtzehn.«

Diesmal sagte Roxanna nichts.

»Es ist alles gut«, sagte Miriam. »Du brauchst nichts zu erklären. Niemand ist dir böse. Wir sind nur gekommen, dich mitzunehmen.«

Die Antwort dauerte lange.

»Nein.«

Miriam schnappte nach Luft, plötzlich außer Atem.

»Komm nicht noch einmal hierher!« sagte Roxanna nachdrücklich.

Miriam sah sie einen Augenblick an. Sie griff in ihre Tasche und holte das kleine Vinyl-Etui mit dem Paß und dem Flugticket hervor, das sie für Roxanna gekauft hatte. Sie legte es auf die Tischkante, dann stand sie auf. Ihre Knie knackten wie feuchtes Holz im Feuer.

»Wir wohnen im Sheraton am Taksim-Platz. Wir sind noch eine Woche dort, falls du uns anrufen willst. Das Flugticket ist unbeschränkt gültig, das Visum erlischt in einem Jahr. Meine Adresse liegt dabei, ebenso Lilis, zusammen mit ihrer Telefonnummer.«

Roxanna reagierte nicht.

Rochelle ging zur Tür und machte sie auf. Miriam folgte ihr und drehte sich um.

»Meine Kinder sind gestorben«, flüsterte sie. Sie wartete auf eine Reaktion, wartete vergeblich darauf, daß Roxanna sie ansah.

»Joseph ist ertrunken. Sara habe ich getötet.«

Sie dachte, sie würde an ihrem Schmerz ersticken.

»Danach habe ich immer wieder an dich gedacht. Ich habe mir gesagt, meine Kinder kann ich nicht wieder holen, da kann ich machen, was ich will, kann es mir noch so sehr wünschen. Ich kann auch Charles nicht mehr in diese Welt holen – obwohl er noch lebt und bei mir wohnt.«

Sie durchschritt das Zimmer und trat vor Roxanna. Langsam hob diese den Blick und sah Miriam an.

»Aber du, alles, was *du* tun mußt, um dein Kind wiederzubekommen, ist umkehren.«

Im Mai schrieb ich meinen letzten Brief an Sohrab.

»Die Schule endet im Juni. Ich werde zwei Monate bei Mercedes wohnen und ab Mitte August nach San Francisco gehen, um mich auf die Universität vorzubereiten.«

Ich erzählte ihm nicht, wie sehr mir davor graute, ganz allein die Abschlußfeier durchmachen zu müssen, dann Los Angeles zu verlassen und ein neues Leben in San Francisco zu beginnen. Auch die Reise von Miriam dem Mond in die Türkei erwähnte ich nicht.

»Die Abschlußfeier findet am Achtzehnten statt. Meine Tanten haben gesagt, sie würden kommen.«

Die Feier war auf elf Uhr angesetzt. Ab zehn Uhr füllte sich die High School auf der anderen Straßenseite mit den Familien der Mädchen und ihren Gästen. Ich blieb in meinem Zimmer. Ich hatte meine Schuluniform angezogen und starrte auf meinen Hut und den Talar auf meinem Bett. Miriam war seit über einem Monat aus der Türkei zurück. Ich hatte es von Sussan erfahren. Miriam hatte mich noch nicht angerufen. Hatte sie Roxanna nicht gesehen? War sie so enttäuscht, daß sie es nicht ertragen konnte, mich zu besuchen oder anzurufen?

Jemand klopfte an meine Tür.

»Wir warten alle in der High School auf dich«, lächelte mich Sussan schwach an. »Ich bin mit Bryan und seiner Frau gekommen. Die liebe Tante Licht ist mit ihrem Mann da. Die Kinder haben es nicht geschafft. Josephine läßt dich herzlich grüßen.«

Ausnahmsweise war ich froh, daß alle gekommen waren. Ich war außerdem erleichtert, daß Sussan Miriam nicht erwähnt hatte.

Sie öffnete die Tür noch weiter und reichte mir ein großes Blumenarrangement.

»Der Bote hat draußen nach dir gefragt«, sagte sie erläuternd. »Ich habe ihm gesagt, ich würde dir die Blumen geben.«

Mein Vater hatte mir Blumen geschickt – zwei Dutzend rosa

Rosen, die in einer goldenen Schachtel verpackt waren. Man hatte sie so lange im Lieferwagen liegenlassen, daß sie halb verwelkt waren. Ich legte die Schachtel auf den Tisch und zog meinen Talar über. Sussan stand in der Tür und sah mir zu. Ich merkte, daß sie etwas sagen wollte. Unsere Augen trafen sich im Spiegel über meinem Bett.

»Miriam ist auch gekommen«, sagte sie undeutlich. »Mit Rochelle.«

Sie saßen ruhig und gesammelt in der viertletzten Reihe. Eindeutig legten sie keinen Wert darauf, erkannt zu werden. Rochelle trug Hut und Sonnenbrille. Ihr Kleid hätte nur einer sehr viel jüngeren Frau gestanden. Sie zog an ihren blauen Dunhills und cremte sich immer wieder die Haut um ihre Augen ein. Miriam sah mich ohne ein Lächeln an.

Da wußte ich es.

Ich wußte, was sie gefunden und warum sie es mir nicht früher gesagt hatte. Ich wußte, was sie dachte und daß sie überlegte, wie sie mir die Neuigkeit beibringen sollte. Während der ganzen Feier wußte ich es, während der ganzen anderthalb Stunden, in denen Reden gehalten und Hände geschüttelt, danke schön und auf Wiedersehen gesagt wurde, uns eine schöne Zukunft in Aussicht gestellt und Worte des Bedauerns geäußert wurden über das, was wir hinter uns ließen.

Beim Empfang kam die liebe Tante Licht zu mir und beklagte sich über die Hitze.

Rochelle schob ihren Hut zu oft zurecht und fragte, ob die Schule auch etwas anderes als Punsch serviere.

Miriam holte tief Luft und legte los:

»Sie ist es. Aber sie will von nichts wissen.«

Als ich wieder in meinem Zimmer war und alle gegangen waren, warf ich die Schachtel mit den Rosen in den Müll und zog meinen Schlafanzug an. Dann zog ich die Vorhänge vor und schlüpfte ins Bett. Mit einer Rasierklinge schnitt ich mir das Handgelenk auf.

Nachdem Miriam gegangen war, konnte sich Roxanna nicht mehr bewegen. Sie blieb stehen, die Augen auf den Boden geheftet. Die Tür stand offen. Schließlich fand sie den Weg zur Bettkante und setzte sich hin. Es wurde Nacht. Der Wind trug den Geruch des Meeres in ihr Zimmer. Die Menschen auf der Straße schrien und lachten. Im Gebäude brach Streit aus. Betrunkene Männer sangen georgische Lieder und schliefen geräuschvoll mit ihren Frauen. Gegen Morgen fing es an zu regnen. Die Fischer schleppten ihren Fang zum Fischmarkt gegenüber, verkauften ihn und stolperten in einen neuen schläfrigen Tag. Kinder kamen an Roxannas Tür, wagten aber nicht einzutreten. Sie saß noch immer auf der Bettkante und überlegte.

Sie dachte flüchtig, daß sie versäumt hatte, zur Arbeit zu gehen, daß der Besitzer hinter der Kasse stehen und sie beschimpfen würde, wenn sie hereinkam. Er würde sie rausschmeißen und wieder anstellen, nur weil es ihm Genugtuung bereitete, wenn sie ihn anflehte, sie doch zu behalten. Er konnte sie sogar endgültig entlassen, ohne sie für die Tage, die sie bereits in dieser Woche gearbeitet hatte, zu bezahlen. Es sei denn, sie stand auf und ging sofort zur Arbeit. Aber sie rührte sich nicht.

Zuerst hatte sie die Frauen gar nicht erkannt. Miriam hatte jede Spur ihrer einstigen Schönheit verloren. Rochelle hatte ihr Haar verändert, ihre Nase, ihre Wangenknochen. Aber dann hatte Miriam den Mund aufgemacht, und danach hatte Roxanna nur noch den Wunsch, daß sie weggehen möge. Nun versuchte sie sich zu konzentrieren. Sie bot all ihre Kraft auf, Miriam aus ihrem Gedächtnis zu tilgen, und die Dunkelheit, in die sie ihre Liebe und ihre Erinnerungen verbannt hatte, wieder zuzudecken, damit sie weitermachen konnte wie früher.

Doch in der Dunkelheit sah sie ein Licht – die Farbe von Sohrabs Augen – und konnte es nicht ausblenden. Sie sah weg, auf die Wand. Da war Miriam, die über ihre toten Kinder sprach. Sie senkte die Augen und erblickte Alexandra die Katze am Flügel. Sie schaute nach oben und erinnerte sich, wie sie Teymur durch ihren Brautschleier hindurch beobachtet hatte. Sie merkte nicht, daß sie vor lauter Schreck über die Erinnerungen genau das tat, wovor Alexandra die Katze sie gewarnt hatte. Sie schaute zurück, zählte die Jahre und Ereignisse, seit sie den Iran verlassen hatte, rechnete ihr eigenes Alter aus und dann Miriams, fragte sich, was aus Sohrab geworden war, aus ihrer Tochter, aus all den anderen.

Tage vergingen. Roxanna stand noch nicht einmal auf, um die Tür zu schließen. Gegen Ende der Woche kam der Mann, der die Miete kassierte. Er dachte, sie sei tot, weil sie aufrecht und unbeweglich auf ihrem Bett saß, ohne die Scharen von Küchenschaben zu bemerken, die um ihre Füße krabbelten, oder die Abfälle, die der Wind hereinblies. Er ging zu ihr und rief ihren Namen. Als sie nicht reagierte, sagte er sich, er werde sie nicht berühren, denn dann würde sie umfallen und mit dem Gesicht in dem Ungeziefer landen. Er würde sie aufheben und begraben müssen. Er ging weg und schloß die Tür. Die Nachbarn, dachte er, würden sie finden, wenn der Geruch zu schlimm wurde.

Roxanna stand auf und verspürte plötzlich Hunger. Sie wußte nicht, wie viele Tage verstrichen waren. Die Vorräte in ihrer Kühlbox waren verfault. Im Spülstein wimmelte es von Schaben.

Sie nahm die Mappe, die Miriam auf den Tisch gelegt hatte, und steckte sie in die Tasche ihres Kleides. Sie zählte ihr Geld und teilte es in sieben Portionen, genug für sieben Tage Essen. Dann ging sie aus, um einzukaufen und eine neue Stelle zu finden. Zehn Tage zog sie umher und fragte jeden Laden- und Restaurantbesitzer. Zu guter Letzt lud sie Gemüsekartons von den Lastwagen eines libanesischen Lebensmittelladens. Es würde alles gut werden, sagte sie sich. Sie konnte noch weitermachen.

Aber die ersten Zweifel nagten an ihr.

Es war Miriams Werk. Die Art, wie sie von ihren toten Kindern gesprochen hatte, wie sie gesagt hatte, Roxannas Tochter aber lebe und warte nur darauf, daß ihre Mutter sie finde. Sie hatte Roxanna soweit gebracht, daß sie zum ersten Mal in zwölf Jahren überlegte, ob sie vielleicht einen Fehler gemacht hatte. Vielleicht war das Weglaufen doch nicht die beste Möglichkeit gewesen oder die *einzige* Möglichkeit. Vielleicht sollte sie umkehren. *Konnte* sie umkehren?

Roxanna begann, sich Fragen zu stellen, und konnte nicht mehr aufhören. Alles, wovon sie bisher fest überzeugt gewesen war, wurde von Zweifel durchdrungen. Ihre Gedanken hielten sie nachts wach. Zum ersten Mal, seit Roxanna aus dem Haus an der Allee des Glaubens weggeflogen war, wollte sie unbedingt wissen, ob sie einen Fehler gemacht hatte.

Die Libanesen entließen sie, weil sie beim Entladen zu langsam war. Der Sohn des Besitzers war ein dreiundzwanzigjähriger Mann mit blondem Kraushaar, einem dicken Bauch und schmalem Moustache. Er sagte zu Roxanna, sie sei zu alt für die Arbeit und zu dick. Es schockierte sie, die immer so federleicht gewesen war, dick genannt zu werden. Sie ging in den Umkleideraum der Angestellten hinten im Laden und warf einen Blick in den kleinen Spiegel über dem Waschbecken. Ihr Gesicht war aufgeschwemmt, ihre Hände und Füße aufgedunsen. Sie ging zurück in den Laden, griff in die Schublade unter der Kasse, wo der Besitzer seine Brieftasche verwahrte, und stahl sein ganzes Geld.

Sie wickelte es in ein Taschentuch und steckte es tief in ihre Tasche. Sie fand eine Anstellung in einer Reinigung, wo sie Kragen und Ärmel bügelte. Die Kundschaft bestand aus den reichen Türken von Alt-Istanbul. Sie arbeitete von vier Uhr morgens bis um sechs Uhr abends. Nach drei Wochen gab ihr die Geschäftsführerin drei Kleider, die sie mit nach Hause nehmen sollte. »Sie brauchen eine neue Garderobe«, sagte sie zu Roxanna und wies mit dem Kopf auf ihr Kleid. Roxanna folgte ihrem Blick und sah, daß ihr Kleid ihren Leib eng umspannte und die Knöpfe fast abplatzten.

Auch ihre Schuhe waren zu klein geworden. Ihre Füße waren so schwer, daß sie nicht länger als eine Stunde darauf stehen konnte. Sie mußte um Erlaubnis bitten, auf einem Stuhl zu sitzen, wenn sie die Manschettenmaschine bediente. Jedesmal, wenn sie in den Spiegel sah, war sie dicker geworden.

Die Geschäftsführerin riet ihr, einen Arzt aufzusuchen. Sie nehme zu schnell zu. Ihre Haut sehe welk und wässerig aus.

Roxanna sagte, sie würde zum Arzt gehen, tat es aber nicht, weil sie ihr Geld aufheben wollte. Eine Idee hatte sich in ihrem Kopf festgesetzt, von Miriam eingepflanzt. Sie mußte nach Amerika, allen in die Augen sehen und selbst herausfinden, ob sie mit ihrem Weglaufen einen Fehler begangen hatte. Sie konnte an nichts anderes mehr denken. Sie mußte nach Amerika und herausfinden, ob sie die ganzen Jahre unrecht gehabt hatte, ob sie ihr Leben auf einer falschen Annahme aufgebaut hatte, ob sie eine Möglichkeit gehabt hatte, an die sie noch nicht einmal gedacht hatte.

Im Juni hatte sie Schwierigkeiten, durch die Gänge mit Kleidern zu gehen, die im Hinterzimmer der Reinigung hingen. Die Busfahrer seufzten und rollten die Augen, wenn sie einstieg. Die Geschäftsführerin sagte ihr, sie müsse aufhören, zuzunehmen, oder sie dürfe nicht mehr arbeiten. Roxanna ging in ein Krankenhaus und sagte dem Arzt, sie sei die vergangenen sechs Monate immer dicker geworden. Der Arzt stellte sie auf die Waage: hundertneunzig Pfund.

Er gab ihr Abmagerungstabletten und fragte nach dem Pfeifen in ihrer Lunge. Sie atme in der Tat anders, sagte sie, ihre Brust fühle sich immer schwerer an. Manchmal, wenn sie eine weite Strecke zurücklegen müsse, habe sie das Gefühl, als würde sie Luft durch einen Wassertank blasen. Der Arzt gab Roxanna ein Inhaliergerät und schickte sie nach Hause.

Schwester Ana Rose war in mein Zimmer gegangen, um mich zu rufen, berichtete sie später der Mutter Oberin und der für die Schule zuständigen Sozialarbeiterin. Dort habe sie mich schlafend im Bett gefunden. Das sei ihr seltsam vorgekommen, denn die Vorschriften erlaubten es den Schülerinnen nicht, sich über Tag hinzulegen.

»Aufwachen«, habe sie gesagt, »die Frau mit der Whisky-Fahne hat ihren Fahrer geschickt. Er soll dich holen.«

Sie sah, wie ich die Augen öffnete, aber nur einen Spalt weit, und dann gleich wieder schloß. Als nächstes fielen ihr die Flecken auf der Bettdecke auf. Sie wagte es nicht, die Decke wegzuziehen. Sie rannte hinaus zur Mutter Oberin und schrie nach einem Krankenwagen.

Mercedes' Fahrer, ein junger Mann mit grünen Augen und dem Aussehen eines Harrison Ford, band mir den Arm mit seiner Krawatte ab und brachte mich so schnell er konnte ins nächste Krankenhaus. Besorgt wegen der rechtlichen Konsequenzen und des Rufes der Schule, instruierte die Mutter Oberin den Fahrer, mich weder tot noch lebendig zurückzubringen. Ich hätte mein letztes Schuljahr bereits beendet, und allein mein Vater sei für mich verantwortlich.

Ich hatte ein Drittel meines Blutes verloren und mußte sieben Tage im Krankenhaus bleiben. Zu den Psychiatern und Sozialarbeitern sagte ich, ich hätte keine Ahnung, warum ich mir die Pulsadern aufgeschnitten hatte. Sie wollten den Namen der nächsten Angehörigen wissen. Ich gab ihnen Mercedes' Adresse und betete zum Himmel, daß Miriam es nicht erfahren würde.

Sie war am zweiten Tag im Krankenhaus.

»Ganz schöne Dummheit, die du da gemacht hast«, sagte sie und sah auf mein verbundenes Handgelenk. »Bei der Eile, die Gott an den Tag legt, um uns umzubringen, braucht er keine Hilfe von dir.«

Ich wandte mich ab.

»Aber ich weiß, warum du es getan hast«, fuhr sie fort. »Deshalb mache ich dir keine Vorwürfe, außer dafür, daß du schwach warst. Ich weiß selbst, was es mit Verlusten auf sich hat. Ich weiß, daß diese Situation mit deiner Mutter schwer für dich ist.«

»Aber gewiß doch, du weißt genau, wie das ist, wenn man jemanden verliert«, sagte ich. Ich wollte sie verletzen, wie sie mich verletzt hatte. Ihr ein Messer ins Fleisch stoßen, das so lang und scharf war, wie das, mit dem sie mich getroffen hatte; wollte es in ihren Wunden umdrehen. »Mercedes sagt, du hast deine eigenen Kinder umgebracht.«

Miriam machte ein böses Gesicht, verwandelte sich zu Stein, begann zu zerbrechen. Von mir hatte sie soviel Grausamkeit nicht erwartet. Eine Weile war sie sprachlos. Dann hob sie ihre Tasche auf.

»Es stimmt«, sagte sie leise. »Ich habe ihnen das Leben geschenkt, und dann habe ich es ihnen genommen.«

Mercedes hatte nichts dagegen, daß ich den Juli bei ihr verbrachte. Sie stellte keine Fragen und gab keine Ratschläge. Im August gestand ich ihr, daß ich mich noch nicht stark genug fühlte, um ins College zu gehen. Ich brauchte noch mehr Zeit, einen vertrauten Ort.

»Bleib solange du Lust hast«, sagte Mercedes achselzuckend. »Nur laß den Leichenbestatter nicht in mein Haus.« Sie bezeichnete Miriam immer als den Leichenbestatter.

Den ganzen Spätsommer und Frühherbst hindurch wurde ich Zeuge, wie Mercedes mit fremden Männern schlief, ein Dutzend Herzen brach, sich bis in den frühen Morgen betrank. Ich fragte sie, wie Roxanna gewesen sei.

»Wie du«, sagte Mercedes ohne Zögern. Tränen stiegen mir in die Augen.

Wir saßen im Garten und genossen die Nachmittagssonne von Los Angeles.

»Deine Mutter bestand aus zwei Menschen, die sich ständig befehdeten. Der eine war der heimatlose Flüchtling, zu dem das Schicksal sie angeblich bestimmt hatte, der Pechvogel, der sie nach allgemeiner Erwartung sein sollte. Der andere Mensch in ihr wollte mit seiner Güte alle Lügen strafen.«

Sie sah, wie ich meine Tränen bekämpfte und lächelte.

»Genug Melodrama«, sagte sie. »Diesen Zug hatte deine Mutter auch. Sie sehnte sich danach, unglücklich zu sein. Ich habe ihr schon damals gesagt, daß das ganze Gerede vom Schicksal Schwachsinn sei. Ein guter Fick, und du änderst das Schicksal von tausend Männern. Ich hoffe, sie hat das gemerkt. Ich hoffe, daß sie deshalb nicht mit Miriam zurückgekommen ist.«

Sie schob mir ein Glas Cognac in die Hand und goß selbst eines hinunter. Dann streckte sie sich auf dem Liegestuhl neben ihrem Pool aus. Ich musterte sie. Nach all den Jahren schweren Trinkens war sie noch immer schön. Ihre Zähne waren weiß, ihr Körper fest, und sie hatte ihren Verstand beisammen.

»Und so bekam sie dich«, seufzte sie, mit vor Ironie triefender Stimme, »im Falle, daß die anderen recht hätten und sie wirklich Unheil brachte und es nicht ändern konnte. Sie dachte, dein Leben würde das in Ordnung bringen, was sie verpfuscht hatte.«

Sie beugte sich über die Kante ihres Liegestuhls zu mir und sah mich an.

»Beim nächsten Mal«, sagte sie mit tödlichem Ernst, »richte deine Verzweiflung nicht gegen dich. Zerstöre einen anderen Menschen.«

Im September ging Roxanna zum Büro der Luftfahrtgesellschaft und reservierte einen Platz auf einem Flug nach Los Angeles. Sie wollte noch in derselben Woche fliegen.

Dem Mann, der die Miete kassieren kam, sagte sie, bezahlen könne sie erst, wenn es ihr besserginge und sie mehr verdienen könne.

»Ich glaube nicht, daß sich Ihre Gesundheit bessern wird«, sagte der Mann ernst. »Sie klingen, als hätten sie einen Fisch verschluckt.«

Sie zischte fortwährend, nahm immer mehr an Umfang zu und wurde noch langsamer. Das lag an ihren Zweifeln und am Gewicht all der Gedanken, die Miriam ihr in den Kopf gesetzt hatte, dachte sie. Es war das Gewicht des Klanges all der Wörter, die an jenem Tag, als Miriam und Rochelle sie aufgesucht hatten, nicht ausgesprochen worden waren.

An ihrem letzten Arbeitstag stahl Roxanna ein paar Tausend Lira, etwa fünfzig Dollar, aus der Kasse. Sie verließ ihr Zimmer mitten in der Nacht. Weder den Nachbarn noch dem Mietkassierer hatte sie gesagt, daß sie nicht zurückkommen würde. Ihre gesamte Habe, die neuen Kleider, ihr türkischer Kaffeetopf und der Inhalator, den der Krankenhausarzt ihr geschenkt hatte, paßte in die kleine Plastiktasche, die sie von einem Händler auf dem Weg zum Flughafen kaufte.

Die Stewardessen sorgten dafür, daß Roxanna neben einem kleinen Kind saß. Sie zeigten ihr, wie man den Sicherheitsgurt benutzte, denn sie war noch nie mit dem Flugzeug gereist. Sie mußten ihn ganz lang stellen, damit er paßte. Der Junge neben ihr trug Shorts und Kniestrümpfe. Die dicke Frau mache ihm angst, sagte er zu seiner Mutter.

Roxanna verließ das Flugzeug in Los Angeles mit zweihundertdreiundachtzig Pfund Lebendgewicht. Sie konnte kaum laufen. Die Zollbeamten zeigten ihr den Schalter, wo sie ihre türkischen Lira in Dollar wechseln konnte. Die Frau, die sie bediente, sagte ihr, von wo der Bus in die Stadt abfuhr.

Vor dem internationalen Terminal betrachtete Roxanna die Reihe öffentlicher Telefonzellen. Sie wußte, daß sie Miriam oder irgendeine der anderen Nummern anrufen konnte, die Miriam ihr gegeben hatte. Sie hätte sagen können, daß sie am Flughafen war, daß jemand sie abholen sollte, weil sie kaum Englisch sprach und sich in der Stadt nicht auskannte. Es wäre die klügste Entscheidung gewesen. Sie konnte sich aber nicht überwinden. Was war, wenn niemand ihr antwortete? Wenn sie zu ihr sagten, sie solle sich davonscheren? Was, wenn sie kamen – zumindest Miriam würde mit Sicherheit kommen – und sahen, daß sie so dick geworden war, daß selbst kleine Jungen Angst vor ihr hatten? Nein, sie würde sich ein Zimmer mit Bad nehmen. Sie würde sich umziehen, ihr Haar kämmen und vielleicht einen Lippenstift kaufen, bevor sie jemanden anrief. Ihr Blick fiel auf einen Bus mit dem Schild »Innenstadt«. Sie stieg ein.

Sie stieg an der Central Avenue in Los Angeles aus. Es war Mittag. Die Straßen waren überfüllt. Roxanna suchte ein Hotel, etwas Preiswertes, wo sie die Nacht verbringen und sich vorbereiten konnte. Sie wanderte die ganze Strecke bis zum Pico Boulevard, dann den Santee Boulevard hinauf, bis ins Zentrum der Kleiderverkäufer. Sie sah Lateinamerikaner Essen auf den Gehsteigen verkaufen, stieß an billige Kleider, die auf Stangen vor dumpfen, staubigen Läden hingen, betrachtete Westafrikaner, die gefälschte Tücher von Gucci und Moschino verhökerten. An der Kreuzung von Pico Boulevard und Santee hatte sich eine Menschenmenge um drei streitende Männer gebildet. Ein Iraner behauptete, zwei koreanische Schneider hätten einen Auftrag von dreitausend Bluejeans ruiniert, weil sie den Stoff falsch zugeschnitten hätten. Die Koreaner erklärten, der Fehler liege beim Schnittmustermacher, nicht bei ihnen, den Schneidern. Sie wollten für die geleistete Arbeit bezahlt werden.

Wie immer war Roxanna aus Angst, entdeckt zu werden, zutiefst erschrocken, wenn sie auf Iraner traf. Sie senkte den Blick und versuchte sich durch das Gedränge zu schieben, aber niemand rückte zur Seite. Sie beschloß deshalb, die Straßenseite zu wechseln und den gegenüberliegenden Gehsteig zu benutzen. Als sie den Blick hob, sah sie die Autos auf sich zukommen. Sie merkte, daß sie zu müde und krank war, um noch einen einzigen Schritt zu tun. Entsetzt blieb sie am Straßenrand stehen. Der Schweiß tropfte ihr vom Körper.

»Kann ich Ihnen helfen?« fragte eine Stimme auf englisch. Roxanna hörte die Stimme durch das Gewirr um sie herum, kam aber nicht auf die Idee, daß sie gemeint sein könnte. Der Mann, der die Frage gestellt hatte, näherte sich ihr und berührte sie am Ellbogen.

»Brauchen Sie Hilfe?«

Sein Englisch verriet nur einen Anflug von persischem Akzent. Er war jung, Mitte Dreißig, trug einen hellgrauen Anzug und glänzende Lederschuhe. Roxanna sah ihn durch den Film von Schweiß und Panik an, der ihre Augen bedeckte, und konnte kein Wort hervorbringen.

Der Mann klopfte ihr auf die Schulter.

»Warten Sie einen Augenblick«, sagte er. An das Menschengewühl gewandt, forderte er die Männer auf, sich woanders zu streiten.

»Diese Dame hier braucht Hilfe.«

Im Handumdrehen wandten sich die Gaffer von der Auseinandersetzung um die Bluejeans ab und Roxanna zu. Man musterte sie von allen Seiten, stellte Fragen und machte Bemerkungen.

Der Mann in dem hellgrauen Anzug konnte sich des Verdachts nicht erwehren, Roxanna könnte vielleicht Iranerin sein.

»Kommen Sie vielleicht aus dem Iran?« fragte er vorsichtig. Er hatte Angst, sie zu beleidigen, falls er sich täuschte.

Sie gab keine Antwort.

»Welche Sprache sprechen Sie?«

Immer mehr Menschen, Iraner und Asiaten, denen die Läden an der Straße gehörten, Lateinamerikaner auf dem Weg zu oder von den Fabriken, Hausfrauen, die in diesem Teil der Stadt nach Schnäppchen suchten, hielten an, um sie zu mustern. Sie verlangsamten den Schritt, musterten sie gründlich und gingen dann ohne ein Wort weiter.

»Laß Sie in Ruhe, Rabbi«, sagte einer der Iraner in der Menge zu dem Mann im grauen Anzug. »Sie ist wahrscheinlich nur schlecht drauf.«

Roxanna merkte, daß sie im Begriff war, die einzige Aussicht auf Hilfe, die sich ihr bot, zu verlieren, und zwang sich zu reden.

»Ich bin soeben angekommen.«

Der Klang der Worte, die sie auf farsi gesagt hatte, erschreckte sie.

»Ich brauche ein Übernachtungsquartier.«

Der Rabbi nickte langsam und sah ihren Körper an.

»Sind Sie krank?«

»Ich habe Mühe zu atmen«, erwiderte sie verlegen. »Ich brauche nur ein Zimmer, wo ich die Nacht verbringen kann. Morgen geht es mir wieder gut.«

Der Rabbi war sich da nicht so sicher.

»Wo kommen Sie her?«

Sie sah ihn nur an.

»Wie heißen Sie? Aus welchem Teil des Iran stammen sie? Sind sie Jüdin? Wie sind Sie hierhergekommen?«

Sie würde Miriams Namen nicht erwähnen. Nicht, wenn so viele Menschen sie ansahen, und nicht diesem Rabbi gegenüber, der Miriam bestimmt kannte und in der ganzen Gemeinde von ihrer fetten Schwester reden würde.

Sie wollte den Mund aufmachen, um dem Rabbi zu sagen, daß sie seine Hilfe nicht brauche. Statt dessen packte sie ihn am Arm, um sich zu halten. Kurz davor, zusammenzubrechen, konnte sie ihn nur noch ansehen.

Der Rabbi merkte, daß er sich eine schöne Suppe eingebrockt hatte. Er dachte daran, Roxanna an eine der vielen iranischen Hilfsorganisationen zu verweisen, die es in Los Angeles gab, oder ihr nahezulegen, in einem Obdachlosenheim oder bei einer Suppenküche um Hilfe zu bitten. Normalerweise hätte er das auch gemacht. Nur hatte er in diesem Augenblick das Pech, daß ihn eine Schar Iraner beobachtete, denen er seine Führungsqualitäten beweisen wollte. Sanft entzog er Roxanna seinen Arm und stählte sich innerlich gegen unerwünschten Ärger.

»Bleiben Sie hier. Ich sehe, was ich tun kann.«

Er ließ Roxanna stehen und ging in den nächsten Laden, um das Telefon zu benutzen. Es war ein Laden wie alle anderen, vom Fußboden bis zur Decke mit billiger Kleidung vollgehängt. Der Besitzer war nur zu glücklich, dem Rabbi sein Telefon zur Verfügung zu stellen. »Solange sie keine Spende von mir wollen«, sagte er, nur halb im Scherz.

Der Rabbi telefonierte eine ganze Weile. Er wählte verschiedene Nummern und legte regelmäßig auf, um mit den Männern, die ihn umstanden, zu diskutieren. Dann blätterte er sein Telefonbuch in Taschenformat erneut durch. Die Frau des Ladenbesitzers war mittleren Alters, hatte Krampfadern und sah irgendwie verwaschen aus. Sie reichte Roxanna ein Glas Orangenblütensirup mit Rosenwasser. Roxanna dankte der Frau, ohne sie anzusehen, trank aber nicht. Die Frau war beleidigt.

»Ich habe Schwierigkeiten zu schlucken«, erklärte Roxanna.

Die Frau schlurfte zu einem Stand auf der anderen Straßenseite und kam mit einem Strohhalm zurück.

»Hier«, sie steckte den Strohhalm in Roxannas Glas. »Versuchen Sie es damit.«

Der Rabbi tauchte mit zufriedener Miene aus dem Laden auf und verstaute sein Telefonbuch wieder in der Tasche.

»Ich habe mit dem Metzger vom Tel Aviv Market am Pico Boulevard gesprochen«, erklärte er einem der Männer, die sich in dieser Sache zu Assistenten des Rabbi ernannt hatten.

»Mit dem häßlichen?«

Ja, mit dem häßlichen. Sein Bruder besitzt eine Apotheke an der Shenandoah Avenue. Er hat ein Zimmer, das er für einige Tage abgeben kann. Es ist im ersten Stock, mehr ein Lagerraum. Es gibt weder Bad noch Herd. Nur ein kleines Waschbecken mit fließendem Wasser. Aber es ist besser, als wenn sie auf der Straße schlafen müßte.«

Ein junger Iraner, kaum siebzehnjährig, kam in einem großen Lieferwagen angefahren.

»Wir laden Sie hier hinein«, erklärte der Rabbi Roxanna, »und bringen Sie zu einem Zimmer, das ich gefunden habe. Es könnte auch Arbeit dort für sie geben«, er maß sie mit seinem Blick, »wenn sie sich dazu in der Lage fühlen.«

Roxanna saß hinten in dem Lieferwagen, der Rabbi vorn auf dem Beifahrersitz. Die Fahrt dauerte zwanzig Minuten.

Bei ihrer Ankunft am Tel Aviv Market blieb sie im Lieferwagen und sah zu, wie Rabbi Joseph in seinem Zweireiher in den Laden stolzierte. Der Besitzer, ein Iraner, erwartete ihn an der Tür. Er trug einen bunten Kaschmirpullover in der Art, wie Bill Cosby ihn zwölf Monate im Jahr in seiner Fernsehserie trug, wo er ein Arzt mit fünf Kindern war, dessen Haus immer makellos blieb, obwohl es nie jemand sauberzumachen schien. Im Iran war der Mann ein armer Schlucker gewesen. Erst vor kurzem zu Geld gekommen, trug er nun diese Pullover mit derselben Unbekümmertheit, die Bill Cosby ausstrahlte. Damit wollte er allen zu verstehen geben, daß er in einem Vierhundert-Dollar-Pullover mit Tigerkopf auf der Brust aus dem Schoß seiner Mutter gekommen sei.

Wenige Minuten später tauchte der Rabbi wieder aus dem Laden auf. Begleitet wurde er von einer riesigen, kahlköpfigen Gestalt, die eine blutverschmierte Metzgerschürze trug und pausenlos redend vorn zum Rabbi in den Lieferwagen stieg.

Der Metzger drehte sich um und musterte Roxanna.

»Ist sie das?«

Eines seiner Augen war blind und zu zwei Drittel geschlossen. Eine Narbe verunzierte seine rechte Wange, und er hatte eine Hasenscharte und keine Fingernägel.

»Das sieht schlimm aus«, nickte er und lächelte sie an, als könnte sie nicht verstehen, was er gesagt hatte.

Er gab dem Fahrer Anweisungen.

»Neun Straßenzüge hinunter. Sie können nicht links in die Gasse einbiegen, fahren Sie bis zur Ampel und dann von hinten hinein. Das Gebäude sieht aus wie ein Turm, schmal und hoch. Auf einem gelben Schild steht »Apotheke«. Meinem Bruder ist kein Name eingefallen. Das ist typisch. Viel Phantasie hat er nicht. Er hat nur gelernt, Bücher zu lesen und Pülverchen zu mischen.«

Er drehte sich um und sah wieder Roxanna an.

»Sie atmet wie ein Wal«, sagte er zu ihr.

Der Lieferwagen hielt an der Ecke der Shenandoah Avenue an. Der Metzger führte den Rabbi in ein traurig aussehendes Gebäude, das einst weiß gewesen war. Der junge Mann hatte sich noch kein einziges Mal zu Roxanna umgedreht.

Der Apotheker war ein dünner Mann. Er sah enttäuscht aus und war so schweigsam, wie sein Bruder redselig war. Er kam zum Lieferwagen und taxierte Roxanna.

»Sind Sie sicher, daß sie bald wieder geht?« fragte er den Rabbi.

»Ich verbürge mich dafür«, warf der Metzger ein. »Ich finde ihr eine Arbeit am Tel Aviv Market. Heute noch. Mein Wort darauf.«

Der Apotheker sah durch seinen Bruder hindurch zum Rabbi.

»Sie kann zwei Wochen bleiben«, sagte er zum Rabbi. »Auf Ihr Wort.«

Die Arbeiter aus Guatemala und San Salvador im Tel Aviv Market brachten keinen vollständigen englischen Satz zusammen. Sie sprachen aber Farsi mit verschiedenen jüdischen Akzenten aus den unterschiedlichen Provinzen des Iran. Sie stritten mit den alten Frauen über die Qualität des Fleisches, das der Metzger ihnen soeben verkauft hatte, und darüber, wessen Schuld es war, daß die Eier beim Verladen ins Auto heruntergefallen und ausgerechnet über den Schuhen der Damen zerbrochen waren. Als Roxanna anfing, an ihrer Seite zu arbeiten und zwölf Stunden am Tag Einkäufe in Tüten packte, gingen die Lateinamerikaner davon aus, daß sie eine Landsmännin sei, und sprachen spanisch mit ihr. Als sie keine Antwort gab, versuchten sie es mit Farsi und sogar mit den paar Brocken Englisch, die sie konnten. Sie sah sie nur an und senkte wieder den Blick. Nach einer Weile nahmen alle an, sie sei entweder verrückt oder schwerhörig. Man ließ sie in Ruhe.

Sie arbeitete eine Woche lang für drei Dollar die Stunde. Abgesehen davon, daß sie im Schlaf sterben könnte, war ihre größte Angst, daß eine der Einkaufenden sie wiedererkannte. Am achten Morgen konnte sie sich beim Aufwachen nicht mehr rühren.

Der Apotheker wartete darauf, daß sie die Treppe herunterkam, um zur Arbeit zu gehen. Als sie den ganzen Tag nicht erschien, wußte er, daß etwas nicht stimmte. Um sieben Uhr ging er nach oben.

»Ist alles in Ordnung?« rief er durch die Tür. »Sie sind heute nicht zur Arbeit gegangen.«

Roxanna versuchte, sich aufzusetzen.

Sie versuchte es noch einmal, hatte keinen Erfolg und rief, alles sei in Ordnung.

Am nächsten Morgen klopfte der Apotheker wieder an ihre Tür. Er hörte nur das Geräusch ihres Atems, fühlte das Beben des Gebäudes unter ihrem Gewicht. Er ging nach unten und rief den Rabbi an.

»Die Frau, die Sie mir gebracht haben, stirbt mir unter den Händen weg.«

Der Rabbi war auf dem Weg, einen iranischen Jungen zu beerdigen, der von Mitgliedern einer Gang in Westwood erschossen worden war. Er versprach, so bald wie möglich zu kommen und nach Roxanna zu sehen.

»In der Zwischenzeit soll Ihre Frau sie füttern, damit sie nicht verhungert.«

Sie fanden Roxanna auf der Matratze, eindeutig schwerer als das letzte Mal, als sie sie gesehen hatten. Ihre Augen waren geöffnet, aber sie reagierte nicht. All ihren Bemühungen zum Trotz, sie zum Sprechen zu bringen, schwieg sie.

Der Apotheker wollte die Stadt anrufen und Roxanna aus seinem Haus entfernen lassen. Der Rabbi bestand darauf, erst einige iranische Wohltätigkeitsorganisationen anzusprechen. Er wollte versuchen, Roxanna zu helfen, nicht in die lieblosen Hände von Regierungsbeamten zu fallen, die, in diesem Punkt waren sich die beiden Männer einig, ihren Körper irgendwo parken und sie ihrem Schicksal überlassen würden. Zwei Tage lang beriet sich der Rabbi mit den Ältesten und den religiösen Führern der Gemeinde. Am dritten Morgen setzte der Apotheker seinem Elend ein Ende.

»Vertreter der Stadt waren heute bei mir«, rief er den Rabbi um neun Uhr am Mittwoch an. »Der Turm hat sich zur Seite geneigt, und zwar zu der, auf der Ihre Freundin die vergangenen Tage gelegen hat. Daran ist nicht zu rütteln. Sie ist ja auch schwer genug, um das Empire State Building zu erschüttern. Nun ist der Turm zu einer öffentlichen Gefahr geworden, weil er auf den Straßenverkehr zu stürzen droht. Die Stadt will ihn abreißen, und ich habe keine Versicherung.«

Als der Rabbi am Unglücksort eintraf, war die Apotheke bereits geschlossen. Der Besitzer stand auf dem Gehsteig und sah aus, als hätte er gerade ein Kind beerdigt. Sein Bruder, der Metzger, hatte sein eigenes Auto vor dem Gebäude geparkt und schritt mit breitem Lächeln darum herum, um mit seinem Ärmel Fingerabdrücke von der glänzenden Politur zu reiben.

In Roxannas Zimmer stieß der Rabbi auf drei Männer. Sie überlegten, wie sie Roxanna am besten abtransportieren konnten, ohne das Gebäude noch weiter zu gefährden. In den wenigen Tagen, die sie dort gelegen hatte, war sie so breit geworden, daß sie nicht mehr durch die Tür paßte. Da das Abreißen einer Mauer von einem Gebäude mit wackeligem Fundament riskant war, sprachen sie davon, die Fensteröffnung zu vergrößern und einen Kran einzusetzen, um sie herauszuheben.

Der Rabbi ging zu Roxanna und beobachtete sie. Sie sah ihn mit weit geöffneten Augen an. Gelbe Flüssigkeit sickerte heraus und floß seitlich an ihrem aufgeschwemmten Gesicht entlang. Sie sah traurig und verschreckt aus.

»Sagen Sie mir, gibt es niemanden auf der Welt, den Sie um Hilfe bitten könnten?«

Sie bewegte keinen Muskel, zwinkerte nicht mit dem Auge. Auf dem Fußboden neben ihr sah er ihre Tasche.

»Wir haben sie bereits durchsucht«, las einer der Männer die Gedanken des Rabbi. »Da ist ein Blatt Papier mit einem Text in einer fremden Schrift. Vielleicht können Sie ihn ja lesen.«

Der Rabbi erkannte natürlich die Namen von Miriam und Rochelle. Er zögerte einen Augenblick mit der Liste in der Hand und fragte sich, ob er diese Leute anrufen sollte. Er hätte natürlich liebend gern Roxannas Beziehung zu diesen Frauen herausgebracht. Im Iran hätte er keine Minute gezögert, sie anzurufen. Aber hier in Amerika gab es die Regel der rechtlichen Verantwortung für die Handlungen, die man beging, so altruistisch und wohlmeinend sie auch gemeint sein mochten. Starb Roxanna, würde Rochelles Mann nicht zögern, ihn zu verklagen, weil er sie nicht in ein Krankenhaus gebracht und den richtigen Leuten überantwortet hatte.

Er legte den Bogen zurück in Roxannas Tasche.

»Das ist auch für mich Chinesisch.«

In jener Nacht lag Roxanna auf ihrer Matratze und bat zum ersten Mal seit zwölf Jahren Gott um Hilfe. Immer wieder sagte sie das Sch'ma Israel auf, das Gebet, das ihre Mutter sie gelehrt hatte, vor dem Zubettgehen aufzusagen. Und es war ein Zeichen für ihr verzerrtes und gestörtes Glück, daß ihr Gebet nicht nur erhört wurde, sondern daß es genau den Menschen an ihre Tür zauberte, der für ihr Unglück verantwortlich war.

Miriam der Mond fuhr im Taxi den Wilshire Boulevard in Richtung Tel Aviv Market hinunter. Sie wollte den Ansturm der Kunden am frühen Morgen vermeiden, die den afghanischen Geschäftsführer kreischend wissen ließen, das Gemüse sei zu welk und das Obst zu teuer. Da der Markt um sieben aufmachte, hatte Miriam das Taxi für halb sieben bestellt. Sie ging davon aus, daß sie zehn Minuten vor sieben dort sein würde und alles in Ruhe aussuchen könnte.

Nach zwei Straßenzügen am Wilshire Boulevard sah Miriam eine Frau auf den Bus warten. Sie war offensichtlich eine Iranerin und wahrscheinlich eine Jüdin, denn sie hatte den »enttäuschten Opferblick«. Neben ihr auf der Bank standen zwei Einkaufstaschen. Miriam befahl dem Taxifahrer zu halten.

»Tel Aviv Market«, sagte sie, als sie den Kopf aus dem Fenster gesteckt hatte. »Wir können Sie mitnehmen.«

Breithüftig und unter geschwollenen Beinen leidend, brauchte die Frau lange, bis sie von der Bank aufgestanden war. Sie ließ ihre Taschen mehr als einmal fallen und schnaufte, als sie den Gehsteig überquerte, der sie vom Taxi trennte. Der Fahrer und Miriam stiegen aus, um ihr zu helfen.

»Danke«, sagte sie und atmete so tief aus, daß der Fahrer dachte, sie würde in seinem Taxi in Ohnmacht fallen. »Ich warte seit fünf Uhr heute früh auf den Bus. Sie kommen und gehen. Die Leute steigen ein und aus. Nur ich kann nicht einsteigen, weil ich nicht weiß, welche Nummer ich nehmen muß. Und fragen kann ich niemanden, die Leute sind alle Hispanier oder Ausländer.«

Miriam lächelte darüber, wie die Frau das Wort Ausländer gebrauchte. Es war ein Gattungsbegriff, der im Iran früher für Menschen aus dem Westen benutzt wurde. Araber, Türken und Pakistani hatten ihre eigene Nationalität. Die gesamte westliche Welt, Amerikaner und Europäer und selbst Australier, wurde ehrfürchtig als »Ausländer« bezeichnet. Selbst in Los Angeles nannten Männer und Frauen von Miriams Generation die Amerikaner »Ausländer«.

»Meine Söhne würden mich umbringen, wenn sie wüßten, was ich tue«, schnaufte die Frau. Sie saß mit gespreizten Beinen im Fond des Taxis, als wolle sie die Aufnahme der Luft in ihre belasteten Lungen erleichtern. »Ich habe drei Söhne. Keine Töchter. Es sind brave Jungen, nur ihre Frauen sind ganz modern und färben sich das Haar gelb. Sie haben mich in einem Apartment im siebten Stock eingesperrt, so hoch, daß mir ständig schwindelig ist. Jedesmal, wenn ich mich beschwere, daß ich nicht gern in einem Hochhaus lebe, heißt es, ich soll dankbar sein. Anscheinend versucht die ganze Welt, ein Stockwerk ums andere nach oben zu ziehen. Ich sage, es löst bei mir Schwindel aus, wenn ich aus dem Fenster auf die Straße blicke. Also sagen sie, ich soll nicht ausgehen, weil ich sonst hinfallen und mich verletzen könnte. Einmal in der Woche holen sie mich zum Sabbatmahl zu sich nach Hause. Den Rest der Zeit verbringe ich allein und warte, daß einer meiner Söhne vorbeikommt und mich in seinem Auto spazierenfährt. Heute dachte ich, ich würde mal den Bus probieren. Was für ein Glück, daß Sie vorbeigekommen sind.«

»Aus welcher Provinz stammen sie?« wollte Miriam wissen.

An Beverly Glen waren sie rechts abgebogen und fuhren in Richtung Pico Boulevard. Die Frau berichtete, wie es war, aus einer iranischen Kleinstadt nach Amerika zu kommen. Dann erzählte sie die Geschichte von einer anderen Frau, die vor kurzem in Los Angeles angekommen sei.

Miriam überlegte, daß sie in wenig mehr als fünf Minuten den Markt erreichen würden. Sie merkte, daß die Frau weder über das Taktgefühl noch die Erfahrung verfügte, eine Beteiligung an den Fahrtkosten vorzuschlagen. Da die Vorschriften der iranischen Etikette es für Miriam unmöglich machten, eine Bezahlung zu verlangen, öffnete sie ihre eigene Börse und begann zehn Ein-Dollar-Scheine abzuzählen.

Die Frau zeigte auf ein Gebäude auf der rechten Seite und versuchte Miriam mit ihrer dramatischen Geschichte zu beeindrucken.

»... Über dreihundert Pfund, können Sie das glauben? Und anscheinend ist alles Wasser. Sie sagen, sie schwitzt die ganze Nacht Wasser direkt auf den Boden. Ein richtiger Wal.«

Sie waren am Tel Aviv Market vorgefahren. Es war fünf Minuten vor sieben. Ein paar ältere Frauen, in der Mehrzahl Osteuropäerinnen, warteten bereits vor dem Tor. Der Taxifahrer zählte das Geld nach und sah, daß Miriam ihm kein Trinkgeld gegeben hatte. Prompt weigerte er sich, das Taxi zu verlassen und der schweren Frau zu helfen. Doch Miriams neue Freundin schien es sich bequem gemacht zu haben. Sie machte keinerlei Anstalten, bald auszusteigen.

»Das schlimmste ist, sie will niemandem sagen, wo sie herkommt oder von welcher Familie sie stammt. Deshalb kann ihr niemand helfen.«

Etwas an dieser Aussage ließ Miriam aufhorchen.

»Mein Sohn würde mich umbringen, wenn er wüßte, daß ich das weitererzähle, aber ich habe das Gefühl, bei einer Freundin zu sein, auch wenn ich Sie nicht wirklich kenne, deshalb erzähle ich es Ihnen«, sagte sie zu Miriam, die ihr aus dem Taxi half. »Mein Sohn meint, es sei durchaus möglich, daß sie sich vor dem Gesetz versteckt oder vor einem verrückten, eifersüchtigen Mann davongelaufen ist.«

Miriam wartete mit der Frau, bis der Markt geöffnet wurde. Sie ging sogar hinein und begrüßte den jungen Mann mit den Bill-Cosby-Pullovern. Dann drehte sie sich auf dem Absatz um und lief die neun Blocks bis zum Apothekenturm.

Die Vorderseite war mit Bretter verschlagen, aber die Hintertür stand offen. Als sie die Treppe erklomm, konnte Miriam fühlen, wie das Gebäude sich im Takt des Geräusches tiefen, langsamen Atmens bewegte. Die Treppe knarrte und erbebte unter ihren Füßen, schien jeden Augenblick zusammenbrechen zu wollen. Eine Sekunde lang wollte Miriam umkehren, um sich in Sicherheit zu bringen.

Doch auf halber Strecke nach oben roch sie den Duft feuchter Luft und schwüler Träume, kühler Nächte und alter, alter Erinnerungen. Es war der Duft ihrer Kindheit, aus jenen Jahren, als sie auf dem Fußboden neben Roxanna gelegen hatte und so manche Nacht vom Geräusch ihrer Flügel im Wind aufgewacht war. Es war derselbe Duft, der Teymurs Haus in den Monaten unmittelbar nach Roxannas und Sohrabs Hochzeit durchdrungen hatte, eben der Geruch, der Miriam vor Rührung hatte zittern lassen, als sie in Roxannas Zimmer in Istanbul eingetreten war und Roxannas gealterte, müde Augen gesehen hatte. Und deshalb zweifelte Miriam nicht, als sie den zerbrochenen Türgriff in der Hand hielt und das Dachzimmer betrat, daß sie Roxanna gefunden hatte.

Im Zimmer war es dunkel. Am anderen Ende sah sie einen Schatten, hörte den Atem aussetzen, dann wieder einsetzen.

»Ich bin's«, flüsterte sie, mehr um ihre eigene Angst zu besänftigen, als um Roxanna zu warnen. »Hab keine Angst.«

Sie ging auf den Schatten zu, umkreiste ihn und fand den Kopf. Zwei Schlitze starrten sie aus einem gigantisch aufgedunsenen Gesicht an. Roxannas Gesicht war mit Wasserperlen überzogen, aus ihren Augen floßen ununterbrochen Tränen. Bei Miriams Anblick machte sie sie zu.

Miriam wollte das Fenster öffnen. Es klemmte.

Sie ging wieder zu Roxanna und kniete sich an ihr Bett.

»Was ist geschehen?« fragte sie mit von Gefühlen erstickter Stimme. »Wie bist du in diesen Zustand gekommen?«

Roxanna gab keine Antwort.

Miriam beobachtete sie. Dann verließ sie das Zimmer und ging die Treppe hinunter.

Sie fand eine Telefonzelle, rief Sussan und Rochelle an, Bryan und seine Frau.

»Seid in fünfzehn Minuten hier«, sagte sie. »Ich habe Roxanna gefunden. Sie wird sterben, wenn wir sie nicht retten.«

Sosehr Miriam die Dringlichkeit von Roxannas Lage auch betont hatte, es dauerte fünf Stunden, bis Rochelle auf der Szene erschien. Sie hatte den Morgen damit verbracht, nach einer durchfeierten Nacht aufzuwachen, hatte heiße und kalte Kompressen auf ihr Gesicht und die Augen gelegt, Zigaretten geraucht und sich dann mit Parfüm eingesprüht, damit sie nicht wie Tabak roch. Ihr Mann hatte das Haus Gott sei Dank früh verlassen. »Frühstückstreffen« hatte er am Abend vorher gesagt, aber Rochelle dachte sich, daß er eine Verabredung mit einer Frau hatte. Er war nicht da, als Miriam anrief. Er hatte weder Miriam noch die gesamte Verwandtschaft Rochelles je leiden mögen. Er sagte, sie hätten das Ghetto nicht verlassen, sondern hätten es einfach zehntausend Meilen mit nach Amerika geschleppt. Sie seien ein Haufen Verrückter, die darauf aus wären, jeden Dollar, den er je verdient hätte, auszugeben. Manchmal war Rochelle durchaus seiner Meinung.

Er wäre nicht begeistert gewesen, wenn er das Telefon abgenommen und Miriams Stimme vernommen hätte. Und mit Sicherheit hätte ihn die Neuigkeit von Roxannas Ankunft in Los Angeles nicht gefreut. »Noch eine finanzielle Verpflichtung«, hätte er gesagt. »Wenn Miriam Roxanna gefunden hat, dann muß sie auch für sie aufkommen.«

Es war nicht so, daß Rochelle ihre Familie nicht liebte oder ihr nicht nach besten Kräften half. Ständig steckte sie Sussan heimlich Geld zu oder lud Bryans Frau zu ihren Mittagessen ein, auch wenn sie nichts mit den anderen Gästen gemein hatte und sich nie bemühte, sich einzufügen. Aber Rochelle hatte Roxanna als Kind nie wirklich gekannt. Später war es schwer für sie, sich mit einer so gut wie Fremden verbunden zu fühlen. Vor ein paar Monaten, als Miriam von Roxannas Aufenthalt in Istanbul erfahren hatte, war es schwierig genug gewesen, sich an den Gedanken zu gewöhnen, daß Roxanna noch lebte. Um ihren guten Willen zu zeigen, hatte Rochelle ihren Mann eine Woche lang bearbeitet, bis sie ihn schließlich soweit gebracht hatte, daß er Roxannas Flug bezahlte. In letzter Minute hatte ihr Mann der Reise zugestimmt.

»Er muß eine neue Geliebte haben, mit der er allein sein will«, hatte Miriam bemerkt, ohne Rücksicht auf Rochelles Gefühle zu nehmen.

In Istanbul waren sie im Sheraton abgestiegen. Miriam hatte sich geweigert, in ein Fünf-Sterne-Hotel zu gehen, obwohl Rochelle angeboten hatte, es zu bezahlen. »Verschwendung ist Verschwendung, egal wer verschwendet.« Für Rochelle war der Aufenthalt in Istanbul ein einziger, unvergeßlicher Alptraum gewesen. Am ersten Tag waren sie im Taxi nach Kumkapi gefahren und vor Roxannas Haus ausgestiegen. Sie hatten es angestarrt, ohne zu wagen, hineinzugehen. Im Hotel hatten sie eine schlaflose Nacht verbracht. Am nächsten Morgen hatten sie sich darüber gestritten, wie sie sich am besten Roxanna nähern könnten. Miriam wollte in das Haus gehen, den Bewohnern Roxanna beschreiben und so ihre Wohnungsnummer ausfindig machen, um bei ihr an die Tür klopfen zu können. Rochelle war felsenfest davon überzeugt, die Mieter des Gebäudes würden Miriam eher ausrauben und vergewaltigen, als ihr helfen, jemanden zu finden. Wie immer hatte Miriam sich durchgesetzt.

Und dann, nach all diesen Strapazen, nach zwölf Jahren des Suchens, nach dieser schrecklichen Reise, hatte Roxanna nichts von ihnen wissen wollen.

Deshalb überlegte Rochelle an jenem Morgen vor ihrem Spezialspiegel mit der vierfachen Vergrößerung, ob es klug sei, noch einmal loszustürzen und Roxanna zu retten.

Um zehn Uhr servierte ihr das Dienstmädchen den Kaffee und die Xanas. Danach brachte Rochelle ihr Haar in Ordnung, schminkte sich und quälte sich mit der Entscheidung ab, was sie anziehen sollte. Diese entsetzliche Adresse, die Miriam ihr gegeben hatte. Ums Verrecken wäre Rochelle dort nicht zum Einkaufen hingegangen. Selbst heute morgen am Telefon konnte sie nicht umhin, Miriam zu sagen, daß sie nur bei Gelson's in Century City einkaufte. Als sie endlich fertig war, war es zwanzig vor zwölf, und ihr Kaffee war kalt. Sie packte die Pillen in ihre Prada-Tasche, setzte sich ins Auto und fragte sich, wie viele ihrer schwerreichen Freundinnen wohl schon gehört hatten, daß ihre durchgebrannte Schwester in Los Angeles aufgetaucht war, und welche Vorwände sie sich wohl würde ausdenken müssen, um das Gesicht zu wahren. Sie würde Schadensbegrenzung im großen Stil betreiben müssen, dachte sie. Sie wurde das Gefühl nicht los, daß sich die ganze Mühe für Roxanna nicht lohnte.

Sie fuhr den Beverly Hills Boulevard bis zum Pico Boulevard hinunter und bog dann links nach Shenandoah ab. Sie war noch drei Straßenzüge entfernt, da sah sie schon den Menschenauflauf. Mehrere ältere Iranerinnen standen auf dem Gehsteig gegenüber der Apotheke, als würden sie ein Eisenbahnunglück begutachten. Ein Feuerwehrauto parkte vor dem Turm. Dahinter standen zwei Polizeiautos, ein Krankenwagen und ein Lastwagen, Bryans neuer gelber Ferrari, Sussans tausend Jahre alter Trans Am und etliche andere Autos, die Rochelle nicht kannte.

Sie parkte den Bentley in einer Nebenstraße hinter einem Berg Müll, setzte ihre Jackie-Onassis-Sonnenbrille auf und zog ihren Zehntausend-Dollar-Chinchilla-Mantel über. Sie hatte ihn im vergangenen Jahr in Kanada gekauft, natürlich im Sommer, als das Pelzgeschäft schleppend ging und die Händler Rabatte gaben. Sie stieg aus dem Auto und versuchte, sich möglichst unauffällig zu geben.

Miriam der Mond stritt sich mit Rabbi Joseph.

»Wer sagt mir, daß diese Leute wissen, was sie tun?« fragte sie den Rabbi, der über ihre Einmischung sichtlich verärgert war. »Wer hat Ihnen eigentlich die Erlaubnis gegeben, sie auf solche Art abzutransportieren?«

Rochelle entdeckte sogleich Sussan in der Menge und ging zu ihr hinüber. Sie küßte ihre Schwester auf beide Wangen, drehte sich um, damit niemand sie hörte, und flüsterte: »Und woher wissen wir überhaupt, daß sie es ist?«

Verbittert vom Lebenskampf und erschöpft von den Jahren finanziellen und familiären Druckes, war Sussan zu müde, um für Rochelles theatralische Anwandlungen in Stimmung zu sein. Sie sah ihre Schwester nur an, ohne sich die Mühe zu machen, ihr eine Antwort zu geben. Sie rückte zur Seite, um Bryan näher treten zu lassen. Rochelle fühlte die Notwendigkeit, sich zu erklären. »Ich bin doch keine Verräterin, nur weil ich eine einfache Frage stelle«, sagte sie defensiv, »ich will ja nur wissen, ob jemand überprüft hat, daß es sich wirklich um Roxanna handelt, bevor wir die Neuigkeit ausposaunen.«

Bryan spielte mit den Schlüsseln seines Ferrari und kicherte. Seit seiner Midlife-Krise und der anschließenden Therapie hatte er die Angewohnheit entwickelt, immer dann zu lachen, wenn es am wenigsten angebracht war, und den Leuten zu versichern, es würde sich schon alles wieder einrenken. Abgesehen davon, daß seine neue Lebenseinstellung seine Geschwister verärgerte, hatte sie ihn für Krisensituationen völlig unbrauchbar gemacht.

Miriam der Mond drohte Rabbi Joseph mit dem Gericht.

»Und wenn sie nun Angst kriegt und mitten in der Luft einen Herzanfall bekommt? Wollen Sie mir sagen, daß ausgerechnet Sie die Verantwortung übernehmen wollen?« fragte sie mit einer Stimme, die den Straßenlärm übertönte.

Bryan sah, wie peinlich Rochelle die Situation war, und kicherte wieder.

»Sie ist allem Anschein nach zu dick, um durch die Tür zu passen«, erklärte er geduldig und verzieh Rochelle, daß sie nicht gleich gekommen war. »Und sie muß aus dem Gebäude entfernt werden, weil es abgerissen wird. Deshalb haben sie ein Loch in die Fassade geschlagen, wo einst das Fenster war. Nun soll sie an einen Kran gebunden und auf die Straße hinabgesenkt werden.«

Rochelle wurde so blaß, daß Bryan dachte, sie würde in ihrem Chinchilla-Mantel ohnmächtig werden.

»Ein Kran? Was für ein Kran?«

Aber da sah sie schon das Gerät, das Miriams Konsternation ausgelöst hatte. Sie konnte nur noch nach Luft schnappen, so fürchterlich war alles. Von dem Kran, der normalerweise für schwere Lasten bestimmt war, baumelte an breiten Lederriemen eine improvisierte Trage, mit deren Hilfe Roxanna auf die Ladefläche des wartenden Lastwagens abgesetzt werden sollte. Noch nicht einmal eine normale Rettung, dachte Rochelle. Noch nicht einmal ein Krankenwagen. Nie würde Josephines Schwiegermutter ihr das verzeihen.

»Ich habe sie erst vor ein paar Monaten gesehen«, stöhnte Rochelle. »Da war sie nur Haut und Knochen. Sie war klein und sah elend aus, das ist schon richtig, aber sie war dünn.«

Bryan schüttelte den Kopf, gab aber keine Erklärung ab.

Sie standen Seite an Seite und sahen zu, wie Miriam mit dem Rabbi stritt.

»Hat jemand Lili Bescheid gesagt?« fing Rochelle von neuem an.

Bryan zuckte die Achseln.

»Hat irgend jemand vor, Lili Bescheid zu sagen?«

»Alles zu seiner Zeit«, lachte Bryan.

»Was heißt ›zu seiner Zeit‹?« Rochelle wurde wütend. »Was bildet ihr euch eigentlich ein?«

Sie merkte, daß Bryan sie nicht mehr ansah. Seinem Blick folgend, schaute sie hinauf in das cremige Sonnenlicht des frühen Nachmittags und sah am Himmel eine große Wolke. Ehrfürchtig die Luft anhaltend, nahm Rochelle ihre Sonnenbrille ab und kniff die Augen zusammen, um besser sehen zu können. Vergilbte Bettücher flatterten wie die Wände eines Riesenzeltes langsam im Wind. Darunter lag, mit dem Gesicht nach unten, Roxanna. Sie hielt die Beine langgestreckt, den Kopf auf die Seite gelegt, die Arme seitlich an den Körper angelegt. Langsam senkte der Kran sie auf die Straße und in das Leben ihrer Familie wie einen gigantischen Fluch.

Auf die Trage geschnallt, wurde sie auf den Lastwagen verladen. Zwei Sanitäter saßen neben ihr. Miriam wollte mit ihnen fahren. Sie habe sich zu sehr in die Rettungsaktion eingemischt, sagte Rabbi Joseph zu ihr, und müsse nun dableiben. Also fuhr Miriam in Bryans Ferrari voraus. Rochelle beobachtete die beiden. Ein Mann mittleren Alters, der sich wie ein Teenager gebärdete, fuhr eine Frau mit Kopftuch und Männerkleidung durch die Straßen von Los Angeles vor einem flachen Lastwagen her, der ein riesengroßes Wesen transportierte, das sich zu sprechen weigerte oder vielleicht nicht dazu in der Lage war. Sussan folgte ihnen in ihrem klapprigen Trans Am, den sie vor zwölf Jahren gekauft hatte und den sie von ihrem Einkommen als Maniküre und dem, was ihr Bryan am Monatsende gab, nur mit Mühe unterhalten konnte. Rochelle kam als letzte. Sie hatte Migräne und machte drei Pausen auf dem Weg, um eine Tasse Kaffee zu trinken, eine Zigarette zu rauchen und sich eine Panax zu verabreichen. Und doch fuhr der Lastwagen gerade erst vor, als sie Miriams Haus erreichte.

Hinter dem Steuer sitzend, verfolgte sie die Szene, die sich vor ihren Augen abspielte: Miriam stieg aus dem Ferrari und ließ die Leute von der Feuerwehr ins Haus. Bryan begrüßte sein Faktotum, den Mann, der alles für ihn erledigte und bereits mit seinem Werkzeug wartete. Er war bereit, jede Tür auszuheben oder Löcher in jedes Fenster zu sprengen, denn Bryan zahlte ihm den dreifachen Satz, wenn er auf Abruf kam. Mr. Charles stand an der Tür und jammerte, die vielen Fremden würden seine Vögel erschrecken. Er kam gar nicht auf den Gedanken zu fragen, warum sie über sein Haus hereinbrachen.

Roxanna lag bewegungslos auf der Trage.

Sussan steckte ihren Kopf durch Rochelles Fenster und erschreckte ihre Schwester mit der Bemerkung: »Du mußt früher oder später doch zu ihr gehen. Jetzt oder nie.« Sie lächelte über Rochelles Nervosität.

»Besser, du bringst es hinter dich.«

Es stimmte, dachte Rochelle. Da war Roxanna nun. Miriam hatte dafür gesorgt, daß sie ihrer aller Problem geworden war. Rochelle würde sich wohl oder übel mit ihr auseinandersetzen, ihr helfen und mit ihr leiden müssen. Aufseufzend legte sie den Kopf aufs Steuerrad.

»Ich versteh' nur nicht ganz, warum wir das alles durchmachen müssen«, vertraute sie Sussan an. »Es ist irgendwie nicht fair. Keinem von uns gegenüber. Und dabei *will* sie diese Hilfe noch nicht einmal.«

Sussan hielt die Tür offen, um Rochelle herauszuhelfen.

»Komm«, sagte sie und hielt Rochelles Arm, um sie zu stützen. »Wenn wir sie nicht geholt hätten, wäre sie allein in der Apotheke gestorben.«

Sie gingen zusammen zum Lastwagen. Sussan hielt noch immer Rochelles Arm. Sie lehnte sich mindestens soviel auf sie, wie sie sie stützte. Am rückwärtigen Ende des Lastwagens angekommen, lächelten sie den einsamen Sanitäter an, der bei Roxanna geblieben war. Dann gingen sie zu der Seite, von wo sie besser zu sehen war. Da lag sie. Eine riesige Gestalt aus Wasser und Fleisch, die so langsam Luft holte, als sei jeder Atemzug ihr letzter. Sie sah sie ohne die leiseste Gefühlsäußerung an, totenstill.

Rochelle ging so nahe, wie sie konnte, an den Lastwagen heran. Es *war* in der Tat Roxanna. Trotzig, kompromißlos und unmöglich wie eh und je.

»Schön, dich zu sehen«, brachte Rochelle den einzigen Satz hervor, der ihr einfiel. Dann brach sie in Tränen aus.

An jenem Nachmittag kam Mercedes die Filmschauspielerin in mein Zimmer und reichte mir ein Glas Martini mit Wodka. Es war vier Uhr. Ich hatte den ganzen Tag im Bett verbracht, wach, nicht in der Lage, aufzustehen und mich dem Tag zu stellen.

»Deine Tante Rochelle hat angerufen«, sagte Mercedes und

hob ihr Glas zum Gruß. Ich hatte Alkohol nie gemocht. In den vergangenen Monaten hatte ich jedoch alles getrunken, was Mercedes mir anbot. Den Geschmack mochte ich noch immer nicht, dafür aber die durch den Alkohol ausgelöste Betäubung, das Gefühl des Nichtseins, des Nichtexistierens, das sich einstellte, wenn ich genug trank.

»Trink aus«, drängte Mercedes mich und schüttete ihr Glas hinunter. »Du wirst noch ein paar davon brauchen, bis der Tag vorbei ist.«

Noch am selben Abend fuhr ich in Mercedes' schwarzem Bentley zu Miriam. Am Steuer saß der Harrison-Ford-Chauffeur, dessen Lächeln bei meinen Tanten Herzflattern auslöste. Ich hatte mich auf den Weg gemacht, weil ich keine andere Wahl hatte. Früher oder später mußte ich Miriam und meinen anderen Tanten doch nachgeben. Ausnahmsweise ermutigte mich Mercedes. Seither bin ich jeden Tag hier gewesen. Seit fast zwei Monaten bringt mich Harrison Ford jeden Morgen zu Miriam und holt mich spät abends wieder ab. Doch von Roxanna weiß ich noch immer nichts, außer dem, was ich gesehen habe.

Zuerst saß ich nur hier, auf diesem Stuhl in Miriams Wohnzimmer, gegenüber dem Couchtisch mit dem grünen Fläschchen in der Mitte. Eine ganze Woche habe ich zugehört, wie meine Tanten über nichts anderes als Roxannas erschreckenden, sich stetig verschlimmernden Zustand sprachen. Ich hörte sie darüber streiten und zanken, was man zu ihrer Rettung unternehmen könnte. Ärzte kamen und gingen. Auch Krankenschwestern. Und Familienmitglieder aus Chicago und New York. Rochelle ist überzeugt, daß ihr Mann sich von ihr scheiden lassen wird, wenn alles vorbei ist. Bryans Freundin verlangt nicht länger, daß er sich von seiner Frau trennt und sie heiratet. Ich beobachtete und hörte zu, ohne mich einzumischen. Nur eines habe ich nicht über mich gebracht: In das Zimmer am Ende des Flures zu gehen, die Tür zu öffnen und meine Mutter zu besuchen.

Meine Tanten versuchten Druck auf mich auszuüben,

ließen mich dann aber in Ruhe. Flüsternd unterhielten sie sich darüber, was geschehen könnte, wenn sie mich zu sehr bedrängten. Wie ich sie alle mit meinem Selbstmordversuch überrascht hatte und wie unvermeidlich es im nachhinein gewesen war, daß ich versuchen würde, mich auszulöschen, angesichts dessen, was alles geschehen war.

»Warte einfach, bis du soweit bist«, sagte Miriam. »Bleib hier und gewöhne dich erst an den Gedanken.«

In dem aussichtslosen Bemühen, Roxannas Krankheit zu erraten und ein Heilmittel zu finden, drehten sich die Ärzte im Kreis. Bis zur endgültigen Diagnose hatte man Roxanna an einen Tropf gehängt und bot ihr regelmäßig etwas zu essen an. Sie weigerte sich jedoch strikt, etwas zu sich zu nehmen. Da ein Transport Roxannas nicht in Frage kam, nutzten die Tanten ihre Verbindungen, die Früchte der medizinischen Wissenschaft zu Roxanna zu bringen. Sie ließen die besten Ärzte kommen, bezahlten Radiologen für Hausbesuche. Spezialisten wurden konsultiert, weitere Überweisungen verlangt. Tag um Tag zog eine Parade von Ärzten und Krankenschwestern durch das Haus. Sie stellten eine Diagnose nach der anderen, wandten verschiedene, manchmal einander widersprechende Behandlungsmethoden an. Alle waren sie brutal und brachten nichts. Roxanna schwieg. In ihrem Körper sammelte sich immer mehr Wasser an. Nach mir fragte sie nie. Ich weiß es, weil ich da war und lauschte.

Ihre Schwestern versuchten, zu ihr durchzudringen. Sie saßen an ihrem Bett und stellten Fragen, erzählten ihr alles, was jeder einzelnen seit der Abreise aus Teheran zugestoßen war. Sie brachten ihre Kinder zu Roxanna und zwangen sie, sie anzusehen, ohne ihr Entsetzen zu zeigen. Sie erlaubten selbst Mr. Charles, ihr seine Vögel vorzuführen, in der Hoffnung, sie könnten eine Reaktion bei ihr auslösen. Am Ende der dritten Woche hatte Roxanna noch mehr an Gewicht zugenommen. Das Geräusch ihres Atmens trieb sämtliche Hunde in Miriams Straße zum Wahnsinn.

Eines Abends gingen meine Tanten früher als gewöhnlich

nach Hause. Harrison Ford kam vorbei, um zu sagen, daß er Mercedes zu einer Premiere in der Stadt bringen und mich erst gegen Mitternacht abholen würde. Plötzlich war ich allein im Haus mit Miriam und Mr. Charles.

Und mit Roxanna.

Ich saß da, bis Mr. Charles seine Vögel zudeckte und Miriam in ihr Zimmer gegangen war und die Tür geschlossen hatte. Ich wußte, daß sie mich absichtlich allein ließ, um mir Gelegenheit zu geben, ohne Zeugen bei Roxanna hineinzuschauen. Ich saß noch eine Weile da und überlegte, ob ich dazu wirklich in der Lage war. Dieses Wesen ansehen, von dem alle sagten, daß es Roxanna sei, zu dem ich aber keine Nähe oder Vertrautheit spürte. Ich saß so lange da, bis ich dachte, daß ich mich nie wieder würde auf den Beinen halten können. Dann stand ich auf.

Miriam hatte das Licht im Flur angelassen. Ich konnte sehen, wie sich mein Schatten der Tür Roxannas näherte. Die Luft um das Zimmer erbebte unter dem Geräusch ihres Atems. Sie war feucht wie Seeluft und schwer. Die Tür war unverschlossen. Ich stieß sie auf und trat ein.

Von der Schwelle aus sah ich nur eine große Masse, wie ein Tier, das auf dem Rücken unter einem Laken lag. Sie war so anders als die Roxanna, die ich kannte, daß es mir nicht weiter schwerfiel, näher an sie heranzugehen. Sie muß meine Gegenwart gespürt haben, denn sie hörte einen Augenblick auf zu atmen. Als sie wieder anfing, holte sie schneller und kürzer Luft. Vielleicht hatte sie Angst. Ihre Brust hob und senkte sich. Ihr Bauch zitterte unter dem Tuch wie ein riesiger Panzer. Ich dachte an die Frau, die mich eines Nachts barfuß auf ihren Schultern getragen hatte; die die Wand unseres Hauses hinabgeklettert war und mich durch die kalte, rauchige Nacht Teherans zum Riesenrad mitgenommen hatte. Ich erinnerte mich, wie sie mir erzählt hatte, daß sie mit richtigen Flügeln geflogen sei. Ich erinnerte mich, wie sie mich in unserem Haus an der Allee des Glaubens rief; an den Klang ihres Gelächters, das in den Korridoren, im Treppenhaus und in jedem Zimmer widerhallte.

Ich ging am Bett entlang, bis ich sie sehen konnte.

Wir bewegten uns nicht. Ich stand neben ihrem Bett, blickte auf sie hinab. Roxanna blickte durch das gelbe Wasser, das aus ihren Augenwinkeln auf das Kissen tropfte. Sie zeigte keinerlei Gefühlsregung. Wenn sie mich sah, wenn sie mich wiedererkannte, zeigte sie es nicht. Dann schloß sie die Augen.

So ist es also, dachte ich. Nach all diesen Jahren, all diesem Warten, sieht Roxanna der Engel mich endlich, und statt all der Dinge, die sie sagen oder tun könnte, schließt sie die Augen vor mir.

Auf dem Weg nach draußen stieß ich mit Miriam zusammen.

»Hoffentlich stirbt sie heute nacht«, sagte ich, überzeugt, daß Roxanna mich hören konnte.

Sie starb zwar nicht in jener Nacht, aber ihr Zustand verschlechterte sich noch einmal. Sie gab kaum noch Lebenszeichen von sich. Ich weiß das, weil ich am nächsten Tag zu Miriam gefahren bin und auch am darauffolgenden Tag. Manchmal ging ich gegen meinen Willen und trotz meiner Wut in ihr Zimmer und sah sie noch einmal an.

Daß die Ärzte Roxannas Krankheit weder diagnostizieren noch heilen konnten, löste Bestürzung bei meinen Tanten aus. Sie fanden sich aber mit der Niederlage an der wissenschaftlichen Front ab und setzten auf ältere und bewährtere Heilmethoden.

Gegen den heftigen Protest ihres Mannes flog Rochelle zwischen zwei wichtigen Hochzeitsfeiern nach Chicago. Dort suchte sie den heiligsten aller heiligen Rabbis auf, einen Amerikaner, der nicht mit ihr sprach und sie auch nicht ansah, der ihr aber als Gegenleistung für eine großzügige »Spende« ein rotes Band in die Hand drückte, das durch Gebete geheiligt war und das sie um Roxannas Handgelenk binden sollte.

Josephine lachte, als sie es sah.

»Die werden in ganz Los Angeles verkauft«, sagte sie. »Alle meine Freunde tragen sie. Sie sollen vor dem bösen Blick schützen.«

Bryan wollte sich nicht vor seiner Schwester lumpen lassen. Er fuhr mit seiner Freundin zum Tauchen auf die Cayman-Inseln. Bei seiner Rückkehr hatte er einen Mann im Schlepptau, den er als seinen »persönlichen Guru und geistigen Führer« vorstellte. Als Gegenleistung für einen kostenlosen einwöchigen Aufenthalt im Century Plaza Towers kam der Guru jeden Morgen und Nachmittag zu Miriam und legte seine mit Tigerbalsam gewärmten Hände auf Roxannas Bauch. Er behauptete, die negativen Vibrationen, die sie krank machten, herauszuziehen. Die Vibrationen kosteten Bryan zehntausend Dollar und waren hinterher immer noch vorhanden.

Danach entdeckte Sussans Tochter einen tibetischen Mönch. Er zog bei Miriam ein. Zwei Tage verbrachte er mit Singsang an der Tür zu Roxannas Zimmer. Er verbrannte nach Verwesung riechende Räucherstäbchen, bis jedermanns Augen rotgeschwollen waren und die Haare wie feuchte Handtücher stanken. Er wurde schließlich hinausgeschmissen, als Rochelle, der er die ganze Zeit über bekannt vorgekommen war, plötzlich einfiel, daß er identisch mit dem alten Filipino war, der ihr das Schwimmbad im Garten saubergemacht hatte. Er hatte sich den Schädel und die Augenbrauen rasiert und ein weißes Gewand angelegt.

Neun Wochen und drei Tage währte die Heimsuchung bereits, als Miriam der Mond mir eines Tages ein Glas Tee mit Kardamon vorsetzte und eine Bestandsaufnahme machte. Sie habe alles getan, von dem sie glaubte, daß es funktionieren könnte, um Roxanna zu retten, sagte sie, und eine ganze Menge Dinge, von denen sie gewußt habe, daß sie nichts bringen würden. Sie habe vor der Gemeinde das Gesicht verloren und Roxanna sinnlosen Demütigungen ausgesetzt. Sie habe eine unermeßliche Menge Geld ausgegeben, die Beziehung zu ihren Nachbarn für immer ruiniert und sei letztlich nur dem Tag näher gerückt, an dem sie Roxannas Tod erleben würde.

»Es ist Zeit, ehrlich zu sein«, gestand sie.

Ich ging innerlich auf Distanz, blieb aber still. Miriams Ehrlichkeit hatte bisher immer weh getan.

»In Wahrheit habe ich es die ganze Zeit gewußt«, fuhr sie fort. »Ich wußte, daß wir die Sache falsch angegangen sind. Auch Rochelle hat es gewußt.«

»Deshalb wollte sie sie erst gar nicht hierherbringen.«

»Du hättest sie ja nicht herholen müssen.« Ich zuckte mit den Achseln und quetschte die Worte zwischen den Zähnen hervor. »Ich wünschte mir, du hättest es nicht getan.«

»Das ist richtig«, sagte Miriam und nahm einen Schluck Tee. Sie sah alt und erschöpft aus. »Aber hier geht es um mehr als deine oder meine Wünsche. Um das richtige Heilmittel zu finden, müssen wir die richtige Diagnose stellen.«

Sie hielt an, um Luft zu holen.

»Du bist nun also Ärztin«, sagte ich sarkastisch. »Vielleicht kannst du sie ja selbst heilen.«

Sie war nicht gekränkt.

»Keine Ärztin«, sagte sie. »Das brauche ich gar nicht zu sein. Ich weiß, was mit deiner Mutter los ist.«

Sie beugte sich vor und flüsterte mir zu: »Ich weiß, was sie umbringt.«

Meine Zunge lag schwer und trocken in meinem Mund. Wenn ich sie bewegte, um zu reden, kratzte sie an meinen Lippen und dämpfte den Klang. Miriam lehnte sich in ihrem Stuhl zurück und versetzte mir den Gnadenstoß.

»Sie stirbt vor lauter Schuldgefühlen darüber, was sie dir angetan hat und deinem Vater vor dir. Sie stirbt vor lauter Kummer über das Leben, das sie weggeworfen hat, das sie hätte in Ordnung bringen können, aber nicht getan hat. So viele Tränenfläschchen und so viele Tränen, und nach einer Weile ist kein Platz mehr da, und es bringt dich langsam um. Auf farsi gibt es ein Wort dafür, *Degh*, vor Kummer sterben. Ich vermute, Roxanna bekam nie die Chance und gab sich nie die Chance, zurückzugehen und um Vergebung zu bitten. Ich glaube, wenn sie das täte, wenigstens dir gegenüber, wenn schon nicht Sohrab gegenüber, könnte sie einen Teil dieser Tränen abgeben und anfangen, sich zu erholen.«

Sie sah mich plötzlich flehentlich an. Sie schien zu denken, daß ich nicht nur die Macht hatte, meine Mutter zu retten, sondern auch sie. Als könnte ich ein Wort sagen, eine Handlung begehen und ihnen plötzlich alles wiedergeben, was sie in ihrem Leben verloren hatten.

»Was soll ich tun?« sagte ich mehr aus Erschöpfung denn aus Hilfsbereitschaft. »Sie schaut mich ja noch nicht einmal an.«

Miriam faßte die Gelegenheit beim Schopf und ließ sie nicht ungenutzt verstreichen.

»Ich werde Mandeltränen machen«, sagte sie. Sie sprach langsam, als wollte sie verhindern, daß ich vor Schreck floh. »Hier im Haus. Es ist ein altes Ritual, das wir zu Hause vollführten, wenn wir mit etwas Schrecklichem konfrontiert waren, für das wir keine Lösung wußten. Es ist viel Arbeit und dauert mindestens zwei Tage. Am Ende braucht man jemanden mit einer reinen Seele, gutem Karma, wie sie es hier nennen, der dem betroffenen Menschen die Tränen einflößt. Ich dachte, ich könnte dich dafür gewinnen.«

Sie sagte nichts mehr, aber ihre Augen ließen mich nicht los. Dann machte sie mir ein Angebot, von dem sie wußte, daß ich es nicht ablehnen würde.

»Wenn du es tust, erzähle ich dir alles, was du wissen willst.«

Sie musterte mich, wägte meine Reaktion ab, die Dringlichkeit meines Wunsches.

»Alle Geheimnisse«, versprach sie mir. »Den ganzen Kummer.«

Roxanna

»Alle Geheimnisse«, lautete Miriams Versprechen gestern abend Lili gegenüber.

Sie unterhielten sich im Wohnzimmer, aber ich konnte sie so deutlich verstehen, als hätten sie neben mir gestanden. Miriam hat eine hohe Stimme. Sie weiß aber damit umzugehen. Sie weiß, wie sie lauter oder leiser oder ruhiger sprechen muß, je nachdem, was ich hören soll.

»Ich werde dir alles erzählen, was du wissen willst«, sagte sie in der Hoffnung, Lili für ihren Plan zu gewinnen und, glaube ich, um mich gleichzeitig zu warnen, daß nun die Zeit zu reden gekommen sei.

Als ob es so etwas wie die ganze Wahrheit überhaupt gäbe. Als ob Miriam überhaupt jedes Geheimnis kennen könnte.

Bei ihren Worten fiel mir auf, wie sehr sie sich geändert hatte, seit ich sie das letzte Mal gesehen hatte. Damals im Iran wäre es ihr nie in den Sinn gekommen, Geheimnisse zu lüften. Ich glaube, sie hat erkannt, daß sie aus einem Teil der Welt kommt, wo die Geheimnisse dir auflauern und dein Ruin sind, wenn sie ans Tageslicht kommen. Nun lebt sie in einer Welt, wo sie jeden Fehler zugeben kann, ihre Sünden gestehen kann und dennoch wenigstens die Illusion einer Chance haben darf.

»Wir leben hier im Land der unbegrenzten Möglichkeiten«, höre ich Bryan jeden Tag zu meinen Schwestern sagen. Er meint all die Mädchen, mit denen er ausgehen kann, obwohl er verheiratet ist und nebenbei noch eine Geliebte hat. »Dunkel und hell und alle Schattierungen dazwischen. Von der Größe zwei bis vierundzwanzig. Flach- oder vollbusig. Single oder verheiratet. Ich könnte sogar mit *Männern* schlafen, wenn ich wollte.«

Ich frage mich, ob er sich auch über all die anderen Möglichkeiten, die zweiten Chancen, im klaren ist, die er hier hat.

Soviel weiß ich über das Leben im Exil, ich, die ich mein ganzes Leben im Exil verbrachte, selbst unter meinem eigenen Dach. Man kann seine Heimat noch so lieben, manchmal ist das Exil das Beste, was einem widerfahren kann.

Nachdem Miriam Lili das Angebot gemacht hatte, rief Lili Mercedes an, sie würde über Nacht bleiben. Lili hat eine liebe Stimme, eine Kinderstimme. Ich weiß, daß sie bei allem, was sie sagt, unsicher ist, denn sie zögert so sehr bei jeder Äußerung.

»Ich soll helfen, etwas mit Mandeln zu machen«, sagte sie. »Und ich muß scheint's frühmorgens damit anfangen.«

Ich glaube, Mercedes lachte am anderen Ende der Leitung.

Lili braucht die ganze Wahrheit gar nicht zu wissen. Sie muß nur wissen, warum ich sie verlassen habe, und das kann nur *ich* ihr erzählen.

Ich erinnere mich daran, wie meine Mutter einmal Mandeltränen im Ghetto machte. Mein Bruder hatte damals die Blattern. Alle waren davon überzeugt, daß ich ihnen Unglück bringe. Sie wollten Mandeltränen machen, um sein Leben zu retten und, was noch wichtiger war, um mein Unglück in Glück zu verwandeln. Ich erinnere mich, begeistert gewesen zu sein, überwältigt angesichts der Aussicht auf ein bevorstehendes Wunder oder der Möglichkeit, daß eine Handvoll zerstoßener Mandeln den Lauf meines Schicksals verändern konnte.

Verändert hat sich nichts.

Aber, wenn einen der Tod anstarrt, wird man dumm. Ich war nie der Meinung, daß mein Leben viel wert ist. Doch nun, da ich weiß, daß die Zeit gekommen ist, habe ich solche Angst vor dem Sterben, daß ich kaum meine Augen schließen will. Ich fürchte, sie nicht mehr aufzumachen. Deshalb war ich richtig erleichtert, als Miriam die Idee mit den Mandeln hatte. Ich bin dankbar, daß sie mich noch nicht aufgegeben hat.

Es ist früh am Morgen, und ich kann Lili im Garten sehen. Miriam erklärt ihr, wie sie auf den Baum klettern und die Mandeln einzeln pflücken soll. Der Himmel ist leuchtend orange. Er hat die Farbe der reifen Persimonen, die in den ersten Frühlingswochen in unserem Garten an der Allee des Glaubens von den Bäumen fielen. Der Mandelbaum steht in voller Blüte, seine Blätter sind leuchtend grün, seine Zweige reichen bis zum Dach hinauf und werfen im ganzen Garten Schatten. Lili steht auf einem Hocker darunter und greift mit der rechten Hand in die rosa Blüten, um die jüngsten Früchte zu pflücken.

Die Arbeit ist schwierig und geht langsam vonstatten, denn sie muß eine Mandel nach der anderen pflücken und in die Schachtel fallen lassen, die Miriam auf den Boden gestellt hat. Lili arbeitet fleißig, ohne Unterbrechung. Ich frage mich, ob sie an Miriams Versprechen glaubt oder ob sie sich nur die Zeit vertreibt, so tut als ob, um mich bis zum Grab zu begleiten.

Ich habe sie immer verlassen. Noch vor jener Nacht, als ich aus dem Fenster geflogen bin. Ich habe sie verlassen, seit sie auf der Welt ist und schon davor, als ich selbst ein Kind gewesen bin, das den einen Fuß auf der Erde hatte und mit dem anderen davonlaufen wollte. Ich habe einmal versucht, ihr das zu sagen. Ich weiß nicht, ob sie mich verstanden hat.

Bevor ich wegging, folgte sie mir den ganzen Tag durch das Haus, auf ihren nackten Füßchen und dünnen Beinchen. Jede Minute hatte sie Angst, daß ich vor ihren Augen verschwinden würde. Wenn ich mich umdrehte, lächelte sie mich an, aber ihre Augen waren voller Angst.

Ich habe sie geliebt, das ist richtig. Aber ich habe sie nicht genug geliebt.

Die Sonne steht höher. Ich kann sehen, daß die Hitze Lili zu schaffen macht. Seit neun Uhr hat sich meine Tür jede Stunde geöffnet und eine meiner Schwestern oder Verwandten ist hereingekommen. Miriam führt sie alle ins Wohnzimmer und sagt ihnen, sie sollten wegbleiben und Ruhe halten. Sie sitzen da und reden mit unterdrückten Stimmen. Wenn sie zu mir hereinkommen, bleibe ich still liegen. Wenn sie mich ansprechen, gebe ich keine Antwort, höre aber zu. Ich bin so lange allein gewesen, daß ich den Trost von Stimmen vergessen habe, dieses Gewebe aus Klang und Gefühl, das mich jetzt umgibt, mich in meiner Einsamkeit wärmt. Es wird durch das

Wasser gefiltert, das sich in meiner Haut angesammelt hat, durch den Klang meines Atems, der mich wach hält, selbst wenn ich schlafen möchte, durch all die Ängste, die ich nicht länger steuern kann. Ich bin wieder im Schoß, und ich kann nicht dagegen an, mir vorzustellen, daß es so sein wird, wenn ich sterbe und alle kommen, um Schiwe zu sitzen.

Lili kümmert sich um niemanden und arbeitet im Mandelbaum. Ihre Hände sind vom Staub der Blätter schwarz geworden. Ihr Gesicht ist vom Schweiß und den Händen verschmiert, wenn sie ihr Haar zurückschiebt oder sich die Augen wischt. Zweimal unterbricht sie ihre Arbeit, um Wasser zu trinken. Dann blickt sie aus dem Garten durch mein Fenster und sieht, wie ich sie betrachte.

Wie fängt man wieder an zu reden, wenn man dreizehn Jahre geschwiegen hat?

Um ein Uhr hat sie die Schachtel fast bis an den Rand gefüllt und Miriam meint, sie könne aufhören.

»Komm rein und iß etwas«, sagt Miriam, aber ich weiß, daß Lili das nicht tun wird.

Den Rest des Nachmittags sitzt sie im Garten und schält die Mandeln von Hand, schüttelt nur den Kopf, wenn Miriam ihr etwas zu essen anbietet. Meine Schwestern im Haus beobachten sie und unterhalten sich flüsternd darüber, was geschehen wird, wenn ich sterbe; daß sie ohne Zweifel wieder versuchen wird, sich umzubringen; daß man sie nur retten könne, wenn ich gerettet würde. Merkwürdigerweise widerspricht Miriam ihnen.

»Nur weil einer stirbt, heißt das noch lange nicht, daß alle anderen sterben.«

Um fünf ist Lili mit dem Schälen der Mandeln fertig. Sie trägt die Schachtel in die Küche und stellt sie auf den Tisch. Dann geht sie wieder in den Garten und wirft den Abfall weg. Es ist Sonnenuntergang. Das Licht wird von meiner Fensterscheibe reflektiert. Von innen kann ich Lili gut sehen, aber sie sieht nur die rotblendende Sonne auf dem Glas.

Sie kommt zum Fenster, legt ihre schwarzen, aufgerissenen Hände an die Scheibe und blickt zu mir herein.

Die ganze Nacht über sehe ich diese Hände in der Dunkelheit.

In der Nacht, in der ich weggelaufen bin, folgte sie mir durch das Haus. Ich wußte es. Ich hatte sie vorher an der Treppe gesehen. Als ich auf dem Geländer stand, rief sie mich, und ich habe mich umgedreht. Sie hat ihre Arme nach mir ausgestreckt. Sie muß gedacht haben, daß mich das abhalten würde, daß ich sie nicht verlassen würde oder wenigstens nicht *ohne* sie weggehen würde. Ich glaube, damit hat sie fest gerechnet. Ich habe weggeschaut und habe sie losgelassen.

Das hat mich am meisten gequält, seit ich sie verlassen habe: daß sie nicht *glauben* wollte, daß ich sie loslassen könnte.

Ich habe sie nicht so sehr geliebt, wie ich Teymur liebte. Oder meine eigene Freiheit. Ich hatte versucht, es ihr zu sagen. Sie hat mir nie geglaubt.

Am nächsten Morgen nimmt Lili die Schachtel mit den geschälten Mandeln und zerdrückt sie mit dem Fleischstampfer. Sie hält ihn in der rechten Hand und stützt sich mit ihrem ganzen Gewicht darauf, dann hebt sie ihn ein klein wenig an und drückt ihn wieder nach unten. Langsam schafft sie es, alle Mandeln zu einer dicken, körnigen Masse zu zerstampfen.

Im Wohnzimmer serviert Miriam Tee und Datteln, geschälte marinierte Gurken mit Salz und Zitrone, geschälte Äpfel und wieder Tee. Es fällt mir auf, daß dies die traditionellen Speisen sind, die in der Trauerwoche angeboten werden. Es reizt mich zu lachen. Welche Ironie, daß diese Frauen Schiwe sitzen, wo sie doch eigentlich versuchen, mein Leben zu retten. Es ist die Geschichte ihres Lebens, denke ich. Sie erhoffen immer das Beste und wissen, daß sie enttäuscht werden; betrauern die Niederlage, noch bevor sie in die Schlacht gezogen sind. Sie nippen an ihrem Tee, beobachten Lili im Garten, nehmen einen weiteren Schluck und sprechen über die Vorteile des frühen Heiratens, die Risiken des Fettabsaugens, die neuesten

Moden, die sichersten Methoden, einen Jungen zur Welt zu bringen und kein Mädchen. Sie solle mitten im Zyklus mit ihrem Mann schlafen, sagt die liebe Tante Stolz zu Sussans buddhistischer Tochter. Ihr Mann solle würzige Speisen essen und chinesisches Gelee Royal trinken. Er solle sich vorher mit Backsoda und Wasser waschen.

Die liebe Tante Licht kommt mit der Neuigkeit, daß ihr Schwager, der dreiundachtzig Jahre alt war und allein in Teheran lebte, gerade tot in seiner Wohnung aufgefunden worden sei. Die Nachbarn hatten eine tote Katze gerochen. Der Totenbeschauer sagte, er sei vor mindestens vierzehn Tagen gestorben.

»Stellt euch das vor!« sagt die liebe Tante Licht zu allen. »Da lebst du dein ganzes Leben in derselben Stadt, dreiundachtzig Jahre lang, und am Ende stirbst du so allein, daß dich zwei Wochen lang niemand findet.«

Einige Menschen werden für das Exil geboren. Sie nehmen es mit, selbst wenn sie nirgendwohin gehen.

Alexandra die Katze hatte mir beigebracht, das Geheimnis des Überlebens sei, das Exil anzunehmen, hineinzuziehen und weiterzuziehen. Man müsse weiterreisen, egal, was man zurücklasse. Man dürfe nicht müde werden, sich ausruhen, vom Pfad abweichen. Begrabe ein Kind und geh weiter. Verliere einen Krieg und geh weiter. Und vor allem, hatte sie gesagt, darf man nicht zurückschauen.

Dreizehn Jahre hatte ich mich daran gehalten. Überzeugt von Alexandras Wahrheit. Überzeugt, daß ich keine andere Wahl hatte, als Lili zu verlassen. Überzeugt, daß ich unmöglich wieder umkehren konnte. Es hatte funktioniert, bis Miriam mich fand.

Im Garten hat Lili ein breites Stück indischer Baumwolle in zehn Quadratzentimeter große Vierecke geschnitten. Sie sitzt am Tisch, noch immer allein. Mit den Fingern häuft sie Mandelpaste auf die Stoffquadrate. Sie wickelt sie um die Paste, bindet die Enden mit einem Stückchen Schnur zusammen. In einer Stunde hat sie drei Dutzend Päckchen zusammengebunden und in Reihen auf ein Tablett gestellt. Dann klingelt es, und Sussan verkündet, Mercedes sei da.

Nun weiß ich, daß nur noch ein Wunder mich retten kann. Ich kenne Mercedes, und ich weiß, wie sehr Miriam und sie einander verachten. Ich weiß, daß Mercedes dieses Haus nicht betreten würde, noch nicht einmal, um mich zu sehen, wenn sie nicht davon ausginge, ich läge im Sterben.

Miriam begrüßt sie im Korridor vor meinem Zimmer.

»Schön, daß du gekommen bist«, sagte sie in ihrem sarkastischsten Ton zu Mercedes. »Du hättest noch ein paar Monate warten sollen. Vielleicht wäre sie bis dahin zum Fossil geworden.«

Mercedes gibt keine Antwort, doch als sie auf mein Zimmer zuschreitet, fühle ich, wie sich die Luft im Haus um sie verdichtet, und ich spüre, wie Miriam schrumpft.

Sie ist ein Sturm, der in seiner wütenden Raserei Ehrfurcht einflößt. In einer Sekunde hat sie das Zimmer durchquert und schwebt mit ihren Katzenaugen und Rubinlippen über mir. Sie hält lange genug inne, um mich zu mustern, hebt eine Augenbraue, schüttelt den Kopf, als wolle sie sagen, daß ich sie enttäuscht habe. Dann dreht sie sich um und geht zur Schiebetür zum Garten. Sie ruft Lili, die am Tisch sitzt.

»Deine Tanten haben völlig recht«, sagt sie. Sie ist sich durchaus bewußt, daß ich sie hören kann, und nimmt keine Rücksicht auf den Schmerz, den sie mir zufügt. Schwäche ist für Mercedes die größte Sünde. »Welchen Zauber du auch immer bewirken sollst, du tust gut daran, dich zu beeilen.«

In den ersten beiden Wochen, nachdem Miriam mich gefunden hatte, lag ich da und wartete auf Lili. Ich lauschte, ob ich ihre Stimme aus denen der anderen heraushören konnte, lauschte auf ihre Schritte. Doch als sie schließlich in mein Zimmer kam, hat sie mich überrascht. Ich hatte sie nicht kommen hören, hatte noch nicht einmal ihre Schritte auf dem Boden unter mir gehört.

Selbst als sie sich über mich beugte, konnte ich ihr Spiegelbild im Fensterglas neben meinem Bett nicht sehen. Es war, als wäre ein Geist in mein Zimmer geschlüpft, ein junger, schöner Geist, der für einen Körper bitten wollte.

Ich sah hoch und erblickte sie.

Meine Tochter.

Sie ist groß. Größer als ich je war. Groß wie ihr Vater. Und sie hat Sohrabs gelbe Augen. Diese Augen hatte ich mir für sie gewünscht.

Sie stand über mir, und ich dachte, wie wunderschön sie ist. Wie hell ihre Haut, wie fein ihre Gesichtszüge. Ich sah sie und hatte das Gefühl, mich selbst zu sehen. Jünger, zugegeben, und schöner. Und mit Sicherheit klüger. Aber sie war von der gleichen Aura der Einsamkeit umgeben, die auch ich immer empfunden habe. Demselben Gefühl der Distanz und Unerreichbarkeit. Mit ihrem zerbrechlichen, dünnen Körper, ohne das Gewicht, das ich zugelegt habe, sah sie dennoch aus wie eine Insel inmitten einer unendlichen See.

Deshalb schloß ich meine Augen: Ich erkannte, wie allein sie war, wie unsichtbar sie sich fühlte, welche Angst sie hatte, mir in die Augen zu sehen und festzustellen, daß ich sie nicht wahrgenommen hatte. Ich hatte mich aus ihrem Leben entfernt, hatte ihr aber mein Schicksal dagelassen.

Am Nachmittag beginnt Lili damit, jedes Bündel mit Mandelpaste an einen Zweig des Baumes zu hängen. Sie wickelt die Schnur um den Zweig und stellt einen kleinen Teller direkt auf den Boden darunter.

»Wir müssen warten, bis die Tränen fallen«, erklärt Miriam.

»Dann sammeln wir sie auf und flößen sie deiner Mutter ein.«

Mercedes die Filmschauspielerin sieht das anders.

»Wir warten für nichts und wieder nichts«, sagt sie zu Miriam. »Du hast diesem Mädchen eine Geschichte versprochen.«

Und so kommen sie in mein Zimmer, Miriam, Lili und Mercedes. Lili sitzt mit untergeschlagenen Beinen auf dem Boden, am Fußende meines Bettes. Miriam nimmt den Stuhl, Lili gegenüber. Mercedes steht vor der Schiebetür, die Arme verschränkt, und betrachtet die beiden.

Miriam redet den ganzen Nachmittag und in den Abend hinein. Im Wohnzimmer spekulieren meine Schwestern, was sie wohl erzählt und wieviel sie tatsächlich preisgibt. Sie beten darum, daß sie sich zurückhält. Am Ende werden sie müde und gehen. Auch Mr. Charles deckt seine Vögel zu und geht zu Bett. Beim Einbruch der Dämmerung steht Mercedes noch immer über mir. Ihre Silhouette zeichnet sich scharf vor dem Silberhimmel ab, dann verschwimmt sie mit der Dunkelheit. Noch immer ist sie die Starke, dieses Mädchen, das sich gegen das Ghetto auflehnte, als niemand es wagte, das gegen jede Regel verstieß und mit allem ungestraft davonkam. Sie hat sich ihre Wut und ihre Grausamkeit bewahrt, und so hat sie überlebt. Nur daß sie jetzt vielleicht ihrer Wut müde ist.

Deswegen ist Mercedes gekommen. Deshalb wacht sie über Lili, um sie vor der Schärfe von Miriams Wahrheit zu beschützen. Ich war diejenige, die im Haus der Katze ein Kind gewollt hatte. Doch Mercedes war diejenige, die sie aufgezogen hat – die sie noch immer aufzieht.

Miriam erzählt Lili die ganze Geschichte, wie unsere Lubowitscher Urahnin an Jom Kippur nackt durch die Synagoge rannte, wie meine eigene Mutter versuchte, mich zu töten, wie Mercedes im Ghetto herumhurte und ich, das jüdische Mädchen, den Sohn eines Prinzen heiratete und mit Teymur dem Abtrünnigen im Hause meines Mannes schlief. Ich erinnere mich an Teymurs Hand auf meiner Haut. Ich erinnere mich, wie er mich ansah. Hätte ich mich anders verhalten, wenn ich gewußt hätte, welchen Schaden ich anrichten würde? Hätte ich Teymur weniger geliebt? Wäre ich stark geblieben? Hätte ich der Versuchung widerstanden, Teymurs Verlangen ein Ende gesetzt, das die ganzen Jahre wie die Gezeiten unaufhörlich an mir zog?

Gegen Morgen wird Miriams Stimme leiser und verstummt endlich. Mercedes sitzt auf meiner Bettkante, beobachtet Lili, wartet darauf, ob das Wissen sie befreit oder zerstört hat.

So wird das Sterben sein, glaube ich. Ein dunkler Himmel, ein ruhiges Zimmer, ein unausgesprochenes Wort.

In mir wohnt ein so tiefer Kummer, daß ich ihm bisher noch keinen Namen geben konnte, will ich zu Lili sagen.

Es ist der Kummer meiner Mutter und der Kummer ihrer Mutter, die Tränen, die sie in ihr Tränenfläschchen weinten, das sie, untröstlich, ganz allein austranken.

Ich wollte nicht, daß meine Tochter diesen Kummer kennenlernt. Ich wollte ihr diese Tränen nicht hinterlassen.

Das war der Grund, warum ich wegging – um das Leid aus deinen Augen zu nehmen.

Ich habe mich aber nicht für dich geopfert. Ich habe nicht an deine Bedürfnisse gedacht, sondern an meine eigenen. Ich wollte den Kummer beenden. Dieses Bedürfnis war stärker, als bei meinem Kind zu sein, stärker als die Liebe zu Teymur, stärker als der Instinkt zu leben.

Ich kam zurück und sah, daß mein Versuch mißlungen war.

Lili springt auf und erschreckt uns alle.

»Schaut den Baum an«, sagt sie und stürzt zum Fenster. Ich drehe den Kopf.

Dann sehe ich es: Der große, herrliche Baum steht im jungen Licht des Morgens, seine langen, vollen Zweige ausgebreitet. Goldenes Öl tropft aus ihnen herab in die gelben, roten, violetten Teller darunter, sammelt sich dort und spiegelt die Rinde des Baumes, die Wärme der aufgehenden Sonne, das Versprechen eines unwahrscheinlichen Wunders.

Selbst Mercedes weint vor Freude.

Sie warten, bis alles Öl aus der Paste getropft ist. Um neun Uhr können sie die Teller voller Mandeltränen auf den Tisch im Garten stellen. Dann verschwindet Miriam ins Haus und kommt mit einer Flasche und einem Trichter zurück.

»Schütte das Öl hier hinein«, sagt sie zu Lili.

Lili wird bleich. Sie macht einen Schritt zurück wie vor Entsetzen, öffnet den Mund, um nach Luft zu schnappen, bedeckt ihn mit der Hand, damit sie nicht aufschreit.

Es ist die Flasche, alt, grün, an einer Ecke angeschlagen, die sie so erschreckt hat. Sie hat sie schon einmal gesehen. Sie muß sich gerade daran erinnert haben, wo. Auch ich erinnere mich.

Es ist das Tränenfläschchen meiner Mutter, das Miriam mir gab, als sie mir die Nachricht von Schuschas Tod überbrachte. Das war, nachdem Tala'at mit dem Neffen durchgebrannt war. »Mutter hat drei Tage lang hineingeweint und dann ihre eigenen Tränen getrunken«, hatte Miriam gesagt. Ich bewahrte die Flasche in meinem Zimmer auf, hatte sie aber nicht mitgenommen, als ich wegging. Lili ließ sie auch zurück, als Sohrab sie nach Amerika schickte. Doch Miriam ging und fand sie, trug sie durch die ganze Welt, bewahrte sie in ihrem Haus. Das einzige Geschenk, das meine Mutter mir zu geben hatte, das einzige, das ich für Lili hinterlassen werde.

Ich öffne den Mund, um *nein* zu sagen.

Statt dessen erstickt mich das Wasser in meiner Lunge, und ich fange an zu würgen. Ich versuche zu atmen, aber die Wut läßt mich nicht. Ich beginne, heftig und laut zu weinen. Wasser ergießt sich aus Hals und Nase. Bevor ich weiß, wie mir geschieht, erbreche ich die gelbe Flüssigkeit aus meinen Lungen. Miriam hört mich und eilt mir zur Hilfe. Sie hebt die Hand, um meinen Kopf zu halten. Ich will sie zurückstoßen, es gelingt mir aber nicht. Zum ersten Mal gerät sie in Panik und schreit um Hilfe. Da kommen alle ins Zimmer gerannt. Sie rufen die Sanitäter, rufen einander Anweisungen zu, stehen im Hintergrund und weinen hilflos. Ich huste stärker, erbreche mehr Wasser, schnappe nach Luft, aber meine Lunge ist zu voll, meine Luftröhre ist blockiert, ich kämpfe um einen letzten Atemzug.

»Mama!« ruft Lili mich.

Es ist die Stimme des Kindes, die Stimme, die mich auf dem Balkon rief, die Stimme, die noch an mich glaubte.

Es ist ein Schock zu hören, wie sie mich ruft. Ich suche nach ihr, mitten beim Einatmen, finde sie durch den Film der Dunkelheit, der sich über mich gesenkt hat. Sie sieht mich an, genauso entsetzt wie das letzte Mal, daß ich sie sah, als sie fünf Jahre alt war und ich wegging.

Mercedes hat Miriam zur Seite gestoßen und hält meinen Kopf hoch, damit die Luftröhre frei wird und Luft eindringen kann. Als ich wieder einatme, bin ich ruhiger.

Lili ist noch da, neben meinem Bett, schaut auf mich herab, achtet auf jeden meiner Atemzüge. Ich erinnere mich, wie sie mich rief, aber nun sehe ich den Unterschied zwischen dem Kind, das sie war, als ich sie verließ, und der Frau, die sie geworden ist. Sie ist entsetzt, das ist wahr, aber sie ist auch wütend, sie verlangt von mir, daß ich nicht sterbe, noch nicht, nicht so. Ihre Existenz ist nicht länger an meine gebunden. Während ich bei ihr war, hatte ich immer versucht, so zu tun, als gebe es sie nicht. Jahrelang erzählte ich ihr, daß ich weggehen würde, und weigerte mich, sie wahrzunehmen, dachte nur an mein Bedürfnis zu entkommen. Damals ließ ich sie verschwinden. Doch nun, in dieser Stadt, in diesem Haus, umgeben von meinen Schwestern und Mercedes, kann ich ihre Existenz durch meinen Tod nicht länger auslöschen.

Die Sanitäter bringen Sauerstoff, leeren das Zimmer, geben mir Anweisung, ruhig zu bleiben. Eine Weile liege ich auf meinem Rücken, atme den Sauerstoff, der süß und trocken und hohl schmeckt. Ich bin dankbar, daß ich noch lebe. Ich möchte noch eine Minute, eine weitere Stunde leben. Als ich wieder daran denke hinzuschauen, ist Lili weg. Doch Mercedes ist noch da.

»Sie machen die Sache mit dem Öl«, spricht sie mich an, zum ersten Mal direkt. »Streng dich an, so gut du kannst.«

Miriam kommt mit dem Tränenfläschchen ins Zimmer und ruft Lili. Sie legt ihr den Löffel in die Hand, gießt einige Tropfen Öl aus dem Fläschchen hinein und gibt mir mit dem Kopf ein Zeichen.

»Die ersten Tropfen sind die wichtigsten«, sagt sie. »Habe Vertrauen.«

Lilis Hand zittert. Sie verschüttet das Öl auf meine Brust. Miriam versucht es wieder. Diesmal bläst mein Atem das Öl vom Löffel.

Mercedes wird ungeduldig.

»Geht das nicht intravenös?« fragt sie sarkastisch. Miriam hat sie nicht gehört.

Lili bemüht sich noch immer, noch immer zitternd. Tränen steigen ihr in die Augen, laufen ihr über das Gesicht, fallen auf meines.

Es gab eine Zeit, da war ich jung, vielleicht in Lilis Alter, vielleicht etwas älter. Alexandra die Katze war in meinem Kleid gestorben, und ich verließ ihr Haus und das Ghetto. In der Allee des Glaubens, in jenem Haus, das in meiner Erinnerung für immer mit Zauber verbunden ist, traf ich einen Mann, der mich liebte, der mir das Kind schenkte, das ich mir gewünscht hatte. In jener Zeit, in jenem Haus, lernte ich zu glauben, daß Wunder möglich sind.

Als Lili es das dritte Mal versucht, kann ich tatsächlich das Öl schmecken.

Es ist warm und süß. Es erinnert mich an etwas, das ich als Kind im Ghetto trank. Es ist lange her. Im Ghetto war es so laut, daß man wußte, man war lebendig. Meine lebhafteste Erinnerung an den Iran sind die klingenden Stimmen meiner Familie; das Sonnenlicht auf dem Hof; meine Mutter, die ewig um ein Wunder betete, in ihr Tränenfläschchen weinte, ihre eigenen Tränen trank und wieder weinte.

Ich hatte mir gesagt, wenn ich aus Sohrabs Haus entkäme, würde ich nichts bereuen. Bis auf diesen Tag hatte ich nichts bereut.

Nur jetzt, wo ich Lili neben mir sehe und dieses Öl schmecke und die Jahre zähle, die aus meiner kleinen Tochter eine erwachsene Frau gemacht haben, fühle ich, wie eine Wand nachgibt. Ich beginne zu weinen, echte Tränen, nicht dieses verfluchte Wasser, das wie Gift aus mir herausläuft.

Lili merkt es zuerst nicht. Selbst die wachsame Miriam hält meine Tränen fälschlich für das Wasser, das meine Augen die ganze Zeit vergießen. Sie sagt zu Lili, sie solle mir noch etwas Öl geben.

Plötzlich ertappe ich mich bei dem Gedanken – ich, die ich nie an die Erlösung geglaubt habe und mir nie erlauben würde, um Wunder zu beten –, daß vielleicht doch noch nicht alles verloren ist. Vielleicht bin *ich* nicht verloren.

Ich weine leise. Meine Augen sind vor Salz vernebelt. Meine Tränen strömen so heftig, daß sie mein Kissen naß machen. Noch immer kann ich nicht aufhören. Ich beginne mich leichter zu fühlen, als würde ich mit jeder Träne ein Pfund verlieren. Als hätten mich die Tränen nach unten gedrückt, die sich in den Jahren am Marmarameer in mir ansammelten, im Haus von Teymurs Sehnsucht, weit entfernt im Ghetto in der Wüste.

Miriam täuscht sich. Es tut mir nicht leid. Es geht nicht darum, daß es mir leid tut.

Ich kann den Kummer in deinen Augen nicht entfernen, will ich zu Lili sagen, *aber ich hinterlasse dir nicht nur Kummer. So hat es nicht begonnen, so soll es nicht enden. Du warst das Wunderkind, die Hoffnung auf ein verzaubertes Leben. Ich war sicher, damals in Teheran, daß dein Leben nicht im Kummer enden würde, Vielleicht braucht es hier, in diesem Land der unbegrenzten Möglichkeiten, tatsächlich nicht in Sorgen zu enden.*

Als Lili wieder den Löffel an meinen Mund hebt, ergreife ich ihre Hand.

Sie wird kalt wie Stein und versucht, ihre Hand wegzuziehen, aber ich lasse sie nicht los. Ich halte ihre kleinen, zarten Finger in meiner eigenen, nun so riesigen Faust und drücke sie mit der ganzen Kraft, die mein verfaulender Körper erlaubt. Ich lasse nicht los, bis sie aufhört, sich zu wehren. Ihre Hand wird weich. Sie bleibt und schaut mich in der Dunkelheit an. Ich denke, sie versteht mich, weil sie schweigend wartet.

Ich stehe auf. Ich fühle mich leichter, schlanker, gewichtsloser als seit einem Jahr. Dann lege ich meinen Arm um Lili und hebe sie mit einer einzigen Bewegung vom Boden.

Wir gleiten durch die Glastür, in den Hof, quer darüber

hinweg, in den Nachthimmel. Als meine Füße den Boden verlassen, hält sie sich an mir fest und schaut nach unten.

»Blick zurück«, sage ich. »Sieh durch das Dunkel. Nun kannst du uns alle sehen, auch diejenigen, die ich vergessen hatte.«

Ich zeige ihr den Weg, der mich zu diesem Haus brachte; die Straßen, die ich auf dem Lastwagen gefahren war, der mich wie ein Tier transportierte; das Entsetzen, das ich fühlte, als ich am Kran hing; die Dunkelheit des Apothekenturmes; die Menschen, die mich umringten, an jenem ersten Tag in Los Angeles, als ich auf der Straße zusammenbrach.

Doch dann fliegen wir weiter. Ich zeige Lili die Farben Istanbuls, die roten, goldenen und grünen Fliesen der Moscheen um meine Wohnung, die bemalten Bögen im Topkapi-Palast, das Blau des Marmarameeres.

Ich zeige ihr die Berge, die ich überquerte, um in die Türkei zu gelangen; die Dschungel des nördlichen Iran; die braune, unfruchtbare Wüste, die alles erobert.

Teheran liegt in Ruinen. Es herrschen Krieg und Hunger. Die Bäume an der Allee des Glaubens sind gestorben. Unser Haus, Teymurs Haus, wird von feindseligen, zornigen Fremden bewohnt. Fräulein Claude wandert zerstreut und aufgelöst in ihrer Mitte, spricht mit ihrem toten Bruder, fragt ihn nach Teymur. Sohrab sitzt allein in seinem Zimmer. Sein Leben ist zu Ende. Er trauert noch immer.

Doch auch dort halte ich nicht an. Ich nehme Lili in meine Arme, so wie ich es vor vielen Jahren hätte tun sollen. Ich fliege mit ihr an der Verheerung vorbei, durch Straßen, die meilenweit von Fackeln erleuchtet werden, in das Haus, das ich am Abend meiner Hochzeit sah.

»Blick zurück«, sage ich.

Im Mondlicht erstrahlt ein Zimmer nach dem anderen, als ich durch das Haus schreite, in meinem Brautkleid zu Sohrab gehe, der auf mich wartet, der mich anlächelt, seine Hand ausstreckt und mich in die Sonne seines Versprechens zieht.

»So hat alles begonnen«, sage ich.

Wir hören die Musik, den Klang von Tala'ats Lachen, das Klirren von Fräulein Claudes Armbändern in der Hochzeitsgesellschaft.

Wir gehen in das Haus, das wieder eingerichtet, hell und in Ordnung ist. Dann kommen wir auf den Hof.

Es ist Frühling. Da stehe ich in einem ärmellosen Kleid, lavendelblaue Bleiche läuft mir an den Armen hinunter.

Sohrab bittet mich, ihn zu heiraten. Ich kann an nichts anderes als die Tochter denken, die ich haben werde, die Tochter mit den gelben Augen.

»Es gibt kein Schicksal«, sagt er zu mir. Seine Stimme und die Unschuld seines Glaubens wecken in mir den Wunsch zu weinen.

Achtzehn bin ich, kaum dem Ghetto entkommen, als ich Teymur kennenlerne.

Er steht vor dem Haus, vor den Türen mit den geschliffenen Scheiben, und weigert sich, mich anzusehen.

Ich hätte ihn nicht weniger geliebt, nicht weniger lieben können. Ich konnte ihn nicht zurückweisen, hätte ihm nicht mehr widerstehen können, als ich es tat. Aber heute, in diesem Land der Möglichkeiten, kann ich die Möglichkeit des Vergebens sehen, die Chance, zu sündigen und davon freigesprochen zu werden, die Möglichkeit, neu anzufangen, wie ich es hätte tun sollen. Wie Sohrab es wollte. Wie Lili es tatsächlich kann.

»Am Anfang gab es viele Möglichkeiten«, sage ich zu Lili. »Ich habe sie alle vergeudet, weil ich glaubte, ich sei dem Untergang geweiht.«

In ihren Augen kann ich sehen, daß sie mich verstanden hat. In ihnen ist jener Funke, jenes Leuchten, das ich in der Nacht sah, als ich sie zum ersten Mal mitnahm, als wir die Wand hinunterkletterten und vor Fräulein Claudes Tyrannei davonliefen. Lili war damals erstaunt, daß die Welt außerhalb des Hauses nicht so dunkel und ruhig war, wie sie immer geglaubt hatte. Dann sah sie nach oben und sah Pari-mit-den-Stiefeln, wie sie lachend durch das Gewirr von Autos und Fußgängern schritt, aus dem Dampf und Nebel der laufenden

Motoren auftauchte, ein Fabelwesen, zu Leben erwacht. Lili hat gesehen, daß ein anderes Leben möglich ist.

Ich bringe meine Lippen an die Wange meiner Tochter und flüstere:

»Blick zurück. Man kann die Vergangenheit kennen und dennoch – endlich – Frieden finden.«

Dankesworte

Für meinen Mann Hamid, meinen besten Freund, meine größte Stütze, die Schulter, an der ich mich ausweine, die Hand, die mich vor dem Sturz bewahrt;

für meine Kinder Alex, Ashley und Kevin, die ihre Mutter Tag für Tag dem blauen Bildschirm überließen. Sie segneten dieses Buch mit ihren guten Wünschen und mein Leben mit dem Wunder ihres Lachens;

für meine Freunde, die Schriftstellerinnen Adriane Sharp und Mary Stachenfeld, die früh an regnerischen Sonntagmorgen Kilometer auf den Autobahnen Südkaliforniens zurücklegten, um mich in irgendwelchen Restaurants zu treffen und über dieses Buch zu sprechen. Der Kaffee war schlecht, die Eier hatten schon mehrere Inkarnationen hinter sich, aber der Rat, den ich in diesen Morgenstunden erhielt, war unbezahlbar;

für meine Agentin Barbara Lowenstein, die von Anfang an an dieses Buch glaubte und sich mit unvergleichlicher Begeisterung dafür einsetzte;

für meine Lektorin Christa Malone, die mir sagte, sie habe geweint, als sie das Buch las; für ihre Tochter Sierra, die sie bewegte, weiterzulesen; für meinen Verleger Dan Farley, der am Abend von Jom Kippur ja sagte;

für meine Eltern François und Giti Barkhordar, die den Mut hatten, das Land der unbegrenzten Möglichkeiten aufzusuchen;

für meine Schwester Gentille Barkhordar, die morgens um sechs meine verzweifelten Anrufe entgegennahm und so häufig spät nachts zu mir geeilt kam, wenn mein Computer abstürzte; für meine andere Schwester Jeannette Monfared, die in den Jahren im Internat über mir wachte und die noch immer über mir wacht;

für meine lebenslangen Freundinnen Nazila Barlava und Paradis Parvaresh für die Jahre an der UCLA und alle anderen danach. Wir haben auf den Treppen der Bücherei gelacht, bis uns die Tränen kamen;

für meinen Freund Dr. Douglas Sears, der mir die Möglichkeit einer anderen Wahrheit zeigte;

für meinen Lehrer, den Schriftsteller John Rechy, der in mir das Verlangen nach Vorbildlichkeit weckte;

für Dr. Raheem Cohen, der mich zu sich nach Hause nahm und mir den Schatz seiner Erinnerungen zugänglich machte;

für meinen Freund Dr. Armagan Ghassemi, der eine erste Fassung des Buches las und mir wichtige Ratschläge gab;

für die verstorbene Parivash Nahai, die mich mit ihrer Grazie und ihrem Mut inspiriert hat.

Danke.

BeeBee

Die schöne Schuscha ⚭ **mit Rahman dem Herrs**

Miriam der Mond

die falsche Tala't

Rochelle